馬克・畢林漢——著
吳宗璘——譯

SCAREDY CAT

探長索恩

MARK BILLINGHAM

膽小鬼。

獻給凱瑟琳與傑克，但，對象其實不只這兩位而已。

並謹獻懷維．溫雅德（一九二五年至二〇〇二年）

誌謝

一如以往，許多人幫忙我，安慰我，也被我百般摧殘……

特別感謝重罪部的尼爾・席博德（Neil Hibberd）警探的耐心與廣博創見，還要感謝倫敦警察廳西區辦公室的資深媒體聯絡專員寶琳・歐布萊恩（Pauline O'Brien）、辦公室主任瑟琳娜・歐諾拉（Selina Onorah），感謝她們付出大量時間解決我的諸多疑難雜症。

感謝以下諸位針對不同主題所提供的寶貴建議，傑森・修恩（Jason Schone）、葛藍達・布隆特（Glenda Brunt）、亞倫・梅隆（Yaron Meron），還有，拼字校對的部分，依然要感謝菲爾・考伯恩（Phil Cowburn）。

我也要向Little, Borwn出版社的同仁表達特別謝忱，其中有些還是遲來的感謝：費羅米娜・伍德（Filomena Wood）、愛麗森・林賽（Alison Lindsay）與坦辛・貝利曼（Tamsyn Berryman）。

基於種種理由，以下這些人士的姓名應當在此出現，讓誌謝頁更加圓滿……

希拉蕊・赫爾（Hilary Hale）與莎拉・路特言茲（Sarah Lutyens），一定要謝的兩個人；麥可・古恩（Mike Gunn），感謝他從以往到現在的協助；愛麗絲・佩提特（Alice Pettet），感謝她的意見與給我的綽號；大衛・富爾頓（David Fulton），逼得我越陷越深；霍華・普拉特（Howard Pratt），幾乎無所不知；溫蒂・李（Wendy Lee），從來不曾遺漏任何細節。

特別感謝彼得．寇克斯（Peter Cocks），他的視力與耳力的敏銳程度超越常人，本能判斷也幾乎鮮少出錯。

謝謝克萊兒，成就了戴夫與卡蜜拉。

序幕

愛德華六世男子文法學校通知
一九八四年八月十四日
此致貴家長 帕瑪先生與帕瑪太太
米德賽克斯
哈羅鎮
瓦倫提諾街四十三號

親愛的帕瑪先生與帕瑪太太：

在校務委員召開特別會議之後，我深感遺憾，必須以書面方式向您證實校方的最後決定，您的公子，馬丁遭到退學處分，此一退學令已立刻生效。

我必須向兩位強調，此一措施非比尋常，爲我方萬不得已之手段。然而，衡諸此攻擊事件的狀況，這也是唯一的適當處置。貴公子的行爲已經讓眾人擔心了好一段時間，再加上他優異的學業成績與沉默寡言的個性，更令人憂心忡忡。最近這起令人髮指的意外，只是在一連串讓人忍無可忍、明目張膽違亂校規行爲的其中一起事件而已。

如您所悉，貴公子並非是涉案的唯一學生，事實上，您也許可以略感安慰，因爲我們幾乎可以確定貴公子並非首謀，而且，就我個人看來，他應該多少算是近墨者黑的受害者。話雖如此，但他對於自身行爲卻無甚悔意，而且不願供出先前的同夥。

我相信，爲了要維繫本校高尚的教育水準，也必須實施同等的紀律規範。基上所述，我們自然無法容忍貴公子的犯行。

衷心期盼馬丁在新學校能夠一切順利。

校長 菲利浦・史丹利 敬上

米德賽克斯，哈羅鎮，雷克托里路，郵遞區號MA3 4HL

第一部

八個夏季，一個冬季

二〇〇一年

日期：十一月二十七號
目標：女性
年齡：二十到三十歲
挑選地點：倫敦火車站（站內或站外）
行事地點：見機行事
方法：徒手（如有必要，可運用武器制伏）

尼可林睜大眼睛，眨也不眨，看著他們兩人手牽手穿越車站大廳、朝他的方向走來。她眞是完美。

他的手中依然緊抓著剛才在火車上假意閱讀的那本書，她正好吃光了三明治。他們兩人笑語不斷，繼續往前走，他們的目光正對著尼可林，但並沒有注意到他，他們根本沒有注意周邊的人，也萬萬沒有想到有人會盯上他們。

他坐下來，啜飲手裡的可樂罐，每隔幾分鐘就瞄一下火車出站時刻顯示表，又一個在關心誤點的無奈旅客罷了。他轉頭，看著他們從他面前走過。他們可能是準備要換乘計程車、公車，或是地鐵。如果他們準備要搭計程車，那麼他就會好整以暇、繼續坐著不動，尋找別人當目標。是很煩，但這也算不上世界末日。如果他們決定要繼續搭乘大衆交通工具，他就會起身跟下去。

他走運了。

那兩人依然手牽手，走向通往地下樓層的手扶梯。尼可林把喝了一半的可樂罐放在旁邊的地板上，起身，聽到膝關節發出咯響，他笑了，歲月不饒人。

他把手伸進口袋裡，準備拿出先前買的巧克力棒。他將刀子挪移到旁邊，取出巧克力，一邊拆開包裝紙，一邊朝手扶梯走去。他走到某個背包客後頭，咬了一大口巧克力，確定自己沒跟丟那兩個人，他們還在他下方二十英尺左右的位置，然後，他瞄了一眼巨窗外的巴士站，

人潮逐漸稀落；尖峰時間快過了。

街道，屋內，即將轉爲昏暗。

人心亦然。

他們搭乘南行的北線地鐵，他找了距離他們好幾排的座位坐下來，仔細觀察。她三十出頭，他猜的，高䠷，黑髮黑眼珠，尼可林端詳她的皮膚，應該就是所謂的橄欖色，他媽媽可能會說那是「混得亂七八糟」的膚色，她不是美女，但也不能算醜。

其實那一點也不重要。

列車穿過了西區，繼續南行。他猜，應該是在克拉珀姆下車，也可能是圖汀，不管在哪都一樣……

他們兩個人還是黏在一起，他依然在佯裝看書，每隔幾秒鐘會抬起頭來、對她笑一下。她捏著他的手，好幾次還乾脆把頭埋進他的脖子裡，他們周邊的乘客都露出微笑，搖搖頭。

他感覺到自己的前額開始冒汗刺癢，而且聞到潮濕的地氣味，每每他得手在望，那股味道就

會越來越強烈刺鼻。

巴漢姆車站到了，他們立刻起身。

他看著他們笑嘻嘻下車，等了一兩秒之後，他才信步走出列車，跟在他們後面。

他刻意拉開距離，以免被他們發現有人跟蹤，但他們完全沉溺在只有彼此的世界裡，就算緊貼著他們腳跟後面，他們恐怕也不會察覺有異。那兩人漫不經心，繼續在他前面晃呀晃的、走向車站出口。她穿的是綠色長外套，搭配及踝短靴，他則是連帽藍色夾克，頭戴毛帽。

尼可林穿的是口袋特深的黑色長大衣。

前方街道出現了俗麗聖誕節燈飾，宛若布幕背景，將兩人的剪影映襯在血紅天空下。他知道此情此景他將永誌不忘，當然，以後這種畫面絕對還多得很。

他們走過一小排商店街，他差點一時衝動鑽進書報攤買巧克力，他身上只剩一條而已，他知道自己進去店裡再出來也不過是數十秒鐘的時間，但他不想冒險跟丟。等到一切結束之後，他會大肆採購一番，想必那時候他一定餓得慌。

他們從大街轉進一條路燈透亮但僻靜的小道，當他看到她把手伸進口袋裡找鑰匙的時候，呼吸變得急促，他稍微加快腳步，他聽到他們在討論吐司熱茶還有床，他看到了他們即將進入家門的歡喜之情。

他把手伸入口袋，四下張望，查看附近是否有人看到了他。

希望他們家不是公寓，那麼，他也比較不會受別人干擾，他祈禱自己能夠有好運氣。

她的鑰匙才一插入鎖孔，他的手立刻摀住她的嘴。她的第一個反應是尖叫，但尼可林以刀插入她的背，痛苦襲身，讓她稍微回神過來，她根本不敢轉頭看他。

「我們進去。」

她的唇沾到他手掌的汗味，還發現自己已經尿失禁，兩腿之間濕了，她打開大門，充滿絕望，將手垂下，撫摸她身邊的摯愛，她唯一掛念心頭的人。

她的小孩。

「求求你……」

他的手掌掩滅了她的聲音，後面的話全聽不見了。他把她和男孩一起推入門內，自己也立刻衝進去、砰一聲關上門。

那個穿藍色連帽夾克的小男孩依然緊抓著自己的圖畫書，他抬頭望著陌生人，這個男人和他媽媽一樣都有雙黑色眼眸，他的嘴，嘬成了一個小小的、無限困惑的「O」形。

1

早晨九點三十分剛過沒多久，十二月的第一個灰濛濛的星期一。湯姆．索恩從貝克大樓的四樓向外望，看到那棟傲氣水泥建物，亨頓警校，他多麼希望現在自己的頭腦不要如此清醒。

很不幸，他的確思慮清明，他整理眼前的資料，全數消化吸收了進去。他忙著分門別類，完全不知道自己的情緒反應會嚴重影響他接下來幾個月、清醒的時時刻刻。

就連入眠的時候也一樣遭殃。

索恩全神貫注，坐在椅子上研究死亡事件，就像是其他的上班族在看著電腦或是坐在收銀機前一樣。眼前的這種資料，其實是他每天都必須接觸的內容，但面對這種案件，要是感官能夠遲鈍一點就好了，就算是宿醉後那種被擊暈的昏沉感也不錯，能夠讓銳角修得圓潤一點，能夠讓恐怖的噪音小聲一點。

這樣的照片，他已經看過上百組，或許是上千組。這些年來，他以同樣的冷靜眼眸研究這些照片，就像是牙醫在看X光片，又或是會計師在檢查退稅細目。在十乘八吋的黑白照片上，究竟出現了多少扭曲、殘爛，或是被分屍的蒼白四肢，已經讓他數也數不清了。接下來，是彩色照片，慘白屍體躺在綠色地毯上，灰白的脖子上有一圈紫色的瘀青，花俏壁紙的圖案被鮮血噴濺之後、幾乎看不出原貌。

它也更加凸顯了某個簡單的道理：情感是強大的力量，屍體不是。

這些照片的檔案放在辦公室裡，而這些檔案照裡的副本也儲存在他的腦海中，死屍與被凌虐致死的眾多圖像。有時候，當索恩凝視這些黑白屍照的時候，他覺得自己彷彿看見了憤恨貪慾，或是所謂的鬼魂，宛若靈氣飄浮在房間的角落。

今天早上放在他桌前的這些照片，其實與先前他所看過的一樣可怖，不過，緊盯著這死亡女子的照片，宛若直視著熊熊烈火，他覺得自己的眼珠簡直快要融化了。

他正透過她小孩的雙眼、凝視著她。

查理．加爾納今年三歲，現在成了孤兒。

查理．加爾納今年三歲，現在由外公外婆負責照顧，他們現在每隔幾分鐘就得陷入天人交戰、不知該怎麼向他解釋媽媽的事。

查理．加爾納今年三歲，一個人待在屋內、與母親的屍體共處了兩天，他緊抓著巧克力的包裝紙，殘屑被他舔得一乾二淨，他餓壞了，全身髒兮兮，尖叫，直到終於有鄰居敲門。

「湯姆……」

索恩繼續眺望遠方灰濛濛的景色，過了一會兒之後，才認命轉頭，看著總督察羅素．布里史托克。

大約在一年前左右，倫敦警察廳大規模改組，三大重罪組是其中的新政策之一，這三組之下也因此成立了好幾個新的小隊。某單位的成員清一色都是退休資深老手，特意安排他們處理陳年懸案。過沒多久，它立刻獲得了「皺紋小組」的封號，爲了打擊城市犯罪的全新積極措施，當局定下了諸多改革計畫，這個單位，只不過剛好是其中的一環，此外，還有其他專門處理性侵案、虐童案、槍械犯罪案。

這裡是重案組（西區）的第三小隊。

依照官方說法，這個小隊專門調查那些牽涉範圍不在一般案件之內的案件——也就是不屬於任何人管轄範圍的案件。不過，也有人說之所以會成立重案組（西區）第三小隊，只是因為沒有人知道該怎麼安排湯姆．索恩探長的位置，索恩自己覺得，眞相應該是兩者兼而有之吧。

羅素．布里史托克是資深警官，索恩已經認識他十多年了，他是個頭高大的型男，戴著玳瑁框眼鏡，對自己的髮型滿意得不得了。這位總督察頭髮濃密，藍黑色澤，很喜歡把額髮上梳，弄得簡直和貓王一樣。不過，如果他算是諷刺漫畫家筆下的理想人物，那麼，他也一定是罪犯的終極惡夢裡的主角。索恩曾經看過布里史托克爲了找到眞相，拿下眼鏡、緊握雙拳、頭髮在汗濕額頭前晃動、在偵訊室裡邁步走動的模樣，他大吼大叫，出言威脅，而且還眞的會動手。

「卡蘿．加爾納是單親媽媽，二十八歲。她先生三年前死於車禍意外，剛好就在他們兒子出生沒多久之後。她是老師，四天前被人發現陳屍於巴漢姆家中，屋子看不出有強行侵入的痕跡。她去伯明罕探望父母之後，搭乘二十七號列車、於下午六點半返抵尤斯頓車站，我們研判兇手應該是從車站開始跟蹤她，應該是地鐵站，她的口袋裡有張悠遊卡。」

布里史托克的聲音低沉，沒有抑揚頓挫，簡直就像機器人在講話。然而，這一連串簡單陳述的事實卻無比沉重。其實，在布里史托克昨天的簡報裡，索恩已經知道了大部分的內容，但他現在的每一個字卻像是連番重擊，一次比一次猛烈，讓他痛苦難耐，喘不過氣來，他發現其他人也和他一樣震驚。

而且，他知道他們還沒有聽到最可怖的部分。

布里史托克繼續說道：「我們只能猜測兇手如何進入屋內，還有他在卡蘿．加爾納家中待了多久，但對於他在那裡的犯行，我們卻相當清楚……」

布里史托克的目光飄向坐在桌底的那個男人，請他幫忙把自己遺忘的資料拿過來。索恩看著那個穿著黑色刷毛外套的男人，頭髮剃得精光，臉上刺了一堆穿環，菲爾．漢卓克斯絕非一般人心目中的標準病理學家，但在索恩共事過的法醫當中，最優秀的就屬這傢伙了。索恩挑眉，這陣子沒見面，又多了一個耳洞？漢卓克斯只要交了新男友，就喜歡在身上穿環穿刺。索恩衷心希望他可以早點定下來，以免哪天被這些叮叮噹噹的東西壓得無法抬頭。

菲爾．漢卓克斯法醫是這個團隊裡的民間專家。當然，只要一發現屍體、小組趕過去的時候，他一定也會立刻到達現場。被尖刀插入的屍體；冰涼剛硬刀鋒進入體內過程的秘密幕後情節，將由死肉與硬化器官一一揭密，這是病理學家的專業範圍。

雖然他和漢卓克斯是好友，但只要牽涉到公事，索恩寧可還是不要看到他會比較開心。

「根據我們的資料，她搭乘二十七號列車，從伯明罕回來，所以遇害時間應該是在七點到十點之間。被人發現的時候，她的死亡時間已經超過了四十八小時。」

那股平緩的曼徹斯特腔調，字字精準，道出那真正令人不寒而慄的部分的淡淡眞相。索恩看到桌邊那些人的臉龐，都寫著說不出口的疑問。

那個小男孩查理．加爾納怎麼熬過那兩天的？

「沒有性侵跡象，也沒有明顯掙扎。顯然是因爲兇手威脅要殺掉小孩。」漢卓克斯停下來，深吸一口氣，「他以雙手勒斃了卡蘿．加爾納。」

「媽的……」

索恩朝他的左邊瞄了一眼，警探莎拉．麥克艾渥伊盯著眼前的檔案，索恩等她繼續講下去，但似乎剛才她只是一時脫口而出罷了。在所有的同仁當中，他與她相識的時間最爲短暫，而且他依然根本摸不清這個人。強悍，當然，而且能力非常優異。但她似乎掩藏了什麼，讓索恩提高警覺，一定有秘密。

警探戴夫．賀蘭德的聲音再次喚回索恩的心緒，「她被兇手鎖定，是不是因爲有小孩？」

索恩點點頭，「的確是她的弱點。對，我想他下手八成是因爲——」

布里史托克打斷索恩，「但這件事其實不是很重要。」

「不是很重要？」賀蘭德的聲音聽起來十分迷惑，他望著自己的上司。

索恩聳肩，回看了他一眼，我們就走著瞧吧，戴夫……

索恩與戴夫．賀蘭德共事了一年出頭，現在這傢伙看起來總算有個大人的樣子。他那一頭金髮的顏色還是太過搶眼，軟塌塌的不像話，但是臉部線條似乎多了點風霜。索恩知道這和年紀沒什麼關係，而是歷練、折磨與淚水。這份工作所帶來的某些衝擊，就算是最朝氣蓬勃、純潔眞懇的面孔也會染上一抹鬱氣。

在他們第一次攜手合作的調查案中，他開始出現了變化。在那三個月裡，索恩丟了朋友，樹立了不少仇敵，但戴夫．賀蘭德與索恩越來越親近，他目睹一切，默默承擔，最後轉化成爲另外一個人，最後，在南倫敦某棟血跡斑斑的閣樓裡、某把手術刀劃破了人肉，終於讓那三個月宣告結束。

賀蘭德學到了不少，但還沒學到的更多，索恩看在眼裡，覺得驕傲，但也感到悲哀。這是他不時捫心自問的問題，難道在好警察與好人之間，只能二擇一嗎？

學著讓自己神經變得大條，的確是很好，但也必須付出代價。他記得自己曾經在牙醫等候室裡面看過一張警示海報：某個病人在「嘗試」局部麻醉時、把下唇咬爛的繪像。你可以猛咬亂咬，完全不會有任何感覺，但麻醉劑消退是遲早的事，到了那個時候，依然免不了疼痛。

麻木感也會消退的，索恩親眼看到自己的那些同事躲在自己的盔甲裡過日子，無論他們依賴的是自己的意志還是杯中物，總有一天會消失的，屆時的苦楚將令人難以承受。湯姆．索恩沒辦法這樣，還有，雖然賀蘭德學到了不少唬爛招數，他的本能判斷賀蘭德也不是這種人。

好警察，好人，也許並非是二擇一的選項，只是他媽的很難找到平衡點。就像是某種理論上可行的物理學現象、但卻從來沒有人眞正見識過一樣。

會議室裡出現一陣短暫沉默。要說這裡算是會議室，也未免太搞笑了，這裡只不過像是個稍微大一點的辦公室，多加了一個咖啡壺，還有幾張超難坐的塑膠椅。索恩開始揣測殺死卡蘿．加爾納的兇手個性，一個喜歡掌控、也需要掌控一切的男人。一個懦夫，也許有勃起障礙……天，他講話的口吻開始變得跟那些他認爲薪水領太高的鑑識心理學家一樣了。當然，他可以確定的是，這個兇手絕對相當異常，而且很可能超出賀蘭德或是麥克艾渥伊的理解範圍。

當然，爲什麼這幾個字出現了。永遠都是這個問題，而且，湯姆．索恩的態度永遠一模一樣，他才不鳥這種事，船到橋頭自然直，如果能靠這種線索而緝捕兇手到案，他一定緊抓不放，但他眞的一點也不在乎。至少，他對於自己要追查的對象在小時候是否收過腳踏車贈禮完全沒有興趣……

坐在他旁邊的麥克艾渥伊很不安分，她已經看完了檔案資料，他知道她一定有話要說。

「莎拉，怎麼了？」

「很可怕，眞的……還有那小孩的狀況，媽的眞令人難受，但我還是不太懂，這爲什麼算是我們的案子？而不是別人的？我的意思是，我們怎麼知道她不是被熟人所殺害？沒有強行闖入的痕跡，很可能是男友或是前男友……所以，長官？爲什麼是我們？」

索恩望向布里史托克，這位上司果然是老手，剛好趁這個時機，把另外一疊照片拋到桌子正中央。

賀蘭德隨手拿起其中一張照片，「和我想的一樣，我不懂爲什麼會——」他突然住嘴，因爲他看到照片裡的女子躺在地上，嘴唇大開，雙眼流血爆凸。那女子躺在冰冷暗巷的一堆垃圾袋之間，她並不是卡蘿・加爾納。

布里史托克的姿態誇張，顯然是蓄意出招，他想要激發組員的怒火，他希望能看到他們震驚、積極、熱血的模樣。

他的確吸引了他們的注意力。

最後，由索恩開口，解釋他們這次遭遇的究竟是什麼樣的對手，「賀蘭德，這個案件之所以特殊，」——他看著麥克艾渥伊——「之所以找上我們，是因爲他再次犯案。」

現在，他安靜下來，開口前的靜默彷彿像是雜音，索恩只聽到自己話語的遙遠回音，還有腎上腺素在血管裡奔流的嘶嘶聲響。布里史托克與漢卓克斯頭低低的，坐著不動。麥克艾渥伊則與漢卓克斯互看了一眼，兩人都驚愕不已。

「正是因爲這一點，所以我們知道他是從尤斯頓車站開始、一路跟蹤卡蘿．加爾納。因爲，他殺死她之後沒多久，就在同一天，又立刻趕到國王十字車站。他到了不同的車站，找到另外一個女人，再次以相同模式行兇。」

凱倫，又來了。

拜託，讓我好好告訴妳事情的緣由。如果妳覺得我是壞人，我實在難以承受。我知道妳不可能原諒或是寬恕我過往的行爲……我現在所做的事，但我知道妳一定會諒解我的。我一直認爲，如果能夠有機會向妳解釋清楚，吐露我的心事，那麼，妳終將成爲眞正了解我的人。妳看到的一直都是我的眞實樣貌，妳也知道我對妳的感覺，看到妳的羞怯笑容，我一切了然於心。

妳知道妳可以把我吃得死死的，對吧，但我從來不會因爲這樣的事情而生氣，其實，我還滿享受被妳逗弄的感覺，我想要當那個被妳欺負的人，彷彿有人需要我，凱倫，妳讓我更痴迷了……

天，不過，老天哪，我依照指示，又做了一次。

她一個人，毫無畏懼，當我一路跟蹤她、出了火車站的時候，看她走路的樣子就知道了。她倒不是天不怕地不怕的那種傲相，純粹只是某種信任，她看到的是衆人的良善，我知道。天色昏暗，她沒看到我是如此的懦弱邪惡，當我和她講話的時候，她的眼眸裡沒有絲毫的恐懼。

不過，當她發現有狀況，看到我眼中的恐懼的時候，她懂了。

她立刻開始拚命掙扎。但她不夠強壯，凱倫，她的個頭根本不到我的一半，我只需要等她自己氣力放盡就夠了。她伸手亂抓，對我吐口水，我沒辦法看她的臉。等到一切結束之後，我眞的無法望著她，她的那張臉本來和妳的一樣誠懇溫暖，但現在卻像是被裝在玻璃後面，或是被長期封凍在冰塊裡的一張臉，而我正是元兇。

凱倫，還有，我硬了，下面好硬。在動手的時候硬了一次，把她藏起來的時候又一次。等到我腦海中的嘶嘶聲逐漸消退、手上的抓痕也開始變得疼痛之後，下面才慢慢消退。

我從來沒有這麼硬過，即便回想過往的時候也沒有這麼興奮。

我提到這件事，並沒有要讓妳尷尬的意思，但如果我連這些事也無法對妳坦誠以對，那麼其他事情也沒有意義了。以往我沒有好好把握機會，告訴妳我眞正的想法，所以我現在也不會隱藏什麼。

凱倫，我保證，我絕對不會對妳說謊。

當然，知道我眞正模樣的人不會只有妳一個，但能夠看透我的內心世界的人卻只有妳。我不是在找藉口，我知道自己不配擁有任何事物，但至少我願意一切誠實坦然。

她對我來說，根本沒有任何意義，我指的是那個在車站的女子。她對我來說，根本沒有任何意義，但我卻逼她在我的手中斷氣。

我眞的非常抱歉，我知道接下來會面臨什麼下場。

凱倫，我想請妳幫個忙，如果妳看到了她，那個我所殺害的女子，可以幫我轉達歉意嗎？

一九八二年

孩子們把它稱之爲「叢林故事」。

倒楣鬼被壓在柏油路面上，其中一名男孩扣住他的兩隻手臂，另外一個跨坐在他的胸前。手指就是武器——或敲或戳或刺——隨著胸骨上的故事節奏來回毆擊，每一種新動物都會大步漫遊叢林。故事軸線很簡單，它只是施暴的藉口罷了。

個頭結實的黑髮男孩靠在牆上，深色小眼注意著一切細節，當凌虐開始的那一刻，他的雙眼也緊盯不放。

講故事的人一開始只讓猴子之類的小動物現身，不怎麼痛，其實和搔癢差不多，倒楣鬼掙扎扭身，告訴他們住手，滾開；最令人害怕的莫過於接下來的情節。獅子與老虎登場，腳步更加沉重，手指戳得也更用力，眼角的淚水變得刺癢。當然，到了最後一定是一批又一批的象群踩踏叢林而過，手指猛搥胸口，飽受煎熬的劇痛。

躺在地上的那個大男孩開始尖叫。

靠在牆上的那個男孩起身，抽出原本插在口袋裡的雙手，走向操場，旁觀者圍成了圓圈，嘲笑拍手聲不斷，是該出手干預的時候了。

講「故事」的人名叫巴德斯利，男孩很討厭這傢伙。他推開群衆，這倒是不難。因爲大多數的三年級學生都很怕他。畢竟，他是有名的「瘋人」，什麼事都做得出來，他會把書桌從窗戶丟出去，或是在教室裡搖弄自己的小雞雞，不然就是把老師的輪胎放氣。想必他已經被禁足多次，才能博得這樣的名聲，但就眾人敬他三分的狀況看來，這樣的代價的確很值得。

他不在意地理或是法文文法，但他很清楚什麼叫作尊重。

他隨手抓住巴德斯利的頭髮，用力把他拖向後方。群眾倒抽一口氣，隨即轉爲緊張不安的大笑，因爲巴德斯利立刻跳了起來，勃然大怒，不知道是哪個人害他頭皮痛得要死，他準備要轉移攻擊火力。

然後，他知道該找誰算帳了。那個比他瘦小許多的男孩，正冷靜回視著他，眼神冷酷陰鬱，宛若冰凍在泥地裡的小石，他的雙手又再次深插在口袋裡。

群眾立刻散成小圈圈，足球暖身賽即將開踢，巴德斯利撤退進入更衣室，他揚言放學後一定要給他難看，但只是嘴上說說罷了。

躺在地上的男孩站起來，整理自己皺巴巴的制服。他什麼話都沒說，但是在整理領帶、以袖子擦抹沾滿鼻涕的上唇的時候，緊張不安地看著他的大恩人。

黑髮男孩曾經看過他，但是兩人從來沒有交談過。這倒楣鬼小他一歲，應該只有十二歲，學校裡沒有什麼混齡上課的機會。他的金棕色頭髮通常是旁分、梳理得整整齊齊，而且喜歡躲在角落，淡藍色的眼眸躲在書本後面，投射出羨慕目光，只能眼巴巴看著其他人玩遊戲。他身材高大，幾乎比所有同年級的人至少高了一英尺，而且頭腦也很聰明，但就是各方面反應都慢一拍。他應該不曾做出什麼得罪巴德斯利的事，但反正這也不是重點。

年紀較長的男孩盯著他看，露出微笑，因爲他弄出一把棕色塑膠髮梳、整理他的金棕色頭髮，沾在髮上的操場砂礫也被清除得乾乾淨淨。當然他自己也有髮梳，但那是金屬材質；酷多了，而且他通常把它拿來當成午餐時間梳子大戰的武器，他是這類比賽的公認冠軍。這種梳子大戰等於是野蠻版的「打手遊戲」或是「剪刀石頭布」，不到幾秒鐘的時間，很可能就會讓你的手開始滴血。他之所以能坐上冠軍位置，不只是因爲他的動作比別人迅速，而是他比別人更能忍痛。

如有必要，他可以承受莫大的痛苦。

金棕髮男孩小心翼翼把梳子塞回外套的內側口袋裡面，緊張兮兮清了清喉嚨，然後，他露出難得一見的微笑，但他的笑意瞬間消失了，因爲對方完全沒有回應。然後，他那完全看不到傷疤與斑點的手，伸了出來。

「謝謝你……做了那件事，我姓帕瑪，名叫馬丁……」

那個魁梧的黑髮男孩，瘋瘋癲癲、什麼事情都做得出來的男孩，點頭致意。他沒理會金棕髮男孩伸出來的那隻手，只是露出詭黠笑容，報出自己的名字，彷彿透露了某個齷齪的秘密。彷彿送給他一份外表毫不起眼、但其實十分珍貴的大禮。

「尼可林。」

2

「等到結案的時候，問題就會少了一大半，就算是剛接辦新案的時候，也至少有一個問題可以獲得解答，原來自己寶刀未老，居然還能辦案啊……」

索恩拿著咖啡、走進客廳，想到他第一次將自己寶貴的智慧心得傳承給賀蘭德的時候、這傢伙當場的反應，索恩想起那天也是他第一次把賀蘭德拉進酒吧，諸事大吉的一天。

問題……

在酒吧裡的時候，賀蘭德笑問他：「什麼？你的問題是不是類似『我當初在學校念書的時候怎麼不用功一點？』還有『難道就找不到別人可以辦這案子嗎？』」

「賀蘭德，我覺得你在拍馬屁的時候比較可愛……」

索恩把自己的馬克杯放在壁爐架上，彎腰，點燃了仿喬治王朝時代、具有火焰效果的瓦斯壁爐。中央暖氣系統已經調到最高溫，但他還是覺得冷斃了，而且他的背開始犯疼，外頭雨聲淅瀝……

現在有一大堆的問題等待解答。

這兩起殺人案真的有關聯嗎？除了在同一天，同樣是女性被勒死之外，似乎沒有其他的共同點，車站僅是巧合罷了？國王十字車站這個地點又觸發了其他的可能性，兇手是否誤把第二名受害者當成妓女？爲什麼第一個的遇害地點在家裡，第二個卻在街上？

還有這整起事件最難解的疑團：他在同一天行兇兩次，是因爲他無法控制自己的衝動？或者一次殺害多人是他的犯案模式？他是嗜血還是強迫症？現在，賀蘭德與麥克艾渥伊正在努力加班、想要找出眞相，無論最後的答案是什麼，想必很難讓人開心。

這個團隊成立也有八個多月了，而他們眞正經手的大案也只有兩件而已。大部分的時候，他們都是次要角色——以個人或團隊的模式——配合其他單位進行調查，如果有其他需要，也會重新徵調。

在美國發生九一一恐怖主義攻擊暴行之後，重案組的小隊也經歷了從所未有的變化。將那些在紐約遇害的國人屍體運送回國的責任，就此落到他們的身上，某些警察對此表示不解，但索恩覺得這種安排合情合理。他們是英國公民，在海外慘遭謀殺，這也不是什麼難懂的深奧大道理。最棘手的莫過於湧入的電話：數千位民眾急著找尋失聯的丈夫、妻子、兒女，有的還不確定他們是否眞的待在紐約。截至目前爲止，還有數百人找不到失蹤的親人，其中只有一個領回無名屍予以安葬……

三個月過去了，倫敦警察廳依然全力以赴——追查假稱散播炭疽病毒的惡作劇，監控可疑的恐怖份子，追蹤他們的行跡，而在人力部署出現漏洞的同時，倫敦的街頭犯罪事件也悄悄滋長。接聽電話的業務變得不再那麼重要的時候，他們還是得辦案，就像是第三小隊被交辦的那些案子，必須審愼處理的重大案件。

那兩個案子都……很特殊。第一起是發生在倫敦東南區、令人髮指的連續殺人案，完全是黑社會的殺人手法。不過，那些屍體（他們歷經千辛萬苦才把屍塊重組完成）並非毒販或是高利貸業者，反而都是守法的一般老百姓。情勢瞬間明朗，這些兇案顯然是某個超級瘋子所爲，而不是什麼幫派。這名兇手——某個婚姻幸福美滿的工程師——純粹只是爲了毀屍滅跡，抑或是對黑道行刑手法有某種變態偏執，依然沒有定論，他還在接受心理評估。

另外一起案件雖然沒有見屍，但反而更加棘手。飯店房客被鎖定之後，在自己的房間遭到洗劫。奪竊過程中免不了的輕度暴力，很快就開始變本加厲。那些乖乖交出現金、勞力士，以及其他值錢物品的人還是一樣受到摧殘。歹徒亮刀，要求對方講出提款卡密碼，數字報出來了，但還是一樣被刀子伺候。小小的割傷，裂口：完全是爲了取樂而傷人。索恩知道這種人喜歡把刀身抵住別人的皮膚，喜歡聽到對方倒抽一口氣的聲音，看到人肉裡的血紅細痕越來越大、開始滴血，更是充滿快感。

搶案開始發生了質變：搶匪，也快要變成了另外一種人。黑色頭罩之下的犯案快感已經稍微有點過頭了，發生命案也只是遲早的事而已。

索恩也就是在此時開始偵辦這個案子。

在沒有確切證據與具體證詞的狀況下，案情立刻陷入膠著。索恩、賀蘭德，以及麥可艾渥伊爲了要緝捕這個有行兇意圖的準殺人犯，在某些超級豪華飯店住了好幾個晚上，但依然一無所獲。顯然他們的行動曝了光，鎖定的對象也早已潛逃無蹤。

兩起案件，有一起緝兇到案，百分之五十的破案率，這個數字只會持續下降。有些人還會拿那起飯店案開玩笑，要是再給他們幾個禮拜，這案子就會被歸爲懸案，得移交給「皺紋小組」了，但索恩卻抱持不同想法，喜歡那種等級的施虐快感的人，一定會再次犯案，只是不知道會在哪裡出現而已。犯罪模式可能會截然不同，但索恩很篤定，過沒多久，就會有法醫與他一起加班研究命案案情。

索恩把咖啡擱到沙發旁邊的地板，拿起卡蘿．加爾納的檔案。他呆坐了好幾分鐘，遲遲沒有打開它，只是盯著外頭的落雨，他想到的是在這座首都城市裡、有數以百計，千計，各式各樣的人的生計，都得仰賴這些謀殺案，他想到謀殺所帶來的金錢。

他想到了這一整個殺人產業鏈。

戴夫．賀蘭德的目光從電腦螢幕上方飄過去，望著對面積極研讀資料的莎拉．麥克艾渥伊，他想到了自己的女友，蘇菲。

他們在過去一年陸續爭吵不休的問題，最近又有了增溫趨勢。蘇菲一直不喜歡索恩，她只見過他一次，對他的印象全來自於賀蘭德一開始與索恩共事時的評語。所以，這個一年前在賀蘭德口中是「偏執」又「傲慢」的男人，進入蘇菲的詭奇想像世界之後，成了一個冥頑不靈自私的瘋子，他不肯遵循正常程序辦案，總有一天會工作不保，而且他身旁那些人也會跟著一起丟飯碗。

她倒不是希望賀蘭德辭去工作，她只是期待他的行事風格要有所轉變，當個總是頭低低的、等待升官的警察就好，這種類型人見人愛，不要當多管閒事的警察就對了。

和他爸爸一樣的警察。

她曾經威脅他，要是他想要選擇另外一條路，那麼他就自求多福吧。他對於她的要脅憤怒不已，這道最後通牒也就被默默擱在一旁。

至少，兩個人都佯裝沒這回事。

他們再也不曾爲此吵架，兩人都是那種只會生悶氣、憋著不發作的人。比較像是一連串的冷言冷語，話中帶刺，然後當新案件開始出現的時候，雙方火氣越來越大。昨天傍晚，也就是在早上小組簡報結束、忙亂了一整天之後，蘇菲從餐桌對面抬起頭來、滿臉笑意看著他，開了話匣子。

「所以今天湯姆·索恩惹了幾個人生氣啊？」

他不知道自己最氣的是什麼。因爲她自以爲最了解他的工作？不肯支持他？或者每當她在論斷索恩的時候，幾乎都會被她說中？

麥克艾渥伊從電腦前抬頭，明亮的綠色眼眸緊盯著他，被我抓到了。

她個子很高，有五呎七吋或八吋吧（約一七二公分），及肩的棕色捲髮，歪鼻梁，豐唇，賀蘭德覺得她經常對他露出挑逗笑容，現在，她臉上的笑意至少有三種不同的意涵。

但他什麼都看不出來。

「今天我聽到很奇怪的事。」她除了姓氏之外，其實就是個百分之百的北倫敦猶太人，腔調平直，氣音明朗清晰，性感，「關於『不倒翁』的惡毒謠言……」這個綽號與索恩的身材有關，想把他推倒何其困難。

賀蘭德挑眉，又有新的謠言？與索恩有關的消息，他差不多都聽過了，但他就和其他人一樣喜歡聽有趣的故事，或是一點點八卦也可以。

「我聽說他喜歡鄉村西部音樂，眞的嗎？」

賀蘭德點頭，彷彿在證實最後的確診結果，「對，他很愛。」

「啊，那種唱著呦吼呦吼和桃莉．芭頓之類的歌星嗎？他是不是也愛跳排舞？」

賀蘭德哈哈大笑，「我想他還是比較含蓄一點。他也聽很多的電音和車庫搖滾，但應該只是年少階段的事了。」他慢慢眨眼，回憶起那近乎發揮催眠效果的噪音，想到了那個靠音樂掩愁的案子。

麥克艾渥伊面露失望，「可惜了，我正覺得這個人有意思呢，但一分鐘就幻滅了。」

「哦，其實他這個人……很有意思的。」

如果賀蘭德對於這世界還有任何的信念，他的確會相信自己所說出來的這句話。如果，有意思的定義等於變化莫測與固執，等於拒絕自己也可能出錯，等於打死不退，復仇到底，不甩什麼鳥規定、總是明辨大是大非。還有，忍受不了笨蛋。以及具有某種總是會捅出婁子的熱情，無論戴夫．賀蘭德或其他人也攔不住的熱情，就算是只有那麼一丁點也足以致命的熱情……

他想到了自己的父親，六十歲做到了警長，過世，從來不多管閒事。

麥克艾渥伊聳肩，目光又飄回自己的電腦前面，回到那死難者的電腦化目錄之前，他們兩個覺得應該能夠從中挖出某些答案，但願如此。

賀蘭德一直以爲，與其他地方相比，倫敦並不是那麼充滿暴力的城市，他們的搜尋應該不至於花太多時間才是。

他全猜錯了。

找尋發生在同一天的謀殺案，聽起來似乎很簡單，但索恩不是那種做事做半套的人，時間範圍與搜尋項目總是不斷擴大。麥克艾渥伊與賀蘭德一開始先從勒殺案開始著手，然後以此爲基礎、進一步搜索更多的資料。兇手當初也許只是犯下一般的傷害案件，現在手法成熟、開始動手殺人，他們也不能排除這種可能性。就算排除了家暴案與幫派犯案，依然工程浩大。仔細檢查案件背景資料，回頭比對找出犯罪模式——如果眞的有的話——得花上許多的時間。

賀蘭德抬頭看時鐘，再過個二十分鐘，今晚就告一段落。他想要在腦中勾勒索恩戴著牛仔帽、穿上牛仔靴的模樣，但就是兜不起來。

索恩這個人太危險了，眞的不能拿來開玩笑。

閱讀驗屍報告的時候，強尼．凱許的歌聲很適合當背景音樂。

畢竟，這首曾經轟動一時的歌曲，講的剛好就是拿槍射殺某人、看著他慢慢死去。不知道這是誇大其詞或者只是無聊亂寫，但那歌聲彷彿透露出他很了解死亡的況味。索恩在閱讀菲爾．漢卓克斯描述卡蘿．加納爾死狀的字句，不禁心生納悶他究竟懂得多少。現在，那個宛若不斷向地獄緩速翻滾的男聲，開始吟唱另一首歌，有人在渴求另外一個肉體，索恩當然不需要如此，但放在他大腿、就擱在他眼前的證據卻告訴他——有時候，也有人在渴求摧毀另外一個肉體。

第二名受害者，羅絲．莫瑞，是由另外一名法醫負責驗屍。索恩已經看過初步報告，證實死因是勒殺，還有，死者指甲裡面的組織已經被取出、提供DNA檢測使用。他倒是不會有什麼殷殷期待，是有機會沒錯，但他還是想等到漢卓克斯完成第二次驗屍之後的說法。

索恩曾經以爲，在這麼多種死法當中，勒殺應該算是相當溫柔的選項，它當然不可能像拿刀亂捅或亂棒打死一樣那麼殘暴，也絕對不可能與溺水、窒息，或是喝下漂白水之類的死法相提並論。

直到他看了第一份遭徒手勒殺的受害者驗屍報告之後，他才改變了想法。就許多方面看來，以雙手掐住脖子——肉搏對戰——其實是非常惡劣的殺人手段，兇手與受害者之間完全沒有武器相隔。在大多數的狀況下，受害者會立刻陷入昏迷，但所造成的傷害可能會很可怕，留下彷彿被榔頭攻擊所造成的血污與瘀傷。

卡蘿．加爾納因頸動脈受到壓迫而窒息身亡，她的身體忠實呈現出暴力勒殺所留下的典型跡證。

雙眼圓睜，眼球膨凸，角膜與眼睛附近的皮膚都有出血現象。頸脖有多處瘀傷，有些直徑幾乎接近一英寸，還有兇手指甲與大拇指留下的半月形血污凹痕。

索恩的雙手在自己的喉嚨上游移，他閉上雙眼。

那條巧克力棒是他的嗎？查理？他拿給你吃，是不是爲了讓你閉嘴不要吵？或者，他在事後拿出來，一邊看著她，一邊慢慢品嚐，而你在旁邊哇哇大哭？

舌底、會厭，與喉頭裡層出現大量瘀傷與破皮。舌頭還在，但被咬得亂七八糟。頸動脈斷裂，甲狀腺軟骨形狀難辨，舌骨骨折。從內傷最能看出攻擊卡蘿．加爾納致死的力道是何其暴烈。

你有沒有看到整個過程？查理？他把你關到另外一個房間？還是任由你站在那裡尖叫，讓你的小拳頭落在他的背上？看著你媽咪的眼球從眼窩裡凸出來？

索恩彎身，拿起先前擱在沙發旁邊地板上的咖啡，涼透了。他低頭看錶，原來他專注在眼前的死亡事件細節已經超過了一個小時，索恩一直覺得自己具備這種能耐……眞的很煩。

他曾經想要好好閱讀犯罪小說，但一點都不對味。當他拿起所謂的驚悚小說、不消幾分鐘之後，就會開始分神，而且，以充滿專業術語的方式描繪殘破屍體，也無法勾引他的注意力。他自認自己絕對不是在刻意唱反調，老實說，觀看驗屍過程從來無法讓他產生任何快感。

其實，正因爲他太熟悉眞正的兇手與受害者的面貌，所以他很難在這樣的書籍裡找到樂趣。索恩已經見識過許多目光兇野的槍手、年紀輕輕的小壞蛋、語氣輕柔眼皮沉重的變態，他也看過許多的施暴者、縱火犯、面露微笑的下毒者。他也看了太多面目全非的人：有些死了，有些傷勢更加慘不忍睹，依然讓他無法忘卻。

他看過死屍身上的洞，也看過活人身上的洞。

索恩正準備要拿起咖啡進廚房再倒一杯的時候，門鈴響了。

漢卓克斯站在門口，他穿了一件長度拖地的黑色皮衣，頭戴針織帽。洋洋得意晃著手中那個裝滿了廉價淡啤酒、隨時可能撐破的藍色直紋塑膠袋。他的腔調實在很難搭得上他刻意誇張的開場白，但這已經是他的極限，「我們喝點啤酒吧，聊聊死屍的事。」

索恩轉身，回到屋內，兩人一向不拘小節。「聽起來你已經先開喝了……」

漢卓克斯關上大門，跟在索恩後頭進去，「老哥，我把兩具都驗完了，今天我幾乎都和杜根法醫在一起……」他又關上內門，走入臥室。

「他是負責羅絲．莫瑞第一次驗屍的法醫？」

「是她，不是他。艾瑪．杜根。非常優秀，而且很辣，如果你喜歡那種菜，剛剛好。」

索恩搖搖頭，現在漢卓克斯改以雙手輕托塑膠袋，索恩把手伸進袋裡，「抱歉，我聞到甲醛味就完全不行了。」

「前幾個小時我都忙著在處理羅絲．莫瑞，所以被你說中了，有喝一點，」漢卓克斯把袋子丟到沙發上，「在過來的途中喝了兩瓶。」

漢卓克斯脫下外套，索恩開了啤酒，拿起CD遙控器，他切斷凱許正在唱的〈孤單男子〉，又回到第一首，〈說到做到〉的吉他樂聲流瀉了出來。

索恩拿了椅子，漢卓克斯坐在沙發上，熟悉又舒服的對坐姿勢。索恩搬到這個地方將近十八個月了，除了去年有幾個禮拜兩人鬧彆扭之外，他們每個禮拜至少都會有一次這樣的聚會。在他離婚之後，他一個人孤零零住在海布理的大房子裡，長達三年之久，最後終於吃了秤砣鐵了心，買下這間公寓。他還是不太習慣這個地方，雖然這裡開始慢慢出現舊痕，招待客人很失禮，但當初在宜家家居買的燕麥色沙發，如今已經多了好些啤酒污漬，反而讓他覺得順眼可愛多了。

那些污痕的罪魁禍首，正在他家裡嘟噥個不停，準備要和他聊聊死屍的事。

「所以……？」索恩勉強忍住自己的不耐。

「所以……其實很有意思。」

電話響了，索恩嘆了一口氣，從椅子上起身，迅速走到無線電話座機旁邊，就在靠近大門的地方。

「我是索恩……」

「長官，我是賀蘭德……」

「沒有進展對嗎？」他聽到電話另外一頭的沉默裡充滿了困惑，「別擔心，賀蘭德，如果你開心的時候，我一定感覺得出來，因爲你的聲音會立刻高八度。」

「長官……」

「所以，什麼都沒有對吧？也許我們要擴大地理範圍……」

「是有兩組類似的案例，但兇嫌都已經逮捕歸案，還有另外一組，兩起攻擊案……有兩名婦女在七月的某日同遭刺死，但時間點兜不起來。」

「確定嗎？」

「沒錯，麥克艾渥伊也再次確認過了，同一名兇嫌不可能犯下這兩件案子，就算……你知道嗎，兩人的死亡時間只差一點點而已……除非要搭直升機才可能犯下雙案。」

「好，到此爲止……就當從零開始吧。明天你應該運氣會好一點，我想這並不是他第一次犯案，你一定還會有其他線索，而且，你明天不會有任何干擾。」

「什麼？」

「明天我會帶麥克艾渥伊警探前往伯明罕。」

賀蘭德愣了好幾秒之後才想到索恩爲什麼要去伯明罕，還有他爲什麼要帶麥克艾渥伊。等到他恍然大悟之後，相當開心，因爲明天只有他一個人黏在電腦前面。

然後，等到賀蘭德掛了電話之後，他才開始覺得納悶，索恩剛才說的「干擾」是什麼意思？

「什麼事情很有意思？快講清楚。」漢卓克斯挑眉抬頭看他，索恩繼續開口，「羅絲．莫瑞，你說『很有意思』。」

羅絲．莫瑞，三十二歲，已婚，所幸沒有小孩。其實她算是第一具被發現的屍體，陳屍地點位於國王十字車站後街的大型金屬垃圾桶後方。

漢卓克斯趁索恩在講電話的時候，自己打開了幾乎沒什麼存糧的冰箱，他忙著吞下一大口起司三明治，回答的話語也斷斷續續，「我馬上要寫……明天早……」

「我明天一早又不在這裡。」

「我明天中午會放到你桌上，可以了吧……」

「菲爾，跟我講重點就好。」

漢卓克斯抹抹嘴，原本擱在沙發上的雙腿也放了下來，正面看著索恩，即將有重大事件要宣布。「好，首先，不要對她指甲裡的東西有過大期待。」

「因爲……？」

「因爲大部分都是她自己的，」在索恩還沒來得及發問之前，他又繼續滔滔不絕解釋下去，「這種情形在勒殺相當常見。受害者往往會摳抓自己的脖子，想要掙脫束縛……在這個案例中，束縛就是兇嫌的雙手。」漢卓克斯一邊解釋，雙手自動自發掐住自己的脖子，索恩盯著那十根手指到處亂爬，「她指甲留得很長……所以她的頸脖慘不忍睹，不過，他也有可能被抓得很慘，所以搞不好會有收穫。」

「卡蘿．加爾納沒有留指甲？」

漢卓克斯搖頭，「啃得很厲害……」索恩猜想，也許她是在丈夫意外身亡之後、才開始咬手指的吧，看著自己的小孩，也在他身上看到他父親的影子，她一定沒想到這小孩還來不及過四歲生日，已經成了孤兒。

「不過……」

「怎樣？」索恩坐在椅子邊緣，傾身向前，漢卓克斯老是喜歡賣關子，有點愛現。

「我們可能……可能啦，還有另外一個DNA的來源，杜根漏了一件事。」

「但你剛才說……」

「她很厲害，沒錯，但就是不像我這麼厲害。」

索恩壓抑不住自己聲音裡的惱怒，「菲爾，拜託，不要再耍嘴皮子了好嗎？」

「好啦……是這樣的，既然確立沒有性侵，杜根自然覺得不需要驗查體液。其實，這個假設相當合理，死者衣裝完整，就和卡蘿．加爾納一樣。但當我對她進行驗屍的時候，我一定會檢查，所以我就研究了一下……」

索恩屏息以待。他知道體內的興奮感開始醞積，每次都在那個地方出現：頭蓋骨的底面。在等待細節揭曉之前，某種刺癢、嗡嗡作響的感覺、充滿興奮激昂的低沉搏動。如果那股悸動是因為想和女人上床，他會心生惡感，雖然通常達陣的機會是稍微高了那麼一點，但他還是很討厭那感覺。

漢卓克斯與他同樣興奮，「最後，是靠光敏靈與紫外線找到答案。她的臉上與手臂到處都是點點小斑，我花了好久時間才弄清楚那是什麼，其實，應該說花了好久時間才確定它不是那個東西……」

索恩點點頭。這是好消息，如果他們抓到了他，這項證據幾乎保證可以將他定罪，但他同時也覺得噁心，在羅絲．莫瑞被殺害之後，兇手還對她做出這種事，實在也算不上是什麼安慰，只是讓人更難過而已。

「四十八小時之後還在？」

漢卓克斯揚手，「對，希望如此。其實成分真的不多，老實說，我連能不能取得任何證據都沒有把握。應該是有某些細胞組織才對，但我真的從來沒有聽過這樣的案例……」

索恩站起來。「等等，菲爾，我搞不懂……我們不是在講精液嗎？」

漢卓克斯搖頭，「老哥，我說的是眼淚，乾掉的眼淚。」

索恩的下巴差點掉下來，漢卓克斯隨手又拿起一罐啤酒，「湯姆，這王八蛋殺人的時候不是在打手槍，而是在掉眼淚。」

一九八三年

尼可林回頭、跨過了鐵軌，他的右手以奇怪的姿勢高懸，掌心托著他黏乎乎的寶貝，另一手則是半融巧克力棒的殘塊。他把最後一口送入嘴裡，把包裝紙扔在地上，轉過頭去。他已經走了二十英尺左右的距離，準備要做出拋球動作，但是帕瑪卻放下了球棒。

尼可林臉色漲紅，他很想走回去拿球棒海扁帕瑪的頭，但他態度依然很冷靜，「別鬧了，小馬，快把球棒撿起來，一定很好玩啦。」

那個身材比較高大的男孩搖頭，他瞇起眼睛望著尼可林，同時伸手擋陽光，「我不想。」

「爲什麼？」

「就是不想。」兩人對瞪了好一會兒，「爲什麼不能讓我拋球？你揮棒比我厲害多了……」

「下次就換你拋。」

帕瑪的神情似乎不太舒服，「再做一次？但怎麼還……」

尼可林哈哈大笑，「這裡有一大堆啊。不要再給我浪費時間，馬丁，趕快把球棒撿起來。」

帕瑪不發一語，他心想，再兩個禮拜就開學了。

鐵軌開始嗡嗡作響；火車來了，他們望著它發出轟隆轟隆聲響、從他們面前過去，充滿疲態的老舊引擎拖著好幾節貨運車櫃。不消三十秒，只聽得到遠方的嘶嘶聲了，還有附近蚱蜢在唧唧唱鳴。

帕瑪抬頭，他望見矢車菊與毛地黃的淺藍與粉紅色的斑斕花色、映襯在鐵軌另外一頭的綠色路堤上，他看到尼可林腳邊的杉葉藻與長春花。他還發現尼可林臉上出現那種會害他手心冒汗、頭痛、膀胱發脹的神情，死盯著他不放。

但，他還是不想幹這種事。

每次都搞成這樣。尼可林總是會找到他，然後兩人會在鐵路旁玩個半小時左右，對瓶子丟石頭或是聊足球什麼的，然後，當尼可林露出那種笑容的時候，遊戲就會變質，他們曾經把烏龜扔進住戶的信箱，或者是對著巴士丟雞蛋，或是……現在這個。

帕瑪聽到他後頭路堤的高大野草堆裡出現窸窣聲，他想要轉頭查看究竟，但是他的視線無法離開尼可林。突然之間，尼可林的面孔變得極爲哀傷，幾乎快要哭出來了，帕瑪對他大吼：

「喂，這也不是什麼大不了的事，對不對？我們可以做點別的啦……」

尼可林點點頭，握緊拳頭，將掌心裡的東西越捏越緊，「我知道，我們當然可以玩別的，我只是在想……你是我的死黨，如果你不想當我的好朋友了，說一聲就好，我立刻走人，只要告訴我一聲就是了……」

帕瑪覺得頭昏腦脹，汗水沿著他的背脊緩緩滴落。尼可林會有這種想法，讓他好難過，畢竟尼可林是他最要好的朋友。他寧可看到好友生氣，也不想看到尼可林失落的模樣。他發現自己的手逐漸挨近地面，拿起了那根板球球棒，然後，他興高采烈抬起頭來，看到尼可林雙眼灼灼盯著他。

「馬丁，這樣就對了，我知道你一定會答應我，你準備好了嗎？」

帕瑪慢慢點了頭，尼可林開始向他的方向跑過去，全神貫注，舌頭從齒間露了出來。

當尼可林把青蛙扔出去的時候，牠四肢大開，在那一瞬間宛若在飛翔一樣，他也立刻開心大笑。

「現在，小馬……接招！」

帕瑪閉上眼睛，用力揮棒。

濕答答的一聲，悶軟，潮潤，他的手臂感受到輕微的震搖。

尼可林睜大眼睛，鬼吼鬼叫，不肯錯過每一個細節，他的視線一直緊盯著那團豔紅的血團，望著那綠色的內臟在空中劃出優美弧線、飛到鐵道另一側的蕁麻堆裡。

他轉過身來，黑色眼睛閃閃發亮，等著欣賞帕瑪那張長滿雀斑的蒼白臉龐、出現噁心挫賽的表情，屢試不爽。但他卻僵住了，瞇起眼睛，聚焦在別的地方：帕瑪後方上坡的東西。

帕瑪丟下球棒，不敢看棒柄上的血跡，轉頭就衝向路堤，往上跑，他的雙腳突然動也不動。

就在鐵絲網洞口的旁邊，站著一個金色長髮的女孩，野草淹沒了她的膝蓋。她的年紀應該和他差不多，也許大了那麼一點。帕瑪從來沒有見過這麼漂亮的女孩子，她把兩根手指塞入嘴中，大吹口哨。

然後，她開始拍手叫好，美麗的小臉仰著頭，哈哈大笑。

3

索恩與麥克艾渥伊走在尤斯頓車站的大廳裡，兩人都渾身不自在。他們一開始都沒向對方說出心中的想法，過沒多久之後，兩人都很後悔怎麼沒早點說。當他們兩人買了雜誌與報紙、手裡拿著快冷掉的茶與冷飲的時候，不禁開始想像殺手目光落在他們身上的感覺。

他就在這個地方盯上了卡蘿．加爾納，繼續跟蹤她，也許他當初第一眼看到她的地方，就是他們現在所站的位置，看著報紙，或聽隨身聽，或是盯著商店櫥窗裡的襪子與領帶。索恩看著周邊人群的面孔，心想當初卡蘿．加爾納是否曾經凝視過兇手的雙眼？也許她還曾經對他微笑，或是問他時間，甚至還給過他一根菸……

兩人走向月台，途中看到了由自家單位發佈、呼籲公衆提供協助與線索的破爛海報。國王十字車站也貼有類似海報，的確爲他們帶來了目前唯一的線索——一段殘缺不全的描述。有個名叫瑪姬．奈特的四十一歲妓女來找過他們，她說自己曾經在車站旁邊的約克路上，看過某名女子與男人在講話，她覺得有可能是羅絲．莫瑞。她之所以會記得那麼清楚，是因爲在剛開始的前一兩分鐘、她誤以爲有新對手要來搶她的地盤。

當然，那時候天色昏暗，但還是有對街商店大門透出的燈光。「其實是一張很普通的臉，但塊頭很大，眞的。他向她靠過去，和她講了幾句話。他個子很高，不胖，嗯，就是高大而已……」她自稱自己看得並不夠清楚，所以也就不需要找她去繪製什麼嫌犯辨識圖了，對瑪姬來說，協助警方這種事情實在很彆扭。

索恩盯著那張海報。卡蘿．加爾納的死亡事件凝縮爲一張畫質粗糙的照片，加上電話號碼。他們曾經從英國鐵道公司的監視器影帶中擷取照片、利用當地媒體發佈消息，的確有許多人看到她，但是大家都不知道跟蹤她的可疑人士是誰。

當然，大家當然沒辦法百分百咬定是誰在跟蹤她。很難說兇手一定是在火車站鎖定目標，也可能是在地鐵裡，或是在她從巴漢姆地鐵站出來的時候，決定找她下手。但也不知道爲什麼，索恩非常確定這就是兇手第一眼看到卡蘿．加爾納的地方，他是在火車站裡挑中了她。

他看監視器影帶已經不下一百次，當她與兒子開心走向電扶梯的時候，他仔細審視她周邊那些人的面孔。拿著公事包的男人昂首闊步，粗聲講手機，揹著後肩包的男人在四處閒晃。有些人約在車站見面，還有的急忙趕回家，或是從一百個各式各樣的理由當中隨便找個藉口、繼續鬼混一會兒。有些看起來像是危險人物，有的看起來就是超級搶眼，如果你盯得夠久，他們身上的細節都可以一覽無遺。

但就是看不到你要找的東西。

最後，他的目光總是會回到卡蘿與查理的身上，看著他們手牽手，聊天聊得好開心。查理在大笑，緊緊抓住自己的書，夾克上的帽子蓋住了頭。

索恩每次看著這些監視器畫面，人們在公共場所活動的寫實影帶。總是會看到格外令人心酸的東西。那些形體看起來好眞實，與你的距離如此接近，彷彿能讓你伸出援手、讓他們遠離即將發生的苦難。但其實你無能為力，才發生沒多久的過往，註定將演變成可怕的未來，只能平添一股純粹的無力感而已。這些模糊的跳接影片讓他深受震撼，任何的珍貴相簿或是家庭錄影帶都無法與其相提並論。傑米·布格的那段影片，從不斷跳來跳去的畫面中可以看到他被帶離購物中心、走向死亡之途；或是十歲的戴米羅拉·泰勒，看得到他在水泥步道上蹦蹦跳跳，而過沒幾分鐘之後，他就倒臥在博克罕住宅區充滿尿漬的階梯上、流血身亡；甚或是戴安娜王妃——索恩不是什麼超級粉絲——但他也記得她露出微笑、推開某間巴黎飯店後門的模樣。

這些影像抓住了他的五臟六腑，捏得死緊，次次皆然。

死者的畫面，就在出事之前。

現在，卡蘿與查理這對母子走過繁忙的車站大廳；他們在影片裡一派輕鬆、幸福洋溢，只有在渾然不知被拍攝的狀況下、才可能如此眞情流露。

他們不知道自己被監視了，有攝影機在一旁虎視眈眈，或者，可能還隱藏了殺手。

原本是九十分鐘的火車車程，卻得要花將近兩個小時才能到達，但似乎沒有人在大驚小怪。索恩與麥克艾渥伊一路上翻閱報紙，閒聊，講的多是公衆議題。隨意小聊輕鬆愉快，打發了不少時間，而且，他們也有預感，在回程的路上恐怕再也沒有聊天的心情了。

距離伯明罕還有一個小時，麥克艾渥伊已經溜到抽菸車廂四、五次了。當她穿越車廂走回來、從遠處看到索恩埋首報紙裡的時候，不禁嚇了一跳，他看起來像是那種你想千方百計避開、不願比鄰而座的人。當然，等到你又靠近了一點，在他身邊待久一點，就會看到他眼中的溫暖；某種讓人無法抗拒的吸引力。但第一眼的印象，客氣一點的說法……令人望之生畏。

她坐下來，拿起自己的雜誌，索恩抬頭看她，露出戒菸人士的表情——明明嫉妒得要死，但卻要努力裝出不認同的姿態。她不知道同車的其他旅客怎麼看待他們兩個人，他們都打扮得很體面，她穿的是藍色羊毛大衣，搭配裙子，索恩則是萬年不變黑色眞皮外套。她是有帶公事包，但她倒是不覺得有人會把他們誤認爲商務人士，至少索恩不像，他應該比較像是隨行照顧她的人吧，看起來不好惹的哥哥，甚或是爸爸，很難搞的那種……

「什麼事這麼好笑？」

她抬起頭來，臉上依然帶著笑意，甚至可能是她的粗獷砲友，只是年紀大了一點，「沒什麼。雜誌裡有篇文章很好笑……」

卡蘿．加爾納的父母，羅勃特．恩萊特與他的妻子瑪麗，住在距離伯明罕市區南方數英里的金斯希斯區，從新街火車站搭計程車，十分鐘就到了，他們的兩房國宅位於某個現代住宅區，只需要短短的徒步距離，即可抵達商店與巴士站，六十出頭夫婦的喜好地點，安靜，可以輕鬆度日，享受退休生活，沒什麼事情需要操煩，因爲小孩已經各自安居樂業。

安居，或許吧，但一點都不安全。

近日生活被搞得兵荒馬亂的瑪麗．恩萊特，熱情招呼他們之後，帶他們進入熱得令人受不了的小客廳。她個頭嬌小，態度從容，幾乎是立刻爲他們備好了茶。

「羅勃特很快就回來了，他帶查理去公園走走，那裡有個很不錯的遊樂場，有旋轉木馬和一些鞦韆，其實大家都很喜歡去那裡。老實說，我覺得在這種時候，羅勃特比查理更需要到外頭透透氣，眞的，現在氣氛有點緊繃……」

麥克艾渥伊啜飲了一口茶，點點頭，她完全理解，或者，至少裝得很像。索恩的目光在窒悶客廳四處飄移，讓手下繼續與恩萊特太太寒暄，他也樂得輕鬆。他們兩人殷殷等待男孩出現，兩人都好怕。

寥寥可數的童書與玩具，整整齊齊擱在沙發旁邊，看起來與這裡的裝飾品、罩布、園藝書籍完全格格不入。這間房子散發蜜蠟與藥膏的氣味，還看不出有小孩長居的痕跡。

索恩發現角落的書架上已經出現了好幾張聖誕節卡片，不知情者捎來的祝福的。他不知道這對夫婦會不會爲了孫子而慶祝聖誕節，透過過節這種儀式，悲鬱多能獲得緩解。

還有，調查案因通常也有同等效果。

警方已經詢問過了查理·加爾納。依照標準程序，必須由受過專業訓練的警官、在嚴格控制的環境中進行。問案地點位於伯明罕的某間屋內，執管單位爲當地的社福機構與西米德蘭警方。其實它與一般的普通現代化建築並無二致，只不過裡面有完整的醫檢室與最高檔的記錄設備。

他們拿了玩具給查理玩，由孩童保護部門所派出的警官負責與他聊天，而隔壁房間會監控整個過程。索恩已經看過了訪談的錄影帶，查理一開始有點害羞，但等到警官博取了他的信任感之後，查理立刻變得活潑健談，幾乎什麼都肯講，除了他媽媽發生的事情之外……

索恩不知道自己是否有這個能耐、從這男孩身上問出什麼線索，其實他也不確定這小孩是否眞的知道案情，他只知道自己必須一試。

他鼓起勇氣、正想要委婉開口請瑪麗稍微調低暖氣溫度的時候，卻聽到鑰匙插入大門的聲響。

他與麥克艾渥伊同時站起來，兩人的動作實在太快了，害瑪麗還嚇了一跳。

羅勃特・恩萊特與他們握手致意，「幸會。」但從那澄澈的藍色眼眸可以看出他心裡想的完全不是那麼回事。他個頭非常高，而且看得出來以往身形苗條，與妻子恰成反比，但瑪麗個性活潑機敏，他卻像個遊魂一樣，整個人好空茫。

死亡對每個人造成的衝擊各不相同。她挺住了，而他只能頹然棄守。

他一屁股坐在沙發上，妻子又忙著去泡茶，「查理上樓回他自己的房間，馬上就下來。」他的聲音低沉溫和，濃重的伯明罕腔調，但多了一股倦意。

索恩點點頭，剛才在大門關上的時候，他的確聽到了男孩衝上樓梯所發出的砰砰腳步聲。

「在公園裡玩得開心嗎？」

老男人聳肩，蠢問題。給我滾出去，不要靠近我和我的家人。「天氣變冷了……」

瑪麗又急忙回到客廳，將茶杯交給她的先生之後，開始隨口閒聊、打發等待查理的這段時間。她說索恩與麥克艾渥伊特地北上這一趟，他們的工作一定非常辛苦，還有她某個朋友的兒子在蘭開斯特擔任警長，她知道這個行業的壓力。

索恩心想：再怎麼樣也不會比眼前的任務艱難。

老男人突然傾身向前，凌厲目光盯著索恩，「你要問他什麼事情？」他神色嚴肅，眼睛眨也不眨……

索恩面向麥克艾渥伊，他知道這還是由她出招比較妥當。的確，這就是他當初找她陪同前來的原因，她也立刻接手，「其實未必是眞的要問出什麼，我們只是想要知道他還記得些什麼。不知他是否有提過發生了什麼事？」

「沒有。」回嗆得超快。

「什麼都沒有？我的意思是，也許他曾經講過些什麼，你知道的，聽起來就像是在開玩笑，或是——」

「我說過了，沒有。」這次更大聲，完全不掩飾他的敵意。

麥克艾渥伊的目光飄向瑪麗討救兵，彷彿覺得她一定有辦法。瑪麗執起先生的手、放在自己的膝蓋上。然後，她又舉起自己的手，讓索恩與麥克艾渥伊看個仔細。「小勃在珠寶工業區工作了四十年，這是他在一九六五年做的結婚戒指，四年前，他也爲卡蘿做了婚戒，算是爲了女兒而重出江湖吧，是不是？」她笑了，輕拍丈夫的手，但他不發一語。「你看，我們一直很寵卡蘿。」

索恩望著麥克艾渥伊，他知道她在想什麼，而且他知道她猜錯了。那些話語並非隨口嘮叨，而是瑪麗面迎絕境時、手中執握的殘破影像的碎片，她希望索恩與麥克艾渥伊能夠明白事情的全貌，了解它有多麼可怕。現在，瑪麗搖搖頭，話說得很白，「小勃總是把一切看得很嚴重，你們也看出來了。眞的，比我悲觀，或者至少我們面對的態度很不一樣。我覺得，要是兩個人遇到了狀況，通常應該就是這樣，你知道的，一個專門處理事情，而另外一個就……」

索恩想像得出他們夫妻的模樣。老太太坐在過熱的客廳角落，與她的孫子一起玩拼圖，或是忙著寫購物清單，而她的丈夫卻佝僂站在後面的臥室裡大吼大叫，身體因啜泣而不停震搖。

他望著羅勃特．恩萊特，那個老男人終於迎向他的目光，他也在此時開口，「我想要找到害你女兒、害你自己飽受折磨的那個男人。查理看過他，我們之所以來到這裡，就是希望他可以告訴我們他想說的事，什麼都好，如此而已。」

大家都僵住了，因爲他們都聽到了下樓的腳步聲。索恩覺得自己似乎看到卡蘿．加爾納的父親點點頭，一秒鐘之後，大門開了，卡蘿的兒子跑了進來。

小男孩看到有陌生人，立刻愣住不動，目光低垂。他開始慢慢向坐在沙發上的瑪麗靠過去，她也伸出手來、把他拉進懷裡。他的個頭看起來比實際年齡小了一點，略長的灰褐色頭髮，咖啡色眼眸。他穿著丹寧工裝褲，紅色長袖上衣，雙手全是藍色墨跡，應該是沾到了麥克筆。

「我們有朋友來看你了，」瑪麗好溫柔，幾乎是輕聲耳語，「這位是……」她看著麥克艾渥伊與索恩，疑問寫在眼裡。

「莎拉，」麥克艾渥伊自告奮勇，她露出微笑傾身向前，又瞄了一眼索恩，「他是湯姆。」

查理抬頭，打量著他們兩人。他輕輕撫擦外婆貼住他臉頰的手，過了一兩秒之後，他放下了手，跑到堆放玩具的地板區，他拿起黃色的塑膠工具盒，將裡面的東西一股腦全倒在地毯上。

麥克艾渥伊沒有經驗，只能憑直覺行事。這種情況與輔導性侵受害者或安撫受暴婦女並不一樣，她發現當瑪麗．恩萊特與小男孩說話的時候，刻意壓低聲音、簡直像是充滿了敬畏，她的本能告訴她，這樣不對，至少，如果他們眞想要從男孩身上問出什麼線索的話，不該以這種方式處理，她知道自己必須贏得他的信任。

「你是不是很期待聖誕節呢？查理？」那男孩拿起一個厚實的紅色塑膠螺栓，把它用力塞入小小工作台的洞裡。「如果你很乖的話，我知道聖誕老公公一定會送你很多好棒的禮物。」他繼續推栓，滿臉專注。麥克艾渥伊離開座位，蹲在地上，與他相隔了好幾英尺。「我覺得你看起來滿乖的，」她拿起塑膠螺絲起子，來回翻看，查理也偷偷在觀察她。她努力維持輕鬆語調，不帶一絲嚴肅，「我覺得你一定會是個非常乖巧的小朋友，只要你可以告訴我和湯姆你媽媽那天受傷的事……」她抬頭望著恩萊特夫婦，瑪麗的眼裡已經盈滿淚水，而她先生坐著不動，目光落在地板上。

查理．加爾納什麼都沒說。

「如果你想說的話，可以告訴外婆，要不要試試看？」

他沒有……

麥克艾渥伊發現自己在冒汗，室內暖氣只是其中一部分原因罷了。她開始覺得詞窮了，欲言又止，她只能無助望著男孩突然起身、從她面前走過去，一屁股坐在索恩的腳邊。

索恩低頭望著查理，聳聳肩，「嗨……」查理突然拿出吱吱作響的小鎚，猛敲索恩的鞋子。現場氣氛凝重，他的舉動本來可能會讓大家緊張萬分，但這實在太有趣了，索恩開始哈哈大笑，查理也跟著笑開了。

「我敲你的鞋子哦……」

「啊……啊……好痛！」索恩假裝痛得要死，整張臉扭在一起，男孩笑得更大聲了，他知道現在正是時候，「你媽媽受傷的時候，旁邊有個男人，你還記得他的模樣嗎？」

笑聲並沒有突然中止，但是對於索恩的提問，查理給的答案已經很明顯了，他依然在狂敲索恩的鞋子，但純粹是出於反射性動作。斷斷續續的鎚響成了屋內唯一的聲音。瑪麗與羅勃特依然坐在沙發上動也不動，而莎拉·麥克艾渥伊只能屏住呼吸，深怕自己稍有不慎就毀了一切。

索恩的語調緩慢嚴肅，他倒不是基於什麼特殊原因、而與麥克艾渥伊採取了不同方法，現在根本沒有什麼策略，直覺告訴他如果要問這孩子問題，簡單誠實就對了。「傷害你媽媽的人長什麼樣子，可以請你告訴我嗎？」

小鎚落在他的腳上，吱，又是一聲吱。然後，看得出小小的肩膀聳了一下，索恩曾經在上百名難搞的青少年身上看過一模一樣的動作。害怕，但還是願意面對。

我應該是知道一些事情，但是你想要問出答案，沒那麼簡單。

「你覺得他比我老嗎？」查理抬頭看了一眼，繼續又開始玩鎚，「你覺得他頭髮的顏色是跟你的一樣呢？還是比較深？」查理沒有什麼明顯的反應，索恩知道這男孩等一下就不理他了。

索恩聽到吸鼻子的聲音，他抬頭一看，發現沙發上的老男人正在悄悄低泣，他把手帕蓋住了臉，厚實的肩膀不斷激烈起伏。索恩又望著男孩，對他眨眨眼，彷彿兩人之間有什麼秘密，「他比你外公高嗎？我猜你一定記得吧。」

查理停下鎚子，他沒有抬臉，只是緩緩搖頭，態度斬釘截鐵。索恩向麥克艾渥伊使了一下臉色，她也挑眉回看著他。兩人想的是同一件事，如果那個「不是」眞的如此決絕，顯然完全不符瑪姬·奈特的供詞。索恩不知道哪個目擊者的話比較可信，愛管閒事的性工作者或是這個三歲小兒？

他曾經被現場目擊者搞過飛機。所以，也許兩者都不能——

反正，就查理的狀況看來，他們唯一得到的答案就只是搖頭而已，他的落鎚動作越來越激動。

「查理，你敲鎚子眞的很厲害。」索恩說道。

瑪麗．恩萊特開始接話，她也感覺到詢問已經結束。「這套遊戲來自於卡通『巴布工程師』，他好迷這東西。小勃，查理有時候也會這麼叫你對吧？」她面露微笑，望向自己的丈夫，但羅勃特．恩萊特卻沉默不語。

麥克艾渥伊站起來，揉了揉因蹲坐而僵痲的大腿後方，「對，我的外甥也一直很愛這個，他爸媽都快要被他逼瘋了，因爲他總是在唱主題曲。」

瑪麗起身離開沙發，開始收拾東西，查理則繼續玩耍，現在他手上拿的不是小鎚，而是亮橘色的螺絲起子。「我覺得唱歌沒關係，」瑪麗回道，「只是有線電視台播放的時間太早了，清晨六點半。」

麥克艾渥伊深吸一口氣，點點頭表示同情。索恩則低著頭，手指輕拂著小男孩的肩頭，「嘿，查理，想想可憐的外婆好嗎？六點半？你應該還在床上睡得很香才對……」

查理．加爾納聽到這句話，抬頭望著索恩，他眼睛睜得好大，目光敏銳，小小的拳頭緊握著亮橘色的那把螺絲起子。

「我媽咪睡著了。」

雖然之後還會出現許多殘忍事件，死亡已久或是剛斷氣的屍體接踵而來，但即便在結案許久之後，索恩只要一閉上眼睛，看到的依然是這個純粹又清晰的畫面。

某個小孩的面孔。

凱倫，事發已經超過了一個禮拜，電視上依然可以看到新聞。我現在已經不看了，以免突然看到了什麼，害我猝不及防。妳知道嗎，其實我很清楚，等到他們找到她的時候，一定會鬧上新聞，但我覺得不久就會淡了……我以爲報導個一兩天之後自然會停止。似乎總是一直有人因爲這或因爲那而死亡，所以我認爲這條新聞不會持續不退。

他們說，已經得到了某些目擊者的證詞。我不知道是誰，但一定是眞的看到我了，因爲他們知道我的身高。凱倫，我知道自己應該要擔心才是，但我沒有，我甚至暗自希望他們當初曾經近距離看過我，知道我的臉長什麼樣子。

電視上的警官說這起事件很殘忍，「殘忍行兇」，他說我很殘忍，但我眞的很努力控制出手力道，妳相信我對不對？凱倫？我沒有揍她，我只想要速戰速決，讓她不要有任何痛苦。但我眞的沒想到他們會說出這種話，他們怎麼可以這樣說我？他們又不認識我……

另外一起，在倫敦南區的那一起，我根本連想都不敢想，對，令人髮指，那個眞的是殘忍。抓痕已經慢慢消失，但有幾個同事注意到我有傷，正好成爲他們嘲謔我的藉口。他們不缺平常攻擊我的彈藥，只是用手肘推我、竊笑不已，「我猜那女的是右撇子吧」，或是「她是不是叫得很大聲？」妳也知道，就是針對那種事開各式各樣的玩笑。我只能和以往一樣，微笑，滿臉羞紅。

哦天哪，但願他們知道眞相就好了。

有時候，我覺得乾脆就把事情全告訴他們吧，一切就此結束，因爲有人會去警局報案，我只需要坐著不動，等他們過來抓我就可以了。而且，這樣至少也會讓某些人覺得我有點與衆不同，要欺負人，去找別的對象吧。某些人臉上的笑意會就此消失對吧？他們不敢再笑了，對，我要讓他們嚇得後退，開始冒汗。

我要讓他們看到我就害怕。

凱倫，但害怕的人是我，妳懂得，一直都是這樣，妳說是嗎？所以我沒有辦法告訴他們這一切，除了妳之外，我無法向任何人傾訴。

我一直在祈禱，祈禱，祈禱，因爲我眞的希望羅絲會是最後一個。

一九八四年

他們在學校大門外就直接逮到了巴德斯利。本來他的身邊還有幾個朋友，但那些人看了一眼尼可林，發現他臉上的表情，立刻就消失無蹤。其中有好幾個是五年級生，至少比他大了一歲，他知道這些人就是無骨孬種，如今果然在他面前四處逃竄，不禁讓他興奮莫名。

他們兩個立刻堵住巴德斯利。帕瑪站在他前面，他體格壯碩，滿臉通紅，全身抖個不停。尼可林則抓住了他的運動袋背帶，兩人一起把他推向灌木叢。

這個公園就在學校門口的旁邊。許多人上學放學的時候都會走這條捷徑，還有六年級男生會和隔壁女校的相同學號女學生在此聯誼。這不是什麼漂亮的公園；磨得光禿禿的草坪，殘破的鳥舍，還有一堆遊手好閒、惡行惡狀的小孩——抽菸、愛撫女生，或是吃洋芋片。

帕瑪與尼可林把巴德斯利推到了鳥舍周邊的灌木叢，他隨手抓住附近鳥籠的鐵絲網，不肯放手。籠裡養了一隻禿毛的八哥，雖然學校裡的每個小孩都使出了渾身解數，但這隻鳥就是死不肯講髒話，牠其實什麼話都不會說，只是每隔幾分鐘就會發出震耳欲聾的狼嘯聲。巴德斯利開始伸腿猛踢，帕瑪抓住他已經綻裂的外套領子，忙著把他的大腿往後扳，以免不斷被他那雙穿著馬汀大夫鞋的腳胡亂攻擊。尼可林向前走了幾步，他的小腿剛才被踹了好幾腳，但他不顧疼痛，朝巴德斯利的臉狠狠出拳。巴德斯利的雙手離開了鐵絲網，護住了臉，因爲他的鼻子開始冒血。尼可林露出微笑，強迫他下跪，然後又以自己的膝蓋壓住對方的脖子、逼他吃土。

在尼可林點頭示意之後，帕瑪一屁股坐在巴德斯利的胸口上，壓了好一會兒，他喘得上氣不接下氣，整張臉像是布拉姆利蘋果一樣綠。

巴德斯利放下手，仰頭怒視這個學弟，他牙齒出血，憤恨罵道：「帕瑪，你他媽的死定了。」

當帕瑪的大手抓住巴德斯利髒兮兮的油膩金髮的時候，他的臉漲得越來越紅，「你到底講了凱倫什麼？」

「凱倫是誰啊？」

尼可林站在巴德斯利的頭部後方，整個人靠在樹上，他的腳踩住那個吃土男孩的頭皮，舌頭向前抵住下排的齒列，張嘴，讓混濁的長條珠狀口水滴落在腳下那張滿佈鮮血的臉。巴德斯利拚命畏縮，緊閉著雙眼，當他再次睜開眼睛的時候，向上一望，發現尼可林手上有槍。

帕瑪與巴德斯利幾乎是同時發出哀嚎。巴德斯利是因爲害怕，而帕瑪則是出於嫌惡，因爲被他壓住的那男孩的鼠蹊部開始濕了。

「媽的……他尿出來了啦！」帕瑪立刻跳起來，指著巴德斯利灰色長褲上那塊不斷向外擴張的深色水漬。

尼可林咯咯笑個不停，「那就把他翻面吧。」帕瑪搖頭，尼可林也突然收斂笑容，因爲他背後鳥舍裡的八哥發出了尖銳哨嘯，「媽的快把他翻過去……」

帕瑪侷促不安向前，每一次的舉步都有些艱難。巴德斯利惡狠狠瞪著他，一手忙著抹去血跡口水與塵土，另外一手則蓋住褲襠。他的低沉聲音充滿憤怒，努力忍住即將奪眶而出的淚水，「你死定了……媽的眞的死定了……」但他的反抗力道越來越微弱，帕瑪揪住他、逼他趴地可說是輕而易舉。

尼可林走過去，挨著帕瑪，蹲在巴德斯利的腳邊，「把他的褲子脫下來。」

巴德斯利開始扭身，想要站起來，但尼可林身體前傾，拿手槍抵住他的脖子，巴德斯利僵住了，只能乖乖躺回地上。

「好，你抓住另外一邊……」尼可林抓住巴德斯利的腰帶，開始把褲子往下拉，尼可林望著帕瑪，他過了一兩秒之後才跟著照做，一會兒之後，巴德斯利的長褲與內褲已經被褪到了腳踝。

「媽的穿藍色內褲啊……」

「小史，這樣也夠了吧？」

「跟女生一樣尿褲子，我連屎味都聞到了……」

「史都華……」

尼可林將手槍交給帕瑪，「把這個塞進他屁股裡面。」

聽到這幾個字，巴德斯利當然激動萬分，他的屁股開始激烈上下搖晃，拚命想要逃走。帕瑪退後一步，目光低垂望著地面，而尼可林卻貼近巴德斯利，哈哈大笑，「去啊巴德斯利，你這個討厭鬼，幹哪，幹地板嘛你這他媽的變……你這傢伙滿腦子只想到幹砲，只會抽筋狂搖……」

帕瑪不斷翻弄手中的那把槍，尼可林抬起笑臉看他，他知道帕瑪完全了解這種微笑的含意，最好要在笑意緩緩消失之前趕緊動手。帕瑪面色凝重，焦慮不安，他還是搖搖頭。

「馬丁，他說他要幹凱倫。」

巴德斯利想要做最後一次掙扎，他根本不知道凱倫是誰，但那些話卻沒辦法說出口，因爲他開始啼泣。

尼可林壓低聲音，這種事他原本不想讓朋友知道；但現在得好好對他講清楚，「都是下流的話，小馬，他把她講得很難聽，」帕瑪的粗壯拳頭抓住手槍的槍托，槍口緩緩落下，膝蓋重重壓在巴德斯利的小腿上，「他說你已經搞過她了……摸她的乳頭。」帕瑪將槍管抵住巴德斯利柔軟蒼白的屁股，動也不動，巴德斯利痛苦嗚咽。

尼可林在一旁繼續低語，「開槍啊馬丁……」

帕瑪低頭望著巴德斯利斑痕點點的柔軟臀部，他眞的不敢看身旁的那個男孩，他朋友的興奮表情讓他好害怕。他看到自己胸前那兩團如女孩般的贅肉在冒汗顫抖，心臟在激烈跳動。他知道汗水已經滴流到嘴裡，他知道自己應該丟槍，站起來，頭也不回地跑離這座公園，踏過那光禿禿的草皮，穿越操場，一口氣跑回家……

尼可林的手放在他肩上，捏了一下，當後頭的八哥鳥發出粗嘎尖叫的時候，帕瑪扣下了扳機。

巴德斯利發出尖叫，壓縮空氣的噴射力道，將小鉛彈射入了他的體內深處。

4

回倫敦的車程明明比去程少了半個小時，但感覺上卻無比漫長。在剛坐上火車的前二十分鐘左右，索恩與麥克艾渥伊曾經想要開口聊個幾句，但最後還是放棄。他拿起自己已經看過的報紙，而她則跑去抽菸專用車廂。

索恩閉上眼睛，想要小憩片刻，但卻根本睡不著。

麥克艾渥伊根本沒有回來過。

當索恩終於回到亨頓的時候，已經六點多鐘了。貝克大樓位於倫敦警察學院，這裡也是倫敦警察廳新訓所的地點。數百名生嫩面孔在此忙著接受各種訓練，學習如何上手銬，學習標準作業程序，學到的根本就是屁。

有一組英國國家廣播電台的工作人員已經在這裡待了好幾個月，拍攝警校新生的紀錄片。索恩曾經在福利社與導演聊天，他有著無可救藥的超級熱情，索恩建議他過個一兩年之後要再約訪當初拍攝過的對象；看看這些當年臉色健康紅潤的新生工作適應得如何，索恩離開之後，不禁心想：等到拍攝完這些新生的重大轉折之後，這部紀錄片就得讓他們忙著滅火了……

索恩回到了辦公室，他決定要多待兩三個小時，等到尖峰時間的車潮少了一點之後、再開車回肯特緒鎭，的確是明智之舉，反正，這也只是他爲自己找的藉口而已。

賀蘭德是唯一還留在辦公室的小隊成員，整個人依然弓著背、趴在電腦前面。索恩的年代雖然沒有電腦，但他也不會因此羨慕賀蘭德。他曾經被迫上了兩堂課，依然是電腦白痴。能看到托特納姆熱刺足球隊球迷的新聞群組信、知道要怎麼找科技部門的線上支援，算是他唯一能跟得上時代的表現了。

「總督察人呢？」

賀蘭德從電腦前抬頭，揉了揉雙眼，「去見警司了。」

「拜託，」索恩搖頭，「我們才剛開始而已。」

「麥克艾渥伊呢？」

「應該是在享受泡熱水澡吧……」賀蘭德點點頭，索恩發現他看起來好疲倦，「戴夫，快回去吧，明早再戰。」

「對，應該要閃人了，不然我會得重複性勞肌損傷，操作滑鼠的手指頭都快廢了。」當他想到他等一下進家門的時候、蘇菲給他的臉色，他很難繼續笑下去，「我把手邊這個段落做完就好……」

案子發生了一個禮拜，他們都不想回家，兩人都怕看到別人臉上的神態。

索恩推開他與布里史托克共用的辦公室大門，等了一兩秒之後才開燈。黑漆漆的房間看起來還比較舒服一點，在這種密不通風的灰色小空間、甚或是隔壁賀蘭德與麥克艾渥伊更小的房間裡，工作怎麼可能會有效率？破爛的灰色地毯、髒兮兮的黃色牆壁，還有兩張斑駁的褐色書桌，簡直像是被噁心河水沖上岸的兩塊長方形漂流木。這裡沒有一大堆盆栽、沒有家人的相片，也沒有放在電腦螢幕上的小玩意兒，無法阻止這個房間吸光他的能量、讓他的腦袋變鈍。

有時候，索恩待在這間辦公室裡，差點忘了自己的職責。

他打開了燈，看到書桌上躺著一份驗屍報告。

他差點忘了……

莎拉．麥克艾渥伊想要慰償一下自己，她爲自己倒了酒，點了菸，還告訴自己哭出來會輕鬆一點。

她覺得那個伯明罕的小男孩不過只是一個可能的證人，她知道自己也許不該這麼想才對，她很清楚自己少了某些感覺，未必是什麼母性甚或是女性特質，只是人性。她對於男孩母親的遭遇當然感到憤怒，怒火總是來得又急又猛，讓她頭暈腦脹。憤怒有快感，但她的同情心從來沒有辦法和怒火一樣油然而生。

不公平。她覺得大家會對她的態度議論紛紛，也許就是現在吧，索恩把她的事講給別人聽，可能是賀蘭德，說她這個人有多麼……鐵石心腸。女人一向沒有辦法得到中間地帶的評價，她早就習慣了，但依然還是會很火大。性冷感，不然就是淫蕩。嬌滴滴，或者跟男孩子沒兩樣。鐵石心腸，不然就是情緒不穩。其實，形容女同事的熱門用語是臭臉、賤婊或討人厭的母牛則緊跟在後。

她知道湯姆．索恩是那種絕對不會爲了任何事情而落淚的人。

其實，最近她剛睡醒的時候，有多次發現自己在睡夢中流淚。當然，無論她外表看起來如何驕傲或是內心如何激憤，她不可能永遠自信積極。無論她旁邊睡的是什麼人，發生這種事的時候，她也不會去追問自己流淚時的細節。在那種時候，如果想要盡快趕走夢魘，還是避而不談最好。

她知道同事會猜測她的私生活、評斷她，所以她也想盡辦法讓他們只能停留在猜測階段。她不是性冷感，那就只有另外一個選項了，不是嗎？對於腦袋簡單的人來說，從「經常與人上床」直接跳到「經常與長官上床」這種結論，當然很簡單。還是有人會懷疑女人之所以能夠升官，都是靠睡出來的。

現在，她躺在床上，眼睛看到的是女人職場上的玻璃天花板……

這不關任何人的事，這是她自己的選擇。有個固定男友理論上是好事，出席派對也方便多了，但就她自己的經驗看來，固定男友很難等同於固定的性生活，但她很需要這個東西。她渴望被需要的感覺，如果偶爾這種需求變成了被人利用，也沒關係，因爲這種事就是一體兩面。

她的目光一直在注意電視上的節目、卻忙著盤算該吃什麼東西才好，等到她出門的時候，她心裡就會有底了。在回程的火車上，她一直想的就是這個，她在路途中望著自己在列車暗色車窗上的倒影，抽菸抽到只剩下菸屁股，希望時間趕快過去。其實從溫布里園區到哈利斯登，開車也只要十五分鐘，就算用走的也沒問題，沿著鐵軌前進就是了。

不過，她得要先換衣服才行。她等一下會看到的那些人，就和先前列車上的乘客一樣，恐怕根本猜不到她的職業，但她依然不想冒任何風險。

索恩坐在書桌前，埋首在檯燈流瀉而出的那一團光暈裡，他想要聚精會神，研究死者的資料，但生者的模樣卻讓他頻頻分心。他想要努力消化羅絲．莫瑞的驗屍報告，但查理．加爾納的鮮活表情一直打斷他的思緒：從輪床下面抬頭看他，或是在停屍間大門口朝裡面偷看。

現在他終於搞清楚了，爲什麼幾個小時前、查理在客廳裡仰望他的模樣讓他如此困擾。雖然他立刻看到了那個神情，但他過了一會兒才了解到自己在小男孩的眼裡看到了什麼。在他的小小臉龐，在那長睫毛底下、又圓又亮的褐色眼眸，索恩看到的是懷疑。

我媽咪睡著了……

那笑容如此開懷可愛，但那雙眼睛裡卻閃過一抹宛若茫然的情緒。查理．加爾納的笑容滿懷希望，但是眼神卻顯露出他連希望在哪裡都不知道。又有誰能責怪他呢？現在，這孩子已經再也沒有辦法相信任何事物，這樣的經驗來得太殘忍，也來得太早了一點。

每當索恩心中浮現那張小臉，那一抹疑慮也越來越強烈……

當桌上電話響起的時候，索恩定睛看了報告一眼，他發現自己原來一直盯著血斑結膜那幾個字、已經超過了半小時。

「我是索恩探長……」

「我是菲爾，你看了報告沒有？」

「正在看，我……今天費神處理了一堆事情。」

「伯明罕之行如何？」

索恩吐了一口氣，倒靠在椅子上，他應該早點回家才是，就算回家的路上不塞車，進門也要十點鐘了，再等個兩三小時沉靜下來，那就表示會晚睡，一早起來滿肚子不爽。相形之下，漢卓克斯的聲音卻聽起來十分輕鬆。索恩可以想像他現在的樣子，雙腳蹺在六〇年代的古董黑色眞皮沙發上，某個光頭男正在爲他們兩個人準備晚餐。

「有那麼糟糕嗎？」漢卓克斯問道。

「什麼？」

「伯明罕之行。沒關係，明天再告訴我。哦，算是有點好消息。只要抓到那傢伙，我們一定可以把他繩之以法。羅絲・莫瑞指縫裡有許多她自己的組織，但他的也不少，資料庫比對資料明天應該可以出來。」

這是天大的好消息。現在他至少可以抱著愉快的心情開車回家，「那麼，那些讓你興奮不已的淚滴就不用化驗了？」

漢卓克斯悶哼一聲，「免啦，說來話長。如果他有戴隱形眼鏡的話，我們可能會有機會。」

索恩覺得很好奇，「很好啊……」

「沒錯。眼睛裡的異物會引發一定程度的刺激感，所以這樣的淚液會含有更多的細胞物質，懂了嗎？要是他哭得滿臉鼻涕就更好了……」

「這個我不想知道……」

「反正也太深奧了。」

「那沒有機會拿諾貝爾獎嗎？」

「老哥，總有機會的啊。」

索恩闔起驗屍報告，把文件放入自己的手提箱裡面，「沒關係，反正至少多知道他一件事……」沒有回應，索恩聽到有人在對漢卓克斯說話，他聽到自己的朋友摀住話筒低語，然後又聽到他把手放下來。

「抱歉，湯姆，晚餐快好了，」漢卓克斯壓低聲音，變成了輕聲細語，「老哥，我泡到一個超正的傢伙，屁股很漂亮，廚藝也不錯。抱歉，剛才你說什麼？」

「我在說眼淚。我只是要提醒你，其實我不知道他掉眼淚對我們來說到底有什麼意義。」

「哦，我們發現他對卡蘿·加爾納下手的時候，心情應該好多了。」

索恩站起來，關上手提箱，要是沒塞車，應該九點四十五可以到家，「嗯……」

「喂，我是認眞的，你仔細看一下報告，很明顯。他一定是變得冷靜還是怎麼了，搞不好那王八蛋吃了什麼東西，藥效退了也說不定。攻擊模式很不一樣，甲狀腺軟骨完整如初，只有軟骨出現些微損傷……」

索恩突然感受到那股搔癢感，微弱的電流衝到了他的頸背，讓他必須屛住呼吸，簡直令人……

一直糾纏著的某個東西突然變得清晰，顯露出全貌。他再次坐下來，打開手提箱，取出驗屍報告，「慢慢帶我抓重點好嗎？菲爾？」

索恩打開了報告，他翻頁的動作太急切，還因而撕破了紙，他目光快速掃瞄，索恩的呼吸變得越來越急促，因爲經過漢卓克斯整合分析案件之後，結論更令人焦慮不安。

「好……就外表看來，莫瑞與加爾納這兩具屍體幾乎差不多，但內部狀況就天差地遠了。羅絲·莫瑞的死因是因爲兇手以某種比較緩慢持久的力道、壓迫她的動脈，我們可以把它稱之爲緩慢強力的擠壓。卡蘿．加爾納的死法則截然不同。她的頭蓋骨後方有瘀血，因爲當他掐住她脖子的時候，他還拚命抓她的頭去撞地板。眞的是……喪心病狂。但羅絲．莫瑞就不是了，也許他已經怒火全消，或者這就是他的犯案模式，老哥，這就要看你的了……」

然後，索恩知道了答案。不，這不是他的犯罪模式……

眼淚。落在屍體上的高大男子眼淚，事發地點在戶外。損傷程度沒那麼嚴重的屍體，引人落淚。另外一個地方，小孩在屋內，鼻子湊在母親原本散發香甜氣味的頸脖之間，現在它卻充滿了瘀傷，到處都是血，裡面還骨折。巧克力棒的包裝紙，被丟在地上……

他是不是比你的外公還高？

查理．加爾納慢慢搔頭，頗不以爲然。

「菲爾，我可以晚點打電話給你嗎……？」

賀蘭德雖然疲累，但依然待在辦公室裡，索恩衝進來的時候，那臉部表情已足以讓他在一秒內驚醒。

「持刀殺人案……跟我講清楚那兩起持刀殺人案。」索恩的聲音低沉，語氣愼重，但他似乎想要叫嚷——似乎是因爲興奮或是恐懼——那股情緒正暗潮洶湧。

「長官……？」

索恩在狹小的辦公室裡到處走動，講話像連珠砲，「兩名女子，在同一天被刺殺，七月，我記得你告訴過我。」索恩的下巴朝電腦點了兩下，努力保持鎭定，「把檔案叫出來。」

賀蘭德把椅身旋到電腦前，開始打字，一邊回想細節，「其中一個在芬奇利，我應該沒記錯。另外一個……好像是在更南邊的地方……」螢幕上出現了相關資料，賀蘭德看了一會兒，「森丘，沒錯……」他以滑鼠慢慢將資料往下捲動，搖搖頭，「不……不……不可能，不會是同一個人犯案。」

索恩點點頭，望向窗戶下方。由科林代爾出發、向南奔馳的地鐵電車微光，吸引了他的視線；明亮車廂裡看得到乘客歪躺的頭，列車順著彎道蜿蜒前進，然後，從他的眼前消失。

「他沒有。」

賀蘭德看著他，靜心等待。索恩站著不動，只是以徐緩的速度說話，但賀蘭德發現索恩的手在身體側邊緊握成拳、又慢慢鬆開。「刀子可能類似，或許不是，我不知道……我不確定這一點是不是很重要。不過犯案手法與傷口深度……兩個受害者的傷口數目……應該是很不一樣。這兩起攻擊案的性質……應該完全不同。」

賀蘭德又面向電腦，再次輸入，調出犯罪現場與病理學的報告，索恩則繼續滔滔不絕，「其中一名女子一定是死於多處刀傷。兇殘……隨手亂砍……粗暴。另外一個，很可能是一刀斃命，我猜是刺中心臟，或是……」

賀蘭德再次旋轉椅身，他的臉上，已經寫滿了索恩所需要知道的答案……

布里史托克的手機才響了第一聲，他就立刻接起電話。

「我是羅素．布里史托克……」低沉的聲音，透露出不悅。

「我是湯姆……」

「是索恩探長……」這句話顯然是講給別人聽的。

與警司傑斯蒙德的會面應該變成了一起吃晚餐，更省事。

「我們有了新發現。你可以直接告訴傑斯蒙德，這是重大突破，他一定會喜歡。」他面向賀蘭德，想要與他一起分享這一刻，但這位警探卻只是在專注盯著電腦，想要搞清楚這是什麼狀況，「記得告訴他，這和往常一樣，是好消息也算是壞消息……」

「我在聽。」布里史托克說道。

「我覺得我們追查的不是一個人。」

索恩猜這句話應該會引來一陣停頓，沒錯。過了一會兒之後，布里史托克才開口，「你是說，這兩起殺人案其實沒有關聯？」

「不，我不是這個意思，兩者的確有關，我很確定。」索恩知道布里史托克現在的神情，壓抑的興奮感，就像是憋住肚子裡的大便一樣。而傑斯蒙德想必正拿著一大杯紅酒、端詳著督察長，索恩不知道他會怎麼看待布里史托克的奇怪表情。

布里史托克聽起來已經有些不耐，「所以，現在的狀況是？有兇手的新線索？」

索恩語氣平和，措辭直接了當，「羅素，兇手不是單數，而是複數，兇手有兩個人。」

一九八五年

那是他永生難忘的一刻。凱倫坐在路堤上，將一綹金髮攏在耳後，史都華微笑，嘴裡一如往常塞滿了巧克力，黑色眼眸緊盯著遠方，想要找尋下一次冒險的來源。

而他呢，來回看著他們兩人的臉，雖然坐立不安，但卻很開心，陽光刺眼，一小群蚊子在他面前飛舞……

那一刻讓他回想起兩年前的夏天，拿著板球球棒的那一天，首次看到凱倫的那一天。當時他和史都華還在念同一所學校，還沒有發生空氣槍事件……

在巴德斯利出事之後，其實他們不應該繼續見面。自從他被退學，大人們拚命要把他們兩個分開，帕瑪一開始還滿高興的，警方告知雙方父母，禁止他們見面對大家都有好處，他們還提到了「近墨者黑」和「慫恿」。但他還是很想念那股刺激感，想念變化莫測的一切，而且當他們又開始在一起鬼混的時候，史都華告訴他自己也同樣懷念過往時光，不禁讓他好開心。還有，如果史都華也在，那麼他待在凱倫身邊也會比較自在。

凱倫年紀比他大一點，和史都華比較接近，但只有他能惹凱倫哈哈大笑，史都華沒有這個能耐。自從她從鐵絲網的地洞爬出來、看到揮棒打青蛙的那一天起，總是他能讓凱倫咯咯笑個不停。有時候，當他看到他們兩個在竊竊私語、抽菸，或是從他面前沿著鐵軌散步的時候，他總覺得自己不該出現在那裡。然後，凱倫會突然停下來，對他展露那種請他出動的微笑，他也會配合扮鬼臉，或是裝出愚蠢的聲音什麼的，立刻讓她哈哈大笑。有時候，他覺得她只是在戲弄他，但他一點也不在乎。他知道自己在她心目中有重要地位，他對史都華來說也一樣。他彷彿看到他們三人在一起的景象，成了一生一世的好朋友，鐵路路堤旁的高大野草瞬時變成了大學校園裡精心養護的草坪，三人各自坐擁的豪宅的某個後花園……最後，變成了倫敦漢普斯特荒野公園裡的場景，他媽媽曾帶他去過一次，他們三人會坐在公園的長椅上，旁邊帶著狗兒，也許還有小孩。

帕瑪年僅十四歲，但已不再懵懂，他知道自己戀愛了。

凱倫站起來，四下張望了一會兒之後，開始半跑半滾、從堤岸衝下去。她假意馬上要撞到尼可林，他也配合演戲，裝作怕得要死。最後一分鐘的時候，她撲跳過去，尼可林踉蹌後退，抓住了她，他大吼大叫，哈哈大笑，一手緊捏住她的屁股。

帕瑪也笑了，同時還忙著揮趕身旁的蚊子，跟在凱倫與尼可林後頭，他們兩人各點了一支菸，朝遠方那幾間破爛漆黑的鐵路屋舍慢慢走去。他們進入主屋——某間已經廢棄不用的設備庫房——開始如往常一般立刻開始動手整理，流浪漢有時候會睡在這裡，這地方依然散發出臭尿與啤酒味，他們先前發現過好幾次生火的餘燼，空罐、針頭，還有一次找到了用過的保險套，尼可林把它撿起來、追著凱倫到處跑。今天，這地方看起來更加荒涼，荒置的設備，一堆菸屁股，舊報紙，曾經被流浪漢拿來當床鋪的一捲濕霉地毯。

大型青蠅在他們頭上盤旋，帕瑪拿起石頭丟向破爛窗框上的殘裂玻璃，尼可林則捻熄了自己的菸，東張西望，看看是不是有什麼樂子，凱倫四處亂晃，哼唱著杜蘭杜蘭的最新單曲，她高昂輕快的歌聲在骯髒的灰泥牆之間迴盪。

「閃人啦，這裡超鳥。」尼可林對準其中某個空罐，大腳一踢，它從水泥地上飛掠而過，撞到了遠方的牆面，應聲碎裂。

帕瑪興高采烈，「我們可以來生個火什麼的……」

「我們大家來撇條好了。」凱倫開口，沒理會帕瑪，只是斜眼看著尼可林，她哈哈大笑，帕瑪轉過頭去，滿臉通紅。她每次講這種話都讓他好反感，有時候她會找高大的野草堆、直接蹲下去，他實在無法忍受。

「無聊，」尼可林說道，「媽的都是午餐吃的蛋害的，我現在就算想撇條也擠不出來。」他又從十根裝的Silk Cut菸盒裡拿了一根菸。凱倫從她單寧外套的上方口袋取了散裝菸，湊到尼可林身邊一起哈菸。她抽出他嘴裡的菸、爲自己點火。

當帕瑪轉身過來的時候，凱倫與尼可林已經不見人影。起初他有點害怕，但後來聽到他們只是躲在外頭講悄悄話，他透過破窗向外凝望對面的路堤，頂端有個住宅區，也就是史都華住的地方，他看過那裡的居民直接把垃圾倒下去，把那塊茂盛的綠色路堤當成了垃圾山，他們也會在裡面大便，行爲舉止與凱倫或尼可林如出一轍。

不過，他還是喜歡這地方。他知道某棵大橡樹樹根裡有狐穴，還有一次在同一棵樹的下方發現了淡藍色胖嘟嘟的小松鴉，發出宛若貓叫的聲音在呼喚母親。他知道要到哪裡找大粒的黑莓，還有長得滿山遍野的醉魚草會吸引哪一種蝴蝶，他也很清楚在皺成一團的生鏽鐵片裡可以找到蛇蜥與草蛇……

帕瑪身旁傳來腳步聲，碎玻璃被擠壓在地板的聲音，他嚇了一大跳。他轉頭看到面露微笑的尼可林，似乎是終於找到好玩的事情了。

「凱倫想要和你那個一下。」他的語氣平鋪直敘，帕瑪沒說話。尼可林吸了一口菸，等了一會兒之後，聳肩，「好吧，那我就告訴她你沒意願囉？」

「什麼都要做嗎？」帕瑪的聲音飄得像氦氣一樣高，呼吸變得急促。

「她是這麼說的。她已經和一堆人做過了，什麼樣的招式都有，所以這其實也沒什麼。也許會幫你吸老二……」他摸了摸腦袋，爲了夏天，他的濃厚黑髮已經剪得像麂皮一樣短。

「她希望我做什麼？」

「老弟，幹她就夠了。」尼可林悶哼冷笑，他的聲音也一樣高亢，還做出抽插動作，他好興奮……

帕瑪轉頭看著他，他的手掌已經壓住自己的褲襠，「對……我想要。我的意思是，她想要我出去外頭或是她要……？拜託，史都……究竟是怎樣？」他努力擠出笑容，他們是好兄弟，不需要害怕。

「你趕快出去就是了，搞不好她現在早就脫了內褲，我現在出去找她。」尼可林把香菸彈到角落，慢慢走了出去。

過了一會兒之後，帕瑪聽到他繞到房子旁邊，對凱倫低聲說話。他豎起耳朵，拚命想要聽到脫衣服的聲響，還有他一直夢寐以求、在做愛之前聽到的聲音——喉嚨裡的屏氣呻吟。但當他動手解開皮帶、拉下拉鏈的時候，他只聽到自己的呼吸聲；急促熱切，一點也不性感。他背向大門，雙眼盯著牆面，想要冷靜下來，千萬不要去想她等一下會對自己做什麼。某人曾經把小雞雞塞進灰髒的空心磚裡面，他低頭看著自己的那一根，實在沒那麼偉大，他開始搓揉腰間的紅色腰帶勒痕。

他聽到背後門口傳出聲響，一聽到她的聲音，他差點還沒開始就洩了。

「準備好了沒？馬丁？」

他開始搓揉陰莖，其實他連自己爲什麼會做這個動作也不是很清楚。他發出了微喘，甚至轉頭看著她的時候，還繼續抓著小弟弟，臉上泛著笑意……

凱倫與尼可林站在門口，兩個人手牽手，都張著嘴，等待爆笑出聲的最佳時刻到來。凱倫是第一個哈哈大笑的人，但是笑聲才一出口就消失了，頭還立刻別過去。尼可林開始怒笑，拍打著自己身體的兩側，就像是帕瑪在電影裡看到的一樣，尼可林看到他的受害者的臉部表情，一邊哈哈大笑，也不忘罵他，「幹，帕瑪，這是玩笑啊，我只是在開玩笑……」

凱倫又回頭，「天哪……」

尼可林指著帕瑪的鼠蹊處，發出憎惡的悶哼聲，帕瑪出於本能、趕緊以拳頭護住自己柔軟縮皺的陽具。

凱倫斜靠在門框上，「天，馬丁你……」

「現在你把她惹火了，」尼可林說道。凱倫開始低聲哭泣，尼可林語調裡原本的促狹也瞬間消失，「她眞的被你氣到了，你這個噁心的蠢蛋。還不都是因爲你聽不懂笑話，變態……」

這種時候也只能拚命向前跑，那天在公園打人的時候、初識的那個夏天，以及之間有十多次的關鍵時分，他早就該這樣狂奔離開。

他一直跑，也不敢停下來穿好衣服，只是把褲子拉到腰際，閃過那個咬著巧克力棒包裝紙的黑色短髮男孩、與那個穿著藍色洋裝的哭泣女孩，衝出了門口。

他跑向綠油油的茂盛路堤。

他低著頭，拚命向前跑，朝坡頂的住宅區奔去，他拚命擦眼淚，衝過茂盛的茅草堆，匡啷踩過那皺成一團的生鏽鐵片。

逃離了蛇穴。

5

「他們是怎麼聯手犯案的?」

這是布里史托克昨晚在電話裡問他的第一個問題,也是看到小組成員的第一個問題,他們一群人全聚在大間辦公室裡,布里史托克、索恩、賀蘭德,以及麥克艾渥伊。原本的調查範圍就已經很龐雜,過了一個晚上之後,已經成爲倫敦長久以來未曾見聞的超級重案。

索恩的答案還是跟幾個小時前一樣。他不知道,但他希望可以憑藉衆人的力量、理出一些頭緒,什麼都好,讓參與此案的數百名警察與文職人員能夠理出頭緒,在殺人產業鏈工作的那數百人……

「看來這兩名兇手是輪流犯案。」布里史托克看來前一晚睡得並不好,索恩自己也沒怎麼睡,但他不像長官一樣、還同時受到傑斯蒙德的折磨。索恩望著督察長,又看到一個血淋淋的例子,還是不要升官比較好,他不想看到傑斯蒙德這種只坐在辦公桌前的人出口訓斥他。他知道那種責無旁貸、遵守信諾(如果眞有這種東西)的夢幻世界,其實還相當遙遠。

布里史托克傾身向前,交纏的手指擱在書桌上,他的聲音有些嘶啞,但也充滿了焦急。「證據顯示這兩人無論是在心理層次或是體型、都是截然不同的類型,但我們必須知道他們怎麼會……發生互動。他們是聯手攻擊?或者只是單純各自殺人?也許一個在殺人,另外一個在旁邊觀看……」

「我認爲不太可能。」賀蘭德是第一個開口的人，這一年來他的自信大幅躍進，讓索恩刮目相看，

布里史托克點點頭，「賀蘭德，繼續說下去……」

「瑪姬．奈特的證詞沒有提到第二個人……就我的記憶所及，附近根本沒有任何人，而查理．加爾納也不曾提到還有別人。」

「再找瑪姬．奈特問清楚。」布里史托克交代索恩，兩人互看了一眼。

「我會打電話給恩奈特夫婦。」索恩本來以爲自己不需再與他們聯絡了，至少，在沒有好消息之前，不該打擾他們，「長官，不過賀蘭德是對的，那個小男孩不曾提到有兩個人……」

一個已經夠恐怖了，是不是？查理？

「我想我們忘了考量時間因素，」麥克艾渥伊的聲音聽起來與布里史托克一樣疲倦，索恩望著她，她看起來也好不到哪裡去。「他們是有可能聯手殺了卡蘿．加爾納與羅絲．莫瑞，或者至少在行兇的時候，兩人都在場，但是七月的那兩起持刀殺人案的時間點幾乎重疊，而且事發地點相距甚遠，這兩個人一定是各自犯案。」

「我同意。」索恩說道，他也早就想到了。

「好，所以可能的狀況是，他們就算在同一天行兇，但依然是各自行動，也就意味著他們精心策劃犯案，天，他們鐵定在一起推敲所有細節，討論日期……」

索恩搖頭，「我認爲我們不該有任何的假設。」

他們現在要追查的那兩個人，可能根本沒有見過彼此。索恩曾經讀過美國有一對殺人兇手，

各自行兇，但幾乎根本沒有什麼交流。他們會利用電話與網路討論預計下手的對象，各自醞釀殺人計畫，得逞之後再互相比較。他們分享經驗，但是卻從來沒有見過對方。當局抓到其中一名兇手，以注射方式處以死刑，就在他斷氣之前，他還向自己的犯罪夥伴獻上最後的祝福，索恩一想起這段故事就不寒而慄。如果，至少就金融面來說，美國打噴嚏英國就感冒，這句話是成立的，那麼，這個成長最爲快速的產業之一，難道不也是如此嗎？

麥克艾渥伊點了菸，「你說這兩名兇手的心理狀態截然不同，要不要找心理側繪專家來幫忙？」

布里史托克的下巴朝香菸點了一下，然後又指向窗戶，麥克艾渥伊嘆氣，站起來，走向窗邊，布里史托克開始回答她的問題，「我已經查過全國犯罪偵查人才資料庫……」麥克艾渥伊打開窗戶，整張臉皺成一團，四樓，十二月，那股感覺不只是新鮮空氣而已。

「拜託……」賀蘭德轉過頭去，對她露出不以爲然的表情，她又抽了一口，默聲對他道歉，把煙吐向窗外。

布里史托克繼續說道：「推薦名單上的兩位專家都在忙其他案子……」

索恩冷得發抖，伸手拿起掛在椅背上的皮外套，「二手菸和肺炎，哪一個死得比較快？眞有趣的問題啊……」

麥克艾渥伊吸了最後一口，把菸屁股向空中一彈，關上窗戶。「你們有夠娘的。」她嘲弄完他們之後，又回到書桌前，一坐下來，就立刻盯著布里史托克不放，彷彿剛才什麼事都不曾發生過，「你剛才說，那兩個專家，所以你的意思是全英國只有兩個心理側繪專家？就那兩個人？」

「眞正被推薦的只有兩個，沒錯。」

「這眞是他媽的太荒謬了，」布里史托克聽到這句話只能聳肩，而麥克艾渥伊搖搖頭，繼續說個不停，「哦幫幫忙好嗎……你也知道，側繪專家又不是靈媒，這是大家都承認的一門科學啊，長官？」

她望著索恩尋求火力支援，但她挑錯了對象，「莎拉。我認爲現在不是討論心理側繪優缺點的時候。我們之中就算有人有意見也一樣，反正現在就是沒有人可以幫忙。」

「難道就不能自己找嗎？」

賀蘭德對她咧嘴大笑，「我去拿工商名錄電話簿，要不要？」

布里史托克做出小結，「大家給我聽好，如果我們自己找人，延請的對象不在資料庫名單裡，而且又搞砸的話，那麼第二天我們大家就得去幫別人燙制服了，沒有人想要把自己搞得聲名狼藉。」

索恩低下頭，望著眼前的筆記本，開始亂畫。

三雙眼睛。有兩雙是粗黑線條的筆觸，大眼，厚重眼瞼，冷酷。另外一雙比較細小，黑色眼眸，長長的睫毛……

「既然說到這個，」索恩問道，「高層覺得我們需要什麼樣的媒體曝光呢？」索恩可以猜到答案，但是他體內的惡作劇因子卻很想要聽到督察長會怎麼回答。這種事當然與索恩無關，他需要擔心的只是在逮捕嫌犯時不要驚動媒體而已。

布里史托克開了口，但索恩完全認不出來那是他的聲音，彷彿在對著警司與部屬辦公室之間的牆壁講話。如果只有索恩，當然不會有問題，他可以直接說出心裡的想法，但現在還有低階警官在場，布里史托克的語氣變得高深莫測。「我在第一時間已經向傑斯蒙德報告過了，今天下午將安排召開記者會，我想他一定會向媒體披露最新進展。」

賀蘭德的回應完全聽不出督察長的那種隱晦，「太蠢了，這種事當然不能讓媒體知道。現在知道行兇者有兩人是我們唯一的利基……」

索恩看到賀蘭德還如此天眞，不禁有些寬慰，「賀蘭德你又來了，完全就是標準警察的思考模式，反觀傑斯蒙德警司……」——布里史托克忍俊不禁——「有他自己的職責需要考量，顯然就他的認知看來，大英國協的社會大衆似乎覺得如果眞要相比，兩個毫不相干的殺人犯比一對殺人犯來得可怕一點……」

索恩雖然語氣嘲諷，但他卻感受到一股熟悉的本能性恐懼開始蔓延。他知道他們要追捕的那兩個人絕對比一般的殺人犯可怕多了。

會議結束之後，索恩、布里史托克、麥克艾渥伊，以及賀蘭德都默默離開了那間辦公室，大家都各自準備迎向眼前的緊急重大任務。雖然還有許多難以解釋或根本無法解釋的疑團，但有件事卻顯而易見，他們必須盡快抓到人，不然菲爾．漢卓克斯又得處理更多的屍體了。

因爲，只要出事就是兩具屍體。

珍．拉維爾，三十九歲的離婚婦女，在某個溫暖七月的晚上被人刺死，流血身亡，地點在倫敦哈林蓋區、郵遞區號N23伍德格林區的某塊荒地。所以，過了五個月，歷經了一個比對整理卻一無所獲的漫長週末之後，湯姆．索恩在極其冷冽的週一下午，來到了重案組（東區）的總部，這裡的工作小隊下轄十個行政區，哈林蓋也包括在列。

索恩坐在愛德蒙頓的某間煙霧繚繞的辦公室裡，全身發冷，坐在他對面的那個傢伙傲慢嘮叨得要死，他已經很久不曾這麼倒楣、必須與這種人交手。

「你的意思是，我們怎麼沒看出這兩案有關聯嗎？天哪，打死我也看不出來你那兩個之間有什麼關係……叫什麼名字來著？」

「長官，卡蘿．加爾納與羅絲．莫瑞。」

督察長德瑞克．里克伍德點點頭，吐了一口煙，「對，是啦，嗯，我覺得硬扯在一起實在有點牽強，但那是你家的事。」他穿著剪裁合身的昂貴藍色西裝，整個人靠在髒兮兮的塑膠椅上，那姿態彷彿把它當成了膨軟的眞皮貴妃椅。整頭黑髮整齊後梳，不是很帥但還可以的一張臉。他的下巴與鼻子都稍嫌大了一點，喉結也是，講話的時候激動地上上下下，這人眞的很奇怪，發表高論的時候不是看人、而是在索恩頭上六英寸的地方。

「但如果開始與我的執掌範圍有關，我的神經就會變得比較敏感，」里克伍德說道，「我個人不是很欣賞明明應該只是同事的人，卻在這裡大搖大擺，還暗示我的團隊可以把案子處理得更好什麼的，言下之意，也等於是在罵我，這種事情會讓我很火大。」

索恩雖然只是草草翻了一下珍．拉維爾的檔案，但他立刻發現這起案子辦得潦草隨便，要找到比他們差勁的警察還眞是沒那麼容易。該做的事都有做，但也就不過如此而已，虛應故事，完全不用心。在珍．拉維爾遇害的兩天之後，這案子就和她的屍體一樣，死了。

索恩看得出來，里克伍德的反應根本是在裝腔作勢。對一個擔憂自己缺點曝光的警官來說，這是典型的防衛性惱怒反應。這傢伙露出洋洋得意的笑容，索恩知道自己超想扁下去，而且一定可以把他修理得很慘。但他也很清楚，如果真的想要問出什麼線索，還是得需要一點圓滑技巧。

表面上是圓滑技巧，其實不就是狗屁而已。

「長官，就珍．拉維爾與森丘的受害者凱蒂．崔的這兩個案子看來，似乎是沒有相關性，除非……」

「沒錯，」里克伍德在索恩面前、拍了拍書桌上的檔案，「我們研究過凱蒂．崔的案子，這是當然的，但她是被亂刀砍死，而珍．拉維爾卻是一刀斃命，手法俐落，凱蒂．崔簡直面目難辨，兇手幾乎把她的頭都砍斷了。有誰會覺得這兩起案件有關聯？」

索恩點點頭。關聯，當「變態」與「反常」有所關聯的時候，這種案子就會落在他身上。

「表面上看起來，這兩起案件沒有……先前是沒有關係，」索恩的措辭小心翼翼。「而現在當我們回顧這兩個案子的時候，我們認為唯一的關聯就是——這兩起案件是不同兇手所為，很有可能，他們至少是彼此認識的……」

里克伍德的眼睛睜得好大，重複了一次索恩的話，「很有可能？！」

「能出現這種巧合的倫敦謀殺案並不多。兩名女子在同一個晚上被兇手持刀殺死，四個月之後，兩名女子都被勒死，而且她們在遇害前剛好都從大站出來。我覺得兇手逐漸縮小鎖定範圍，案件的相似性越來越高……」

里克伍德望著索恩的頭頂，「抱歉，我恕難同意。」索恩當然知道他心裡怎麼想，自作聰明的傢伙。

「如果說這算是某種遊戲好了，他們似乎是想要不斷增加挑戰自己的難度。」索恩看到里克伍德點頭，忍不住露出微笑，這個小動作除了表示他理解與認同之外，也等於承認了他這個人眞的是駑鈍。就在那一刻，索恩心想要是能立刻對他出個右勾拳，一定會爽得不得了，打斷他的鼻子，甚至再甩個巴掌……

「那麼，你打算什麼時候開始？」里克伍德問道，又點了一支菸。

其實，索恩已經算是開始了。麥克艾渥伊與賀蘭德忙著重新詢問證人，尤其是麥可．穆雷爾。

他在伍德葛林購物中心的電影院工作，珍．拉維爾遇害之前曾在那裡看電影。穆雷爾供稱自己看到一個男人，頻頻在電影院外頭徘徊，彷彿是在等人似的。當天出現在電影院的人大部分都已經被清查過了，依然不知道那個人是誰。嫌犯辨識圖當然已經畫好了，也存在檔案裡，但索恩想知道經過五個月之後，麥可．穆雷爾的記憶不知會不會有什麼變化。他也很想知道德瑞克．里克伍德這位督察長對某人證詞的看法。

「你覺得琳恩．吉布森這個人怎麼樣？」

里克伍德從鼻子噴了一大口煙，甚爲惱怒。看來他頗喜歡把香菸當成自己的道具，但他也未免太愛演了。「如果你問我的話，我覺得她就是個氣到不行的瘋婆子，而且她就是很愛搞這一套，你知道嗎，我覺得她可能很討厭警察，每隔十分鐘就跑過來騷擾我們，堅持要知道我們查案的進度。」

「她畢竟是珍．拉維爾的朋友……」

「那都是她自己說的……」

「她覺得有某個同事在糾纏珍？」

「一下說被人糾纏，等一下又說是糾纏別人，吉布森自己根本不確定，所以我斷定她什麼都不清楚。基本上，她覺得我們應該要好好去查一下珍的某個男同事，但她也不知道那個人是誰。珍從來沒有講出那個人究竟是誰，更證明這種話聽聽就好……」

「你沒有繼續追訪嗎？找她的同事問話？」

「檔案裡都有。」

索恩很清楚檔案裡的內容。週六與週日的大部分時間，他幾乎都在埋首研究珍．拉維爾與凱蒂．崔的案子。荒地上乾涸的血跡，還有數百道的刀傷，又一個靠著輕鬆讀物打發時間的週末。

他等待里克伍德繼續說下去。

「要是沒有名字，只是浪費時間而已，那又不是什麼小公司。我們四處詢問，也摸清楚了那個地方的狀況，查問了兩三個人，但我們沒有問那個剛被殺害的女人是否被哪個人騷擾過，我們能做的都做了。」

索恩發現就算要假意尊重這位長官也很困難。「公司的權力鬥爭問題呢？辦公室總是流言不斷，你有沒有打聽那裡的八卦？」

里克伍德再次靠在椅背上，還擺出姿勢，差一點就摔滑下去，「哦，你講到重點了，老弟。我們找到了她，對吧，伍德格林公路一百碼外的一具死屍。就我們看來，這種話題才是辦公室的八卦來源……」

戴夫．賀蘭德很少去電影院，他和蘇菲比較喜歡租片，晚上窩在家裡看電影，如果有時候他依稀覺得這樣可能會少了什麼樂趣，那麼，只要瞄一眼電影院裡面髒黏的地板就夠了，他看到伍德格林影城，就知道還是擁抱百事達比較美好。

麥可．穆雷爾是年近四十的黑人，個子高䠷，體格削瘦得不太正常，他咳了兩聲，等於通知賀蘭德他到了，然後又輕拂外套的袖子，清理根本不存在的線頭。他開門見山，告訴賀蘭德他最多只能待五分鐘。不過，賀蘭德立刻就發現這位電影院的前台經理的確讓他不虛此行，他的效率、掌握爆米花銷售情況的能力無與倫比，足以彌補他的冷淡態度，他可以毫不猶豫直接告訴你上個月賣出了幾桶鹹味或甜味爆米花，還有墨西哥乳酪辣醬的主力消費層是男性還是女性。賀蘭德雖然對這個不是很有興趣，但卻鬆了一口氣，不論這股對工作的奇怪熱忱是出於什麼原因，賀蘭德認爲這證明了穆雷爾先生應該是個可靠的目擊證人。他對於五個月前在戲院外頭徘徊的那個男人的記憶依然很清晰，或者，至少他是這麼說的。

「班．艾佛列克與凱特．貝琴薩主演的《珍珠港》。八點二十分開始播映，八點三十五分正片開始，觀衆在十點二十分開始陸續離場。警察先生，我記憶力超好，我還記得他的臉。」穆雷爾語氣平穩，他的目光穿透了厚重的大眼鏡、瞅著賀蘭德，「你知道嗎，我腦海中一直揮之不去的印象倒不是他哪裡鬼祟可疑……而是他怕得要死。」

莎拉．麥克艾渥伊的菸量絕對可以代表英格蘭出賽，但與琳恩．吉布森相比，她也只不過是輕量級水準而已。她在普特尼區的某家小型公關公司工作，辦公室所在的那棟建築物嚴格禁止吸菸，所以她們兩人就一直站在停車場，凍了二十分鐘左右，腳邊散落了一堆菸屁。

琳恩．吉布森的菸屁股很好認，留有鮮紅色唇印的就是了，一共有四根。

她一直把菸往嘴裡塞，其實都是因爲一開始她不願多談朋友遇害的事，顯然要是深入這個話題還是有難處。麥克艾渥伊知道自己不該勉強對方，對重案組來說，五個月等於是一段漫長時光，一堆死屍陸續出現。但對於死者的親友來說，五個月前的事宛若才剛發生而已。

「哎，珍不是聖人，但她絕對不會使壞。」琳恩語調緩慢，語句斷斷續續，彷彿想要在過往的眞實事物裡尋求某種確證，對故友性格進行完整分析。

「和我在一起的時候，她總是開懷大笑，但我知道有時候她在私底下會哭得很傷心……」

當麥克艾渥伊提到珍．拉維爾的工作的時候，琳恩．吉布森才變得活潑了起來。然後，她開始嘰嘰呱呱講個不停，她說她朋友曾經提到有個男人在煩她，但珍自己也和人家搞曖昧，搞不好還讓他摸了幾下，但也只是爲了戲弄他而已，其實她對他沒有興趣。

「不過，那男人有點狀況，一直讓她很擔心，她一直沒說到底出了什麼事，我也追問過，但她就是不肯說，似乎令人毛骨悚然。我連那男人叫什麼名字都不知道，但妳一定要想辦法把這個人找出來，我知道那個討厭鬼里克伍德覺得我是瘋子，但妳知道嗎？我眞的很了解珍這個人……」

麥克艾渥伊好感動。這女人憤怒歸憤怒，但就麥克艾渥伊看來，倒是沒有什麼壞心眼。當琳恩．吉布森取了另外一根菸、準備點火的時候，她突然爆出沙啞笑聲，但當菸尾出現亮光的時候，麥克艾渥伊看到了火焰映現在她水濕的眼裡，淚滴隨時要奪眶而出。

「妳知道嗎，我曾經告訴她來我家住，但這個蠢女人就是太戀自己的床了。」她又大笑，笑聲立刻變成了咳嗽。她深吸了一大口，以手根壓住眼睛，「我還要告訴妳一件眞的很蠢的事。我們那晚去看的電影，難看死了，大爛片……」

肯特緒鎭聖誕節燈飾之類的簡單事物，居然能讓索恩精神大振，眞是太奇妙了。它們遠遠比不上牛津街或是布倫特十字區那裡的燈飾那麼華麗，只是一串串的白色燈泡懸吊在主街上，不過，在與德瑞克．里克伍德相處了兩個小時之後，看到這幅景象，居然讓他心情大好。

索恩喜歡聖誕節。現在的他已經不會像小時候那麼興奮了，但誰不是呢？他是家中獨生子，聖誕節自然格外重要。現在，他只會冷嘲熱諷，因爲有些商店居然在復活節結束之後就掛上了聖誕飾品，或者，當他看到大家爲了過節砸下的大筆金錢，會忍不住瞠目結舌，但他一直很期待白色聖誕，兒童合唱團的〈蕭瑟隆冬〉歌聲依然會讓他感動流淚。

當索恩到了家門口，對於佳節歡喜氣氛的提前感懷，立刻轉變成天大的火氣，因爲他打開信箱，發現他有一張聖誕卡片，而且是目前唯一的一張，「孟加拉騎兵隊」餐廳寄來的問候，希望他未來一年能夠繼續光顧。這倒是提醒了他，現在可以打電話叫外送、當作他們贈送餐廳年曆卡的回禮。

索恩走向大門邊桌旁的電話，他發現答錄機的燈正閃個不停。他按下播放鍵，幾秒鐘之後一聽到是父親的留言，就立刻按下停止鍵。索恩知道留言講的一定不是什麼重要的事；只不過和往常一樣，以非常幽微的方式提醒他太久沒打電話了。

索恩明白他的意思，立刻拿起了話筒。

自從他的母親在兩年半前過世之後，湯姆與他爸爸吉姆之間的關係也發生變化，父親不斷問他無聊的謎題、講無聊的笑話，已經到了荒謬而近乎變態偏執的程度，身爲人子的他只能苦笑承擔，因爲他們父子之間的心理距離，遠遠超過了北倫敦到聖奧爾本斯之間的二十五英里。

勉強的笑聲，立刻油然而生的罪惡感。

通常最先登場的是笑話，「湯姆，ET是哪兩個字的短語（又意，ET爲什麼這麼矮）？」

「爸，你就繼續說吧……」

「他天生小短腿。」

然後，是罪惡感，今晚它幻化成爲一年一度的閒聊話題，索恩的父親要在哪裡過聖誕節。前兩年他都到倫敦與索恩一起過節，先前還有三個人的時候，也是這樣過了好幾次。至於四個人聚在一起交換襪子與香水、吃烤火雞、爲女王演說而爭論不休，然後在看著經典名片《大逃亡》的時候睡著的聖誕節，似乎已經是好久以前的事了。那時候還沒有人中風，不需要去探病，也還沒有那種會讓人徹底改變的悲慟。

那時候，還沒有緋聞。

現在，只有爸爸與兒子，而且老的那個變得像小女孩一樣，需要引起別人的注意。他有個姊姊住在布萊頓，平常一整年都不會提到她的名字，但說來神奇，只要伍爾沃斯超市的第一支應景電視廣告開始出現、父親就會在聊天時冷不防突然說出她的名字。索恩很清楚他爸爸的「我知道你忙，我看就別麻煩了」模式，就和索恩小時候深信不疑的聖誕老公公一樣，一年到訪一次。對，他可能會自己去艾琳家……也許這樣對大家都輕鬆……他不想給任何人添麻煩……等到他想好自己要幹嘛的時候，一定會馬上告訴索恩……

索恩知道這老傢伙一直都非常清楚自己在幹什麼。

兩瓶森寶利高級淡啤、配上肯特緒鎮最好吃的一盤喀什米爾料理，索恩對父親的怒氣也沒了，也該趕快追上麥克艾渥伊與賀蘭德的進度才是。

賀蘭德告訴索恩，他已經比對了瑪姬．奈特與麥可．穆瑞爾的證詞，雖然兩者的描述差不多，但穆瑞爾堅持他看到的那個人有戴眼鏡，「好，那我們就把奈特和穆瑞爾一起找來吧，」索恩回道，「一定要問出可靠證詞。」

麥克艾渥伊也確認了琳恩．吉布森所提供的線索必須繼續追查下去，珍．拉維爾與某個同事之間有狀況，值得注意。至少其中一名兇手可能會從熟悉的環境開始下手吧？也許還挑的是熟人？索恩與麥克艾渥伊抱持一樣的想法，雖然里克伍德已經表明這是浪費時間，但他已經下定決心要從這個方向切入，也許會挖出什麼線索。反正他早就下定決心了，無論麥克艾渥伊查訪後對琳恩．吉布森有什麼意見，一定要好好刺一下德瑞克．里克伍德，就算不能海扁這傢伙，至少惹毛他也挺不錯的。

他一邊和麥克艾渥伊講話，同時也忙著收拾地板上的外送餐盒。他的貓咪艾維斯在他的腳踝邊磨蹭，唉叫個不停。一年前追查另一個案子的兇手的時候，他在某種令人傷感的情境下，收養了這隻貓咪。艾維斯是個性緊張的小貓，但這一點似乎完全不會影響到她的食慾。

索恩把垃圾帶進廚房，他實在說不上有多喜歡這間公寓，但至少整齊乾淨，大部分的時候確是如此。

他刮掉廚餘、扔進垃圾桶，心想要是有女人稱讚他家如此整潔，感覺一定很開心。

莎拉．麥克艾渥伊與索恩結束電話之後，立刻關了手機。她微笑望著戴夫．賀蘭德，因爲就在十分鐘之前，他也做出一樣的事。

最後點餐的提醒鈴聲響起。賀蘭德先看了一下手錶，又望著麥克艾渥伊。她點點頭，拿了一根菸，賀蘭德則抓起兩人的空杯，擠入人群當中，朝吧檯走去。

索恩坐著，回想起白天的情景，酒吧裡沒人，讓他可以喝個痛快。

警笛四處作響，他發現平日熟悉的噪音出現的次數異常地多；每隔個幾分鐘就開過來開過去，杜卜勒效應還來不及發作，另外一台的聲音又出現了。也許是什麼可怕意外，火車撞毀、地鐵站發生火災，或者，只不過又是這座城市讓索恩愛恨交織的一天。

警車、救護車，在首都街道上尖嘯而過。

倫敦的聲響。

索恩望著電視機螢幕，他完全無心觀看那快節奏的跳躍畫面。半夜十二點半，現在播出的節目似乎是有個女人、對著街上的陌生人咆哮，索恩完全不知道劇情，他只看到一張似乎有點面熟的臉龐，疲倦、灰白、微亮的面孔，在這偶爾出現的幽暗寂靜的寧悅時刻，飄浮在佈滿灰塵的螢幕後方。

屋外，已經冷得可以見雪了。

屋內，索恩坐著不動，凝視自己的倒影，他在想，不知道查理．加爾納想要什麼聖誕禮物。

一九八六年

後來，即便冬天到來，他知道自己還是喜歡待在戶外，在街頭閒晃。他知道這種季節裡總是會有幾天，天候極端惡劣，你的卵蛋會痛得要死，那時候也只得去便宜旅社過夜。曾經有好幾個老傢伙，糟老頭，酒鬼，對他敘述過那種褲子結冰緊緊黏住大腿、只能靠自己的熱尿尿在裡頭退冰的那種寒夜，然後，他可能會回去收容中心喝點熱湯，感謝一下上帝。除非積雪深達一英尺，否則他一定是睡在外面，流浪之路果然艱險。

但他一直是個能夠承受巨痛的人。

這地方的確很特別。由許多步道、地下道、隧道所構築的迷宮，充滿水泥鼠道的微型城市，專屬於鼠輩之人。不過，得要等到入夜之後，才會看到「厚紙板城市」的完整景觀。如果想要仔細體會這些人的面貌——狂暴的眼眸、膿瘡，還有糾亂的鬍髯——必須在汽油桶的火光映照下才能看得清楚。白天，控制這個地方的人是滑板玩家，但一等到夜幕低垂，他們會各自拿起滑板離開，回家吃飯，然後，如他這般的社會敗類，開始陸續出現。

他是這裡的菜鳥。起初，他覺得通鋪小旅社已經夠好了，要是能有一個晚上待在科芬園的恩德爾街的尖釘旅社，足以讓他興奮不已，不過，他不是那種會半途而廢的人，住在戶外還是最好的選擇，而且，住在南堤區這種地方讓他渾身不舒服，抬頭就會看到皇家慶典音樂廳與歌劇院，這是一座充滿四方形建築、只能靠烈啤酒與絕望提振精神的城市。

這種時候，行乞也算是權宜之計。他有充分的時間可以琢磨出鑽營之道，但就目前來說，一天能討個兩三鎊就可以讓他很好過了，可以買報紙和罐頭，還有，為他補充能量的巧克力是一定要的。

他堅信除非有萬全把握，不然不能輕易出手。他是個非常厲害的乞丐，很快就學到了竅門。他不會像個可憐小狗一樣站在那裡，也不會像某些衣索比亞人只把手伸出去而已。他可是有下功夫的，對，他的腦袋比大多數人都靈光多了，雖然他才十六歲也沒差，這又不像發射火箭那麼深奧是吧？只要讓客戶覺得別無選擇就是了。不需要咄咄逼人，不必；太蠢了，也白費力氣。只需要真實表現自我就好，看起來有點幽默感也不賴。老兄，如果我自己這個樣子都笑得出來，那麼你把手伸進口袋也一定不成問題，要是裡面剛好有個一英鎊的銅板，不妨就丟給我吧。老大，上帝祝福你……

反正，這些雅痞蠢蛋一定會掏錢出來。

告別是最美好的一件事。六個月前，他隨手把幾件東西扔進包包裡，又從母親錢包裡偷了錢、準備拿來逃家。那個時候他還不是很篤定，但他知道自己真的不屬於那裡。

一定得閃人。

他還是會思念帕瑪，還有凱倫，想到他們的次數其實比想到媽媽還多。他曾經夢過爸爸，就只有一次而已，但他卻只想趕快忘了這個人。

太蠢了。嚴格說來，他不是在想念他們，而是想念三人在一起的時候他可以做的那些事情，以及從中所獲得的快感。帕瑪與凱倫就像是他的空氣手槍、刀子，或是板球球棒一樣，只不過是他拿來利用的工具而已。

今夜很暖和。他往後一躺，頭枕在自己的背包上，仰望海沃藝廊閃爍的坡道與階梯，然後又望向建築物的頂端，有人告訴他，上頭的顏色會隨風而發生變化，據說，這算是藝術，這比較像……打手槍吧。

一輪滿月高掛滑鐵盧大橋。他看到了緩慢移動的人影，左顧右盼，望著天空地闊的河景驚嘆不已。笨蛋，從橋上往下望，並不是觀察倫敦的最佳視點。想要看到這座城市的變化，必須要待在這裡，他的周邊都是毒蟲與人渣，這是一座越接近底層、越能體驗活力的城市，而他也開始逐漸適應了這個圈子。

馬丁與凱倫……

在鐵路旁的漆黑小屋裡，或是公園、購物中心，又或是信步走過幽暗地下道的時候，他想像他們兩人悄悄跟著他，盯住他不放。馬丁的巨大雙手慌張亂揮，需要被安撫哄慰，而凱倫看到他的彆扭與焦慮姿態，忍不住哈哈大笑。

尼可林墜入夢鄉，夢到和他們兩人上床。

6

巴罕與史盟特是位於沙夫茲貝里大道上的大型會計事務所，玻璃帷幕建物，附近全是電影公司與出版社，非常接近中國城與蘇活區。所以，如果哪個會計師早上算帳算得頭暈眼花，中午想喝碗熱騰騰的酸辣湯，順便打個手槍，這個上班地點實在很方便。

索恩坐在大型眞皮黑色沙發上，欣賞大面白牆上低調典雅的藝術作品。他瞄了一眼坐在對面椅子上的賀蘭德，他從自己面前的玻璃咖啡桌上挑了本時尚雜誌、現在正隨意亂翻。他不知道門廳裝潢的費用比自己家裡全部的家具貴了多少，搞不好還超過了他整棟房子的價格……

門廳的另一頭有一對年輕漂亮的接待小姊，坐在兩張並排的胡桃木書桌前面，索恩發現其中一個正在看他，她展現甜笑，「再等一會兒就好了。」她的聲音在大理石與玻璃之間迴盪，她的同事抬起頭，也露出滿臉笑容。

索恩點點頭，她們其中一個應該就是剛好到職五個月吧……

他閉上眼睛，腦中浮現出那面照片越貼越多的牆。她的身體側躺，右臂壓在身體下方，而左手臂則攤舉過頭，宛若一個渴望得到老師注意目光的女學生。一隻高跟鞋不見了；落在好幾英尺外的蕁麻地裡，夏衫上的露珠閃閃發光。她整個人是黃白色的，像是被某種大型狗咬過、扔在一旁的骨頭。披掛在身上的衣服彷如碎肉，頭髮像是白色的肉筋。相片裡有一大片褐紅——那是從胸部傷口汩汩流出的鮮血，經過一整夜之後，凝附在殘衣的顏色。

索恩看著那兩個女孩，不是在忙著接電話，就是盯著電腦螢幕，不知道是誰接替了珍．拉維爾的位置。

「我是尚恩．布拉契爾……抱歉，害兩位久等。」

索恩抬頭，看到一身漂亮西裝，伸出來的手，還有露出太多牙齒的嘴。賀蘭德早已起身，索恩也立刻站起來，拿起自己的破爛皮衣，準備跟在布拉契爾後面，進入他的辦公室。但巴罕與史盟特的這位人事部副總監卻打算直接在門廳接受警方問話。他直接拉了張椅子，把手機丟到咖啡桌上，對著櫃檯叫喊，「小喬，就請妳準備一壺咖啡好了……」

布拉契爾三十多歲，頭髮稀疏，索恩覺得這應該是布拉契爾的痛處。他看起來油嘴滑舌，如有必要，他也會展現培養多年的老練世故，面對索恩與賀蘭德，顯然他打算採取友好手段：河口腔的母音、笑聲，加上暗諷，他就是這種人。

咖啡很快就送上來了，布拉契爾率先開口，「我只能重複在這個夏天、對你們同事講過的話。我們是家大公司，我要管理的是重要大事，但我不可能還管到員工的私人生活。我已經說過了，就我所知，沒有任何人與珍曾經發生任何問題。大家都是這麼告訴我的，而且我和珍也是好朋友，所以，要是有任何問題的話，我相信她也一定早就告訴我了。」

賀蘭德把他的咖啡杯放回桌上，「就我印象所及，珍在這裡相當活躍，很樂在工作。」

布拉契爾在皮椅裡挪動了一下身子，發出清楚咂舌聲，「所以出了這種事情之後，每一個人都受到了影響。如果不夠小心，場面就尷尬了，一切都應該要符合那他媽的政治正確度，要是遇到某些人特別活潑……有些人對這種個性可能會比較敏感一點。」

索恩瞄到有個騎摩托車的快遞員從旋轉門進來，他脫下頭盔，慢慢走向櫃檯。

「個性活潑？」賀蘭德反問。

布拉契爾傾身向前，手肘靠在膝頭，手指交纏在一起，對於接下來要講的話態度極其慎重，「百分之七十五，至少，有百分之七十五的人是在工作場所認識了自己的丈夫、太太，或是長期伴侶，這是事實。但你也知道，現在就算要邀女孩子出去，必須格外小心。本來大家可以不分男女、互相開玩笑，但現在每個人的態度都有點過於嚴肅，大家不敢聊天，只有泡咖啡什麼的那五分鐘算是例外，『開飲機時段』，我記得這種講法是從美國來的吧。反正呢，珍以前是不鳥這種事的，她就是愛開懷大笑，如果有人不喜歡，那也是他們家的事，你懂吧。」

索恩看到那個快遞員從背袋中取出包裹，交給其中一名櫃檯女孩，不知道他說了什麼，惹得她哈哈大笑……

「有誰會不喜歡嗎？」賀蘭德的語氣很不以爲然，彷彿不喜歡的人鐵定是蠢爆了。

「哦，每個地方都有不知好歹的傢伙，你說是不是？我猜你們警界也有這種人對嗎？」賀蘭德微笑，但只是牽動了一下嘴角。「對，世界上就是有奇怪的人，聽不懂笑話，但我們也只能認了。做人還是要有幽默感對嗎？我的意思是，我們大家都可能被別人訕笑攻擊嘛……」

索恩面向布拉契爾，快遞員和櫃檯的那兩個女孩仍然在打情罵俏。珍．拉維爾可能是被根本不認識的人殺死的，但也可能是熟人下的手。還有第三個可能，殺害她的兇手可能是她認識但不熟的人——經常見面但算不上認識的對象。快遞、店員、某個在地鐵站天天都會看到的人。

光這樣就有兩三千個嫌疑犯……

「你知道嗎？珍是那種喜歡大笑的人，」布拉契爾依然在稱讚她。「就我所知，她幾乎和每一個人的關係都搞得不錯。」

索恩第一次對他開口就直接嗆他，而且毫不掩飾自己的尖酸，「那麼，就你所知，布拉契爾先生，她是不是曾經和哪個人搞上床？」

布拉契爾臉紅了，他拿起湯匙，輕輕敲著咖啡桌緣，長達好幾秒鐘。「這個嘛，我的職責是要確保大家可以一起好好共事，至於他們要和誰上床眞的不甘我的事。」

「即使是同一間辦公室裡的人？眞讓人難以置信啊。」

布拉契爾的手機在此時響起，他鬆了一口氣。他低聲講電話，同時挑眉看著索恩，算是對這種惱人干擾的事致歉，索恩望著賀蘭德，是該離開的時候了。

布拉契爾聳肩，起身，「很抱歉，但如果兩位沒有其他的事……」

他們握手道別，拿起外套與大衣，索恩突然想到這通電話一定是出於布拉契爾的事先安排，請同事在他們開始談話後的十分鐘撥電話給他、讓他有開溜的藉口。當他與賀蘭德推開旋轉門的那一刻，他又有了別的想法，其實，是個問題。他是否眞的已經培養出敏銳鋒利的直覺？或者只是一個憤世嫉俗的討厭鬼？

「好，你怎麼看這傢伙？」賀蘭德開口問道。他們兩人走在沙夫茲貝里大道，準備前往傑拉德街的劍橋廣場全國停車場，索恩一九八八年份的蒙帝歐停在裡面，眞的是拉低了裡面的檔次水準。天氣很好，但低溫刺骨，圍巾與太陽眼鏡必須同時上身的天氣……

「我覺得他和珍．拉維爾上過床，或者搞過一點曖昧。」

賀蘭德點點頭，「要不要爲了這一點繼續追查下去？」

索恩臉色一沉，對，他是個憤世嫉俗的討厭鬼沒錯，但他的直覺也告訴了自己，布拉契爾雖然是個傲慢不討喜的混蛋，但再壞也不過如此而已。他不知道還得與多少個這樣的人交手、才能結束這個案子。

索恩回到貝克大樓，經過了大偵查室，麥克艾渥伊正在裡面講電話，她向他揮揮手，表示自己得繼續講電話，他點點頭，逕自朝自己的辦公室走去。

他坐在書桌前，點開桌曆電腦行事曆，十二月十一日週二，然後，又盯著賀蘭德爲他安裝的迷幻風格螢幕保護程式、足足有一分鐘之久。那些鮮豔的色彩不斷在旋晃，變幻，交融成另外一種顏色，看得他眼睛是又糊又痛。曾經有人告訴他，這個東西的作用是爲了避免讓電腦螢幕燒壞，索恩不知他們是否也能爲警察設計一套這樣的機制。

他站起來，迅速離開辦公室，進入偵查室，他沒有看任何人，也不講話，只是抓了張椅子帶進去。

他這個人還沒有燒壞……

如果說他不喜歡自己的辦公室，那麼，他對於偵查室的感覺比較接近於全然的憎恨，眞的厭惡多了。到處都是尖銳的直角，沉悶的空氣。骯髒的長窗，光線從灰白色直式百葉窗散射進來，有一片從來沒修好過的破損簾片被擠壓在窗台，上面還黏了上百隻陳年蚊屍。十來張桌子，尖銳桌角不是撞到他的大腿就是割裂他的手背，其中有一個和索恩犯衝，無論他怎麼小心，每個禮拜總是會撞到個好幾次，這地方是風水的惡夢。其實他根本不相信那一套風水學的鬼話，如果說重新調查家具與個人用品的位置，就可以將歹徒繩之以法，那麼他可能會姑且信之。

他拖著椅子，小心翼翼避開那些可怕的桌子。最後，他坐在牆前，遠遠的那一端，看著牆上的照片。

珍．拉維爾、凱蒂．崔、羅絲．莫瑞、卡蘿．加爾納。她們的照片，全釘在破爛的軟木塞板上。

她們的姓名還出現在電腦檔案，以及停屍間瓶罐的黏貼標籤……

乾淨白板上有許多粗黑麥克筆畫出的箭頭與弧線，點矩陣輸出的列印紙上載明了四名受害者的死亡日期、時間，以及地點，線條相連交錯。最下面有一排歪斜的欄位，裡面塡寫的名字包括了瑪姬．奈特、麥可．穆瑞爾，還有琳恩．吉布森。

查理．加爾納……

目擊者，朋友，親人，案發現場的周邊人士。索恩望著白板，幾天前的晚上，他想到了那些數百名、數千名依靠兇案維生的人，現在，他想到的是那些爲數更多、被迫受到牽連的人，他們並非出於自身意願，而參與了辦案過程——到了最後，名字被草草寫在乾淨白板上，

一起死亡事件，牽扯了數百個活人，

珍．拉維爾、凱蒂．崔、羅絲．莫瑞、卡蘿．加爾納。四起命案，兩個變態兇手。索恩盯著牆上的姓名與照片，他的感覺漸漸消失，這案子卡住了，他們很可能無法繼續辦下去。

索恩聽到後頭一陣喧鬧，轉頭一看，發現布里史托克正朝他的方向走來，還有另外一個人跟

在督察長背後，與他隔了約一兩步的距離，索恩幾天前曾在記者會上看過這個人，但他不記得對方的名字……

「湯姆，這位是史蒂夫．諾曼，剛履新的資深新聞官。」

諾曼，沒錯。他記得這個人打扮素淨得體，在蘇格蘭警場簡報室負責招待媒體記者，他還講了好幾個輕鬆的笑話，替崔佛．傑斯蒙德做了開場。當然不是那種會讓人輕忽案件嚴重性，或是讓攝影機偏離主題、轉移注意力的笑話，看來這個人無論面對什麼場合，都能進退得宜。

索恩站起來，諾曼也機靈配合趨前，伸手問好。他身材不高，肌肉精實，整個人活力十足，一頭黑髮噴膠後梳，當兩人雙手交握的時候，那雙黑色雙眸也緊盯著索恩。

「幸會，湯姆。」

這裡可能有四十個人——警官、制服警員，還有文職人員。人聲鼎沸，加上電話鈴響與印表機的運轉聲，這種噪音實在不容小覷。索恩也說不上來為什麼，但他覺得那四十雙眼睛一看到他，大家都立刻安靜了下來。

布里史托克伸手指向偵查室的另外一頭，「我們進去辦公室吧，這裡實在太吵了，根本沒辦法專心……」

索恩引路走在前頭，布里史托克與諾曼走在後頭，與他相隔好幾步的距離，他雖然豎起耳朵偷聽他們低聲講話的內容，但依然一無所獲。就在他回頭顧看的時候，大腿撞到了那張可惡桌子的尖角。

「幹！」

那股刺痛太可怕了，他狠狠踢了一下桌腳。桌後的女子眼睛瞪得好大，臉色緊張，她趕緊伸出雙臂，以免搖搖欲墜的文件堆倒塌下去。

索恩正要推門回到辦公室的時候，依然在搓揉大腿，賀蘭德剛好要去倒咖啡，滿臉疑問看著索恩，這位探長挑眉算是做了回答，老弟，我哪知道啊……

索恩進入辦公室就一屁股坐在椅子上，看到布里史托克依然站著，諾曼斜靠在桌邊，不禁讓他有些不好意思，那兩個人也低頭望著他。

「我們要是不給個結果，媒體顯然是不會善罷甘休……」布里史托克說道，現在他的這種口吻通常是爲了要顯現長官的威儀，「所以我們一定要讓史蒂夫隨時掌握一切。」索恩鬆了一大口氣，幸好布里史托克沒有做得太過火、要求他跟著一搭一唱。

諾曼臉上閃過一抹微笑，索恩曾經在記者會的時候、見識過他以這招介紹傑斯蒙德出場，效果驚人。「羅素已經把所有的細節都告訴我了。我只是想要鄭重做個自我介紹，還有先打個預防針道歉，因爲在某些時候，我鐵定會變成討厭鬼。」

索恩對此一點都不懷疑，他努力堆起笑臉回應，「我應付得來。」

諾曼點點頭，起身離開桌邊，慢慢走到窗前，「如果媒體登出了『私下了解』的這種消息，我的建議通常是媽的趕快閉嘴不要回應，但我自己也想『私下了解』一下，湯姆……」布里史托克聽了哈哈大笑，索恩也陪笑了一會兒，「還有沒有什麼我該知道的事情？」

「這我說不準，」索恩回道，「我不知道你還有哪些事情不知道。」諾曼依然望著窗外，所

以索恩無法判斷他的表情，不過從布里史托克的神情看來，索恩知道自己最好還是要配合演出，

「如果有什麼重大突破，我們保證一定會讓你第一個知道，目前我們正在追查好幾條線索……」

諾曼轉身，緊盯著索恩，「聽好了，其實能不能讓我第一個知道，我對此也不抱期待，但善加利用媒體絕對是件好事。如果你放手不管，萬一給了他們什麼機會，那麼你就會被他們……」

索恩也懶得自作聰明去想答案了，因爲他知道諾曼說的一點都沒錯。警察被媒體吃得死死的例子，他看得太多了。如果要滿足他們的需求，他就得要容忍諾曼這樣的人。

「現在，他們開始慢慢失去了耐心，」諾曼說道，「我們有了重大突破，這一點無庸置疑，但我們還需要更多的後續消息。」

「這兩名兇手其實是一起作案，但我們絕對不能讓社會大衆知道這件事……」

諾曼拋卻了原本的友好語調，簡直把它當成屎一樣避之唯恐不及，「探長，請你搞清楚，這種話要不了我。我過往與現在的職責，就是要執行更高層次的決策，也就是不能讓倫敦警察廳與媒體之間的關係受到影響。我不需要理會你的說詞。」他歪著頭，望著布里史托克。

講出那樣的話，夠白了吧？

布里史托克走向索恩，將雙手擱在他的椅背上。

「見過布拉契爾之後有沒有什麼新發現？」

一想到要在這個房間裡、以毫無保留的方式與諾曼討論案情，索恩就覺得很不舒服，但他也明白布里史托克其實在暗示索恩應該要交出一些東西，只要能餵媒體，什麼都好。

「其實沒有，」他面向諾曼，「但我們應該很快就可以給你珍・拉維爾與羅絲・莫瑞兇手的

畫像模擬確認圖。」

諾曼似乎非常開心，「太好了……真是太棒了，幹得好。我一定會全力安排媒體曝光。全國報紙頭版、晚間新聞、時事節目……」

一陣敲門聲，莎拉．麥克艾渥伊從門口探頭進來，「長官我……哦抱歉，我等一下再過來……」

諾曼雙手一攤，「我該講的都講完了，羅素……」他直接走向已經半開的大門。

布里史托克示意麥克艾渥伊進來，「莎拉，沒問題了。」麥克艾渥伊走進辦公室，諾曼經過她旁邊的時候，她趕緊側身讓位。索恩看到諾曼打量著她，瞄過全身上下之後，才面向門口。

「要是能有DNA的比對資料，當然最好，但就算只有指紋也不錯，如果你逮到人的時候，他們一定可以將他定罪。湯姆，和媒體經營好關係，可以幫你抓到人。」

布里史托克點點頭，看著索恩，「史蒂夫，我送你出去……」

諾曼對麥克艾渥伊開口，然後，布里史托克帶諾曼離開辦公室的時候，又同時對他們兩人說了幾句話。索恩坐著不動，目送他們離開，他的心思開始到處飄遊。他把椅子旋向窗前，凝望外頭的風景，A5公路另外一頭的工業區景觀一覽無遺，「地毯王國」、「鞋品世界」、「真皮獨霸」這類名稱的商店比比皆是，還有美國風格的巨大倉庫，一切都開始走美國風。

就連殺人也不例外。

索恩望著從大型商店外頭開過去的火柴盒狀小汽車，窗外另一頭的景色是警校建築，往下張望可以看到操場，偶爾還會看到新生在接受完訓測驗。

無論是哪一邊的景色，看了都讓人心生沮喪。

「景色不錯嘛……」

索恩轉回去，麥克艾渥伊正挨在他的桌邊，等待聆聽剛才發生的事，他懶得多說，臉上的表情直接擺明了一切，「其實不怎麼樣。」

麥克艾渥伊哪有那麼容易被打發，「看起來是個很陰沉的傢伙，」索恩不發一語，她還有最後一記猛招，「我覺得他眞厲害，居然能以那麼不著痕跡的方式偷瞄我的咪咪。」

索恩大笑，「也沒那麼低調啦……」

「相信我，和別人相比，算是可以了。他是不是會給我們添麻煩？」

「我想不至於吧，只要我們能讓諾曼先生看好那一群媒體猛獸，我們就安了。我剛才答應他要盡快把罪犯畫像模擬圖給他，我們要趕快請穆瑞爾與奈特過來一趟……」麥克艾渥伊立刻離開桌邊，還白了索恩一眼，不妙。「什麼？」

「這正是我要交辦給妳的任務。」

麥克艾渥伊努力維持語調冷靜，「我們找不到瑪姬．奈特。」

「找不到她？」索恩大吼，他知道辦公室外頭那些人一定都好奇轉頭。

「你聽我說，她和我們接觸過之後，一定很害怕，也許去度假了……」

索恩站起來，在小小的辦公室裡來回踱步，「莎拉，他媽的，我們當初應該把她直接帶回來，叫她幫忙繪製模擬圖。」

「她是妓女，當然不會喜歡警察，因爲我們通常想盡辦法要逮捕她，不然就是阻止她做生意。你覺得我們要把她從倫敦另外一頭拖過來，把她綁在椅子上嗎？」

索恩表露失望，也引得麥克艾渥伊反應激烈，怒氣沖沖，但他知道她說得沒錯。靠兩名證人合作繪圖是唯一的方法，就連在黃金時刻的記憶力也不是很可靠，它從來就不是什麼值得信賴的夥伴，但逼不得已也只能靠強取。

「難道不能拿穆瑞爾的供述來繪圖嗎？」麥克艾渥伊問道，「也許可以給媒體公佈兩種畫像，一種有戴眼鏡，另外一種沒有……」

「不可以。」證人供述的繪圖會有多大的影響力，索恩再清楚不過了。他以前付出過慘痛代價。不夠準確，前後矛盾，自然無法避免，但是如果能將失誤程度減到最低，很可能會拯救好幾個人的命，道理就是這麼簡單。

「穆瑞爾的供述已經是五個月前的記憶，瑪姬．奈特兩個禮拜前才看過這個王八蛋。」他走到書桌前，面對著麥克艾渥伊，直接就把話講白了，「我要知道她腦袋裡記得的那張臉長什麼樣子，然後把它與穆瑞爾供述的畫像進行比對，那麼我們就可以知道兇手的樣貌。」她點點頭，他則回到自己的座位坐下來，「好，我們接下來的行動呢？」

「這是風化小組可以報答我們的時候了，我會讓當地的制服員警隨身帶著她長相的基本資料，我們一定會找到她的。」

湯姆望著她，她通常不會在臉上洩露心思，不過，就在這一刻，他知道無論麥克艾渥伊是否能找到瑪姬．奈特，她一定會翻遍這座城市裡每一處掛羊頭賣狗肉的三溫暖、按摩院，還有廉價妓院。他靠在椅背上，努力假裝自己依然餘怒未消。

「那就快去吧……」

麥克艾渥伊關上門，一陣風吹了過來，他的心裡也頓時充滿疑慮。剛才那一兩分鐘，他在麥克艾渥伊面前氣急敗壞，聽起來簡直十分果決，彷彿他已胸有成足，知道該如何繼續偵辦下去。羅絲．莫瑞與卡蘿．加爾納死了兩個禮拜，他們的進度卻迅速倒退，開始拼湊五個月前那兩起兇殺案的線索。

索恩知道今天剩下的時間他也只能處理例行公事而已，而且還得想盡辦法拋開心中盤繞不去的兩個可怕想法。第一個就是有可能，不，幾乎是篤定的了，能夠讓案情有所進展、讓調查方向邁入下一個階段的唯一方法，就是等待另外兩具新的屍體。

第二個比較不算是想法，而是某種預感；像是潛伏在體內的病毒或是感染部位，等著發威，死黏不放，而且無藥可醫。

他覺得，過不了多久，屍體就會出現了。

凱倫，今天警察來辦公室了。有兩個人，一對搭檔，他們要追捕的對象也正好是這樣的組合……

他們只是在打探而已，沒什麼特別的狀況，看不到有人破門而入，對面屋頂上也沒有狙擊手。很難判斷他們現在掌握了多少，他們離開之後，光是這一點就讓我想破頭，想得頭都痛了。

他們一定發現了珍與另外一個女子之間有關聯，所以才會過來，妳也知道……羅絲，火車站後面的那一個。他們鐵定很清楚那一起事件，但其他的呢？他下手的案子呢？我眞的猜不透……

當他們待在這裡的時候，我知道自己只要講一句話，一切就結束了，跪在他們的面前，向他們告解是多麼容易的事啊。我知道，這純粹只是幻想而已，要不是我一直這麼怕警察，我也不會在一開始做出這種事，對不對？所以，一如往常，我只能向妳告解，凱倫。我必須告訴妳，妳的臉龐，當我在告解時、在我心中浮現的那張臉龐，充滿了諒解與溫暖，也充滿了愛。

我現在的工作大受影響，旁人也注意到了，前幾天我才被警告過一次。我覺得他們不可能會炒我魷魚什麼的，但如果我想要在這間公司更上一層樓，妳也知道，這話的意義就是叫我皮要繃緊一點。凱倫，我現在怎麼可能專心呢？我現在滿腦子只有那個，叫我怎麼去思考其他的問題？我根本沒想到自己還能呼吸，我一直覺得不可置信，我居然還能吃，能走路，還會自己穿衣服。

我只看到張大的嘴、血紅的眼睛，還有齒間的唾沫。

我只聽到悶哼喘息，還有鮮血從洞口汩汩流出的聲響。

我只有手指抵住屍肉的感覺。

這還不是最恐怖的，凱倫，還有更可怕、更驚駭的還在後頭。這一切，關於行爲的感官記憶，我覺得應該會消逝，只要時間夠的話，但這不是我所能掌控的事情。

兩個禮拜，我把那個女孩推向幽暗地帶，將自己笨拙巨大的雙手撲向她的身體，只不過是短短兩個禮拜之前的事。凱倫，才過了兩個禮拜，十四天而已，我連氣都還喘不過來，卻已經又有了新的……指令。

過沒多久，我又得再做一次。

一九八九年

早在他到來之前，他就已經知道，這將是最後一次了。

他往下瞄了一眼倒在他膝蓋面前的男人的頭，看到他頂上的禿塊，還有髮間的油垢與頭皮屑，他決定不如今天就到此結束了吧。過去三年來，他存下的錢也夠多了，現在，該是重新出發的時候了。

他只乞討過一小段時間而已，即便是當乞丐，他也很拚。他一向做事有模有樣，就算是行乞也絕不馬虎，他和這一行的其他男孩不一樣，做這個不是爲了買毒品，他賺來的錢也不會浪費在喝酒或賭博上頭，只會拿來應付食物與住宿的最基本需求，剩下的全存了下來。

他周旋在不同的骯髒旅館房間與高級主管房車裡，攢了一大筆錢，他工作態度比其他人認眞，接下的工作量也比其他人多。他一直是個能夠承受巨痛的人，而且厭惡感的尺度也同樣開放，這也沒什麼，一天工作六小時，一個月做個十來天，當場領現。一個禮拜七天，無論晴雨，他的客戶們知道隨時可以找得到他。

他就像便利商店一樣。

他存下的錢已經遊刃有餘，而且他先前也曾經花時間找門路、知道誰可以幫忙弄好文件。他努力了這麼久，現在該是享受回報的時候了。當然，他的規劃有條有理，他必須安全行事，確保他們不會找到他，而且他也很喜歡自己的構想，因爲他已經開始覺得生活無聊。他當同一個人也未免太久了，十九年悠悠而過，他滿心期待的是改變。

該是重新打造自己的時候了。

他把自己的老二從那老男人的嘴裡拔出來，開始誇張呻吟。老男人上氣不接下氣，依然張著嘴。他的舌面泛黃，門牙尖利，乾淨體面的上班襯衫汗濕到了脖子。

他射了，這個動作在以往就是個噁心到不行的抽搐與噴射，但突然之間，他喉嚨深處的呻吟變得綿長響亮，他感受到強烈震顫。

他射了……

史都華．尼可林這個人最後的殘餘部分，全射了出來，迸裂消散，他擺脫了自己……

射出之後，那股悸動過了許久才退去。當他的拳頭如雨下、拚命攻擊躺在地板上的老男人的時候，他依然在呻吟。他咒罵，拳打亂踢，裸露肩胛骨之間的地帶也因而開始滴汗。他閉上雙眼，繼續猛烈狂揮，他想像這是一個讓自己重生的過程，遠離他的原生之地，告別原來的他。好舒暢，這就是他夢寐以求的感覺。他看到自己周邊的人都好喜歡他，信任他，他看到自己成了位高權重的人，也看到自己拿了錢、掌控別人的生活。

老男人不再尖叫。

他睜開雙眼，低頭望著那穿著尼龍襯衫的可憐屍體，蜷縮在他的腳邊，吐出了鮮血與黃牙。他爲了以防萬一，又狠狠踢了他一腳，隨後開始撿拾自己的衣物。

當然，在他實現自己的夢想之前，還是得忙一陣子，文件搞定很簡單，但還有一些基本訓練得完成，這絕非唾手可得的事，他需要好好努力，而且他一定會全力以赴，因爲這是他的終極想望。

他穿上襯衫，關上髒兮兮公寓的大門，跳下階梯，喜孜孜迎向陽光，準備朝嶄新的生活邁出第一步。

說來諷刺，過往歷經了這麼多的風波，而他真心渴慕的也只不過只有那件事而已。

7

索恩驚醒過來，夢裡出現的全是泉湧的鮮血。當他對著那個手拿解剖刀的男人狂吼的時候，動脈噴血的嘩嘩聲響，幾乎蓋過了他自己的聲音，醫院病床上躺了一個年輕女孩，他拚命阻擋鮮血滴落她的臉龐，但她躺著不動，無法轉頭。暗紅色的血斑慢慢遮蔽了她的粉潤臉頰，就像是油漆滾筒噴濺的痕跡一樣。

他坐起來，等待夢境蒸發，它迅速消逝，只留下了記憶，但它卻比惡夢可怖，可怕得多了。電話在響，索恩傾身拿手機的時候，瞄了一眼上頭的時鐘，週五半夜剛過，現在是週六凌晨，他只不過睡了一小時而已。

「我是湯姆．索恩……」

「我是羅素。醒了嗎？還是你要先喝杯咖啡？等一下回電給我？」

布里史托克的語氣讓索恩瞬間清醒過來，「沒問題，說吧。」

「我們那位專攻飯店業的朋友又回來了。」

索恩早就知道這個人一定會再度犯案，而且慘遭毒手的不會只有一個人，他猜得沒錯。

「昨天傍晚，一對中年夫婦在奧林匹亞大飯店遇害，從現場狀況看來……」布里史托克停頓片刻，清了清喉嚨。對索恩來說，發現同事難以啟齒說出殘忍命案，總是會讓他充滿了寬慰，既是寬慰，也是驚訝。「湯姆，兇手還下手施虐，他們身上有痕跡……」

「羅素，誰要接這個案子？」

又是一陣停頓，但這次的理由與先前截然不同，「我希望你可以接下來。」

索恩起身，將雙腿擱到地板上，「長官，我不喜歡事情搞成這樣。」

「湯姆，不要這麼快就發飆。我沒有惡意，但這是我們的案子，我不希望有外人插手。第二小隊已經有人過去了，但我希望你可以去現場了解狀況。漢卓克斯也已經在路上，你到了那裡也可以給他們一點協助。」

「加爾納的案子怎麼辦？」他突然懂了，因為他講出來了。四名女子死亡，但對索恩來說，這等於是加爾納的案子。所有的兇案濃縮成為單一慘案——小男孩被奪走了太多，不只是母親而已。而這個案子將永遠與那個小孩連結在一起，就像是一年前的那個案子一樣，他總是會想到躺在病床上、動彈不得的那個女子。

他經常夢到的那個女人。

「已經快要三個禮拜了，湯姆……」

「其實是十七天。」

「聽好，我同意讓你花時間去找瑪姬．奈特，所以也遲遲沒有發佈罪犯畫像模擬圖，但我們這樣眞的一籌莫展。」

「長官……」

「你做出的每一個決定，我都大力相挺……」

「因爲那全都是正確的決定……」

「傑斯蒙德已經開始緊張了好嗎？我不是要逼你搞定他，千萬別驚慌，但如果能交出一點進展，的確可以擋一下現在的風暴。」

索恩下床，在房間裡來回踱步，瞄了一眼穿衣鏡裡的自己。他的臉臭得要命，他知道布里史托克說的一點都沒錯，但他火氣已經上來了，「他以為我們都在偷懶是嗎？」

「明天早報一定都是這起飯店命案的消息。」

「什麼？怎麼會……？」

「準備去開夜床的飯店女服務生發現了屍體，她先打電話給報社，然後才報警。」

「天，諾曼一定氣死了……」

「火大的不只是他，那對夫婦是荷蘭人，從阿姆斯特丹來的，他們是觀光客哪，湯姆。」

索恩悶哼一聲，充滿譏諷，「哦，我懂了……」

「探長，你懂什麼屁，根本不關我的事。」布里史托克語氣轉變得好突然，讓人嚇了一跳，索恩不禁有些歉疚，督察長顯然承受了一些壓力，「我們先喘口氣，在另外一個案子等待進度的時候，我希望你去了解一下哪裡可以著力，好嗎？所以快出發吧，看看狀況如何。」

隆納德．凡．德．夫魯特在地球上過了平淡無奇的五十八個年頭，而在他投宿在倫敦某間頂級飯店、被陌生人敲門的那個晚上，卻發生了巨變。現在，他全裸躺在浴缸裡，早已斷氣的軀體陷在一英寸高的血水裡，他像隻正在退冰的火雞，四肢被五花大綁。

「菲爾，刀傷呢？」

漢卓克斯跪在浴缸旁邊，打量著傷口，對著小型口述錄音機低聲講話。他嘀咕了幾聲，隔著鮮豔的黃色帽套搔抓頭皮，「看起來像是史丹利萬用小刀，某些傷口非常銳利平直。這可憐的傢伙，身上有數十處刀傷，臉部、軀幹、生殖器。還有，那頭也一樣。」他伸手指向臥室，凡·德·夫魯特太太癱躺在床上，眼睛望向天花板，她的身體處處是細痕缺口，僵直發硬，簡直像塊人體砧板。

「有沒有可能是在死後才施虐？」索恩問道，當然，死人就是死了，但如果活著的人能夠找出些許足堪告慰的蛛絲馬跡，讓親人知曉，也未嘗不好。索恩低頭看著那血斑腹部上的刀傷，漂浮在水面上的碎糞與凝結的腦漿，他不知道隆納德·凡·德·夫魯特夫婦是否有小孩，或是孫子……

漢卓克斯搖頭，「老哥，太多血了，不可能。他先拿刀慢慢割人，然後抓住他們的後腦勺猛力撞擊，就這樣。」漢卓克斯又打開口述錄音機，繼續工作。索恩轉身過去，在房間裡四處走動，與兩名鑑識人員互相點頭打招呼，他們緩慢移動，或爬或走，拿出膠帶黏貼地毯，對著物體表面刷上粉末，採集纖維與毛髮；他們靜默無聲，只聽得到偶爾傳出的膝關節喀喀聲、證物袋打開時的劈啪作響，還有連身塑膠白衣的窸窣微音。

索恩站在床邊，望著桑雅·凡·德·夫魯特，他猜她的年齡應該比丈夫小，五十出頭，圓滾滾的臉。一頭銀髮，剪的是時髦的鮑勃頭，體態維持得很好，還有，上面佈滿了虐殺的痕跡。

雖然索恩沒有證據，完全沒有，但他百分百確定兇嫌在持刀凌遲受害者之際、也逼著另外一個人強迫觀看；被臨時做的口塞堵住的嘴，發出壓悶的嘶吼，再加上綁帶纏住的四肢不斷掙扎扭動，他所享受到的刺激快感，絕不亞於刀鋒劃開肌膚、鮮血流出的那一刻。

衣櫃底下的小型保險櫃已經被打開了；兇手應該拿走了珠寶首飾，也許還有名錶與現金，但此案的重點已經不是盜竊。

再也不是了。

索恩走過飯店大廳，準備前往經理辦公室。看到這裡的裝潢陳設，不禁讓他嚇了一跳，居然與巴罕與史盟特會計事務所如此神似。想必兇手看到這樣的大理石與皮革家具一定非常驚豔，令人驚喜開心的大手筆。如果他想要偷東西，就該針對這種能夠負擔高檔消費的人士下手。

索恩敲了敲經理的辦公室大門，不知道兇手是否因為嫉妒而起了盜心。不要再想這個了，不，這已經與竊盜無關……

科林．麥克斯威爾探長隸屬於重案組（西區）的第二小隊，他有張細長的寬嘴，末端剛好向上揚起，讓人覺得他臉上總是掛著微笑，簡直跟海豚一樣。他的工作夥伴老喜歡笑他這一點，他幾乎總是臉色一沉，卻反而把大家逗得更開心。

「湯姆。」兩人握手之後，麥克斯威爾面向靠在桌邊的那個矮胖男子，「費蓋特先生，這位是索恩探長。」費蓋特挺直身子，索恩走過去與他握手，就在這個時候，他注意到房門附近的椅子上坐了一個女子，「還有，這位是瑪麗．藍德勒，發現屍體的人就是她。」

那女子聽到有人提到她的名字，立刻抬起頭來，看著索恩。她年約四十多歲，黑色短髮，下巴有一道長疤，兩人對望了一會兒之後，索恩先別開了目光。

「你覺得還需要多久時間？我們才能移走屍體？」費蓋特詢問的語氣很淡然，彷彿他的飯店裡出現屍體是家常便飯。

「先生，我們已經盡快在處理。」麥克斯威爾回道。

「所以……」索恩終於等到費蓋特正眼看他，「凡．德．夫魯特夫婦曾經打電話叫過客房服務，詳細的時間是？」

費蓋特張開嘴，望著麥克斯威爾，索恩努力維持語氣平和，以免透露出過多的不耐，「先生？」

「我已經向費蓋特詢問過了，」麥克斯威爾回道，「等一下我會把細節全部告訴你。」

明明是被派來支援的人，至少，理論上是如此，但索恩卻覺得大家似乎不怎麼歡迎他。這種感覺他再清楚不過了。

索恩面向瑪麗．藍德勒，「告訴我怎麼發現屍體的？」他發現她在偷瞄麥克斯威爾，所以立刻向她趨前一步，「我知道妳一定全告訴了麥克斯威爾探長，」他又往前一步，「現在講一遍給我聽。」

「大概在七點鐘的時候，我準備要來開床，」她的聲音低啞，某些高頻聲段已經不見了，「沒有人應門，所以我就拿出萬用鑰匙，」她眨了眨眼睛，「這種事很平常。」

「沒有人說不正常。」

「那就這樣嘛，可以了嗎？她躺在床上，他在浴缸裡面，我不知道你是要叫我說什麼……」

「妳當初為什麼沒有馬上報警？」

索恩覺得自己沒看錯，這女人臉上露出一抹淺笑，彷彿她老早就在等著這個問題、已經準備好了一套漂亮的說詞。

「他們就是死了啊，很明顯嘛。這有什麼差別嗎？如果他們還活著，我一定會叫救護車，但狀況又不是這樣，所以我坐下來，想了一會兒……」

索恩目瞪口呆，「妳坐下來想了一會兒？」

她怒氣沖沖瞪著他，「我撿髒毛巾、刷馬桶，一個小時才賺三鎊六，這種事我也不用想太久。」

索恩與麥克斯威爾走過飯店大廳，兩人沉默無語。

對於虐殺案，索恩早已無可奈何。但他的大部分同事對其帶來的衝擊卻依然反應激烈，現在，一般社會大眾也是如此，索恩第三次或第四次在半夜被挖起來的時候，不禁在想打擊犯罪這份工作究竟算什麼；開夜店，或是在商店裡工作，又或者這根本只是等於關起門來擺爛，最後還引來擔憂的鄰居敲門。

他們停在電梯門口，麥克斯威爾點了根香菸，搖搖頭，「媽的眞是太扯了。」

索恩聳肩，他希望那些報紙願意好好給瑪麗．藍德勒分一杯羹，畢竟接下來她得要熬一陣子了。剛才索恩與麥克斯威爾離開辦公室的時候，從費蓋特望著她的神情看來，她撿髒毛巾的日子應該過沒多久就要結束了。

麥克斯威爾壓下電梯按鈕，他得要回去犯罪現場，「等到我們抓到那個王八蛋的時候，功勞也一定會算你一份好嗎？」

索恩看著那張微笑的海豚臉，難以參透對方的心思，但至少這句話聽起來非常真誠，「謝了，科林，如果有任何需要，隨時打電話給我們……」

「督察長開放權限，讓我們可以看到所有的檔案資料，但你也知道，你們做了許多苦工，這也算是公平。」

「先查問飯店員工？」

六個月之前，他們已經認定兇手在溜入飯店之前，一定找到了裡面的員工當內應，他們推測每間飯店都有員工提供他情報，但他們不知道他究竟怎麼與這些人搭上線，不過，他們一定把細節都告訴了他，飯店內有哪些客人住房、哪些人叫了客房服務、哪裡必須避開閉路電視……現在，其中一名的內應已經變成了殺人幫兇。

「對，我也這麼想。」麥克斯威爾點點頭，但眼睛稍微瞇了一下，他不喜歡受人指點。雖然索恩幫忙的態度極其低調含蓄，但顯然對方並不領情。

電梯到了，麥克斯威爾走進去，「那就先向你道別了……」

索恩一個箭步向前，伸手擋住即將關閉的門，「聽我說，有沒有人想到用藥這個角度？爲了以防萬一，還是注意一下比較好。至於殘虐，荷蘭那邊的人際網絡……」

麥克斯威爾進入電梯，靠在裝飾繁複的鏡牆上，「隆納德．凡．德．夫魯特是珍本書書商，他這趟前來是爲了奧林匹亞的古董書與手稿展。我猜他曾經吞下的藥應該只有安眠藥或是瀉藥，可能再加上威而剛吧……」

索恩忍不住發出輕笑，他退後，等待電梯門關起。

對於索恩的幫忙，麥克斯威爾這次眞的是在微笑，「索恩，我眞的被你嚇了一跳，你這個人打死不退……」

電梯門即將關上，索恩目光凌厲看著他。

「一直都這樣，老弟，我就是這樣的人。」

「你臉色超難看的。」麥克艾渥伊說道。

索恩灌了一大口咖啡，「妳也一樣。我整個晚上都在看荷蘭人死屍，那妳呢？」

早上九點剛過，索恩醒來也超過了八個小時。他在四點四十五分回到公寓，但再也無法入睡，乾脆直接進辦公室。在週六早晨開車經過一片空蕩蕩的街道，是他這一天最美好的時分。索恩心想，等到晚上他再次上床之前，也找不到比現在快活舒暢的時候。

現在，他疲倦異常，心情空前惡劣，但有這個問題的人顯然不是只有他而已。

「長官，我的臉色好不好看，眞的不勞你費心。」

「什麼？」索恩還是有發火的力氣。

「當我沒說。」麥克艾渥伊的目光冷酷挑釁，瞪了他好幾秒之後，轉身大步離開辦公室。

「天……」索恩深吸一口氣，他打開書桌的抽屜，兩眼空茫望著釘書機好一會兒，又猛力關上抽屜。

他拿起桌上的報紙，倒靠在椅背上，開始看那篇觀光客兇殺案的報導，他進入辦公室之後，這已經是他看的第三遍了。了無新意的東西，暗指三一三號房間發生了令人髮指的惡行，還不忘誇張強調「對觀光客來說，這再也不是一個安全城市了」，零星拼湊的恐怖細節，字裡行間還帶著一股濃厚的怒意。

報紙的字體開始在索恩的面前飛舞，他乾脆閉上眼睛，過了好幾分鐘之後，也可能已經過了一小時，他聽到賀蘭德的聲音。

「長官……」

索恩沒有睜開眼睛，「賀蘭德，如果你準備了熱咖啡給我，我一定會讓你升官。」

「這比咖啡好多了。」

賀蘭德把椅子扔在他的對面，索恩也立刻坐直身子，他嚇了一跳，也許賀蘭德這個週五也不怎麼好過。

「瑪姬．奈特出現了。」

這正是索恩需要的東西，立即發作的腎上腺素，「在哪裡？」

「有名制服員警昨晚找到了她，停在卡利多尼安路邊的車子裡，他在幫某個律師吹喇叭。」

如果說索恩需要這個好消息，那麼這起案子也需要一點這樣的好運。倫敦在天黑之後的某起小小交易，帶著手電筒的制服警察，週五晚上大賺一筆的性工作者，關不住褲子的律師，幾乎沒有任何線索的案件。

「好，今天就把她和穆瑞爾帶到這裡來，我要立刻拿到那傢伙的繪像，戴夫，我們立刻著手。」賀蘭德點點頭，站了起來，索恩追問了一句，「麥克艾渥伊今天早上是怎麼了？」

賀蘭德在門前停下腳步，轉身問道：「什麼？」

「有人惹毛了她，我今天笑她氣色不好，她對我發飆。」

「這樣啊，」賀蘭德別開目光，若有所思搖搖頭，「可能只是太敏感了，也許她那個——」

索恩伸手阻止他說下去，「賀蘭德，現在她的心情沒有問題，你要是膽敢暗示她月經來了，我想她會當場讓你死得很難看。」索恩語氣故作輕鬆，但他知道她不只是心情不好而已。他原本的那句話只是反將回去，但毫無疑問，麥克艾渥伊的臉色真的很難看。

「我想辦法問問看她怎麼了。」賀蘭德的語氣凝重，聽起來簡直像是索恩在請他幫忙驗屍。

「你還好嗎？戴夫？」

一陣好長的沉默，賀蘭德含糊其詞，好不容易才說了幾個字，「家裡有點狀況……」隨即衝出辦公室。

索恩之前就懷疑過了，但這是賀蘭德第一次隱約提到他與蘇菲之間似乎不是那麼美滿。他的態度含蓄，等於告訴索恩現在不是該繼續追問的時候。無論是什麼狀況，他希望他們可以盡快解決，索恩只見過蘇菲一次，看起來是個非常好的女子。

索恩抬頭，望了一眼時鐘，快十點了，布里史托克與傑斯蒙德的會議應該已經結束，隨時會回到辦公室，應該很難有機會聽到他哈哈大笑走進來。索恩會立刻向他報告昨晚的事，還有又再次找到瑪姫．奈特的神奇好消息。

消解一點長官的壓力。

麥克艾渥伊……賀蘭德……布里史托克。索恩起身離開辦公室，走向咖啡機，他心想，自己應該不會是第一個崩潰的人吧。

杜德里奇總是等到客戶離開之後才開始清點現金，這純粹是基於禮貌。而且，知道一旁沒有人對他虎視眈眈，他才能夠放心數錢。他一定會事先客氣提醒他們，要是數目與他的預期不符的話，他一定有辦法找到他們的人。

那時候，就得利用一下自己的存貨了。

貨款都是二十英鎊的鈔票，他的手指不停數算，不曾低頭多看一眼，目光反而在酒吧裡四處張望，準備看下午足球比賽的人越來越多，留著前短後長髮型、穿著樂福鞋的那些傢伙，想要在聖誕節假期來臨前的最後一個週六聚在一起看球，他們會聚集在大螢幕電視前面，灌酒灌個不停，眼睛緊盯著天空電視台的體育賽事，其實每個人只要省下一半的啤酒錢，就足以支付在家裡裝衛星天線的收視費。

錢的數目，跟他想的一樣，杜德里奇決定喝點酒慶祝一下。畢竟這筆生意也算是好賺，他認識的某個人轉介了一個凱子顧客，完全不知道自己付的價格超過了行情。

他走向酒吧，點了傑克丹尼威士忌加可樂。

這些年來，有各式各樣的人向他買過東西，但這次很奇怪，眞的。那傢伙一開始不知道自己要什麼，只給了他一張紙，應該是當初的介紹人寫下來的需求。當然，他說是爲了自保，每個人都講一樣的話，好像這只是因爲自己身處於危急時刻的被動反應而已，他們有迫切需要，但是不想去搞證照之類的事情。對啦，那些吸海洛英的人也只是研究一下而已，因爲他們在寫書。

但這個傢伙說出這種話，杜德里奇倒是差點就相信了他，這個大塊頭看起來簡直快怕死了。大部分的客戶都會有點緊張，畢竟這又不是在買玉米片。但那個人，手裡拿著大把二十鎊鈔票、交給了杜德里奇，他也抽了一張拿來買酒，那個傢伙看起來隨時會挫賽。

也許他做出這樣的行爲只是自保而已。怪胎看起來不會傷人，或者，至少沒有傷害別人的意圖。

把東西賣給那樣的人，總是讓杜德里奇特別小心翼翼，你永遠不知道它會回頭對你造成什麼傷害。他所販賣的項目完全無法追查來源——他就是靠這個建立起口碑——但那些人買去之後要做什麼，你完全無法預料。簡單買賣皆大歡喜，他們是他的衣食父母，而他認爲自己就是個把好工具賣給專業者的人而已。

但你沒有辦法和瘋子講道理。

杜德里奇發現腰間的手機正在震動，又是另一名客戶。他放下酒杯，穿越人群，朝大門走去。

他想到了不過就在幾分鐘之前，那個客戶也做出一模一樣的事，彆扭穿梭在桌台之間，笨手笨腳打翻了飲料，一手慌忙抓住門把，另一手緊緊抓住剛買到的保命用品。

他在業餘者身上可以撈到比較多的錢，但其實他並不喜歡和這些人做生意，你永遠不知道自己交手的到底是何方神聖。永遠是這些客客氣氣、長相滑稽、鄰居萬萬不敢相信會做出那種事的客人……上了新聞，他們的目光如兩灘濁尿，對著操場掃射，不然就是帶著烏茲衝鋒槍、態度從容走進了麥當勞。

這倒是提醒了他，烏茲。他得要找美國的下線好好談一下，看看能否弄幾支進來。

一九九九年

他關上門，脫下外套，一屁股坐在書桌後面。走廊裡的某個地方傳來高聲人語，關門的砰響。

現在的氣溫一定已經超過了華氏八十度（攝氏二十七度）；建築物裡的風扇都開了，空氣中瀰漫著臭汗與火氣。

他望向窗外，頓時神清氣爽，他有自己的方法可以紓解壓力。

他把手伸入外套口袋，取出皮夾，從裡面拿出一張破破爛爛、如證件照般的小照片。兩個年輕男孩，在某個如今日一般炎熱的下午，擠在快照亭裡照相。他認識這兩個男孩，他們在伍爾沃斯超市裡惹是生非，已經是十五年前的事了。

現在，他與照片中那小個頭男孩幾乎沒有任何相似之處，真的，除了眼睛以外，今昔已經天差地遠。

他年近三十，除了一開始有些波折之外，現在的他成就不凡，這是大家公認的事實。生命乳此美好，他依然身處巔峰，還有，他似乎找到了完美妻子，卡洛琳，她與他是天作之合，是他的理想伴侶。兩人在七年前相識，當時兩人都在受訓，一開始就墜入情網。他們有共同的興趣，也有各自專注的事物，就他記憶所及，結婚五年以來，兩人不曾惡言相向。

對，他覺得很開心，能與卡洛琳共享生活，他大部分的生活。

無論是他晚歸，或是奇怪的離家時間，又或是偶爾對床笫之事性趣缺缺，她從來沒有多問。也許她早就告訴自己他有外遇。如果是這樣的話，也不是什麼糟糕的事情。

他當然想要尋求刺激；他一直都是這樣的人，但是在那一段又一段的秘密關係中，在某些熱情浪蕩女子的熱情懷抱裡，他一直無法得到滿足。他需要的是快感，高潮，暈陶陶的感覺，他需要的是比偷情更深切、更持久的快感。

他不要那種你情我願的東西。

他總是想盡辦法把自己想要的東西弄到手，到了最後，其實根本沒有差別，一切簡單得出奇。

他行事一向小心——四處遊走，從不重複行跡，也絕不冒險。現在，老實說，他覺得有點膩了。

他不知道這是不是落入了循環。就在十年前，他不也開始覺得自己的生活變得乏味？他當時決定要重新開始，一切都必須改變，他要變成另外一個人。現在，他對於自己的新身分很滿意，但是他對於自己尋求逸樂的舉動，卻覺得越來越無聊。他服用了這個藥之後，已經立刻產生了抗藥性，他無法接受，這一定得要改變。

他居然對現在的身分感到心滿意足……

有人敲門，某個同事轉過頭來，臉色發白，全身冒汗，這等於提醒了他，應該去別的地方才是。

他從椅背上拿起外套，穿上衣服。

又拿起書桌上的皮夾，把那張小小的照片塞進去。

他望著印有自己姓名的信用卡。當然，那不是他的眞名，但是他已經靠這個名字活躍了十多年。這個眞名的主人最後一次現身，已經是多年前的事了，在蘇活區的某棟公寓二樓。如果他現在走在街上，聽到自己的昔日舊名，聽到有人對他大喊那幾個字，想必那個人一定不知道他是誰，那個人一定是他在學校時的死黨……

他看了一下手錶，開會要遲到了。他的心思在過去與將來之間來回飛奔，回憶，想像……過了一會兒之後，他腳步輕快離開走廊，再次伸手拿出皮夾，掏出照片，微笑，凝望著那兩張年輕的面孔。

十五年何其漫長。

8

日期：十二月十六號
目標：女性
年齡：二十到三十歲
挑選地點：夜店、俱樂部、酒吧之類的地方
行事地點：見機行事
方法：槍枝（最好不要使用消音器）

星期天。日子過了將近兩個禮拜，索恩終於有一天能夠好好休息。這種時候，與老爸爸共進午餐應該剛剛好，讓自己分散一下注意力，放鬆，打發時間。現在。

他奔馳在M1公路上準備返回自己的家，眞後悔當初自己怎麼會有那種想法。首先，他餓慘了。以往家中是父親負擔大部分的烹調工作，他曾經很喜歡父親下廚，但他對此與其他事物的熱情，和他對父親的無聊廢話與老笑話的興致一樣，以同樣的速度在慢慢消退。

當索恩在盤中來回推弄過老的雞肉，還有一堆過熟的爛青菜的時候，他的父親開始東扯西扯，問索恩英國最暢銷的前五名洗衣粉是哪些品牌，然後一直講著男人走進酒吧裡的故事，自己咯咯笑個不停。事實上，從索恩一到那裡之後，他的話匣子就不曾停下來，只不過，當他講到某個無聊故事的時候，他突然眼眶含淚，哽咽了好幾分鐘，最後靜靜起身，走進廚房，關上了門。

索恩無能爲力，只能坐著不動，他好恨自己，因爲他當下覺得如果能待在哪個命案現場，還比較開心一點。

索恩快要離開的時候，才眞正討論到聖誕節的部分，但即便如此，兩人的對話內容一如往常，疲倦的雙人舞，在門口的來回拉鋸令人不耐。

「所以，爸爸……你要來嗎？還是怎樣？」

「你現在要知道什麼？還早不是嗎？」

「只剩下一個禮拜了，而且……」

「還有九天。」

「我只是想知道你的想法。」

「我不知道……換點花樣應該不錯。」

「哦，這就看你了，不過……」

「我可能會去艾琳家……」

「好，你問過她了嗎？」

「講出過去六任首相的名字……」

「爸爸……」

「布萊爾、梅傑、柴契爾。」

「你問過艾琳沒有？」

「這些都是隨口就可以講出來的答案。卡拉漢……」

天色越來越暗，所以索恩打開了車燈，他讓自己的蒙帝歐在內線道慢慢前進。開車回家的過程能夠讓他放鬆，平靜，而且他也不趕時間。

他打開收音機，轉到了第五頻道的比賽實況報導，葉士域對萊切斯特城的下半場。算不上什麼精采賽事，但講評內容很吸引人，在空蕩蕩的公路上陪伴著他、奔向北倫敦。前進：離開半郊區，進入醜陋而令人心安的城市地帶，布倫特十字、瑞士小屋、卡姆登。前進：思緒從某個老男人的生活出發，緩慢進入地鐵，想到那四名再也沒有機會享受大好未來的年輕女子。前進，朝向更多的未知……

前進，告別下午，迎接傍晚的來臨。

他們各自滾開躺在床上，滿身大汗，疲累，兩人都想要說點什麼貼心的話，最好可以緩解氣氛。最後，賀蘭德想到了，但蘇菲已經轉身準備要睡覺。這場性愛很美好，超越了美好，但通常這是因為發生在兩人吵架之後。其實他們一整天幾乎都在吵，吵完之後上床大幹一場，想要假裝不曾發生過那一場爭吵。

某台卡車以優雅緩速在黑色冰地上恐怖打滑的時候，他們開始吵架。沉悶的週日即將進入尾聲，乏味逐漸轉為不耐，最後變成了火氣。當然，那股怒火其實一直都在，就像是緊閉房間裡的臭味，一旦逸出之後，立刻飄散到所有的地方，滲入所有的物件，它在公寓裡縈繞不去，跟隨著他們，彼此到處追逐，咒罵，大叫，捶牆，兩個小時之後，兩人大哭，緊緊擁抱彼此，最後，開始互相親吻。

貪戀彼此的那兩張嘴唇，明明先前才在互相叫罵，嘶吼，以言語互相傷害，有些字詞出現的頻率特別高。工作、職務、自私、爛貨、自私、婊子、小孩、抉擇、索恩……

蘇菲的呼吸節奏很快就平穩下來，賀蘭德知道她已經睡著了，但他知道自己沒辦法像她一樣立刻入眠，他的腦袋裡有太多紛擾思緒。

他不知道最近這幾個禮拜以來的相處模式會造成多少傷害，也不知道兩人當初爲了搬進新公寓所投注的金錢、花費的時間與心力，到頭來會不會只是白忙一場。

但反過來看，他也不知道爲什麼自己明明依然迷戀蘇菲的身體，但已經不那麼喜歡她了，還有，如果他依然這麼迷戀蘇菲，爲什麼在兩人做愛的時候、他卻經常想到麥克艾渥伊？

賈姬爲七個人煮好了午餐，但卻聽不到一句謝意。她爲老公，自己的媽媽與姊姊的家人弄了烤牛肉，還有其他的菜餚。一如往常，等到她煮完的時候，自己倒是不怎麼餓。她望著梳妝台的鏡子，對於要搭配什麼顏色的口紅又再次改變了主意，她決定等到出去的時候再吃點東西，也許其他女孩之後想要大吃一頓也說不定，如果她趕得及過去的話……

她不覺得會有人主動幫忙整理，尤其是那些沒用的家人，但如果有人肯出手相助就太好了。她姊姊總是裝死坐在一旁，連根手指都懶得動，所以，等到賈姬將她姊姊小孩弄得亂七八糟的客廳清理完畢，已經很晚了，這也不是第一次發生的事。

拜託，每隔兩週一次的星期天，就這麼一個晚上，她可以和姊妹淘們放鬆一下，聊聊家事有多麼煩人，然後，在十點半前趕回家。她曾經提出建議，每隔兩週的那個禮拜天，大家可以改去姊姊家，但最後沒消沒息，依然一切如故……

米姆穿著內褲，一手拿著熨斗，另一手拿著電視遙控器在亂轉頻道。轉到《古董鑑定巡迴秀》的時候，米姆停了一會兒，如果媽媽沒有因爲剛才的母女爭吵在生悶氣，或是在屋內大發雷霆拿可憐的爸爸洩憤的話，那麼她現在應該是在看這個節目吧。她繼續轉台，最後停在某個介紹鯊魚的紀錄片，手裡依然忙著燙她的牛仔褲。學期結束之後，她並沒有興沖沖跳上第一班回家的列車。米莉安，爲什麼妳寧願待在那個髒兮兮的單人房？卻不願意回到舒服的家裡和父母在一起巴拉巴拉……？

她努力向母親保證，聖誕節一定會趕回家過節，但當眼淚奪眶而出的那一剎那，她就講不下去了，她又不是不想回家，但是好幾個同學決定多待幾天，能夠和他們在一起打屁，每天晚上去酒吧報到，眞的很開心。

她穿上牛仔褲，在衣櫥吊桿上來回翻動衣架找襯衫。今天酒吧有機智問答活動，她想要早一點過去，確保自己可以和那個有綠色眼眸、穿了鼻環的大一男生同一隊……

賈姬的先生把她母親送回去之後，又開車回家接妻子，賈姬老早就準備好了，在大門口等著他。他彎身打開副座位置，她也急忙跑過去，這是他們的固定模式。她關上車門，把手提包放在膝蓋上，車子開動，即將展開前往地鐵站、沉默無語的十分鐘車程。

在上帝使團準備要熱誠宣教的時候，米姆趕緊關了電視。週日晚上除了待在酒吧之外，眞的也沒有其他事情可以做了。幹，她夠辛苦的了，去酒吧有什麼不對？她關上大門，蹦蹦跳跳下階梯，迎向外頭的冷冽空氣。她聽到柴油引擎的轟隆聲響，抬頭一看，公車快來了，她開始飆罵媽媽萬一聽到鐵定會昏倒的髒話，拚命追跑過去。

賈姬與米姆的住家隔了好幾英里，她們並不認識彼此，根本沒有見過面。但到了最後，她們的名字會並置在一起，最新的一對姓名，以大寫的方式、上下排列在一塊大型白板上。

兩個姓名。

分屬於兩具女屍。

漢卓克斯打電話給索恩的時候，他正在餵貓，他立刻發現，原來星期天過得烏煙瘴氣的不是只有他自己而已。那位「廚藝精湛」先生，眞名其實是布蘭登，現在變成了「其他方面都不可靠」先生。

「菲爾，所以你接下來要在哪裡打刺環？你要想清楚啊，別告訴我你要……」

漢卓克斯哈哈大笑，但索恩聽出他其實好難過。「老哥，不可能啦。我不懂……我不黏人，但態度也不冷漠，湯姆，你知道嗎？我這次眞的……好累。」

「別忘了，你現在對話的人根本就有問題，但也還是有好處啦。也許你就是太刻意了，這一點你可能算是犯了錯。」

漢卓克斯嘆氣，沉默了好一會兒之後，開口說道：「我也很清楚自己犯了錯。切割大體，取出人腦、心臟、肺臟……」

索恩立刻聽懂了他的意思，這件事他們以前聊過幾次，「好，又一個對你工作有意見的傢伙？」

「是沒有明說，但頗明顯。大家本來就很難接受，不過，從今年初開始，當我講出職業的時候，簡直像是告訴別人我是恐怖份子或是殺人犯什麼的……」

今年初爆發一起從童屍身上偷走器官的醜聞，器官摘除的產業受到波及，病理學家的形象尤其受到重創。群衆歇斯底里的情緒雖然平息，但傷害已經造成。摘除器官捐贈的比例大幅降低，移植案例也隨之下降，病理學家很難交到新朋友。

「我一說出自己的工作，就會出現一陣這樣的停頓，你知道嗎？」索恩懂，他很清楚。漢卓克斯開始起了話興，索恩知道他在呼麻，他們從來不曾討論過毒品這個話題，但索恩經常在他身上聞到大麻味。他現在雖然聞不到，但漢卓克斯電話另外一頭的聲音已經變成了低語，想必是在吸食大麻，「我在想，不知道自己是不是……被工作附身了？」

「菲爾……」

「我說的不是臭味，我知道要怎麼去除那股味道……我的意思比較像是某種陰影或是莫名其妙的東西。不……比較像是，當你在紫外線底下，比方說去夜店的時候，你知道……就像我們使用光敏靈一樣……你可以看到衣物上所有的絨毛與微塵，閃動的頭皮屑，刺眼的……亮白？應該就是那樣……對，死亡的碎片開始在我身上出現……」

索恩爲自己做了炒蛋，在小小的餐桌上將它嗑光。他想到了自己的父親，爲什麼當那個老蠢蛋距離他越來越遠的時候，索恩卻如此……閉塞？也許他偶爾也該呼點大麻，解放一下思緒。

潔恩有時候也會抽點大麻，她從來不曾在他面前抽過，但他也不在意這種事，對他來說，這不需要大力撻伐；大家爲了將吸毒定罪化、已經浪費了太多的時間精力，不過，他終究沒興趣。他總覺得錢應該要花在別的地方，像是啤酒與紅酒……

突然之間，他想到了潔恩，還有她背著他偷情的那個講師，兩人捲大麻，咯咯笑個不停，床邊焚香裊裊的畫面。索恩乾脆開了一瓶另類的毒品，把它帶進客廳。

索恩亂轉電視頻道，依然無法讓自己分心，只好放棄，他坐了好一會兒，思索漢卓克斯告訴他的話，回憶過往，想望未來，他想到的是被亂刀捅死、被勒死的屍體，想到被放在飛機貨艙裡的那兩具薄棺，準備返回阿姆斯特丹……

每天都在處理死亡的人，怎麼可能擺脫它的陰影？

他站起來，走到音響前面，開始翻找成排的CD，手指一直徘徊在強尼·凱許的盒裝選集。去年他買了這一套三片裝的CD犒賞自己，每一片的選曲都有一個特別的主題，上帝、愛情，以及謀殺。雖然索恩深愛強尼·凱許的歌聲，但其中有一片他一直不曾拿出來播放。

之後，他躺在床上，關掉了所有的燈，打開收音機，漢卓克斯的模糊獨白一直在他腦海裡縈繞不去，宛若吸毒所引發的低迷反應，偏執，自憐，聽起來好像是什麼了不起的哲理，但明明是陳腔濫調。

他被它壓迫得喘不過氣來。

上一段感情結束，已經是一年多前的事了，目前看不到任何新的對象。難道他也被那種小東西附身了？具有特殊眼力的人看得見的些許死亡亮光？他想到了自己掛在廚房椅背上的外套，他閉上眼睛，想像著它們的模樣，被廚房窗戶透進來的月光照得閃閃發亮……

許多破碎的微片，在他的衣領與袖子的皺凹處散發光芒，宛若危險的鑽石。

凱倫，我沒有做。

我好想告訴妳，這都是因爲我開口拒絕了他，因爲我站起來，大聲說出我再也不要幹這種事了，我眞希望我能夠告訴妳，因爲我夠堅強，所以我下定決心要做個了斷。

然而，眞相是我的確想要動手，但最後還是失敗了。

感謝上帝，感謝上帝啊，我失敗了。也許，我暗中祈禱最好能夠失敗，徹底搞砸最好，而願望終於成眞。也許我挑錯了下手的女孩，或者，應該說剛好被我挑對了吧。

我坐在酒吧裡，看著她，我想要跑，也想要留下來，我偷偷計算她喝了幾杯酒，聽她的朗朗笑聲，覺得我口袋裡的那個東西好重。我慢慢喝下白開水，隨著音樂輕輕哼唱，希望一切能夠盡快結束。

當她終於起身離開的時候，已經很晚了；凱倫，他們其實是最後離開的一批人，眞是太完美了。他們很可能是朝同一個方向離開，結伴回家，而我就得到市中心裡的夜店再次尋找對象，但她獨自前行，我也只能繼續跟下去。

凱倫，我很少口出穢言，不過，當我把槍拿出來的那一刹那，他媽的我嚇死了。它吊在我的手臂下緣，像是什麼死掉的東西，她的嘴張得大大的，我站著不動，看著她的嘴，還聽到她尖叫了好一會兒，我不知道我們在那裡待了多久，我沒有速戰速決，沒有開槍，就是沒有任何動作……我只是站在那裡，看著她跑向我，她猛撞我，我低頭後退，看到她彎身，似乎在撿什麼東西。然後，她又朝我衝過來，眞的好痛，我知道我的反應很蠢，但我眞的差點笑出來，因爲我突然發覺那時候在尖叫的人其實是我。

我望著她大吼大叫、跑向光亮處，然後伸手擦去從頭頂滴到臉上的鮮血。

我把槍放回口袋，離開了那裡。

凱倫，現在該結束了。

我眞希望自己是個勇敢的男子漢，能夠奔向妳的身邊，但妳早就知道我不是這樣的人。我想，我體內的毒素已經把我也許曾經存在的勇氣啃食得一乾二淨。

我得找回來，一點點勇氣就夠了。

二〇〇〇年

幾個禮拜之前，他打電話給那對慈愛的父母，這是一定要的。他們沒有搬家，他倒是一點也不意外，也許他們永遠都不會搬吧。稍微寒暄了一下，他們立刻變得興高采烈，過了幾分鐘之後，他拿到了住家與公司的地址，電話，什麼都有。

他站在小餐館的外頭，透過窗戶向裡面張望。門口放置了一小段時髦的裸露銅管，還有一套深色皮沙發，桌台則散置在後方。他應該是看不到他，他看到他一個人走進去，但也許裡面已經有人在等他了，現在正一起吃午餐……

他自己的午餐已經開始融化了，他把剩下的巧克力送入嘴裡，把包裝紙塞進褲子口袋，走進大門。吧檯服務生抬頭看他，笑了一下，但尼可林只是搖搖頭，繼續以緩慢的速度走向後方，視線被遮蔽的角落桌區。

其實，他腹底的那股悸動並不是緊張，他不會因為遇到特殊狀況而備感壓力，當然，他是絕對不怕的，從來不會。他記得自己曾經完成某些只有少數人做得到，或是有膽量出手一試的事情，這一切倒不是因爲他勇敢，而是因爲他從不畏懼，他知道這兩者天差地遠。

現在，他體內盈滿的是興奮。可能即將出現的新體驗，刺激程度更勝以往。當然，這也算是拾回他在多年前失落的某個部分，算舊的，也算新的……

他走到後頭，往左邊一看，立刻就發現了他。桌旁還有另外兩人——穿著襯衫，胖得看不到下巴，大口喝酒，一臉雅痞樣——拿公款大吃大喝的混蛋。

他走向桌邊。

剩下十英尺左右的距離，帕瑪也在此時抬頭，看了他一眼，又繼續聊天。當然，沒有認出他，尼可林早就知道這是不可能的事，這種時候要是不夠戲劇化，怎麼會好玩呢。

他停下腳步，他們的對話也立刻停止下來。他又往前一步，大腿貼在桌緣，他們的酒杯跟著搖搖晃晃。要是帕瑪真的馬上認出了他，他一定會大失所望。

「有什麼需要我們幫忙的地方嗎？」帕瑪的其中一個朋友開腔，他神情緊張，努力佯裝出生氣的模樣。他沒有理會這個人，眼神緊盯著帕瑪，等待兩人四目相接。他認出來了，交會的微弱閃光瞬間狂燃成一片火海，這一刻，超越了他過去這幾個禮拜以來的所有想像。

「馬丁？你還好嗎？」另外一個同事面露焦慮，把椅子往後推，張望四方。

帕瑪眼睛睜得好大，嘴巴都掉下來了，對……張得好大，皮膚泛白，如舊報紙般的死灰色，尼可林點點頭，開心露齒而笑，「嗨，小馬，很棒吧，你說是不是？」

帕瑪全身呆麻，臉色僵凍，口水從鬆弛的嘴角流下來，慢慢滴到了純白桌巾。

昔日時光，他凝望，驚愕。

9

查理・加爾納目睹母親死亡，幾乎已經是三週前的事了。案子正式開始偵辦了兩個禮拜，距離聖誕節還有八天。

整間辦公室裡的人都在等待……

索恩看著四周不斷走動的同事，大多數的人都低著頭，要是被別人擠碰到了，也只能彼此交換無奈的微笑。他們忙著送檔案，接聽電話，敲打鍵盤的聲音比正常力道大了那麼一點。挫敗，無聊，某些人因爲自己的事在生悶氣，還有的人因爲週末狂歡而充滿疲色，不過，每一個人都心裡有數，這多少只算是做做樣子而已。

根據瑪姬・奈特與麥可・穆瑞爾的現場供詞，殺死羅絲・莫瑞與珍・拉維爾的兇嫌繪像也終於在今天登上幾乎各大報紙的頭版。但索恩在等的不是電話響起，也不是在等待熱心線人回報給像裡的那個男子可能是哪個朋友的兄弟，或是長得有點像是同事的先生，樓上的鄰居。

索恩在等的是屍體。

事態已經逐漸明朗，他們要找的是兩名兇手，也開始逐一清查在倫敦地區、針對女性下手的暴力犯罪事件，清查，過濾。他們在找尋兇殺案，殺人未遂案，也許再加上傷害案件……然後，等待它的可怕鏡像浮現。他們要找的是一對兇案。索恩想起了小孩的撲克牌遊戲：目標就是要收集成雙成對的牌組，越多越好。

我有兩起持刀殺人案，兩起勒殺案……那你呢？

感謝上帝，這個週日夜晚不算是特別忙碌。有許多案件回報進來，但幾乎都立刻遭到排除，就算是稍微引人注目的案件，看起來也沒什麼關聯性。有名女子在坎寧鎮的酒吧外頭，被另外一名女子拿酒瓶襲擊。威勒斯登有一起持刀傷人案，但已經幾乎確定是家暴案。克拉珀姆有名女子遭到持槍歹徒威脅，很可能是搶奪未果或性侵未遂……

各地新聞公佈欄也貼出繪像，果然立刻見效，電話開始湧入，早上才過了一半，已經收集到了一串名單，完全沒有重複的姓名。

布里史托克努力提振大家的士氣，壓抑自己的焦躁不安，索恩也努力找事做，每個人都很難熬。午餐時間，賀蘭德喝了兩杯啤酒加一杯番茄汁之後，以稍嫌笨拙的口吻，努力表達出大家的挫敗感。

「這就像打砲打了很久，但高潮一直沒來……」

索恩噗哧了一聲，這……倒也算是有趣的比喻。

麥克艾渥伊笑得燦爛，「對，你現在也懂得女人高潮沒來的感覺了吧。」她哈哈大笑，索恩也跟著一起笑，賀蘭德臉紅，喝了一口番茄汁，「戴夫，我講的是一般男人，」麥克艾渥伊補充說道，「我想蘇菲對你一定毫無怨言。」

賀蘭德不發一語，但索恩聽到了他的心聲。

「抱歉，我是不是……？」她的目光從索恩飄到賀蘭德，然後又回到索恩身上，「嗯，我這麼講話不像淑女啦？」她爲了好玩，還刻意強調了一下「淑女」的發音。

索恩微笑，「嗯，至少妳的心情比週六好多了，週末玩得開心吧？」

現在輪到麥克艾渥伊面紅耳赤，「對，抱歉，那天滿肚子起床氣。週末……不錯，過得很愉快。謝謝關心。」

在大家的沉默還沒有轉爲尷尬之前，索恩剛好看到布里史托克出現在酒吧門口，朝人群張望，想要找到他們三個人。索恩對他揮揮手，督察長走了進來，雖然他還沒有接近桌邊，但索恩從他的臉上看出有大事發生了。

只是不知道會有多麼恐怖……

「十分鐘前收到傳眞，有人提供昨晚在克拉珀姆南站、持槍威脅女子的那個男人的長相……」

索恩突然收肩，驚愕流竄全身的反射性反應。是那股刺癢感，不是壞消息……

麥克艾渥伊看得出布里史托克在想什麼，「所以不能算是搶劫或性侵未遂了？」

索恩態度平靜，回答了這個問題，「是殺人未遂。」

布里史托克點點頭，「應該就是我們要找的人。高大魁梧，金棕色頭髮，戴眼鏡。更好的是他還流血了。被襲擊的女子說她拿起高跟鞋，把他扁得很慘。」

麥克艾渥伊灌了一大口啤酒，「媽的超強啊。」

「我們什麼時候可以找她問案？」賀蘭德問道。

「我正在安排。現在她的家人在照顧她——看來依然驚魂未定。」布里史托克坐下來，索恩順勢挪了位置給他，「希望今天收工前有機會……」布里史托克嘆氣，總算展現了索恩多日來不曾看到的笑容。

索恩起身拿外套。如果那名持槍男子正是他們要追緝的兇手之一，那麼，感謝老天，有個失手了，索恩知道另一個應該已經下手了……

目標：收集雙雙對對。

索恩不喜歡當掃興的人、奪去布里史托克的笑容，但他依然毫不猶豫，準備點醒他。

他的腦袋裡傳出了尖叫。他開口，說出的話彷彿輕聲低語。

「在某個地方，有名女子已經被射殺身亡，我要找到她。」

倫敦是座鬼城，比其他城市更加陰森。

索恩知道，其實就這方面看來，倫敦與其他大城市並無二致——紐約、巴黎，或是雪梨——但他的直覺告訴了自己，倫敦……是可怕之極致。這可能要從這地方的歷史開始說起，黑暗的另一面，完全不像是那種公園、宮殿、珍珠國王之類的東西，能夠讓許多觀光巴士的日本與美國觀光客瞠目結舌、嘖嘖呼呼的歷史璀璨面。這座城市的幽隱歷史，是那些寂寞、無依無靠的流浪漢，與同樣宿命的幽魂擦肩而過。這座城市曾經充滿了窮人與瘟疫病患，多年來一直有人因爲偷了麵包而被絞死，或是因爲一先令而被人殺死，有人會爲了一頓餐、棲身之地，或晚上的床位而爭先恐後。

這是一座死人之後久無聞問的城市。

索恩當了警察之後，當然很清楚這座城市掩藏屍首的能耐，但他每次想到卻依然惶惶不安。

那些在自己家裡房間平靜離世的人，經過了好幾個禮拜或好幾個月之後，屍身腐臭，吸引老鼠蒼蠅，最後才終於招來嗅覺靈敏的鄰居。

至於那些慘死的人，兇手不想讓人發現的那些孤魂野鬼，重見天日的時間可能就得更久一點。

被埋屍、被火燒，或是被磚封、分屍，丟棄在垃圾堆或綁重物沉墜水底，連那些在找尋他們下落的人也變成了被別人追憶的對象，最後，那些死者只不過是泛黃檔案夾裡的文件，或者是某組牙醫資料上的名字而已。當然，這類事件會發生在小鎮村莊，也會發生在繁華地區，但索恩覺得，倫敦是個特別適合藏放無名屍的地方。很多人聽到這種話就會開始喃喃抗議，他們所居住的小社區很特別，友善又熱情，根本不像他說的那樣……索恩很清楚他們說的那種狀況，其實，也不過就是比報攤老闆直接喊你的名字、當地酒保可能知道你喝酒的習慣好那麼一點而已。總而言之，如果你最好朋友的住處與你相隔了兩條街以上的距離，那麼你們還是可能會失聯，還有，許多倫敦人要是在搭乘火車的時候、發現有女子被性侵，當下的反應也只是把報紙拿高一點而已。

事實擺在眼前，一點也不令人意外，今天結束之前，他們不可能有機會發現另外一具屍體的下落，索恩對於這個他自小成長、生活、工作的城市的沮喪反應，也因而變得更加強烈。當然，他們持續注意失蹤人口的報案紀錄，但目前沒有任何消息。失蹤名單裡還找不到受害人，而可能的原因可能有上百種。

現在，索恩與賀蘭德駕車前往旺茲沃斯區，準備找昨晚僥倖逃過槍口的那名女子問案。他努力拋卻腦海中那個還沒有找到的女人，她的屍體，不知道現在身在何處，上頭可能留有重要線索，但隨著屍體形狀、肌理、硬度的變化也在逐漸消逝；他突然發出輕嘆。

等到時機到了，這座城市才會讓屍首現身。

值此同時，索恩心裡還惦念著好多事情。

他擔心的真正原因之一是行兇的節奏越來越快。卡蘿．加爾納與羅絲．莫瑞死亡已經有十九天，而依此往前推算，珍．拉維爾與凱蒂．崔遇害也超過了四個月。殺人的間隔時間越來越短，這個模式當然並不令人意外，但這樣的變化也未免太快了，當然，如果這兩次之間另有他們不知道的兇案，那又另當別論……太令人不寒而慄了，索恩不敢再想下去。他開始思考兇手，至少沒那麼令人心焦，總算讓他轉移了焦點。

殺人兇手……

這是索恩的另一大焦慮。是有兩個沒錯，但其中一個很抽象，宛若幽影。現在，他們前往探訪的那名女子，曾經與其中一名歹徒面對面，她和瑪姬．奈特、麥可．穆瑞爾看到的是同一人，也就是出現在各家報紙與電視台的那一張臉。他個性粗心？草率大意？或者，只是他的夥伴擅長掩匿，一直是個隱形殺手？

唯一留下線索的那名兇嫌，在數十萬張海報上的那張神情空茫、戴著眼鏡的臉龐，是下手快速俐落的那一個；受害者一刀斃命，頸脖持續受壓而亡……他是哭泣的那個殺手。他不是那個手法殘暴、全身沾滿血跡隱沒在夜色裡的那一個，不是在小男孩面前勒死他母親、猛敲她的頭、對她不斷擰壓的那個人。

他不是那一個……

索恩想要抓到海報上的那個兇手，焦急心切，但他更想逮到他的同夥。

尙恩・布拉契爾站在吧檯前，苦等後面那個沒用的笨蛋拿他的酒，他趁空低頭瞄了一眼手錶。

她遲到了。

他倒不擔心她不會來，只是等到她終於姍姍來遲的時候、他還得再次起身爲她買酒，這就有點討人厭了。他不發一語付了錢拿啤酒，又從吧檯的點心碗裡抓了一大把花生米，慢慢朝桌區走去。

他覺得今晚沒機會和她上床，當然，到頭來如果是他誤會的話，他也不會排拒大好機會，但就喬與他搞曖昧的方式看來，她應該是要對方耐心等待的那一型。珍也讓他苦等了一會兒，但也就那麼一個晚上而已，而且結果證明果然很值得。這只是逢場作戲——他一開始就講清楚了，她也無所謂。他不想和任何人定下來，尤其她只不過是個櫃檯小姊，但這的確讓平常上班、那偶爾出現的週末出差變得更刺激有勁，原來她在床上有這麼多性怪癖……

他把一把花生丟進嘴裡，開始四下張望。酒吧裡慢慢擠進了週一剛下班的客人，大家都想要在擠火車或巴士回家前先來上一杯。有人在隔壁桌留下了一份捲起來的《旗報》，他伸手拿過來，隨意翻閱體育版新聞。

對，這間酒吧氣氛好，他們可以先在這裡喝兩杯，等一下去義大利餐廳之類的地方，不要點加了太多大蒜的菜餚。六個多月前，他與珍的第一次約會完全就是照這個模式進行。

喬比珍漂亮多了，但不像珍那麼愛笑。他想念與珍在一起時的各種笑語與開懷笑聲，他還慫恿她去挑逗那個海外部門的怪男，笑死人了，那笨蛋百分百愛上了她，講話結巴，面紅耳赤，當那傢伙發現原來是他躲在幕後設局的時候，氣得暴跳如雷。但拜託啊，工作的時候要是沒有餘興節目……

他再次看錶，又檢查手機是否有簡訊。他媽的女人怎麼就是這麼愛遲到？當初他提議約會的時候，她明明一臉興高采烈。他立刻寄發短訊，妳在哪裡？可能還在辦公室的女士洗手間忙著打扮吧。他轉念一想，也許最後眞的可以打砲，去她家最好，那麼就沒有理由一起過夜……

一想到能與她一起上床，他不禁露出微笑，雙手繼續翻動報紙。

他低頭看著頭版，差點被口中的花生米嗆到。

那個年輕學生在金斯蘭上街下車，只需要走個兩分鐘，就可以回到她位於達斯頓路的公寓。傍晚意外回暖，他脫了外套、擱在手臂上，繼續前行。他腳步急快，看著二手唱片行與希臘餐館的櫥窗，想到了她前晚凝望他的神情。

她不時綻露甜笑，挑眉，剛好可以看到她抵住門牙的舌尖。她哈哈大笑，一度引來酒吧隔壁桌的客人側目。他們那個小組贏得了益智比賽，開了首獎暢飲，一夥人都有點醉了。然後，他們兩人站在海布里公車站聊天，看著三、四班公車停靠又離開，最後才走路回家——她往達斯頓的方向，而他則朝另外一頭而去，回到位於塔夫內公園的狹小潮濕租屋處。

他們約好今天要在「馬上諾披薩」共進午餐。他起床起得晚，爲了趕時間只得衝過去，到達的時候上氣不接下氣，滿頭大汗，但沒看到她的人，現在，他已經等了一個多小時了。

當初只是隨口約約，也許隨便的程度遠超過他的記憶所及——他喝了好多罐健力士啤酒——但他眞的以爲她會來。她的公寓裡沒有安裝電話，所以他在下午的時候打了好幾次她的手機，留言。他正打算要再次撥打電話的時候，突然決定乾脆殺過去，搭公車只需要十分鐘，直接到她家。他知道她見到他一定很開心，對，他們兩人都喝了許多健力士，但他非常確定她對他有意思。

她家到了，鞋店與廉價旅行社之間那道髒兮兮的白門，三層電鈴，她的名字在最上方的那一層。

他按下電鈴。

他穿上外套；她說她昨晚很開心。他仰望著上方的窗戶，看到某個老男人正從二樓往下偷瞄他。也許他們現在該去別的地方，吃點披薩——伊斯林頓有一大堆餐廳。或者，他們可以先坐下來，也許抽點菸，等一下再點東西，反正，能再見到她眞的是太好了。

他又按一次電鈴……

「不要讓布拉契爾離開，把他留在那裡……」

索恩與賀蘭德一路南行，準備上黑衣修士橋的時候，索恩的手機響了，對方告訴他查令十字的執勤警官被尙恩．布拉契爾搞得很煩，因爲他不斷在大吼大叫，他百分之一百一確定嫌犯繪像畫的那個人是他的同事，巴罕與史盟特會計事務所裡的人……

索恩差點把賀蘭德手中的方向盤扯下來。那個住在伍爾沃斯的女子，賈桂琳．凱耶，反正可以等到明天，現在他們得趕快回辦公室去盤問另外一個人。大家都在那裡……天，就連里克伍德也過去了，那個混蛋一直待在那裡……

現在，索恩一邊與查令十字的探長講話，同時還忙著對賀蘭德下達新的開車路線指令。

「叫什麼名字？」索恩聽到答案之後，神情肅穆點點頭，又伸手在賀蘭德的鼻子前面揮了好幾下，「右轉，我們從林肯會所廣場切過去。」

賀蘭德怒拍方向盤，乖乖聽令前進，他注意著索恩的反應，也迫不及待想要知道細節。

「布拉契爾有沒有告訴別人？有同事知道了嗎？很好……」

索恩繼續指揮路線，不時對著手機發出悶哼聲，他瞄到賀蘭德的眼角餘光，點點頭，這一點很重要。

未裝警笛的路華汽車沿著河岸疾駛而過，索恩開始對著手機狂吼，彷彿訊號快沒了，「我們大約十分鐘就到……對，十分鐘。」

他按下通話結束鍵，面向賀蘭德，「尙恩．布拉契爾……」

換賀蘭德的電話開始響了。

「幹……」賀蘭德亂摸外套裡找手機。

「跟你打賭是找我的，」索恩說道，「我剛才在我的手機裡聽到了來電等候聲……」

「賭五英鎊？」賀蘭德拿出手機問道，索恩點頭。

賀蘭德按下通話鍵，「喂？好……」他把手機交過去，「麥克艾渥伊要找你。」

五英鎊入袋感覺不錯，索恩滿臉笑容接下電話。

莎拉．麥克艾渥伊喘得上氣不接下氣，她邊跑邊打電話。

「我們找到一個人完全符合我們的繪像特徵，他名叫馬丁．帕瑪……」索恩的微笑僵住了，這和他幾分鐘前聽到的姓名一模一樣；布拉契爾給的也是這個名字。「帕瑪剛好在半小時前走進西漢普斯特得派出所，把槍丟在桌上，自首犯下兩起殺人案。」

「好，我們立刻過去。」

賀蘭德苦著一張臉，他不知道現在該往哪一個方向才對，索恩朝北一指，繼續往前開。

「有一個小問題，」麥克艾渥伊說道，「西漢普斯特得派出所沒有拘留室。」

「幹，」索恩腦筋動得快，「好，最近的拘留室在肯特緒鎮，派人把他送過去。」

「我打電話給他們，然後立刻趕過去。」

「好，我們大概十五分鐘之內就可以與妳會合。」

當索恩與賀蘭德到達的時候，麥克艾渥伊已經在那裡了，三個人站在馬丁．帕瑪的囚室外頭。麥克艾渥伊向他們報告了逮捕的細節，他一派平靜、走進派出所，布拉契爾也正好在同一時間衝入查令十字警察局，大聲吼叫帕瑪的名字。他並沒有事先接獲通知，完全是自己主動進了派出所。

賀蘭德坐在拴牆的連排綠色塑膠椅上，「他自己也看到了繪像，一定的，知道遲早有人會認出他來，他覺得還是自首比較有利。」麥克艾渥伊望著他，也點頭表示附和。

索恩望著房門，「也許吧……」

「你覺得他會供出同夥嗎？」麥克艾渥伊開口問索恩，他回望著她，她知道他的心裡在想什麼，當他望著那斑駁的房門、想像另外一頭那男子模樣的時候，神色緊繃，她都看在眼裡。

供出同夥……

自從索恩第二次聽到帕瑪的名字之後，他也開始不斷自問這個問題，天，很簡單哪，如果他的動作又快又狠，也許有機會逼出答案。

「布里史托克是不是會過來？」賀蘭德問道。

麥克艾渥伊往後頭走了幾步，回到主要接待區，對著桌邊的那幾個驚愕的制服員警露出客氣微笑，「他已經在路上了。」

「要不要等他？」

「再說吧。」索恩回道，直接打開房門。

不過兩秒鐘的時間，他已經走到房間的另外一頭、放置錄音機的地方，在角落看守的制服小警在索恩闖進來、風灌入門的時候，差點跳了起來。帕瑪坐在滿是刮痕的金屬桌前，頭低低的，白色領口發黑，頭上的繃帶貼得亂七八糟，血跡已經乾涸。

索恩拿起兩捲全新的卡帶，猛力撕開塑膠包裝紙，他的目光一直緊盯著桌子另一頭的那個人。

帕瑪雖然彎腰駝背，依然看得出他個頭高大。金棕色的細髮，金屬框眼鏡，穆瑞爾與奈特形容得很準確，繪像逼眞。

「我是索恩探長，我現在沒心情和你東拉西扯，給我好好配合，有沒有問題？」

帕瑪沒有回話，他根本動也不動。

索恩把錄音帶猛力塞進錄音機，按下紅色按鈕，等待。等到嗡嗡聲停止之後，錄音開始，他開始對著偵訊對象唸出注意事項，他惡狠狠唸出一字一句，彷彿在吐出酸敗食物的殘渣。索恩告訴帕瑪，他隨時可以離開，他並沒有被逮捕，隨時有權向外尋求法律諮詢。其實，他只是不得不說出這些話，他從來沒多想，也根本不在乎。他幾乎是一口氣說完，中間曾經出現了一次短暫停頓，是因爲索恩看了一眼待在角落、靜如雕像的那個制服小警，他得要在錄音帶裡報出警察的名字。

當索恩唸出小警姓名的時候，他的雙眼瞪得好大，彷彿像是坐在證人席裡聽到有人在呼喚自己。

索恩站在帕瑪對面，雙手支在晦暗無光的金屬桌面上，目光兇狠。他知道那個坐在角落的警察，史蒂芬．雷傑，兩隻腳正在不安挪移，索恩心想，很好，你被我嚇到了，那個混蛋一定也怕死了……

帕瑪根本沒有抬頭。

「好，你挺身認了兩起謀殺案，如果我們沒算錯的話，就是四起命案中的其中兩件，對不對？目前已知是四起，所以，還有另外一個人，對不對？」

沒反應，索恩等了好幾秒，三十秒，他繼續進逼。

「嚴格說來，應該是五件才對，你昨晚搞砸了，不管是搞砸了還是突然退縮了，不重要，但我相信他一定已經犯了案。」索恩語調緩慢，再次問道：「還有另外一個人，對嗎？」

帕瑪點頭，擤了一下鼻子，他快哭出來了。

「他是誰？」索恩問得輕鬆，彷彿在問幾點鐘一樣，給我名字就好……

索恩繞過桌邊，站到他背後，只要賣弄一點老套話術就好，因爲那是眞的，而且很管用。索恩傾身，已經聞得到他的汗味，然後，他又看到第一滴肥大的淚珠落在鏽斑桌緣。

「有名女屍……不知身在何處，現在，她只能算是失蹤人口。我不知道她的親友報案了沒，但他們掛念著她，我不知道他們在哪裡，但他們現在已經有了不祥預感，只是剛開始有感覺而已，接下來是焦慮不安，憂心忡忡，最後陷入恐慌。這時候才是眞正的痛，宛若體內揪心痙攣，讓人難以呼吸，它壓毀了血管瓣膜，就在他們的五臟六腑裡。所有的人，親朋好友都緊緊依偎在一起，因爲他們都同樣難受，每個人都覺得自己的某個部分正逐漸喪失了功能，心情低劣得無以復加，沒有人能夠體會……」

帕瑪的頭慢慢低垂下去，半張臉貼住了桌面。他依然在哭泣，臉頰旁邊積了一灘的淚，但他沒有發出任何聲音。

索恩的聲音變得更加低沉平靜，「但這不算，還不算那麼糟糕，完全比不上當他們失蹤的妻子、女兒，或是母親變成死亡的妻子、女兒，或是母親的時候，那一刻才是眞正痛苦的開端。」

「一聽到消息，頭骨彷彿挨了一記重擊，然後，打擊接二連三而來，毫不停歇。認屍，等待驗屍，安排葬禮，收尾，整理她的個人用品，將衣服打包捐給樂施會，打包，把自己的臉埋在……」

「苦痛沉澱之後，生者必須帶著它繼續生活下去，它像是肚子上的燙痕，等待被摳除的疤，憤怒與罪惡感。馬丁，那種煎熬遠超過肉體的痛苦。」

「永遠不會有紓解的時刻，每個清晨，每個禮拜每個月都一樣，它無藥可解……」

屋內的每個人與每個物件都凝止不動，冷冽的拘留室裡面突然變得窒悶，終於，聽到徐緩低淺的呼吸節奏，他問了這個問題。

「他叫什麼名字？」

帕瑪抬起頭來，速度之快讓索恩眞的畏驚了一下。厚重鏡片下的雙眼紅腫，絕望，他的聲音從某個遙遠的地方傳出來。

「我不知道。」

索恩狂吼一聲，離開桌邊，怒氣沖沖走向房門口。他現在心裡只想著兩件事，超想的，第一是在帕瑪的肉臉上扁出凹洞；第二，他想要讓帕瑪知道自己的下場。

「媽的我已經給你機會了……」

「不要這樣，拜託。」對方的聲音裡有恐懼，還有無助，索恩停下腳步，轉身，「你不懂，我們以前是同學……」

索恩聳肩，雙手一攤，等待。然後……？

帕瑪慢慢把臉別過去，他又低垂目光、看著濕答答的桌面，充滿刮痕的髒桌上出現了他自己的模糊倒影。

「不……我不知道他是誰，但我以前認識這個人。」

第二部

爲了孩子

10

警司崔佛．傑斯蒙德皺著一張臉，露出難看的微笑。

「我看我先把事情釐清一下好了，在肯特緒鎮的拘留室裡，有個犯下兩起謀殺案的嫌犯，但你卻提議我們不要洩露已經抓到人的消息，而且還要在報紙上公佈根本還不曾發生……我們編造出來的謀殺案？」

傑斯蒙德挑眉，望著兩旁的人，羅素．布里史托克與史蒂夫．諾曼。房間裡還有第四個人，正不停撫擦黑色皮衣袖身上的莫名白斑。

「簡單來說……對。」

索恩也望著布里史托克與諾曼，等待他們的反應，他正在評估反對力道的強度，還有，最後會收到幾張反對票。索恩覺得布里史托克高深莫測，他輕輕搖頭，但看不出他的心思。諾曼，那個油嘴滑舌的媒體買辦，只是露出無聊的表情。

索恩再次開口，他心想，反正自己搞定過更艱難的陣仗，「人不是我們抓到的。」

傑斯蒙德睜大眼睛看著他，「什麼？」

「我們沒有抓到帕瑪，是他自己走進來的。」

布里史托克傾身向前，「湯姆，這種枝微末節沒——」

「當然重要。」

督察長再次傾身，這次他頭部動作所傳達的訊息相當明顯，湯姆，不要那麼跩，自毀前程，你這套說法已經夠蠢的了……

他把自己知道的事情全告訴了索恩。

兩天前，頭上負傷的帕瑪，腳步顫巍巍走進派出所，他交出了一把左輪手槍，還低聲講出好幾個可怕的秘密，自從帕瑪第一次告訴他那句話之後，它就一直烙印在索恩的腦海裡。

我不知道他是誰……

那句話在他心底不斷發酵，宛若在原野上滾動的雪球，不斷發出噪音，越滾越大，吱嘎作響，最後變成一顆巨大雪球，再也推不動，無法視而不見。

帕瑪宛若在殘忍現實的惡夢驚醒過來，嚇壞了。

他把自己知道的事全告訴了索恩，關於過往、電子郵件、恐懼，還有，天，興奮感。他供出犯行的所有細節，他的刀、他的雙手，還有必須抹去的眼淚，所以當他動手行兇的時候，他才能看清楚對方的臉孔。現在，他只想要接受應得的處罰，被送到安全的地方，和別人隔得遠遠的。

不過，索恩的期待不只是如此而已，當他的想法醞釀成熟之後，立刻告訴了帕瑪，一個令人意外卻簡單的方法，能夠讓這場驚夢不再那麼煎熬，惡夢得以終結……

帕瑪基本上同意完全配合。

現在，他在等待，索恩也在等待，希望長官能夠核可這個至少算是非比尋常的措施，要是狀況不對，很可能會斷送一兩個人的前途。

傑斯蒙德挪了挪椅子，更靠近桌邊，然後挺直了身子，「我必須要告訴你，你這種說法無法說服我。」

索恩心想，你也不必特別跟我說什麼，你那張死氣痴呆的臉早已寫明了一切，一字一句都寫在你的鼻子與雙頰的漲紅血管上……

傑斯蒙德繼續說下去，「帕瑪犯下多起謀殺案，如果聳動一點的說法就是連續殺人魔……」

諾曼點點頭，「有何不可？媒體要的就是這個。」

「對，好，那我們就把他公佈給媒體吧。我告訴你，探長，社會大衆等待我們交出成果，這是一個減輕我們重大壓力的好機會，我必須要說，我個人傾向這種做法。」

索恩打算乾脆直說，「如果我們宣布抓到了帕瑪，等於讓那個更加可怕的兇手就此逍遙法外。」

傑斯蒙德的手指輕彈著他的細薄雙唇，低頭看著放在面前的筆記，「史都華・安東尼・尼可林，他的舊名。」

舊名……

索恩點點頭，「是，長官。」

「『更加可怕』有點言過其實了吧？手段更卑劣，我承認，但他和帕瑪一樣，都殺了兩個人，所以……」

「長官，那一點我們都很清楚。」

布里史托克點點頭，「長官，這一點我很同意索恩探長的看法，尼可林比帕瑪殘暴，當然，手段也比較兇狠。」

索恩心想，媽的謝了，現在幫腔正是時候。「籌劃謀殺案的人是尼可林，要是沒有他，也就不會有謀殺案，沒有了帕瑪……我看他只會銷聲匿跡而已。」

一陣停頓。索恩望著布里史托克，但督察長卻望著桌面。索恩的目光飄移到窗外，天空是死臭多日魚屍的顏色，外頭正靜靜下著綿綿細雨。

換諾曼開口了，「尼可林消失的話……有那麼糟糕嗎？」

索恩努力控制自己的語氣，聽起來像是在描述事實，而不要讓諾曼覺得自己犯蠢，「他不會永遠消失，他會耐心等待，覺得安全的時候又會再次犯案，手法也會有所不同。也許他會搬到其他地方繼續殺人。」

諾曼點點頭，但索恩從對方的表情中看出自己的努力還是不夠，諾曼覺得自己剛才講了傻話……

布里史托克拿下眼鏡，搓了搓鼻梁，索恩突然一陣憂心，他想起以前也曾經看過布里史托克做過相同動作，之後他就立刻出拳，打落了某個戀童癖嫌犯的門牙。「湯姆，我不知道報紙會不會買單。故意操作假的謀殺案新聞，很可能會給他們惹來大麻煩，因爲讀者發現之後會不爽。只有在新聞內容有助於刺激銷量的狀況下，他們多少會配合一下。」

「我們必須讓尼可林誤以爲帕瑪依然可以供他差遣殺人，能不能讓報紙依照我們的意思刊載內容？」

傑斯蒙德看著諾曼，「史蒂夫，你說呢？」

諾曼望著索恩，看看現在是誰在問蠢問題？「布里史托克督察長剛才提到了重點，我們必須找到平衡點，讓他們覺得這是為了社會大眾著想，同時也要答應會給他們甜頭，發佈大新聞，如果這一招眞能奏效、能夠讓我們抓到尼可林的話。」

索恩點點頭，現在似乎有了重大進展。

諾曼還沒有說完，「還有其他比較嚴重的問題，有可能……其實幾乎是一定會發生，就是在調查的時候走漏了消息，更別提那些對眞相有奇怪偏執、有點不太正常的奇怪記者了。」他對著索恩苦笑聳肩。

「也許我有點悲觀，」傑斯蒙德開口，露出尖銳門牙，「但我還是不知道為什麼我們不能讓媒體知道事實，我指的是凱耶小姊那起殺人未遂事件。」

當傑斯蒙德講話的時候，諾曼一直在微微點頭，現在他自己開口，依然停不下來，「對，『殺人雙煞再次出擊，其中一個揮棒落空。』」

「那種標題也是可以，」傑斯蒙德很贊同，「讓那條殺人未果的消息曝光，難道不會讓尼可林多少感到害怕嗎？也許會促使他聯絡帕瑪？」

現在所有人的目光都落在索恩身上。他眞的很懷疑那種事情會嚇到尼可林，不過，他雖然意識到傑斯蒙德說的也不無道理，他依然不為所動，「我相信最危險的事莫過於打破他們的犯罪模式。」

傑斯蒙德也很固執，不但固執，而且還是配有肩章的警司長官，「反正他本來就可能知道，也許他親眼看到帕瑪搞砸了，想殺賈桂琳．凱耶卻終告失敗。如果是這樣呢？」

「顯然，我們不能排除有這個可能，因為失蹤屍體還沒出現，我們沒辦法建立死亡時間比對。不過，拉維爾與崔的那兩起兇殺案證明這不是他的犯罪模式。長官，我認爲尼可林應該是自己也同時犯案，之後再好整以暇、觀看電視與報紙對帕瑪犯案的報導，得到另一波的快感。」

傑斯蒙德慢慢搖頭，「我們必須有其他選擇，更傳統一點的辦案方法。我們可以先準備嫌犯繪像，精確的繪像一定能夠奏效，就像是我們立刻抓到了帕瑪一樣。」

「長官，你說得對，」索恩嘴巴雖然這麼說，但心裡卻在想，對啦，那種圖可以追到誰啊？「不幸的是，帕瑪只能根據他們在小餐館的那唯一的會面印象、提供繪像述詞，實在稱不上精確。尼可林那時候有蓄鬍，但我們猜他現在已經剃了。帕瑪對這個人的眞正印象，是根據他過往記憶所提供的述詞，而不是尼可林現在的樣貌。」索恩記得帕瑪臉上的困惑神情，他努力回想昔日同學走向他的午餐餐桌、徹底顚覆了他灰暗小世界的情景，但他能憶起的細節非常有限，「帕瑪可以具體描述當年的那個十五歲男孩，彷彿那只是昨天發生的事情一樣，但是對於六個月前走進餐館的那名男子，他卻無法給我們精確的供詞。我們知道他的身高，大概的體重，衣著，髮色，但我們不知道他的臉孔。我們讓帕瑪觀看尤斯頓車站的閉路電視影帶，但他找不到尼可林在哪裡。」

「或者，是他不肯吧，」傑斯蒙德回道，「他眞的希望自己的朋友被抓到嗎？我們怎麼能這麼篤定？」

索恩搖頭，「長官，我很確定。」

而且……

帕瑪還隱匿了某件事，他貌似展現了充分合作的態度，有問必答，但索恩察覺他有些不想碰觸的神秘地帶，對於某些圖像戒慎恐懼，擔心描繪得太過清晰。

索恩想要追根究底，如果他們願意放手、讓他繼續追問的話……

「電子郵件呢？」傑斯蒙德打開綠色檔案夾，拿出尼可林寄給帕瑪的信，科技小組的成員從帕瑪家中電腦所列印出的資料。

「沒辦法追查，」索恩口氣決絕，「匿名式伺服器，以偷來的信用卡所建立的帳號，他行事十分小心。」

傑斯蒙德又迅速重讀了其中兩封電郵，他緊咬著下巴，這是最令人不寒而慄的部分——對帕瑪下達殺人指令：日期、地點、行兇手法。

「難道我們不能監測他的電郵嗎？」傑斯蒙德問道，「是不是有自動轉移到我們的電腦？」

索恩傾身向前，「只要是尼可林發出的訊息，我們絕對不會錯過，當然，我們也會妥善運用現有的長相供述，不過，長官，我依然覺得這樣不夠，最後的結局如果不是一舉成擒，就是全部落空。」他從文件中特別取出一張紙，放在傑斯蒙德的面前。

「你看看，這是在第一起兇殺案的前幾週發出的電郵。」

傑斯蒙德把它拿在手中，唸了出來。

接收：<qmail 27003 invoked by alias>；二〇〇一年六月二十八日，十一點三十五分二十九秒

日期：二〇〇一年六月二十八日，十一點三十五分二十九秒

訊息傳送代號：<921065729.27000@coolmail.co.uk>

寄送電郵地址：martpalmer@netmail.org.uk

主旨：回憶夏天

寄件人：老友

馬丁，想到沒？我可以看到你正在苦思的模樣，偶爾望向遠方，腦中開始勾勒畫面，不久之後，那畫面就會成真，不只是一幅想像圖而已。我猜想（我對你是一直料事如神）你已經準備好了，我會在適當時機通知你細節。你的臉告訴我，你開始懷念起那幾年的夏天，好好想一下這個即將到來的夏天吧……

傑斯蒙德抬頭，望著索恩，臉上完全沒有洩露任何情緒。蠢，或者只是在裝蠢，索恩很難判斷。

「他盯著帕瑪，長官，他信裡講得很清楚，『我可以看到你』，『望向遠方』，『你的臉告訴我』，他暗中觀察帕瑪。」

「好吧，就當他曾經觀察過帕瑪好了。」傑斯蒙德回道。

「我看他依然如故，他喜歡掌控一切。」

諾曼急著想要證明索恩剛才的問題未免有點……蠢，這種手法實在太不尋常了。「如果他依然在觀察帕瑪，那我們還有什麼好說的？你自己剛才也說過了，我們不能確定他目睹帕瑪槍殺賈桂琳·凱耶失敗對嗎？搞不好他也看到帕瑪在週一時走進派出所。探長。如果他已經知道我們抓到了帕瑪，那麼你的要求等於是浪費了大量時間，而且可能很危險，你說是嗎？」

這個問題，也是索恩最害怕的問題，他知道自己的回答很薄弱，但他也別無選擇了，「雖然有風險，但值得一試，所以我們要速戰速決。」傑斯蒙德低頭看著面前的文件，諾曼開始收筆，索恩又想到了另外一件事，「我的意思並不是他一直在監控帕瑪，這是不可能的，在帕瑪的印象中，他有份全職工作……」

傑斯蒙德開始收拾自己的筆記，彷彿已經下定了決心，「風險，你提到了風險，很準確的用詞，索恩。我們逮到了兇手，這個人至少殺了兩名女子，然後我們要把他放回去……」

索恩無奈嘆氣，「我們又不是要做這種事，我剛才已經講過了……」

「不然你覺得應該怎麼講才對？」

「就是放他到……我們看得見的地方。反正就是不要把尼可林給嚇跑，等到結束之後，帕瑪就可以蹲牢。」索恩回頭看著布里史托克，想要尋求支持，但得不到任何回應。兩天前索恩沒等他、自行訊問帕瑪，他到現在依然耿耿於懷。他那天大發雷霆，一直到現在，辦公室方圓半英里之內的同事依然在議論紛紛。

索恩又望著傑斯蒙德，「長官，黑道如果需要有人當內應，」他繼續說道，「一定會搞這種事，我不明白做同樣的事有何不可。我們放了帕瑪，交保候傳，這是再普通不過的程序了……」

傑斯蒙德似乎已經瀕臨發火邊緣，「索恩，這個程序我非常清楚。但帕瑪又不是在搞地下錢莊而已，他殺了兩個女人，殺人犯通常不會有機會獲得保釋。」

索恩幾乎已經詞窮了，傑斯蒙德也頓時放鬆了下來。現在他佔了上風，他拿出手帕，抓起其中一角清理鼻孔，臉部也隨著手部動作而扭曲變形。「所以，我們就假設一下好了，放帕瑪出去，我們持續監控他，然後呢？等尼可林一時糊塗犯下大錯？截至目前爲止，他沒有犯什麼錯吧是不是？所以，我們是要等他再次殺人嗎？」索恩不發一語，他知道這可能是最後的結局，「探長，我不知道你到底有沒有想清楚。」

「長官，我很尊重你……」索恩的聲量變得越來越高，已經聽不出什麼敬意。

布里史托克靠在桌上，「聽我說，湯姆……」

索恩瞇眼，脫口而出的話也未免太快了，「羅素，你愛當騎牆派，屁股一定很痛吧。」

傑斯蒙德舉手制止索恩，但他滔滔不絕，而且還緊盯著每一個人，因爲他知道自己只剩下最後一次機會，如果，這也算的話。「對，帕瑪是兇手，是個大變態，無論我們最後做出什麼決定，等到這一切落幕之後，他的餘生都必須在牢裡度過。他自己想坐牢，他不求什麼，也不是爲了要認罪協商。」他停下來，吸了一口氣，又繼續說下去，「不過，我堅決相信，如果依我建議的方式來辦案，他絕對不會加害任何人……」

傑斯蒙德想要插嘴，但索恩硬是不讓，「我認爲這是我們抓到尼可林的唯一機會，要是錯過的話，接下來也只能懊悔不已。好，現在的狀況是，已經有一名兇手落在我們的手上，我們大家都會受到褒揚或是升官什麼的，但之後依然會傳出濺血慘案。」

他緊盯著傑斯蒙德，你幹嘛那麼在乎？等到那個時候，你八成也已經離開這個位置了。他差點脫口講出「承擔全部責任」的話，但在傑斯蒙德那雙如鼠的小眼當中，等於告訴了索恩一件事，他現在的飯碗已經岌岌可危，如有必要，只要刻意動點手腳，他被迫離開警察崗位也不過是遲早的問題而已。反正，他知道自己太不切實際了，他們永遠也不會在乎之後的命案……

索恩站起來，「長官，我已經表明我自己的立場了。」

傑斯蒙德望著每一個同事，然後像新聞主播一樣、沒事可幹就只好攏整文件，「探長，謝謝。顯然這個問題不是靠我們幾個人討論就能定案。我早已敲定與副助理處長開電話會議，他可能會轉交更高層長官處理，所以……」

所以……索恩坐在隔壁的辦公室，拚命壓抑那股想要拿起玻璃杯摔牆的幼稚衝動，然後又開始咒罵深藏體內某處的DNA，居然害他……做出這種事情，完全解決不了任何問題。

索恩從來就不是喜歡把戰功掛在嘴邊的人，他可以在酒吧講精采過程，與同事交換分享，但要是有人提到某某某把哪個罪犯送進牢裡，他只會微笑以對，拍拍對方的背，縮隱在自己的內心世界裡、再次靜靜反省失敗。他不常遇到成功來敲他的心門，但總會看到失敗在他的四周徘徊，等待他點頭認栽。

畢竟，他是英國人。

索恩記得的，永遠記得的，不是那些他抓到的人，不是那些最後在偵訊室，或是從拘留室窺孔裡看到的人，也不是在法庭遙遙相望的面孔，不是他們。

不是類似帕瑪的那種人。

這些年來，那十幾張被他抓到定罪的兇手面容，他早已忘了，但那些沒有面孔的殺手的模樣，卻依然清晰可見。他會竭盡所能，絕對不讓史都華．安東尼．尼可林進入那間異像館、與其他兇手爲伍。

拿脾氣暴烈、固執、死腦筋這幾個字指責他當然很容易，對，對，對，這三個字詞的確值得譴責，但他並不是這樣的人。

接受褒揚與現有的證據，當然很容易，看著報紙頭版出現的馬丁・帕瑪繪像、在酒吧裡暢談一兩個晚上也很容易，在受害者家屬面前裝模作樣，握手致意，凝望著他們一臉感激的表情，然後轉身離開，繼續工作、準備下一次的追捕行動，何其容易。

得意大笑，心滿意足，容易。

他無法忘記那個拿著吱吱作響玩具鎚的小男孩。

你能否忘記他的臉？查理，我衷心希望如此……

現在賀蘭德與麥克艾渥伊正穿越偵查室、朝他的辦公室通道走來，他看到他們腳步沉重，猜不透這兩個人的神情為何如此緊繃陰鬱，賀蘭德手裡捏著一張紙，麥克艾渥伊緊緊握拳。然後，他們進入了他的辦公室，將那張紙放在他桌上，他正想要看個仔細，麥克艾渥伊已經先開口。

「今天早上，米莉安・文森的屍體，在位於達斯頓的勞瑞爾街自宅中被人發現。她已經死了好幾天，死因是頭部中槍。」麥克艾渥伊語氣專業冷靜，平鋪直敘。但她的臉色突然氣急憤紅，怒火全發洩了出來，「她是北倫敦大學的學生，拜託，才十九歲而已……根本只是個青少女……」

她情緒爆發，賀蘭德緊張兮兮看著她，而索恩卻默默承受那股怒火，讓它滌清自己的腦袋。剛才他頭暈腦脹，不知所措，但他現在突然變得敏銳專注，知道接下來該採取什麼行動。

「我沒有看到這個。」

麥克艾渥伊歪著頭，「抱歉……？」

「你找不到我的人，聽懂沒有？」他把那張紙交給賀蘭德，指了指隔壁的辦公室，「過去告訴他們。」

賀蘭德遲疑了一下，麥克艾渥伊把那張紙搶過去，「我來……」

索恩伸手阻止，「不行，不能給妳，妳……火力太強，他們已經被我氣飽了。」

麥克艾渥伊把紙還了回去，嘀咕了幾句之後轉身離開。索恩又把它交給賀蘭德，抓住他的手臂，捏得死緊，「冷靜……」

賀蘭德點點頭，火速離開辦公室，他沒有回頭，直接朝那間聯通辦公室走去，他敲了一下房門，沒等裡面的人開口就闖進去了。

麥克艾渥伊走回偵查室，索恩靜靜等待賀蘭德出手，一邊望著她在同事之間走動，米莉安·文森之死激怒了她，整個人大暴走。他很欣賞她的憤怒，他懂，但他最近有些擔憂，因爲她似乎有點壓抑不住。

除了隔壁房間的那三個人之外，知悉他計畫的人也就只有麥克艾渥伊和賀蘭德了。至於參與這起案件的其他同仁，全都浸淫在帕瑪落網的喜悅之中。辦公室裡出現了許多笑聲，而那些笑不出來的只是因爲歡慶的宿醉未退而已。他知道要是自己的計畫可能付諸實行的話，慶功就必須立刻結束，大家必須收緊口風。

索恩突然覺得自己蠢得無以復加，他居然笨到相信高層會同意放了帕瑪，笨得這麼一廂情願。他覺得鬆了一口氣，卸下了重擔，他知道他們會展現客氣而堅決的態度、拒絕他的請求。

索恩很清楚，自己的計畫一定會招來抱怨，各式各樣的理由都有，至少，也不該是在聖誕年終這種時候。他不知道自己是否害同事少了一次喘口氣、與家人安心過節的機會。

但不過一兩秒鐘的時間，他又立刻想起了其他人，有的死了，有的還活著，他對他們有更多的虧欠。

如果索恩的計畫得以實現，那些會擺臉色給他看、下班後在酒吧裝作不認識的同事，都不曾見過卡蘿．加爾納的雙親，也沒有看過她的兒子。也許他應該找一天、把受害者的家人特地請過來，帶著查理東晃西晃，讓他待在那些警察與文職人員的中間，坐個十五分鐘。

他不知道卡蘿在出事之前是否已經買了查理的聖誕禮物？是不是由外公外婆交給他？他們會不會告訴他送禮物的人是……？

索恩聽到開門聲，抬頭看到布里史托克出現在隔壁辦公室的門口，目光在偵查室裡來回搜尋找他的蹤影。

「羅素……」

布里史托克轉頭看他，兩人四目交接的那一剎那，索恩立刻發現剛才他怒酸長官之後，現在後悔莫及，他們都忘不了那句話，也無法原諒彼此，他們得要好好溝通一下。

突然之間，索恩充滿了渴望，他想要把案子繼續好好辦下去。剛才，在他等待布里史托克示意的短短幾秒之間，他好期盼能找到機會阻止史都華．尼可林，將他繩之以法，那些丟飯碗、惹惱同事的鬼話他也不管了，任務只完成一半，不該慶功，何況還不到一半……

布里史托克閉上眼睛，點點頭，好吧。

索恩看懂了他點頭與閉眼的動作，他輕呼一聲，但出口的聲量驚人。

「啊，幹。」

11

昔日名爲史都華·尼可林的那個傢伙，對於聖誕血拼季並沒有什麼太大的興趣，但這種事情還是得做。他趁午餐時間外出購物，對於目前的進度感到相當滿意。接下來的週末，是這個大日子之前的最後一次採購機會，他眞的沒辦法面對那群繞來繞去的大批殭屍人潮。大家拿出現金，明明換來的是用完就丟的垃圾與閃光包裝紙，卻依然強顏歡笑。他的妻子可以大無畏擠進人潮，她有好多東西得要買，父母親、朋友、同事，都不能少。至於他自己的同事就免了，聖誕節這段時間可以暫時放下工作……

帶著自己的咖啡，走到靠窗的桌台，順手把購物袋丟在座位旁邊。她一定會喜歡項鍊，他很確定，香氛也是，但那件毛衣就很難說了。他留下了收據：如果她想要退換貨，隨時都沒問題。通常，他們會在十二月二十七日或是二十八日的早上前往瑪莎百貨的換貨櫃檯、在幾十個人的長龍裡排隊，每一個人都惱怒不語，氣惱當初怎麼會買下那些東西。

每天的午休時光，總讓他充滿了期待，通常在這個時候，他會躲回自己的辦公室，也許可以有半個小時可以安靜讀報，他可以好好鑽研每一則新聞報導，研究各種版本，追蹤新聞後續或是瞄一眼突發新聞。當然，他也會看電視，只要在他的冒險結束之後，他就變成了電傳文訊的奴隸，但這萬萬比不上看到它見報的快感，他閱讀攤在面前的報導，指尖撫觸報紙的感覺，一整天都不會消失。他總是會買兩份報紙，一份八卦小報，一份大報，他需要詳細與簡練的兩種版本，他要知道細節，也要了解衆人的憎惡感。

他足足等待了四天，就爲了這起……新聞報導。通常最後一定會見報，它在大報的露出位置一定是緊貼著政治分析稿，至於八卦報，就是擠在某個嘛嘴巨乳的美少女旁邊。他愛死了，日子一天天過去，他們做的事還沒有見報，他的期待宛若執行時的心情一樣，越來越高昂。

現在，等待已經結束，今天見報了，他眞的很期待看到他們這次的說法，想必一定很有意思。

他喝了一小口索價高昂的卡布奇諾，從紫色的史密斯書店提袋中取出兩份報紙，今天的《獨立報》與《鏡報》。坐在他對面的老女人撕咬了一大口麵包，對他笑了一下，他打開《獨立報》，也微笑回禮……

是了，他們見報了。

他看了一下手錶，他還可以再坐個十五分鐘，他可以在這美妙的十五分鐘好好放鬆，享受咖啡，浸淫在那兩起駭人聽聞的謀殺案新聞裡面。其中一起他已經掌握了第一手細節，這是當然的，他的記憶如此眞實鮮明，彷彿還聞得到那女孩嘔吐物的味道，發酸，充滿酒氣。當他舉槍的時候，她吐了第二次，她張開嘴，彷彿想要尖叫，但其實卻在大吐特吐。他趕緊後退，避免讓鞋子遭殃，然後，他跨過那灘嘔物，把槍對準她的頭。

另外一起，帕瑪的殺人案……嗯，是那些愚蠢王八蛋編的。

細節倒是發揮得不錯，很可信，但這麼做只是在浪費時間。帕瑪的動機是出於恐懼，就是這麼純粹簡單，一向如此。當帕瑪知道尼可林首先動手殺人的時候，已經嚇得半死，但讓他眞正感到懼怕的是，他不敢讓尼可林失望，馬丁會嚇到自首，唯一的可能就是他搞砸了。尼可林在女孩公寓裡、對著她腦袋開槍之後的第二天，他一直在監控帕瑪，尼可林看見他像是夢遊者一樣走出自己的公寓，然後一路跟隨，望著他前往派出所，他像個醉鬼一樣，搖搖晃晃走進去，他肥大的頭顱貼了一塊沾滿血污的繃帶，顯然他的任務是失敗了。

好，所以他們現在不想讓他知道帕瑪已經被關了進去。太遲了，當然，眞正的問題只是在於要如何回應……

趁等一下工作的時候，再仔細想想，現在，他還有十分鐘的時間、好好讀完這兩起謀殺案。一起是眞的，另外一起是假的……

他不知道看了哪一則報導會比較開心。

索恩望著他外頭的世界，緊繃，狂亂，忙碌不已。他看到大家像是無頭蒼蠅一樣忙得團團轉，買下自己其實不情願送人的禮物，提著塞滿食物的提袋，但裡面那些東西明明就吃不下，但他們就是停不下來，無法自拔，願和平美善賜福滿人間……

他覺得這種歡樂未免有些荒謬。

他看到那些憎恨聖誕節、心情充滿煎熬的人。

他看到好幾對哀懼的父母正在籌辦女兒的喪事。

値此同時，湯姆．索恩在聖誕節的前幾天、依然按照自己的速度辦事，他雖然慢慢來，但鐵定已經把所有認識他的人都得罪光了。

對於大多數的警察來說，「超時」簡直是個不可思議的字眼，有事，配合就是了，而且某些案件的意義遠甚於此，因為他們有「信念」。

但聖誕節另當別論。

聖誕節即將到來，每個警察都有點不爽。自以為是，衝動，正義魔人。天……（當然這裡沒有任何的宗教含義）……難道他們辛辛苦苦過了五十一個禮拜之後，就不能和家人好好休息一下嗎？對索恩來說，爭執這一點沒有意義，反正他也不算加班，探長以上職級的年薪多加了好幾千英鎊。而當這類案件一出現，只會凸顯他們的工作條件何其嚴苛，面對這種狀況，如果有人覺得疲累，需要喘息一會兒，就算索恩對同事有再多不滿，他也不能怪他們，只是眼前有個難以克服的障礙……

兇手不會為了聖誕節而休假。

大家都知道，這段時間的自殺案例特多，但是排行榜上還有其他的項目。犯罪數據開始爬升，謀殺案也不例外。家暴案、酒醉意外——也持續增加，所有的受害人與受害者家屬，都需要警方有所作為，他們才不會管你的父母是不是特地南下，或是你已經在克茲沃爾德訂了農莊度假，還是你家小孩第一次過聖誕節。

尤其是，當他們的小孩再也看不到另外一個聖誕節的時候。

當你被迫取消假期的時候，當然不會想到這些。就算沒有苛刻的工作輪值表，沒有恐怖的加班量，大多數警察的想法也不可能和湯姆·索恩一樣，布里史托克也是，麥克艾渥伊也一樣，就連戴夫·賀蘭德會怎麼想，他也沒有把握。事實擺在眼前，由於他的關係，大家必須犧牲聖誕佳節，像保姆一樣、看守那個殺了兩個人的兇手。

帕瑪在元旦之前都不會進辦公室，他們已經向尙恩·布拉契爾詳細說明過了，所以不會有任何問題。帕瑪在聖誕節之前的曠職就以病假處理，至於他酷似警方追緝的兇嫌繪像的問題也獲得解決，他已經出面說明，而且立刻排除涉案，就這樣。布拉契爾會協助散播消息，同時要開始處理新同事上任的事情，她日後的工作崗位將與馬丁·帕瑪緊密相繫在一起。她是來自重案組（南區）第二小隊的探長，整個聖誕節都必須埋首苦讀給白痴看的會計學……

監測帕瑪的居家狀況很容易，他住在西漢普斯特某棟五十層樓大廈的三樓，只有一個入口。上班下班都有人會跟蹤他，公寓外維持二十四小時監控，裡面也隨時至少配有一名便衣，不過，等到帕瑪進入其他建物的時候，沒有任何人會陪在他身邊。

根據帕瑪自己的說法，他很少出門，而且也從來沒有邀請過任何人到家裡來，所以進出管控不是什麼問題。索恩也發現帕瑪的日常作息看起來很正常，所以，就某種程度來說，這個問題隨機應變即可。如果有人找他出去喝一杯（他說這種事曾經發生過，但不常出現），他們會立刻決定是否該回絕。在工作場合也一樣，外出吃午餐的時候，一定會有臥底探長陪同，同時還有支援小組隨時因應可疑狀況。事實上，帕瑪的日常行程只出現了一點小小的變化，他必須打電話告訴父母自己無法回家過聖誕節，在這整起複雜的佈局當中，帕瑪一直覺得很不自在，但似乎也只有這個部分讓他沒那麼彆扭。

索恩希望面面俱到，不要有任何閃失，現在他要追捕的對象聰明狡猾。他很可能，至少暗中觀察了一段時間，其實索恩心裡有底，這件事應該早就發生了，而且他也可能發現了足夠的線索、斷定帕瑪已經被警方監控。

正如同索恩在傑斯蒙德面前所說的一樣，他認爲這是他們必須要冒的風險。

顯然是充滿了風險……

諾曼馬上就抓到了好幾個問題。他自己會處理媒體，但是整個團隊對於索恩的諄諄教誨，他覺得在這種節骨眼上的必要注意事項，卻沒什麼反應。他本想商請布里史托克幫忙提醒大家，但這位督察長還沒有這種心情。在索恩對大家講完話之後，雖然氣氛低迷，但是和布里史托克的惡劣心情相比，簡直算是像蛋糕糖衣一樣可愛了，但索恩知道這也難免。而且，他通常對於長官只是抱持疏離態度，如今卻惹惱了所有人，至少，這算是有了改變……

索恩希望小心行事，他不奢望從社會大衆那裡得到情報，什麼都不要，除非他們能找到馬丁．帕瑪之外的消息來源。其實，他們倒是有一些做法，比方說，根據帕瑪對尼可林的敘述，畫出繪像——反正他們總是有辦法可以捏造目擊者——但只能靠帕瑪單一說法所衍生的調查方向，審慎程度一定得達到最高標準。

大家的臭臉，酸言酸語什麼的，索恩都應付得來，但他唯一的眞正疑慮是米莉安．文森屍體被發現的四十八小時之內、將於週六召開的記者會。

他難以承受的是謊言，必須與米莉安．文森的悲痛母親在一起、赤裸攤在上百個鎂光燈之前。有個人，好像是史蒂夫．諾曼講的吧，帕瑪犯下的虛擬命案的受害者雙親，可以找演員扮演，索恩很慶幸自己早已設下底線，拒絕了這個提案，說謊已經夠糟糕的了……

諾曼搞了一場精采派對，與會者有傑斯蒙德、布里史托克、假扮家屬聯絡人的年輕警員，還有文森太太。在傑斯蒙德講完例行性官話之後，諾曼向大家介紹了羅絲瑪麗．文森，她年紀五十出頭，個子很高，動作略顯拙態，臉色誠懇，看得出兩天前她對於自己現在的表情還很陌生。

肚子上的燙痕，等待被摳除的疤，憤怒與罪惡感……

她緊抓著米莉安的照片，懷念女兒的言語令人動容，在她回憶最後一次母女對話的時候，拚命壓抑，以免情緒潰堤——母女爭吵，她在抱怨女兒怎麼不趕快回家。索恩站在後方，記者的背後，與相機隔得遠遠的，他的目光一直無法離開那女人。出現在這種場合的家屬，他已經見過上百次了，但很少會這麼清楚看到家屬剛出現的淒絕神態，每一次的緊張微笑、拉髮、嘴唇顫抖都看得到痕跡。當她提到另一名受害者父母一定相當悲痛的時候，他不禁抽搐了一下。他覺得好羞愧，彷彿有隻冰冷的手掐住喉嚨，因為他聽到她想要對他們傳達愛與支持，對於他們的痛苦深表同情；他們一定極其煎熬，所以今天無法親自出席……

索恩下定決心，無論如何，等到案子結束之後，他要去拜訪羅絲瑪麗．文森，告訴她實情，而且向她解釋為什麼自己得做出這種事。

那天晚上，他看了六個不同的電視頻道所播出的記者會重點片段，每看一次，就覺得自己的喉嚨被那幾根手指掐得好痛。

他正準備要上床的時候，電話響了。

「喂……」

「湯姆嗎？是你嗎湯姆？」

「哪位？」

「我是艾琳，親愛的，你爸爸的姊姊。」

「哦……」

「抱歉，是不是有點晚啦？我們是還在看電影，你知道，等著看它演完。」

「沒關係……」其實，當電話響起的時候，索恩正拿著喝了一半的酒瓶與髒兮兮的玻璃杯進廚房。現在，他坐在沙發上，以雙膝夾著酒瓶，再次拉開瓶塞，

「親愛的，你最近還好嗎？」她講話的速度有點慢，彷彿把他當成了病人。

索恩正準備要斟滿酒杯的時候，覺得自己實在沒心情聊天，他知道她想要講什麼，他實在懶得聽。天，他上次看到這女人是什麼時候？一定是在潔恩甩了他之前的事了，某場葬禮，但他忘記死者是誰，可能是艾琳先生的爸爸或媽媽吧……

「艾琳姑姑，聽我說……」

「我聽說了你和你太太的事，很遺憾……」

所以索恩只好倒了酒，與她閒聊了一會兒，等她切入重點；她打這通電話顯然別有用意，他希望她能夠趕快講出來。他曾經警告過父親不要打電話給她，這個老笨蛋，現在可尷尬了。他開始催促她，語氣越來越不耐，他等著她說出自己很不好意思，但她真的無法讓吉姆去她家過聖誕節。畢竟她家裡有一堆人，真的沒有多餘的房間能讓他留宿，要是他能早點說的話，可能有機會……

索恩心想，去你的，我們沒問題，就我們兩個也可以過節……

「所以我們討論之後，都決定好了，你爸爸今年來我們這裡過節。」

索恩從雙膝之間拿起酒杯，正要送到口邊的時候卻停了下來。他知道自己沒聽錯，但是卻不知該如何回應才好，「抱歉？可是……」

「如果你可以送他到維多利亞車站就行了，他下了火車之後就由我們來接他。」

索恩覺得自己臉色微紅，「妳聽我說，也許我應該和爸爸溝通一下……」

「親愛的，別擔心，一切都安排好了。」

「可是妳家裡那麼多人，哪有房間……」

「我們沒問題。真的，能和他一起過節，我們很開心，而且我想你一定多少可以喘口氣。」

然後，他們又閒聊了五分鐘，索恩聽到有來電插撥的訊號聲，他暗示該結束電話了，艾琳姑姑立刻聽懂，直接說她已經該上床睡覺了，還告訴索恩，如果有機會也可以看到他，一定很棒……

索恩還不知如何是好，就把整個事件經過告訴了菲爾．漢卓克斯。漢卓克斯八成是一時衝動，邀請他一起過節，而索恩也不知是自己愚蠢還是無路可退，居然就答應了，反正，兩天之後，他來到了這裡……

聖誕節前夕。當電燈泡，坐在酒吧裡，耳朵聽不進任何聲音。

「湯姆？拜託一下好嗎……」

湯姆覺得自己彷彿從某個好長，好長的隧道急衝出來，金色、銀色、紅色的光團變得清晰。全是俗爛的應景裝飾品，吊掛在假木樑下方，發出反光。他眨眨眼，「抱歉，菲爾，是不是輪到我買酒了？」

漢卓克斯怒氣沖沖看著他，「喂！這一輪是布蘭登，他已經去買酒了。你根本沒在聽我說話對吧？」

索恩喝光了啤酒，「有，我有聽到。」

「好，那你覺得怎樣？」

索恩的嘴噴了一口長氣，喘息個一兩秒就好。他開始回想剛才單方對話的內容，布蘭登與菲爾又在一起了，對，沒錯，而漢卓克斯想要知道是否該與那位「原來最後不是大混蛋」先生重修舊好。

「當然不好，」索恩終於開口，「我要是窩在你的沙發上睡覺，實在很多餘。」

漢卓克斯嘆氣，「喂，我們早就溝通過了，這又沒什麼大不了。」

索恩張望四周，酒吧裡滿滿的人，喧鬧聲加上那幾首聖誕老歌放得震天價響，連聽到自己講話的聲音都很困難。他瞄了一眼吧檯，布蘭登正在掏錢買酒，「你問過他了嗎？」

「這和他又沒關係。反正我也不是笨蛋——我知道他吃回頭草只是因為不想回家，他父母不知道他是同性戀，他沒有別的地方可去……」

「我們都是別無選擇的人。」

「不要再講這個了行不行？你住我家就是了。你要是不留下來過聖誕節，救濟食堂外頭就會多了一個老流浪漢。」

索恩大笑，「我有味道也沒關係嗎？」

漢卓克斯被他的反應逗得開心，「我看你是會洗澡的人吧。」

當布蘭登回來的時候，他們依然在哈哈大笑。但當他把飲料一放在桌上，索恩卻立刻離開座位，穿上外套。

「好，我就不妨礙你們了……」

布蘭登還拿著剛才索恩買的啤酒，他看起來不太高興，正打算要講話的時候，漢卓克斯卻伸手抓住他的手臂，勸他別開口，這種時候就不需要爭了。

「那就再見囉？」

索恩不發一語，他緊靠桌邊，把手擱在布蘭登的肩上，「害你買了啤酒，抱歉……」

「明天一起吃午餐？」漢卓克斯問道。

索恩點點頭，但立刻發現他朋友不過是隨口說說而已，他的手從布蘭登身上移開，伸到漢卓克斯面前，「菲爾，祝你開心。」

漢卓克斯站起來，伸手把索恩拉過來，給了他一個略嫌彆扭的擁抱。

「你也是，好，快滾……」

是，索恩立刻閃人。

12

索恩向應門的警員揚了揚自己的警證。這個身材矮胖、只比警校報考規定最低身高多出那麼一英寸左右的紅髮傢伙，如果聞得出索恩講話時所散發的啤酒味，臉色倒是掩藏得很好，完全看不出有什麼異狀。他只是露出不爽的表情，就和他剛才看到車外的那兩張木然臉孔一樣。

爸媽要過來……度假農莊……小孩的第一個聖誕節……

「我馬上就好。」索恩回頭，朝走廊上的那張座椅點點頭，那位警察走出去，坐入椅內，嘴裡一直在不爽嘀咕。索恩關上大門，也許對方早就聞到了酒味，不重要。

索恩才剛踏進去，立刻注意到桌上放了一份《太陽報》。他推開大門，把報紙給了那個警員，他收下的時候還在碎碎唸，幹！索恩心裡暗罵了一聲，又關上了門。

他轉身進入客廳，帕瑪剛好從廚房裡出來，手裡拿著一杯茶。顯然他剛才沒有聽見敲門聲，看到索恩的時候，有些吃驚。

兩人對望了好幾秒，然後帕瑪開了口，聲音低沉，聽得出些許鼻音，「是不是有狀況……？」

索恩搖頭。

帕瑪拿起馬克杯，不過一兩秒的時間，熱氣霧染了他的眼鏡，「要不要幫你弄一杯？」

索恩不發一語，直接走到窗戶附近的電腦小桌前，那台電腦已經登入二十四小時不間斷的伺服器，只要尼可林一傳出訊息，他們就會立刻知道。

索恩望著螢幕保護程式，一連串的多彩時鐘在螢幕上飄游彈跳，隨著時間發出唧唧滴答與樂鐘聲。索恩趨身向前，移動滑鼠，那一堆時鐘終於消失了。他拉開書桌前的那張椅子，把它倒轉過來面對客廳，坐了下來。

他連外套都沒脫。

「你平常都幹什麼？上網？聊天？還是玩拼字遊戲？」

帕瑪直挺挺坐在沙發上，兩手握住茶杯，靠在胸前，「對，有時候會上網。」

「嗯……？」

「哦，有警察一直在旁邊，我也很難有機會花好幾個小時逛色情網站吧？」

「但如果你一個人的時候呢？」索恩立刻問道。

帕瑪低頭看著手中的茶，「我懂，骯髒下流的人會找什麼？哦，想也知道我都在找噁心的東西，你也知道的，變態。」他抬頭，望著索恩，他的頭稍微向後傾，鼻子輕皺，以免讓眼鏡滑下來，「也許是屍體吧，驗屍的照片，你要是知道門路的話，網路上很多。」他講話的速度變快了，音量也越來越大，呼吸急促，還有低微的氣嘯聲；這是他的極致，興奮，最多如此。「也許看一兩支影片，如果能勉強聽到背景噪音，那就開音量……圓鋸的暴吼，你一定很熟悉，危險加上剖屍，給變態，性無能男子的可口拼盤——」

「夠了！」

帕瑪乖乖閉嘴。索恩提醒自己，這是他永遠不該碰觸的東西。這已經夠荒淫的了，更不堪的是，這還有點像是那種會見報的俗爛心理變態案例、第二天成爲午餐桌上的笑話話題。他瞄了一眼緊抓著茶杯、目光直視前方的帕瑪，索恩無法準確判讀對方的表情，憂傷？不，其實是失望。

螢幕保護程式再次啓動，遠處傳來的一連串電子式滴答聲響，劃破室內的寂靜。

「我明天可能會出去。」帕瑪突然開口，面向著索恩，他的上半身前傾，臉色變得熱切激昂，「只是散步，透透氣，一直待在這裡簡直快瘋了……」

索恩不以爲然哼了一聲。帕瑪若有所思，附和點頭，只是模樣有點古怪滑稽，「我知道，我還是早點習慣比較好，其實，等到一切落幕之後，環境也不會這麼舒適了……」

他立刻起身，索恩基於本能反應，也跟著站起來。帕瑪神色緊張看著他，「我在廚房裡放了幾罐啤酒。」他向前走了一步，又立刻停了下來，「要不要喝一罐，沒問題吧？」

索恩沒多想就直接點頭，帕瑪走向廚房，「苦啤酒，你可以接受嗎？」索恩沒講話，又坐回椅子上。

他四處張望，和其他地方一樣，看不出有什麼特殊之處，陳設簡單，現代化的實用家具。索恩剛才走進來的時候，覺得這地方似曾相識，過了幾分鐘之後，才想到這間公寓和他家長得還眞像，不禁讓他心中一凜。這裡可能多了一些書與植物，但同樣沒有家人照片或是紀念品擺設，看不出住在裡面的人懷抱了什麼熱情，完全沒有居家的溫暖……

透過敞開的廚房大門，索恩看到帕瑪在裡面走動，聽到他從廚櫃裡取出玻璃杯清洗的聲響。這傢伙個頭高大；動作緩慢，但依然出奇優雅。與他的身高體重相比，他的手腳顯得非常小，想必偶爾會跌倒，蒼白豐腴的臉摔得鼻青臉腫。

這是索恩當初在他們共處的那幾個小時得到的觀察心得，編出了故事，然後，他們又花了好幾天構思、讓計畫得以付諸執行；讓帕瑪享受自由的最後餘味，然後尼可林也許……也許會攤牌。

現在，索恩坐在帕瑪的客廳裡，想到了這個過程，他毫不後悔——對於這男人，他沒有太大興趣——純粹只是基於好奇而已，反正案子得要好好辦下去。

而且，他依然覺得帕瑪隱瞞了什麼，有些事情他憋住不肯說……

帕瑪帶著兩杯啤酒回來了，流露出奇怪的驕傲神情，彷彿手上拿的是兩顆剛取下的敵人首級。

索恩接下他遞過來的酒杯，把它擱在椅腳邊的地板。帕瑪依然站著不動，目光遠眺窗外，輕輕點頭，露出微笑，「其實，眞的算是很幸運，到處都是警察，尤其是門口外的那個……至少沒有唱聖誕頌歌的人會過來煩我。」

索恩抬頭看著帕瑪，他穿著鬆垮的灰色工裝褲，藍色軟皮拖鞋，橘色連帽長T。他的衣服看起來很廉價，不是什麼天然材質。索恩先前就懷疑過了，他有份不錯的工作，但卻沒買什麼超炫的車子，也看不出有任何揮霍的跡象。

「你的錢都跑去哪了？」

帕瑪走向沙發坐下來，瞇眼望著索恩，彷彿想要參透這問題裡所隱含的所有意義。

索恩又問了一次，「你的錢都花在什麼地方？」

帕瑪搖頭，聳肩，「存錢。」

「拿來度假？」

「我都存起來了，全在建屋合作社裡。我以前偶爾會寄錢回家，但我爸媽不喜歡我這麼做，所以我現在只能幫他們買東西，你知道，就是他們有需要的時候。幾個月之前，我幫他們買了新的熱水器。」他又再次點頭，輕輕點了好幾下，這似乎是他一貫的動作，彷彿他很贊同自己的行爲，想要肯定什麼似的。

索恩又想到了他們第一次見面的情形，他對帕瑪咆哮，告訴他喪親者的病狀，帕瑪也在那時候第一次提到了尼可林。之後，他被帶走，醫護人員爲他縫合頭上的傷口——賈桂琳．凱耶拿鞋攻擊的力道相當驚人——等到他回來之後，關於尼可林的事，他講得越來越多，而且態度也輕鬆多了——在小餐館相遇、計畫、殺人指導方針。在他一開始提到自己當初結識尼可林的時候，曾經講到了一個名字，講了兩次，也許是三次，某個女孩的姓名不斷在他眼前躍動。她，或者至少算是這個名字吧，宛若在水中可以撈出的某個東西；幾乎唾手可得，在水面若隱若現，最後又落回深水之中。現在，那個名字漂浮在索恩濕軟的意識表層。

「告訴我凱倫的事吧。」

帕瑪喝了一口啤酒，含在嘴裡好幾秒之後才吞下去，「凱倫死了。」索恩繼續點頭，等他說下去，「她上了某台車，死了。那天陽光普照，她上了某台佛賀的藍色遊騎兵——有上新聞，也許你可以找到影帶。就這樣死了，她那時候才十四歲。」他連喝了三大口啤酒，幾乎全喝光了，他把所剩無幾的酒杯小心翼翼放在地板上，抬頭看著索恩，「佛賀的藍色遊騎兵，駕駛和我一樣，都是殺人犯。」

索恩只找得出一種方法塡補這段話之後的空白，他已經在上百次各式各樣的場合說出了這幾個字，那股失落與渴望的酸楚感，他也感同身受，它懸浮在空氣裡，舌面感到無比酸澀。

「很遺憾。」

這是他的本能反應，他心意懇切。但另外一股直覺瞬間直竄全身，他覺得有必要把話講清楚。

「這句話不是對你，而是對她，還有她的家人。帕瑪，這句話與你無關。」

然後，一陣沉默，帕瑪點頭，點了一兩下吧，那一堆活蹦亂跳時鐘發出的滴答與嗶響似乎變得越來越大聲，迴盪在他們兩人之間。

當電腦整點樂鐘響起的那一剎那，索恩嚇得差點跳起來，他低頭看錶，十二點，聖誕節到了。他回頭一看，帕瑪已經坐在沙發邊緣，扭捏不安，他手裡拿著那個只剩下半口啤酒的空酒杯，對著索恩露出古怪微笑。

「聖誕快樂，索恩探長。」

索恩立刻站起來，他覺得自己彷彿快要吐了。他邁出大步，火速走到門口，嘴裡已經出現嘔吐物的嘔氣，他嚥了嚥口水，硬是把它又壓了回去。

他打開大門，外頭的警察放下報紙起身。索恩在門口停留了一會兒，雖然他根本沒有碰啤酒杯，但卻有一股微醺感。後方客廳傳來沙發的吱嘎聲響，他知道帕瑪站了起來。

「你爲什麼要過來找我？」帕瑪問道。

索恩示意警員可以進去屋內，然後，他微微前傾，在走廊上深吸一大口氣之後，走了出去。

「媽的到底怎麼了……」

帕瑪的臉緊貼著窗玻璃，他向下望，看到索恩從雙推門出來，站在外頭的草地上深呼吸。

他拿起索恩的酒杯，接連灌了兩大口啤酒，他的巨大喉結隨著吞嚥的動作而上上下下，些許酒沫從嘴裡冒出來、淌滴到下巴。他閉上眼睛，以免眼角刺癢的淚水奪眶而出。

他睜開眼睛、再次往下探望，索恩已經不見了。

他一直是個愛哭的人，早在認識史都華．尼可林之前就是如此。哭泣，臉紅——他記得自己對這兩件事一直沒有什麼自制力。他想起史都華曾在操場上圍著他跳舞唱歌，嘴邊都是巧克力污痕。

熟櫻桃，熟櫻桃……

而他只能慢慢後退，靠到後面的牆壁，因爲他的臉一陣熱辣，越來越紅……

他又想起年長史都華的聲音，就在六個月前，小餐館裡的午餐時間；等到那兩名同事躡手躡腳離開之後，史都華對他講話，一切從頭再來一次。他的聲音變得比較低沉，還增添了幾許風霜，但依然聽得到笑意，會讓你不由自主想要親近他的笑意，一股帶著冰寒的笑意。

「小馬？你有沒有想過凱倫？我從來沒有告訴他們你知情，我的意思是我沒有全部講出來，不必要吧？發生這種事，也不是你的錯。她和那個男人一起離開，也與那個一點關係都沒有，那件與你有關的事。」他停了一會兒，又挨過去，整張臉因爲憂心而糾結在一起，「你覺得是你的錯嗎？當然不是。對，她是在生氣，但也不代表什麼對嗎？嗯，不知道其他人如果知道眞相的話，他們會怎麼想？你覺得大家會怪你嗎？你知道大家最近都很關注性啦、保護小孩啦，拚命追查有問題的人……」

尼可林講完，帕瑪拚命控制自己、不要讓恐懼顯露於外，但他知道自己根本藏不住。

「馬丁，我可沒說我大嘴巴，但你也知道，某些人就是媽的心理有問題……」

來自格拉斯哥的莎莉：「反正這一切只是為了小孩，不是嗎？」

來自紐卡索的亞瑟：「為什麼不能有商業氣息？對於小孩來說，買東西比耶穌基督重要多了……」

來自斯勞的布姬：「世界如此紛擾，我們怎麼還能有任何的歡慶活動呢？有人在挨餓，到處都是毒蟲遊民。還有，幾個禮拜前遭射殺的那兩名可憐女子的家人呢？他們又該怎麼熬過這個聖誕節？」

以前名叫史都華．尼可林的那個傢伙，把金色小蝴蝶結貼上最後一份禮物之後，傾身向前，調高收音機的音量，這比較像話。布姬，怒氣沖沖，她當然有權生氣：這起事件的確非常卑鄙齷齪。雖然，她口中所說的「兩名可憐女子」當中，有一個是假的。

電台主持人鮑伯，也同意這位聽眾的意見，應該的。他大力感謝這通來電，但立刻急忙把電話切到了來自里茲的艾倫，這位聽眾想講的是平信郵資的漲幅嚇死人了……

他關掉收音機，站起來，揉了揉大腿，剛才他蹲了三十分鐘，忙著拿剪刀搞膠帶，大腿痠麻，這已經算是某種傳統了吧——卡洛琳一大早就起床，而他晚起，負責包裝禮物。

再過幾個小時，假期就要正式展開。明天他們會有一屋子的訪客：卡洛琳的父母，她的姊姊，姊姊的三個小孩，總是像瘋子一樣到處亂跑。

也許，明年的這個時候，他們也會有了自己的小孩。當然，這問題很難迴避，他總是百般閃躲，但卡洛琳卻時時掛在嘴邊。不過，現在不是時候，還不行。等到他走上那條路之前，他還有許多事情得要完成。他冷眼觀察自己，在心中想像自己的模樣，高大挺立在某具人體的前面，他奔竄的血流嘶嘶作響，光束迎身破散四裂，宛若被噴射機機翼劃開的雲層。他切剖活生生的人，割開血肉，他無所不能。他詭譎莫測，他不是……一般人，他不會四處閒晃，弓身推著嬰兒車，領口還沾了奶吐味。幹，那不是他。

他捧著妻子的聖誕禮物，走向聖誕樹，將它們塞到樹下。他站了起來，微微傾身，端詳某顆大型銀色飾品上的扭曲糊影，看到自己臉上少了鬍子，依然會讓他心中一驚。當初剃掉的時候，他有點擔心，但其實算是過慮了。他的髮線已經與以往大不相同，再加上動用多年積蓄的豐頰與隆鼻手術，萬萬無法讓人聯想到十六年後的他會變成這種模樣。

所以，就算他繼續蓄鬍也沒什麼關係。他在報紙與電視上看到的繪像實在差太多了，簡直可笑。帕瑪的供述一定是亂七八糟，可能是恐懼引發的荷爾蒙或腦內啡之類的東西——還是腎上腺素？——可能害他的記憶體出現短路。

也許這正是獨裁者得以歷久不衰的原因。從羅伯斯比到波布，一脈相承，都利用恐懼來鞏固自身的安全。它能夠讓你的仇敵，甚至連你的朋友也一樣，因為過於恐懼而忘了你曾經對他們做過的各種惡行，問題來了，如果反過來呢？

如果他們不再害怕，會記得發生過的一切嗎？

他跪在插座旁邊，關掉了燈飾的電源，然後，他動也不動，嗅聞聖誕樹的美妙芳香，想到了帕瑪。

現在的他一定很害怕，孤零零的，臭臉警察持續監控，他們怒視著他，一臉憎恨，幻想自己狠狠修理他的情景，等於為民除害。他想到了帕瑪柔軟的肉餅臉，睜大眼睛的哀傷表情。望著夜色，想到凱倫，等待被救贖。他像個小女孩一樣，咬住肥厚的下唇，臉色通紅。

馬丁，你想從聖誕老公公那裡拿到什麼禮物？

取下我的人頭？放在盤子上送給你？我的名字出現在通緝令上面，好讓你減免刑期，減少那麼一點點的罪惡感？

抱歉，小馬……

他在想也許可以寄封電郵給他祝賀一下，畢竟現在非常流行聖誕節電子賀卡，應景，簡單的東西就好。選張照片，知更鳥停踞在覆滿白雪的鏟鍬把手上面，然後再加一句短語：

我想念你……

這一招實在很冒險，但他知道自己就是喜歡引人注目。他們不可能追蹤到的，他很確定，但話雖如此，現在時機也不適宜。先過完聖誕節再說，等風頭平歇一會兒，然後，他會決定接下來該怎麼走。

如果，他還有機會的話。

開始下雨了。

索恩在艾比路上攔下一台黑色計程車。這裡距離披頭四在三十多年前、穿越斑馬線的那張著名照片拍攝地點並不遠，裡面的麥卡尼光著雙腳，而且步伐與其他三人並不一致。

他打開車門，「肯特緒鎮……」

司機根本沒回頭看他，「現在價格是三倍，老兄，沒問題吧？」

索恩對著包裹在計程車天線上的聖誕彩條微笑，這算是冷笑吧，他點點頭，爬進車內，「好，隨便啦……」

收音機裡傳出〈我希望天天過聖誕節〉的歌聲。索恩一直很愛這首歌，只要一聽到，保證能讓他衝出去買冬青與蛋酒，但，這是他有生以來第一次希望聖誕節趕快結束，他受夠了，聖誕節加上新年，最好濃縮在一起。他希望這兩個節日都可以消失，不，不只是期盼，這是他的需要……

他想到了查理．加爾納。

現在，那小男孩是不是躺在床上？專注等待麋鹿踩踏在屋頂上的聲音而無法入眠？或者，他因爲上個月的遭遇而無法入睡？躺在床上聽到的是母親的尖叫聲？

計程車在瑞士小屋區蜿蜒而行，穿過低鬱空荒的街道，朝喬克法姆前進。計程車司機在對他講話，還不時回頭刻意瞄他，但索恩根本沒有在聽。

名叫史都華．安東尼．尼可林的男孩……

索恩希望接下來的這兩個禮拜可以消失不見，並非是因爲他只能一個人打發時間，也不是因爲他父親，或是查理．加爾納，他需要進展，可以早點突破案情。

這個聖誕節也許會找到新線索吧，但他其實相當懷疑是否眞有這個可能。他倒是很確定自己會受到來自傑斯蒙德的壓力，布里史托克也會代表他表達關切。高層們要掌握最新進度，他的愚蠢想法除了害他們得付出天文數字的帳單之外，究竟什麼時候才會看到具體成果？

前方出現了光，計程車急停下來，一群酒鬼正在他們面前穿越馬路，他們揮手唱歌，計程車司機也向他們揮了揮手，嘴裡唸唸有詞，「白痴。」

計程車駛離現場，轉進卡姆登。索恩往後一靠，閉上雙眼，這兩個禮拜哄撫一下高層，至少可以殺時間，這樣很好，把時間殺光光。

但如果他想要積極辦案，絕對不能在其他人歡度佳節的時候就這麼消磨時間，而且某些人放假放得比別人久……

索恩知道如果要有所進展，他必須回頭。

必須回到一切開始的起點。

第三部

別過去的那張臉

13

那間學校座落於哈羅鎮，某個綠意盎然的寧靜區域，它距離那間知名度稍高一些——有自己的劇場、農莊與高爾夫球場——總愛宣傳拜倫、尼赫魯、邱吉爾是自家校友的公學，只有一英里左右的距離。當車子慢慢駛向主建築的時候，索恩心想，等一下這間愛德華六世男校將更加無顏，難以校友爲榮。

時序進入二〇〇二年的第一週，該好好踹一下大家的屁股才是。

聖誕節之後的那兩個禮拜，一如索恩所擔心的一樣就這麼過了：辦案幾乎毫無進展，悲痛沉重。假期掩蓋了諸多醜惡——如果在其他時節，案情雖然停滯不前，至少會有更高的曝光度，又加上人力的緊迫需求，所以依然引來高層的惱人關切。

布里史托克顯然是承受了上級的壓力，而且看來他很樂意直接把它丟給下屬。

「湯姆，大家的耐心已經快被磨光了。」

「你是說你還是他們？」

「一樣。」

「好，知道了。你聽我說，只要學校一開學，我就——」

「怎樣？查看尼可林的曠課紀錄？看看他是不是常被關禁閉？」

「不然你覺得應該要怎麼辦？」

「湯姆，當初提出這些建議的人是你，我們只能等你給我們一個交代……」

「還因爲騎牆派的事在生氣？喂，我一再道歉已經很累了。」

「哦，我倒是永遠聽不膩，知道嗎？」

車道上的學生們向兩側散開，讓索恩的車子得以慢速前進、準備轉入停車場。他們穿著灰色長褲，搭配紫紅色滾邊的藍色外套，看來人模人樣。如果這間學校有任何的老二情結，至少外表是絲毫看不出來。

賀蘭德下車，眼睛瞪得好大。

「這跟我念的學校完全不一樣……」

索恩心想，我的也不是這樣。他想到了某個身材短小精悍的男孩，從巴士上跳下來，羽毛剪的髮型，配上星星狀圖案毛衣，帶著全新的五扣包包，整個人開心得不得了。索恩看到當年的自己奮力爬坡，大聲唱著〈強力炸彈〉和〈哎呀喂呦我們全瘋了〉，他穿的不是厚底鞋，而是恨天高，就爲了要看起來多那麼一英寸。他想到那男孩得意洋洋走進操場、與同學談天的模樣，不禁露出了微笑，大家忙著唬爛週末幹了什麼好事，互譙髒話，聊音樂，還有週六的賽事結果。

他們按下學校電鈴，索恩跟在賀蘭德後面走進大門，他又瞄了一眼那個男孩，已經在遠方消失。十三歲的湯姆・索恩揹著髒兮兮的綠色背包，帆布上繡有樂團與足球員的名字——斯雷德與馬丁・奇佛斯——袋子裡面塞滿了各種小玩具，馬麥醬三明治，也許還有拿壁紙當封皮的奇怪作業簿……

這裡的學校秘書，就和索恩記憶所及，或是心目中想像的一模一樣。也許有人在某個地方專門培育這種人，傳授要如何把頭髮梳髻、垂目看著自己的尖鼻，然後讓她們配戴著大眼鏡、懷抱著對花呢布以及某種支撐屁股的怪東西的熱愛，進入了這個世界。

「我們已經通知馬斯登先生您到了，他馬上就過來。」

索恩對她微笑，「多謝。」

他與賀蘭德坐在校長室外頭的棕色塑膠椅上，對面坐了一個年約十二歲的男孩，看起來十分驚懼，索恩刻意看著他的雙眼，但是他卻立刻把頭別過去。

「我好怕這種地方。」賀蘭德低聲抱怨。

「什麼？坐在校長室外面嗎？賀蘭德，眞沒想到你以前原來是問題學生。」

「我也有年少輕狂的時候。」

「拜託，你是警察的兒子耶？」

賀蘭德發出輕笑，但立刻陷入沉思，笑容也瞬間消失。索恩想到了自己的父親，他發現他對於自己青少年時期的父親沒什麼印象。現在的金姆·索恩，恐怕得讓人操心一輩子，而且，可能再也無法與他正常對話了。

「聖誕快樂，爸爸。艾琳有沒有好好照顧你？」

「她的球芽甘藍煮得太老了……」

「好。影片你看了沒？我不知道是否還有什麼事讓你不開心。」

「講出所有聖誕麋鹿的名字。」

「或者待會兒你有空可以看一下……」

「一共有九隻，九隻麋鹿……」

「爸爸……」

「趕快講，我先告訴你有魯道夫，這個簡單。還有衝鋒者、雌狐、彗星……」

索恩閉上雙眼，開始搜尋童年的父親圖像。他聞到了消毒水，嘴裡有粗麥粉的味道，還有橡膠底帆布鞋在體育館地板上發出的吱嘎聲響，但父親年輕時的模樣卻依然付之闕如。

他睜開眼睛，剛好看到那個恐懼的男孩盯著他，然後又立刻把頭別過去。

索恩不曾看過自己嚇過小孩。那些他要問案的不算。也許是因爲他們隱藏得很好，或是他們根本不怕。他看到的表情是傲慢不屑，有時候甚至是流露出算我看你可憐的模樣，但他眞的不記得自己上次嚇到小孩是什麼時候的事。

索恩望了一眼秘書室門口上方的時鐘，然後又望著那男孩，「小朋友，現在才剛過九點鐘而已，怎麼可能這麼早就闖禍了？」

男孩抬頭看他，正要張口講話，但索恩永遠不可能有機會知道答案，因爲就在這個時候，有位白髮蒼蒼、個頭奇高的男子開門走了出來。

「我是布萊恩．馬斯登，請進。」

索恩與賀蘭德立刻跟了進去。

接下來的十分鐘，是整起案件最詭異的部分之一。馬斯登非常清楚他們的來意，知道他們要詢問帕瑪與尼可林的事，但對待索恩與賀蘭德的態度卻依然像是在招待未來的學生家長，而不是調查謀殺案的刑警。他先給了他們每人一本成本高昂的宣傳手冊，裡面有現今的課程大綱，令人驚嘆的體育設施，甚至還有午餐食譜的樣圖，然後，他又立刻開始認眞介紹精簡版的校史，他們兩人根本來不及阻止他。這原本是一所國立基礎文法學校，到了八〇年代末期，成爲中央政府直接補助的重點學校之一，這也證實了索恩先前早已獲悉的幾件事：帕瑪與尼可林都是因爲這項政策而受惠的學生；尼可林雖然是在附近國宅的單親家庭中長大，但通過了所有的考試，進入本區最好的國立學校，是個非常聰明的孩子。

這些事情，索恩早就知道了……

馬斯登滔滔不絕，卻被敲門聲打斷了他的談話。另外一名教師走進來，校長也立刻起身。此人個子不高，動作有些遲疑，索恩心想，這個老師似乎覺得來到這裡有點尷尬。馬斯登大步走向門口，將他們三人又帶了出去。

「安德魯．庫克森是我們的英語科總導師，他等一下會帶你們參觀學校，回答兩位的問題，也許等一下兩位離開之前可以再進來坐一下……」

庫克森帶引索恩與賀蘭德再次穿過秘書室，進入主要接待區，空氣裡瀰漫著地板清潔劑與微汗的混合臭味。

「其實呢，」賀蘭德說道，「我們不需要參觀學校。」

庫克森緩緩點頭，他看起來有些疑惑。

索恩倒是另有想法，「不，這樣也好……」賀蘭德看了他一眼，簡直覺得他瘋了，但索恩只是聳聳肩，他覺得了解一下這裡的氛圍也沒差，而且他是真心想要見識一下。

「好，那就跟我來吧，」庫克森說道，「禮堂裡有些東西，你們應該會有興趣，然後我們迅速繞一下校園，接下來就由波勒斯陪伴你們。」他雙手一攤，可以吧？索恩點點頭，庫克森露出了微笑。索恩馬上就感覺到這個老師應該很受學生歡迎，他的笑容燦爛，充滿了感染力。而且，他突然發現庫克森的黑色眸光很淘氣，雖然看來他的年紀超過了二、三十歲，但依然保有孩子般的充沛活力。

索恩心想接下來的參觀行程應該很有趣，而庫克森發現賀蘭德卻露出無聊透頂的神情，他適時發揮幽默，令人莞爾一笑。

「我覺得你的手下應該對當學生的日子充滿了陰影，」庫克森微笑問道：「那你呢？」

索恩搖搖頭，「聽起來好像我很厲害，相信我，其實我不是高材生，但我真的超喜歡上學。」

「我也是，」庫克森回道，「我依然很愛學校……」

看得出愛德華八世的確是公立學校的典範，畢竟，與那所知名學校的距離如此相近，想必是在所難免。他們仿效得不錯，操場、校舍，甚至連學士帽與長袍也一應俱全，但只有在重大場合時才會派上用場，庫克森的語氣裡對此有一絲釋然。

演講、頒獎、拍師生團體照……

「你們應該會對這些照片有興趣……」

學校禮堂的後牆掛滿了加框相片，某些甚至可以追溯到四〇年代，數十張照片，成排陳列，庫克森把索恩與賀蘭德帶到了某排照片前面，都集中在七〇末、八〇初。

「就是這裡了，『一九八二』、『一九八三』，還有『一九八四』。」

每張照片的大小約是三英尺乘半英尺，就是那種全校學生排在一起、有人或跪或坐、還有人站在椅子上，讓照相機慢慢橫向搖攝。索恩想起自己小時候拍團體照的情景，有個名叫福克斯的男孩總是開心等待照相機開始移動的那一刻到來，然後，他立刻跑到後面，衝到隊伍的另外一頭，所以，當最後照片沖印完成的時候，照片的兩端都看得到他。每次他這樣一搞，一定會被禁足，但他總是樂此不疲……

索恩盯著第一張照片，幾乎是立刻就認出了帕瑪。他比身旁的男孩們高出了一個頭，髮色沒變，也戴著相同的粗框眼鏡。他望著照片下方的姓名對照表，終於找到了尼可林，這男孩的五官模糊，想必當初照相機在拍攝的時候，他剛好在晃動，但他看起來彷彿是在咧嘴大笑。一九八三年的那張照片，帕瑪與尼可林站在一起，帕瑪直視著鏡頭，面無表情，尼可林個子不高，只到帕瑪的肩膀而已，他微微低頭，但陰沉的目光卻昂然向上，充滿了挑釁。

索恩彎身，貼在相片前面。

「嗨，史都華……」

過了一會兒之後，索恩又開始觀察八四年的照片，他的鼻子緊緊壓住玻璃，尼可林依然沒看鏡頭，因爲他轉過頭去，和一旁站得直挺挺、露出彆扭微笑的帕瑪講悄悄話。

索恩繼續查看八五年的照片，不過，帕瑪與尼可林都不在裡面，這也不意外。他回頭，再次看著那模糊的五官，側偏的臉。索恩雖然知道不可能，但還是忍不住心想，早在十七年前，尼可林就知道要刻意掩藏自己的面貌。那時候，他不過才十三歲，但不知怎麼卻有了先見之明，將來會有索恩這樣的人望著照片，緊盯著他。

緊追不捨。

庫克森面向賀蘭德，「也許這個問題很愚蠢，但……這是你第一次看到他是嗎？」賀蘭德點點頭，「哦，難道你們沒有向他的家人要照片嗎？」

這問題一點都不蠢。

他們當初立刻就追查到尼可林的家人，只有母親還在世；她年近七十，住在養老院。賀蘭德已經打過電話，那位老太太的聲音有點顫抖，但依然很清楚。賀蘭德自我介紹之後，開始向她解釋她兒子的名字與某起調查案有關，他得要請教她幾個問題。她逐一回答，只不過每句話都只有那兩個字而已。有沒有和他見面？沒有。有沒有與他聯絡？沒有。賀蘭德倒不認為她說謊，但他覺得困惑的是，她完全沒有興趣知道自己失蹤十五年的兒子幹了什麼事、可能出現在什麼地方，她什麼都沒問。

賀蘭德問了最後一個問題，他語氣輕鬆，彷彿像是最後才想到了一樣，而她的答案卻詭異至極，甚至，可說是令人不寒而慄。他問道，不知能否請她提供幾張照片，當然，之後一定會歸還，越新的越好，也許史都華離家出走前剛好有拍了什麼照片……

她說，不可能。尼可林太太語氣平和，她沒有兒子史都華的照片，一張都沒有。

是很奇怪，但這也不是什麼世界末日。索恩覺得既然已經有了帕瑪的供述，有沒有十五歲的照片也不是那麼重要了。

賀蘭德詢問老師最近的洗手間位置，暫時離開。

庫克森身著鼴鼠皮外套，直扣式襯衫加卡其褲。索恩覺得他看來相當具有學院典雅風格。他的昂貴美國樂福鞋在光潔地板上發出的聲響不斷迴盪，這和索恩印象裡那種拖著沉重步伐、穿著燈芯絨長褲或運動褲的虐待狂老師截然不同。

索恩不知道爲什麼現在很難看到那種老師了，畢竟也才過了十五年而已。

「以前的老師流動率不高，」庫克森說道，「但情況已經不一樣了。這一行很容易就沒落了……還有，錢一直是個問題。這是間好學校，如果你待個兩三年，跳槽去私校，薪水很有機會翻倍，所以這裡每幾年就會有人離開……」

索恩走在前頭，望著眼前的教室，發現裡面有個老人，一頭白色亂髮，坐在書桌前凝視窗外。

「那你呢？」

「的確很動心，不過……嗯，我還在這裡。今年是第七年，我已經算是這裡的老屁股了。」

庫克森的目光越過索恩、望著教室裡面，「好……我們到了……」

他敲了敲教室的門，推開，爲索恩撐住了門，「那麼，有機會再見了……」

莎拉．麥克艾渥伊拿起桌上的那瓶水，灌了一大口。她已經喝了兩瓶水，但它完全無法消除口乾舌燥感或喉底酸氣，也沒比香菸好到哪裡去。

她依然覺得好歉疚，五分鐘之前，她對著某位小警員咆哮。她對著下屬出氣，因爲她的長官剛才也對她亂發飆。她一早遲到，心情已經夠差了，布里史托克又對她講些有的沒的，根本無法平撫她的壞心情。惡劣情緒像是病毒一樣，在調查人員之間不斷蔓延，而始作俑者現在卻跑到某個學校去抓鬼。

既然帕瑪已經落網，大家本應歡欣鼓舞才是，但這種結果對湯姆・索恩來說，也太缺乏挑戰性了。彷彿他看到大家的士氣就反感，一定要把它踩在腳底下才甘心，彷彿一分一秒過去、第二名兇手依然逍遙法外，都是他們的錯。彷彿他要看到每個警察都如苦行僧一般面帶愧色。不過，他卻心甘情願讓一個殺人犯在外頭自由活動，與正常人呼吸相同的空氣。

她死命緊閉雙眼，想要讓自己冷靜一下，她知道索恩只根據自己的信念辦案。

早在過節的時候，她的脾氣就變得越來越不好。她被困在米爾丘的父母家中，度過了漫長的好幾天。就像遇到光明節的時候一樣，她也會敷衍一下，勉強自己和煩人的弟弟與他的無聊家人一起過節。她迫不及待想要外出，渴望待在陌生的人群裡。

過完新年之後，她找到了自己需要的那群陌生人。那些浸淫在白色炫光之下，或是被紅綠色彩光照得發亮的臉龐，都是令人安心的陌生面孔，夜變得更加漫長喧囂，同時也他媽的美妙得不得了，突然之間——倒不是時間的轉變，而是她頓時發現——突然之間，讓自己一早進入工作狀態……好幾個早上都這樣，變得痛苦不堪。

還有，索恩與布里史托克反正是很不喜歡她。這兩個人老是對她的衣著打扮有意見，她很清楚，要是自己沒有奶子的話，他們也不會講出這種廢話。

她拿起水瓶，旋開瓶蓋，她的手機響了。

「我是麥克艾渥伊。」

「我是賀蘭德……」

她把水含在口中，等待賀蘭德開口要資料，但他什麼都沒說，她只聽到電話另外一頭的嘶嘶聲，她嚥水之後，以襯衫袖子抹抹嘴，「什麼事？」

又是好幾秒的嘶嘶聲，「沒什麼緊急的事，只是想要回報一下總部。」

回報總部？「你是看什麼警匪劇學來的啊？」

「抱歉？」

「當我沒說，我剛才只是嘴賤罷了。索恩人呢？」

麥克艾渥伊一邊聽他講話，眼睛瞄到剛才她大罵的警員正走過她桌前，麥克艾渥伊露出淺笑——算是試圖道歉，但對方完全沒有任何回應，「你講話的回音好大聲。」

「我在洗手間，」賀蘭德回道，「看到那些有氣質的小孩也會撇尿在地板上，真是開心。」

「其實也沒那麼有氣質吧？」

「我只看到幾個學生在操場上踢足球而已。」

「是哦，但不是那種……玩『餅乾遊戲』的優雅學生吧。」

「呃……？」

麥克艾渥伊大笑，「等一下再告訴你。」

「不過，念純男校啊，」賀蘭德說道，「卻會錯過某種大好機會……」

「什麼？」

「衝進女生廁所、扯開喉嚨盡情大叫的無拘無束的淋漓快感。」

麥克艾渥伊想起來了，自己念書的時候也遇過相同情景。她的回憶突然湧現心頭，從十二歲一直到二十五歲，每當有五、六個睪酮素瘋狂發作的青少年對著她鬼吼鬼叫的時候，她總是充滿嫌惡猛搖頭。想到過往，她不禁大笑，這通電話讓她心情好多了。「我一直不懂，你們到底幹嘛要這樣？」

「我覺得這是天性，宣示領土什麼的吧……」

麥克艾渥伊抬頭，布里史托克在偵查室的另外一頭與史蒂夫·諾曼在講話？長官的目光飄了過來，然後諾曼也一樣，狡猾小人。她不知道他們是不是聽到她的笑聲，她又喝了一口水，口腔裡還是好乾黏，「好，有沒有什麼線索？」

「沒有，妳呢？」

「沒有。媽的德瑞克·里克伍德又打電話過來，他要知道目前的進度。他八成覺得自己被蒙在鼓裡，揚言要過來找麻煩。我為什麼要應付這種人哪？」

「算妳倒楣。拉維爾是他的案子，所以我們必須與他一起辦案，老闆覺得與其由他自己出馬，還不如由妳來應付他比較好……」麥克艾渥伊哀嚎一聲，賀蘭德問道：「帕瑪人呢？」

「在上班。」她只講了這幾個字，但語氣中聽得出一絲怒意，抱怨盡在不言中。在上班，忙著算帳，喝咖啡，但他現在明明應該靠牆呆坐、聽著鑰匙轉動的上鎖聲；他的雙膝應該頂著胸口，心臟怦怦跳得好厲害，皮帶與鞋帶也已被人沒收。

她絕對不會在賀蘭德面前批評索恩。而且，她也知道，自己最近的判斷力有點失準，她的想法可能過於極端了一點……

「好，」賀蘭德回道，「等一下要不要一起喝啤酒？」

她望著布里史托克，他和諾曼依然講得很起勁。「我還是第一次聽到有男人在廁所裡開口要把我。」她覺得自己看到賀蘭德臉紅了，「我在開玩笑，賀蘭德。」

「是哦……」

她對著話筒低聲嘶啞回道：「其實，想要在廁所裡把我的男人，我遇過一堆呢。」

賀蘭德笑不出來了。

麥克艾渥伊噗哧一笑，她伸手拿水瓶，已經被她喝光了，「聽我說，戴夫——」

「我的意思只是……喝個啤酒，就這麼簡單而已。」

她沒有要回衝他的意思，但嘴巴就是關不住，「我知道啦。」

「如果他們曾經被我教過，那麼一定是因爲他們是數理資賦優異生，但我不記得有哪一個表現特別突出。」

索恩耐心點點頭，肯恩．波勒斯似乎記得的不多。他知道教書這一行壓力很大，但波勒斯也不該出現這種超齡的老衰模樣。蛋奶凍色的頭髮，皮膚已經轉爲硬灰。金屬細框眼鏡後的雙眼泛著水光，還有，那一口變色的大牙，宛若古早時代放在玻璃罐裡的糖果，只要他一講話就會發出碰撞聲，就算不開口的時候也偶爾聽得到。

「你記得帕瑪與尼可林常走在一起？」

波勒斯輕嘆一聲，從書桌前起身，走到了窗邊。他的領帶歪斜，褲襠沾了好些粉筆灰。「我真的什麼都想不起來了。我不怎麼喜歡他們兩個，但這也沒什麼好奇怪的，他們在數學課搗蛋的狀況最嚴重。比較高的那個……是帕瑪嗎？」索恩點點頭，「他的朋友害他上課很難專心，就在那裡……」他指向教室角落，「那兩個人坐在後頭搞鬼，傳紙條，哈哈大笑。帕瑪的回家作業寫得不錯，但是課堂上的表現……就是另外一回事了。」

「難道沒想過把他們兩個分開嗎？把帕瑪移到前面……？」

波勒斯聳肩，目光飄向窗外，「你知道嗎，他們在我班上待的時間也沒那麼長。反正九月一到，他們很可能就會依照能力、被分配到不同的組別了，不過，當然，出了那種事一定得退學的。」他舉手伸出食指，搓揉窗上的黑點，「有個他們的學長，我不記得名字了，他們把他拉出校外，拖進公園裡，我猜……」

索恩知道這件事，帕瑪已經告訴他了。當他回顧過往虐行的時候，鏡框後的那雙眼睛瞪得好大，點頭的速度緩慢而悲戚，他一字一句還原現場，頻頻冒汗。穿著磨底雕花皮鞋的那雙大腳，固定不動，不肯把他帶離現場，肥厚的手指，緩緩握住了空氣手槍的顆粒狀褐色槍把。

索恩知道，那一刻之後，世界就變了，一發不可收拾。他想到波勒斯剛才告訴他的話，當時，再過兩三個月，帕瑪與尼可林就會分到不同班級，走向不同的人生路途；尼可林也沒有辦法對那個學弟產生如此強烈的影響力，會不會就此分道揚鑣？也許幾個月之前，這些年來，能夠讓那五名女子倖免於難？

至少五名女子……

此時傳出敲門聲，賀蘭德進來了，索恩的下巴朝他點了一下，「這位是探員賀蘭德……」

波勒斯故作誇張姿態望著他，假裝嚇到了一樣，「看起來簡直像是六年級的同學啊！」賀蘭德聳肩，雖然這笑話不怎麼好笑，他還是配合牽動了一下嘴角。

「退學之後，還有他們的消息嗎？」索恩問道。

老師猛搖頭，「完全不值得我懷念的學生。尼可林專門惹麻煩，而帕瑪就是個大胖呆。我覺得這也不能算是他的錯，像他那年紀的男孩很可能超級彆扭，覺得自己很難和別人打成一片，就像是一團等待揉塑的紙黏土，我想，帕瑪剛好落入了壞孩子之手、被捏得亂七八糟。」

索恩對賀蘭德點頭示意，該離開了，「謝謝你，波勒斯先生，」索恩將自己的名片交給他，但波勒斯根本懶得多看一眼，「如果你又想起了其他事情……」

「我年輕的時候，自學過一點雜耍，」波勒斯開口，「在學期的最後一天，或是其他的特殊日子，我會在學生面前表演。我記得我也在他們的班上玩過這招——我說的是帕瑪與尼可林的那一班。我可以同時輪流拋接五顆球，運氣好的時候六顆也沒問題。還有，平衡椅子……」他指向講台書桌後方、看起來頗具份量的木椅，「……拿起那種椅子，以下巴平衡。你知道馬斯登的年紀比我小嗎？」

索恩已經迫不及待想離開，「先生，抱歉？」

「我說的是校長。兩三年前，他們從外面挖來了馬斯登，我比他大了十歲。」他張攤雙臂，彷彿這是明眼人都看得到的事實，「天哪我居然在你面前講出來了，眞開心，最近我連玩三顆球都沒辦法……」

賀蘭德開了門，索恩心懷感激，朝出口移動了好幾步，「先生，我們要告辭了。」

波勒斯點點頭，輕聲問道：「尼可林做了什麼？」

「恕難奉告……」

「沒問題，抱歉我不該多問。你知道嗎，要不是你今天過來問起他們的事，其實這些年來我壓根兒不曾想到他們兩個人。我教過的學生有數百個，老實講，大部分的人我都不記得，也許可以回憶起課業表現吧，但面孔完全想不起來。但自我再次聽到他們兩個人的名字之後，許多往事也立刻浮現在我的心中。我想到了他。索恩探長，每當你講到他的時候，你的臉上有一股特殊神色，你知道嗎？」

索恩知道這種時候開口表現驚訝否認並沒有意義。他的臉從來不會隱藏情緒，從來沒有。他不會掩飾自己對別人的蔑視、憐憫，無論是恐懼、厭惡，或是憤怒，皺紋擠在一起時的表情渾然天成，就像是菜鳥演員奮力詮釋角色一樣明顯。他動不動就擺臭臉；陰沉是他的本色，而非笑意，雖然笑容比較少見，但依然深具殺傷力，這一點無庸置疑。

無論是臭臉還是笑臉，都給他惹了一身腥。

波勒斯走到門口送客，「我覺得我現在一定會經常想起史都華．尼可林，」那雙泛水的眼睛打量著索恩，「那男孩已經超越了空氣槍的層次，對不對？」

索恩想到了羅絲瑪麗．文森：在電話裡與女兒吵架，記者會那天不斷翻動手中的照片，她寶貝女兒頭顱上的槍洞。

索恩的臉龐閃過一抹幽影，回答了老師的問題。

「對，他已經進化到更高的等級了。」

他想到了多年前發生的某起事件。

許久之前，那時候的他還叫作史都華．尼可林，得幫可悲老人與惶惑小男生吹喇叭才能養活自己，他學到了遇到狀況的時候、必須做出適當反應。有另外一個同行，比他老又比他醜的惡毒小賤男，偷走了他不少客人。不是他的那些老主顧，他們都很死忠，是那些偶爾上門的恩客出了問題。那王八蛋削價競爭，這次少個十英鎊，那次少個二十英鎊，多加一點錢，那戴套的事就算了——在他年老色衰之前，拚命竊奪客人、攢最後一筆錢。可以理解，但媽的非常討厭。

他氣得半死，想要做點什麼好好懲罰這個小偷混蛋，賤人，但他也知道合理的、適切的做法就是置之不理，就隨便他吧。恩客到處都有，不需要冒險與警察作對，何必搞得天翻地覆，這樣做也未免太蠢了。

他也想到了現在發生的事。

他們擔心他會消失不見，既然同夥在他們手上，他很可能東西收一收就逃之夭夭，他們一想到就嚇得挫賽。他知道如果他們怕的是這種事，他當然應該立刻躲起來才是，這就是適當反應。他們萬萬不想看到他人間蒸發，等到風平浪靜之後又現身作案。好，所以這麼做就沒錯，簡單合理的自保之道。

這個決定相當艱難，一定的，他喜歡動手犯案，他的技巧高超，而且也樂在其中，它給了他一股前所未有的快感，就算沒有同夥助興，少了帕瑪的親身參與，但他知道如果他就此停手，他的知覺都會瞬間鈍化。那就像是活生生割下他的器官，毀了他的全身。暫時放棄，就像是小睡片刻，也不是一輩子，搞不好沒多久就結束了，但要痛下決心真的好難。沒錯，這很合理，是適當對策，所以他還是得試試看。

他會努力克制自己。

多年前，那個時候他還是史都華．尼可林，他決定不要做傻事，他打了好幾通電話，把那個小賊男妓誘騙到葛拉斯豪斯街、他偶爾會使用的那間無人公寓。那是個寒冷的二月天，他從小窗向外張望，看到了皮卡迪利圓環上的行人都裹著圍巾、身著厚重外套，他還看到了懸垂在愛神弓箭之下的冰柱，以及通往雕像階梯上的霜粒，在上方的大型霓虹燈招牌照耀下發出七彩光芒。

等到那男孩一進入屋內，尼可林立刻拿起空心磚把他打昏，又拿了塊絨布塞住他的嘴，把一加侖的淡藍色防凍劑灌進他的喉嚨。

自然而然的適當回應。畢竟，那是個淒寒之夜。

他在思考。

他會努力克制自己……

索恩也一樣，他在思考許久之前所發生的事……

他又看到了先前那個奮力爬坡、朝學校走去的羽毛剪男孩，雖然沒怎麼長高，但至少多了幾公分。

那是三年之後的事，也就是二十五年之前。

十二月二十六日，一九七六年。家鄉足球隊對上客隊兵工廠，二比二平手，橘色的足球來回廝殺，沾附白雪的草地被橘色足球滾踢出原色。就那個戰績越來越慘的賽季來說，算是可以接受的結果。

他的父親留下來，坐在球場附近與朋友喝啤酒，讓他自己一個人回家。他在七姊妹路上奮力前進，黑色雪泥滲進靴裡，褲腳摺邊髒成一片。黑白配色的圍巾除了保暖之外，也等於宣示了自己對球隊的忠誠。

遠方的那兩個人看起來像成年男子，但等到他們走近的時候，他才發現其實只比他大一兩歲而已。他們的個頭也比他高大，都穿著短身夾克，脖子上是紅白相間的圍巾。

當他們錯身而過的時候，他擦撞到其中一人的肩膀，他們互看了一眼，他輕輕聳了一下肩膀，露出微笑。

各得兩分，這結果好得不得了，你們說是不是？

過了幾分鐘之後，他聽到後方傳來砰砰砰的腳步聲，他還來不及做出任何反應，其中一人已經把他撲倒在地，手臂扣住他的脖子，把他的臉逼貼在結冰的人行道。

汽車轟隆隆從旁經過，髒水飛濺，車燈的光也灑落在他們三人身上，但根本沒有人停下來。

他跪坐起身，馬上有好幾拳落在他的臉上。重拳頻頻落下，他伸出雙臂抵擋，覺得自己的手彷彿有哪個部分斷了，他的肩胛骨也被某種長狀重物不斷毆擊。他痛得大叫，拚命蜷窩在地上，讓膝蓋護住胸膛。他現在已經分不清楚什麼是自己的慘叫，什麼是拳頭痛扁頰骨與肩頭的悶響。

他聽到有人在講話，還看到有隻手臂飛了過來，那個大塊頭的兵工廠球迷從他身上摔落，滿嘴髒話，終於，他得以脫身，又摔回地面。他邊滾邊哀嚎，正準備要爬離現場的時候，看到某個年紀稍長、僅穿著襯衫的男人，被那兩個男孩壓制住了。其中一個揪住他的頭髮，另一個則以前額猛撞那男人的臉。他猜那男子應該是希臘人，也許是賽普勒斯人也說不定，很難判斷，因爲對方臉上都是血。也許他是附近的店員，聽到吵鬧聲趕緊出來制止，最後，那兩個小混蛋把那男人推進水溝裡，轉頭離開，他大叫怒罵。

湯姆·索恩也開始吼叫，希望能喚人過來。他大聲求救，因爲他們開始猛踢他的鼠蹊與腹部，他吼叫的音量比那男人還大聲，因爲他們的靴子不斷朝他身上飛踢。他呼喊求救，逃離了現場，速度飛快……

他在公寓裡走來走去，關燈，差不多該就寢了。他臉上泛笑，想到了父親在球場看台上狂吼：滿嘴髒話，在球隊射門失準的時候通常會罵出這一句，「霍德爾，媽的你眞沒用！」

他不知道那個想要救他、最後自己卻慘遭毒打的男人最後怎麼了，這種錯誤，他應該不會再犯了吧。

當初沒有回頭，讓他迄今依然充滿了罪惡感。事發之後，他連續注意了好幾天的報紙，但什麼新聞都沒看到。那男子的傷勢應該不嚴重，但當年的小男孩依然無法忘卻那臉上的痛苦與憤怒。二十五年過去了，索恩依然看得清清楚楚，還聽得到他整個人摔躺在泥雪裡的那一記悶響。

索恩關上臥室房門，坐在床邊，開始解開鞋帶。他當了二十年的警察，還是不知道當初那兩個人爲什麼要攻擊他。

他只是對他們微笑而已。

14

索恩心想：這就是老人生活。

電視附近擺放著笨重的椅子，狗屎顏色，鋪著塑膠布，房間裡到處都看得到急救鈴。浴室裡加裝扶手，水槽裡放著尿濕的內褲，還有個態度敷衍隨便的女人，一天會過來瞄個兩次看你死了沒。

「尼可林太太，妳要不要加糖？」麥克艾渥伊的頭從廚房門口探出來。

安妮．尼可林沒看任何人，自顧自搖頭，索恩則對麥克艾渥伊猛搖了好幾下頭，算是代她回答了問題。這個坐在沉重椅子內、雙手緊抓著膝上綠色毛毯的女子，雖然不多話，但神智卻相當清楚，只是身體狀況不斷走下坡，關節炎、糖尿病、心絞痛……養老院院長——名叫瑪格麗特的冷酷女子——當她告訴他們安妮的住所的時候，開心唸出了這一長串的病症，她說，他們根本問不出什麼東西，從來沒有人成功過。

麥克艾渥伊逐一送上茶水，索恩繼續思索剛才一進門時所想到的二擇一問題，腦袋清楚而身體崩壞比較好？還是身體健康、腦袋一無是處好呢？顯然，沒有人有權利自行做出決定，但索恩還是忍不住開始分析利弊。看起來他的父親正走向第二條路，但有朝一日輪到他自己的時候，他寧可腦袋壞了，身體也不聽使喚最好。至少，當他被迫坐著與自己的屎尿為伍的時候，他會很開心，因為自己完全不知道狀況……

他小口啜茶，想到前一天與肯恩·波勒斯見面的情形，那個男人能夠預見自己未來的苦痛與孤寂。他拿起餅乾，想到了恩萊特夫婦，老年遲暮加上女兒慘死，雪上加霜。對於他們的小外孫，查理·加爾納，他也有相同感覺，他根本不是老人，眼前明明還有漫長人生，生命卻已經萎爛了。在他前方幾英尺，坐在鋪著塑膠布的狗屎顏色椅子裡喝茶的那位老太太，就是她的兒子，奪走了查理母親的生命。

索恩望著安妮·尼可林。當年，當她的兒子史都華還是個與查理·加爾納年紀相仿的小男孩的時候，她是否預見了他的未來？可曾想過兒子會變成這樣？

「安妮，妳沒事吧？」麥克艾渥伊問道。

尼可林太太再次點頭，又喝了一點茶，雖然電視沒開，但她依然緊盯螢光幕。

索恩從軟塌的沙發裡傾身向前，「我們只是想問史都華的事。」

沒有反應，只有喝茶的聲音。不知哪裡的卡車在倒退，不斷發出嗶嗶聲響，別間公寓的狗兒在狂吠。

索恩望著麥克艾渥伊，挑眉，妳的機會來了，好好把握。

索恩在今天早上丟銅板，最後出線的是麥克艾渥伊，讓她非常不爽。他一直無法決定該找誰陪他一起去向老太太問案——是頭髮軟趴趴的賀蘭德展現的男孩魅力？還是年輕女孩的同情心會奏效？銅板挑中了麥克艾渥伊，索恩開車，載她一同前往史坦摩爾，他的蒙帝歐暖氣已經快掛了，他還得要努力炒熱氣氛，她毫不掩飾自己的不爽……

「我不想為了問案而去哄那個精神變態的老媽媽。我不需要看一堆教科書，也知道兒子變壞可能與她有關。」

索恩什麼教科書都沒看過，「什麼？她把兒子鎖在煤房裡嗎？還是逼他穿女人衣服塗口紅？我們得找她好好談一談，而且，老實說，我對於要爭辯這種事是天生還是後天一點興趣也沒有。」

麥克艾渥伊顯然一點也不在乎索恩有沒有興趣，「後天，每次都一樣，都一樣。」

索恩把車停在紅綠燈口前面，猛拉手煞車，「假設妳說得對，其實根本不對，但先假設妳說的是事實……」——麥克艾渥伊不發一語，目光飄向窗外——「尼可林的父親呢？拿著衣架或其他東西痛扁可憐小史都華的人，為什麼不可能是他爸爸？」其實帕瑪早就告訴過他了，尼可林的爸爸在他一兩歲的時候就已經離家出走。沒有人知道，或者根本沒有人在乎吧，這個人究竟是生是死。

索恩講的話，讓麥克艾渥伊沉思了好一會兒，或者，至少她裝得很像，「不對，母親與兒子，父親與女兒……」

一台白色貨卡突然切到他前面，索恩不爽按喇叭，「那妳一定是沒看過我父親吧？」麥克艾渥伊對這個笑話不賞光，所以索恩也就不再好言好語，「喂，如果這女人可以提供任何線索，我都要知道，聽清楚沒有？妳是警察，不是業餘心理學家，所以乖乖給我進去，好好盡妳的本分……」

自從他們進去之後，麥克艾渥伊刻意變得十分配合。

「安妮，也許我們就從史都華離家出走開始說起吧。」

老太太清了清喉嚨，之後胸口還震咳了一會兒，「那是起點，也是終點，他離開了，一切結束了。」這是她目前講出最長的句子。索恩看著麥克艾渥伊，繼續下去啊……

「所以妳一直沒有他的消息？」

安妮．尼可林拿起空茶杯，看了一下，又把它放回去，「我曾經接到一封信，倫敦寄來的。」

「還留著嗎？」

她慢慢轉頭望著他們，露出微笑，但看得出她承受了相當的痛苦，「我從來沒有拆開那封信。」

「難道妳不想知道他的下落嗎？」索恩問道。

他不知道她是不想理他，抑或是不想理會這個問題，反正，她沒有開口回答。

麥克艾渥伊緊追不捨，「他是在一九八五年九月離家出走的，對嗎？」

那個老女人點點頭。

「就突然離開？完全沒有預警？」

「我其實……也不是很驚訝。」

索恩心想：或者，也覺得沒什麼不妥吧……

「也就是凱倫．麥克瑪洪失蹤後一個月左右，對嗎？」尼可林太太舔了舔嘴唇，目光飄向前方，麥克艾渥伊又問了一次，「史都華離家的時間，是不是在她失蹤後一個月左右……？」

尼可林太太發出輕聲呻吟，伸手拿起椅邊的拐杖。氣喘吁吁，奮力指向電視機上頭的藥罐。

索恩起身，幫她拿了罐子，「是這些嗎？」他打開瓶蓋，「幾顆？一顆就夠了嗎？」尼可林太太點點頭，他把藥丸交到她手上，椅子旁邊的小茶几上正好有一杯水，索恩也順便遞過去。

索恩再次坐下來，藥丸對安妮苟延殘喘的身體發揮不了作用，但她的頭腦依然清晰，她一切都心裡有數，知道什麼時候該服藥、讓她可以躲避不想回答的問題……

「他是不是因爲凱倫的事而難過？這是他離家出走的原因嗎？」麥克艾渥伊伸長脖子，東晃西晃，想要看到對方的眼睛，「在他離家出走之前，與馬丁．帕瑪見面的頻率有多高？」不知道在哪裡的那隻狗兒還在狂吠，而安妮．尼可林依然對麥克艾渥伊的問題避而不答。

索恩站起來，走到她的面前，她的舌頭開始打顫，想要把頭偏過去。但索恩不動如山，正好卡在老太太與未開機的電視機之間。

索恩的聲音裡已經聽不到剛才的和善，「尼可林太太，告訴我凱倫的事。」她的喉嚨深處發出低沉嗚咽，而這已經是她願意表達的最大限度。索恩傾身向前靠近她，最後一點耐心也快被磨光了，「跟我說凱倫．麥克瑪洪的事。」

當帕瑪第一次提到這個名字的時候，也喚起了索恩的記憶。他當然知道，但只是隱約記得而已——失蹤女孩，全國大搜查——細節很模糊。當他知道日期之後，終於知道爲什麼了。一九八五年的夏天，他那時候……也被某個自己的案子搞得焦頭爛額。強尼男孩，法蘭西斯．強尼．卡沃特，專殺男同志的連續殺人犯，他覺得被警察逼急了，所以他別無選擇……

某個名叫索恩的年輕小警察就這麼走進了那場惡夢裡……

「跟我們說凱倫的事。」

他看到她在緊咬假牙的時候、如薄紙般的下巴白肉皺縮在枯槁的肌肉周邊。她細如鳥爪的手指很難做出什麼大動作，只能抓起披在大腿上的毯子、緊貼著自己。

「安妮，妳把事情講出來，我們立刻就走。」麥克艾渥伊說道。

「她上了車。」她講話速度緩慢，而且還刻意強調每一個字，彷彿在解釋什麼超級困難的情節，她爲了要確定索恩聽懂她說的話，又說了一次，「她上了車，」

「那時候她和史都華在一起？」

「之後的事。他們分開沒多久。她走在他前面，車子開過來。」

「藍色的佛賀遊騎兵……」

她低頭死盯著毛毯，緊抓不放，「你都知道了。」

索恩搖頭，她把頭別過去，「史都華一定非常難過，他目睹了一切，對不對？」

她隨即又望著他，「對，他難過死了，之後他哭個不停，史都華什麼都看到了。她看到她進了那台車，也看到那個開車男子的長相。他曾經告訴警察那男人開什麼車，長什麼樣子，你可以去查資料。」

「是他自己告訴警察？還是他告訴妳之後，妳再轉告警察？」

「兩個都有，都有。」

麥克艾渥伊站起來，直接站在安妮．尼可林的椅子後方，「那個男人，史都華看到的男人，曾經伸手抓住凱倫嗎？他有沒有下車？強迫她上車？」麥克艾渥伊的這幾個問題倒比較像是自言自語，她的目光從安妮．尼可林低垂的白頭上方飄過去，望著索恩，她聳肩，夠了吧？

雖然先前索恩曾在車內對麥克艾渥伊講了那些話，但他現在卻很想要對著這老太太咆哮，痛扁她一頓。他微微提高了聲量，而當他一開口，安妮·尼可林立刻抬起頭來，這是她第一次望著索恩的目光，而且不再迴避。

「史都華知道原因嗎？如果那個男人沒有強迫凱倫·麥克瑪洪，那麼她爲什麼要上他的車，史都華知道嗎？安妮？他有沒有告訴妳？」

索恩發現自己的凌厲目光招來了充滿興味的回應。然後，她的目光從他的身上飄到了地面，一隻手死抓著毯子，另一手則去拿拐杖，這一連串動作似乎讓她痛苦萬分。

過了好幾秒之後，索恩才搞清楚狀況，低下頭去。她正拿著拐杖敲打他的小腿，但幾乎很難讓人察覺得出來。橡膠尖頭碰觸骨頭是有那麼一點感覺，但她奮力使出的勁道卻令人完全無感。安妮·尼可林在戳他、捅他，想要趕走他，猛推他……

她開口了，枯弱的手臂依然拿著瘤結狀的拐杖不斷戳他。她的聲音清朗高亢，還帶著某種詭異的吟唱語調，因爲她不斷重複那幾個字。

「她上了車……」

索恩急催蒙帝歐、趕回亨頓，就在他經過路名古怪的蜂蜜罐大道的時候，腦中浮現了某個身著白衣的女孩——其實他根本不知道凱倫·麥克瑪洪穿的是什麼衣服，但畢竟當時是夏天——打開了藍色汽車的車門，將一綹髮絲塞到耳後，鑽進車內。

照片邊緣出現的那個男孩，名叫史都華·尼可林，面孔模糊，微微低頭，但那雙陰沉的眼睛依然打量著一切。還有個心不在焉，但個頭高大的男孩，宛若鬼影或是雙重曝光的影像，他的名字叫作馬丁．帕瑪，雖然是將近二十年前的照片，依然看起來一副鳥樣。

那張照片一定哪裡有問題……

「所以，這是出於天生還是後天？」當他們快要回到貝克大樓的時候，麥克艾渥伊問他。

索恩微笑，「我什麼都沒說。」

「你這樣不就和那老太太一樣……」

這句話索恩倒是不得不承認了，「我認識不少持槍搶匪、強暴犯之類的傢伙……就連拿斧頭砍人的兇手的招認速度都比她快。」麥克艾渥伊大笑，但索恩的態度變得極爲嚴肅，「如果尼可林要是些許遺傳到母親的那種決心，或是……狡猾，我們的麻煩可就大了。」

「帕瑪的父母呢？」

索恩搖頭，眞的沒有必要，而且，他們很快就會知道眞相了，在帕瑪自首的一兩天之後，他打電話回家，也證實了尼可林是從帕瑪的父母下手、追查到他的下落。「哦，對啊，你有個同學打電話過來，很有禮貌的男孩子，他說想要聯絡你……他沒留姓名……我想是要給你驚喜吧。」除此之外，也不可能從他們身上問出什麼有用的線索，最後，只會讓他們聽到令人傷心的消息而已。

安妮．尼可林對於親生兒子的消息或是下落毫無興趣，讓他好生疑惑，但也覺得有些釋然，要是她問起的話，鐵定很難解釋得清楚。

「哦，沒錯，我們發現了他的行蹤……但是……」

他們回到亨頓，停在管制柵欄前面，索恩晃了一下證件，麥克艾渥伊也傾身向前、向執勤警員秀出自己的警證。過了一會兒之後，柵欄拉起，索恩慢慢把車駛向停車格。

「今晚有沒有什麼計畫？」索恩問道。

麥克艾渥伊別過頭去，望著窗外，操場的另外一頭約有十多名新生正在與警犬一起操演，

「沒有，還早吧。你呢？」

「我和菲利浦．漢卓克斯先生今晚有一場浪漫約會，欣賞天空頻道的運動比賽，搭配外帶中國菜。」

「聽起來挺不賴的……」

「對，如果你覺得看比賽的時候還得兼當感情諮詢師也沒什麼關係的話，當然很好。」索恩為了在麥克艾渥伊面前做樣子，刻意扮鬼臉，但其實他非常期待漢卓克斯來訪。放鬆，稍微釋放一下壓力……

索恩把車子停入布里史托克富豪座車的隔壁車位，熄火。他望著這棟六〇年代四層樓巨醜建物，緊盯著它的暗褐色牆面與斑駁的橄欖綠油漆，很不幸，他們都在這裡面工作。如果管理階層有腦袋，而且希望能夠留住一定比例的新血，那就得叮囑影片拍攝人員絕對不能接近貝克大樓。

「這棟建築物眞的是醜斃了。」過了一會兒之後，麥克艾渥伊無奈嘆息。

索恩點點頭，若有所思：我們卻得在這棟醜陋的建物裡奮戰，要把那些犯下醜行的人繩之以法。

麥克艾渥伊鬆開安全帶，「那你下午要幹什麼？」

索恩深吸一口氣，「哦，打幾通電話吧，我想知道哪個比較花錢，究竟是修暖氣就好？還是乾脆直接換新車？」

「你也該換了。接下來的半小時我得好好動一下，看看能不能讓我的腿恢復血液循環……」索恩聞言大笑。「這眞的莫名其妙，你明明有公務配車，爲什麼不用？」

索恩聳肩，「我也不知道……因爲是咖啡色吧。」

索恩講出這種答案，再加上他突然變得像是個憂苦的青少年，讓麥克艾渥伊吃了一驚。

「我喜歡這台車，」索恩回辯，「裡面有我的卡帶和一大堆東西。」

「哎呦，對哦，桃莉．芭頓和泰咪．懷尼特嘛。」

索恩嘆了一口氣，打開車門，「我要殺了賀蘭德。不，我要先讓他好好聽一些眞正的鄉村音樂，然後再殺了他……」

麥克艾渥伊下了車，動作偷偷摸摸，像是卡通《瘋狂大賽車》裡面的賤狗。「不是他的錯，他什麼都沒說……」

「媽的，其實給他聽那些音樂也太浪費了，我看我還是直接殺了他就好。」索恩鎖車，目光從車頂飄向麥克艾渥伊，「在我忙著痛宰賀蘭德的時候，我要請妳幫個忙。」

「我已經幫你擋掉德瑞克．里克伍德很多次了。他知道你在躲他。」

索恩微笑，「別擔心，比那個簡單多了，」麥克艾渥伊靜靜等待指示，「幫我打個電話，找出當初是誰負責凱倫．麥克瑪洪的案子。」

來自史托克城的艾菲，「對這些混蛋處以吊刑，也未免太便宜他們了，我很樂意親自動手拉絞架桿、勒死這些人……」

他搖搖頭，又剝了一大塊巧克力棒，他心想：少來了，艾菲，兩個只能選一種。不過，他知道英國大衆有相當比例都希望能讓他以及其他的同類，接受這種待遇。他們認爲這是適當的因應之道。

負責接叩應的主持人平常喜歡扮演惡魔的擁護者，此時卻對於艾菲的意見深表認同，然後他們兩個開始開心討論大家是否能夠回復理智，重新施行死刑，還有，到底是應該繼續使用絞索？還是應該順應二十一世紀的到來，改採注射死刑？

他閉上雙眼，關掉收音機，不想再聽下去。

其他的同類……

其實，他從來沒有遇過跟他一樣的人，不算眞正的同類。他遇過不少人把法律當成了多餘品，還有的人身上從未出現過任何道德框架，或者早就被啃食殆盡了。他也認識許多人被逼得走投無路，只好考慮各種下流步數，但從來沒有看過哪個人是在開心滿足的狀況下、構思無惡不作的可能性。其實他覺得這沒什麼，但也不可能因此會有什麼快感，事實如此，坦然接受就是了，他雖然自大，但也不覺得自己獨一無二，他知道也許會有那麼一天，當他張望對街，或是走過車站月台，甚至望著電視螢幕的時候，將會在某人的眼眸中認出某種神情。

在馬丁·帕瑪的眼中，他絕對看不到那種神情。現在，是該再次聯絡好友的時候了。

他離開搖椅，走到餐桌前，上頭放置著手提電腦，他不久前才去迪克生3C量販店、以現金付款買了它。他打開電腦，趁還在開機的時候，又拿起最近趁回家時於倫敦南區買到的複製王八機，至於舊的電腦與手機，買完之後的第二天早晨，他在上班的途中就扔了。

他一向行事小心翼翼，開一百個免費的電郵帳號非常容易，而且他總是想盡辦法保護自己的硬體設備，很難讓人追查到下落。頭幾次，他都是直接走進網咖，他偏好小餐店改裝、便宜影印爲賣點、在後頭擺了幾台髒兮兮的第一代 iMac 電腦的簡陋地方。這種網咖都很隱密，躲在一堆按摩店與地下計程車行裡面：連背包客都不知道的地方，這裡不會有人幫你送上卡布奇諾，也絕對不會有人鳥你在看什麼色情網站，這種地方，絕對不會有閉路監視器。

當然，他已經根據自己的目的、找到了理想的筆記型電腦，現在，只剩下連線的問題而已。這並非他第一次使用王八機——他有個熟人會幫忙銷毀，幾乎不留痕跡——不過，在以前，他也很喜歡某些倫敦市內與近郊髒兮兮飯店所提供的電訊設備，只需要付錢入住、登入網路、搞定。如果，就算萬一他們追查到這個地方，也不會有人記得那個帶著眞皮小公事包的無名商人。

他將電話線插入手提電腦，坐下來，開始思索該寫些什麼才好，他一向喜歡精準的措辭。

說來好笑，他幾乎早就預料到會出現這種狀況，他的手腦運作得好詭異，他自己作不了主，現在，他別無選擇，只能回應，不論是否適當，他也只能被迫做出這種反應。

他登入網路，電腦開始撥號。不消幾分鐘的時間，他已經開了新的電子郵件，取了名稱，設好密碼。他喜歡假造新的身分，無論存活的時間是好幾年，還是只有在昏暗小旅館的短短數小時，他都樂此不疲。就連類似這個只會在網路世界存在個幾分鐘、只爲了將幾句話送到城市另外一頭的短命身分，也讓他回味無窮。

他也只能被迫做出這個反應……

他不知道索恩去學校到底想要知道什麼，但反正去就是去了。他又咬了一大塊巧克力，這個探長的行動顯然變幻莫測，很難立刻找到合理的解釋，沒關係。

因爲他也不是這樣的人。

一如往常，他小心翼翼在電郵內寫下自己的指示，不能讓對方造成任何誤解。他盡量直白，一切講得清清楚楚，對付帕瑪就是得這樣。

做這個，做那個，一切等我下令再動手。

但他爲什麼要大費周章做這件事，可就沒那麼清楚了，至少，現在他還想不透。爲什麼他要把犯案細節先寄給帕瑪？既然這些指示無法讓帕瑪作案、只能變成出現在報紙上的假謀殺案，發出這樣的電郵又是爲了什麼？對了，等到那起預定的謀殺案被人發現之後，他們也會不厭其煩編出另外一則兇案。

所以他爲什麼要搞這些動作？爲什麼要隨著他們玩遊戲？

帕瑪自己決定退出他們的雙人組等式，這也多少消磨了他自己的……活力，原本多出的興奮感變得消沉無力。也許靠著這封電郵，他可以找回些許熱情，他需要讓它再次上身，

但這並非唯一的理由。

老實說，他喜歡依照自己的節奏行事，只有他自己才有權決定何時可以變動。所以，沒錯，這個舉措等於是拒絕……對於交出控制權，他悍然拒絕，但，他也得承認，因爲變態也有……想要過正常生活的欲望，他期盼一切如常，至少現階段是如此。他心底一直對於標準的英國瘋子充

滿敬畏，他們把洪水、火災，或傳染病當成不值一哂的小事，堅拒改變，他們完全不覺得需要搬家、看醫生，或是把事情搞得眾所周知。固執愚蠢，像瘋狗一樣天不怕地不怕，當然，其實換另外一條路也行得通，只有這個國家的人才會中了百萬樂透卻依然堅持要去工廠上班。到了最後，那些白痴還是會改變的，如果情勢逼人，他也會改變。畢竟這又不是什麼難懂的事，順勢而行，不然就等著垮台，趕快改變，不然就等著被抓。

不過，現在他自己先出招，就等著看接下來的演變吧。

他聽到卡洛琳在樓上的臥房咳嗽，可憐的她，已經不舒服了好幾天。他檢查拼字，心裡還惦記著明天要幫她買咳嗽糖漿。

他把最後一塊巧克力送入嘴裡，按下「寄送」鍵。

他們各自滾開躺在床上，滿身大汗，疲累。

賀蘭德單肘撐住身體，對著身旁女子的耳畔輕聲講話，假意裝出引誘語調。

「好啦，拜託，跟我說那神秘的『餅乾遊戲』究竟是怎麼一回事。」

麥克艾渥伊還在喘氣，想到發生在一個半小時之前的事，依然覺得不可思議，她回到家，看到賀蘭德站在她家門口，緊抓著一瓶紅酒，像是害羞的休．葛蘭一樣結結巴巴。

七點三十分：她忙著翻找鑰匙，兩人尷尬講了幾句話。八點二十分：開了第二瓶酒，像學生一樣恣意躺下。九點鐘：兩個人都在微笑，赤身裸體，汗濕黏滑。

顯然她最近的性慾相當旺盛。

「快說啦……」

她臉紅了嗎？好笑——這種公立學校男孩玩的遊戲可能根本不是眞的，只是某種傳說罷了。她側身面對他，他笑得開懷，緊盯著她不放，等待她說出答案，「好，基本上呢，就是所有男生站成一圈，一起打手槍。」

「打手槍？」

「對，沒錯。他們中間放了一塊餅乾，大家都得對它噴精，最後一個射出來的人必須吃掉那塊餅乾。」

賀蘭德宛若超級喜劇演員一樣屏氣、然後發出作嘔的呻吟，「妳瞎編的。」

麥克艾渥伊咯咯笑個不停，「我發誓……」

「最後射的人得吃下去？」

他的疑惑表情讓她笑得更厲害了，「我早就告訴你那是個蠢遊戲……」

「所以這是在訓練快槍俠嗎？」

「我知道。對了，難怪和我上過床的那些公立學校男生表現一團糟。」

他們躺了一會兒，什麼話都沒說，只是一直在狂笑，開始想像兩人接下來超級彆扭的生疏處境。麥克艾渥伊不知道他打算待多久，賀蘭德也正好覺得該回家了，而自從麥克艾渥伊把她的舌頭探入他的嘴裡、伸手抓住他老二之後，這也是他第一次想到了蘇菲，就在這個時候，她開了口。

「那你呢？」

「什麼？」

「你是不是念公立學校？」

賀蘭德的頭立刻離枕，「幹我就是啦！」

麥克艾渥伊伸腿勾纏他的下半身，手也悄悄在他的腹部遊走，「冷靜點，賀蘭德，我在開玩笑，從你剛才的表現看來，顯然你是從公立學校畢業的。」她起身跨坐在他身上，蠕動身軀就位，露出微笑。

賀蘭德高舉雙手、頂住她的肩頭，認眞望著她的眼眸，「他們使用的是哪一種？」她低頭看著他，滿臉疑惑，所以他繼續解釋，「我問的是餅乾。是消化餅？奶油夾心餅？還是巧克力餅乾……？」

完事之後，她依然笑得好開心。

✦

索恩猜得沒錯，他的確得當感情諮詢師。球賽開踢才十分鐘，他已經知道當漢卓克斯交給布蘭登聖誕禮物之後，他並沒有如當初他們猜測的一樣，想要不爽分手，反而一直黏著漢卓克斯，現在，更出現了謎中謎，他不斷丟出暗示，想要搬進漢卓克斯的家裡。

中場休息時間，索恩站起來，把沒吃完的外賣中國菜扔進垃圾袋。其實也沒剩多少，當他們吃完、放下盤叉的那一刻，艾維斯立刻過來舔得乾乾淨淨。

他回來的時候，順手從冰箱又拿了兩罐冰啤酒，「所以，布蘭登打算要跟你一起住？該開心吧是不是？」漢卓克斯顯然十分猶豫，索恩把啤酒交給他，「哦，菲爾，拜託別這樣。」

「有點意外，我需要好好想一會兒……」

「你這人實在很難搞，對吧？」

索恩打開啤酒，一屁股坐回椅子上。轉播室裡有好幾個曾經在七〇年代初期奪下三座冠軍盃的禿頭老傢伙正在口沫橫飛，努力讓先前那四十五分鐘的賽事聽起來精采萬分。阿斯頓維拉與里茲聯在惡雨中你來我往，目前〇比〇平手，證明了這場比賽實在沒什麼看頭。

「所以這對他來說怎麼樣呢？布蘭登……」

「他不是足球迷，哦，只知道蒂埃里．亨利有雙勁腿而已，所以比賽不管如何他也沒差。」

索恩喝了一小口啤酒，盯著電視，「不，我的意思是，你知道，我說的是你來這裡……」

漢卓克斯沉默不語了一分鐘之久，索恩不知道他是不是像自己一樣，想到了一年前的往事。一年前，他們在辦某個案子的時候吵得很厲害，漢卓克斯在他面前出櫃，同時還罵他是個自私得不得了的大混蛋。索恩知道了他的性傾向嚇了一大跳，對於他的指控也覺得十分慚愧——他知道漢卓克斯罵得有道理。他的朋友爲了他冒險而受苦受難，索恩卻沒有在該站出來的時候爲朋友說話。

最後，是一連串的陌生人之死又讓他們重新並肩作戰，正如同他們初識時一樣。

「你想不想知道布蘭登對你的看法？」

索恩聳肩，拿著啤酒指向螢幕的慢動作重播畫面，「你看，他明明應該要得分的，前面又沒人，超蹩腳的，不行……哎，你知道……」

「為什麼你每次總愛問我男友是不是對你有好感?」

「鬼扯。」

「你明明懂我在講什麼,通常你的態度都很小心,但就是有些話,帶有一點試探的意味……」

「老弟,你自己想多了……」

「他覺得你有點壯。」

索恩假裝不高興,然後揚高聲音,做出受傷的表情,臉上根本沒有怒意,「壯?他什麼意思?『壯』?」

漢卓克斯竊笑,伸手拿遙控器,雙方隊伍準備要踢下半場,「閉嘴啦,這麼愛酸人……」

他們兩人靜靜看著二十二個面露無聊表情、頭髮亂七八糟的球員,漫不經心跑進雨中,漢卓克斯再次拿起遙控器,按下靜音鍵。

「那你呢?還是一直沒消息?」

「沒啦。趕快開聲音……」

「你一直沒打電話給安妮·寇本吧?」

索恩搖頭,想起了一年前交往的那個女子。

「你為什麼不打電話給她?」

這也是索恩經常自問的問題,「老弟,不行,這樣會搞得太複雜。」

「別多想了,你還是自己來比較好,」漢卓克斯做出打手槍的姿勢,「那樣……一點都不複雜。」

「對，但聊這個太噁爛了。」

漢卓克斯打開了電視的聲音，但音量並不大，兩人沉默了一兩分鐘，靜靜聆聽專家一再賣弄相同的術語。

「你幾乎沒講這案子的事……」漢卓克斯說道。

索恩其實根本沒提，但他反正也不需要。它一直都在，雖然他也不想這樣，但突觸一直激發反應，逼他的腦袋頻頻聯想到各種關聯性。

凱蒂·崔的父母在森丘經營中國餐館……

電視上播出的節目，贊助商是佛賀……

查理·加爾納既然現在住在米德蘭，以後會不會一路支持阿斯頓維拉？還是他已經有了中意的倫敦球隊？查理會不會和躺在沙發上的那男人一樣是兵工廠球迷？那個解剖他母親的男人……

索恩坐在椅子裡扭捏不安，目光飄向漢卓克斯，「沒什麼好說的。」

漢卓克斯點點頭，「等就是了……」

「對，等這個等那個等不完了。等待他媽的一點好運，等待他們失去耐心、逼我交回警察制服，等受害者出現。」

「不要讓那個人變成冰冷的屍體，好嗎？」

索恩挑眉，冷哼一聲，「菲爾，我們會盡力。」

「我希望那畜牲不要碰到她，你懂嗎？」

索恩當然知道。只是受到驚嚇而無恙的受害人，處處留下證據的犯罪現場，他們期望的不過如此而已。

他對漢卓克斯點點頭，向他舉起啤酒罐。他的朋友是那種可以拿來當作標竿的人，索恩的確把他當成自己的標竿。漢卓克斯的聲線平淡，講出來的話經常聽起來很刺耳，完全不加思索，但那些話語卻是從某個澄澈深處躍然而出，那是個充滿熱情與真懇的內心角落。

「你覺得他還是蠢蠢欲動？」漢卓克斯問得很隨意，彷彿像在問索恩下半場會不會有人進球。

「對……他隨時會下手，」索恩回道，「只是看他要不要讓我們知道而已。」

漢卓克斯沉思了一會兒，「我想應該有機會知道，他既然會把人肉切絲切丁……」

索恩差點把啤酒噴出來，但對漢卓克斯來說，這還算是客氣的了，「切絲切丁？幹！他們還敢讓你接近傷心家屬？」

「只有人手短缺的時候才會找我幫忙。」

「閉嘴！」兩隊準備開踢，他們安靜盯著電視，刻意保持沉默，兩人都不願多想倖存受害者與冰冷驗屍台的事。

大約十分鐘之後，索恩又看著漢卓克斯。

「媽的說我『壯』？」

下半場的那四十五分鐘，其實與上半場一樣悶，這種比賽，加上酒精與中央供暖，還有這起案件帶來的疲累感，才剛過十一點兩人已昏昏欲睡，就在這個時候電話響了。

是馬丁·帕瑪。

「我又接到了指示，他要繼續犯案。」

索恩像是被牛隻猛撞一下，驚醒了過來，「什麼時候？」

「明天。」

「幹！」

「幹！」索恩看著漢卓克斯，他已經走向廚房，嘴巴默示唸出「咖啡」，索恩點點頭。

「他明天還要再犯案，」帕瑪的聲音聽起來已經快哭出來了，「你可不可以阻止他？」

「帕瑪，給我閉嘴好嗎？閉嘴，媽的……」

索恩聽到手機中傳來的嗶嗶聲，一定是資訊部門的那些人要找他，他們一直在監測帕瑪的電腦，一定也看到了帕瑪的信件。

「帕瑪……」

嗶嗶聲結束了，室內電話立刻響起，漢卓克斯從廚房走出來，接起電話。

索恩大可以立刻掛上電話，直接詢問資工人員，但他想要現在就聽到這個收件者的當下反應，「帕瑪，他還說了什麼？那封信到底怎麼寫的？」

帕瑪忍住啜泣，講完之後淚水又潰堤了。

15

日期：一月九號
目標：男性（不要一成不變）
年齡：二十到三十歲
挑選地點：不重要
行事地點：室內，目標對象的家中
方法：鈍器……配合敏銳的腦袋

這男人以往一早起來，都會遵守固定作息，在各個房間來回走動，仔細打理自己，迎向每一天。但近來他覺得出門前搞這些也未免太多餘了。他原本會在前一晚準備好乾淨的白襯衫，現在他只會從一堆衣服裡隨便抓一件還來不及熨燙的穿上，前一天的襪子反過來繼續穿。煮水，開收音機，隨便刮刮鬍子，總是不小心留下血痕，然後，拿起擱在沉重的橡木立鏡前的皺巴巴開襟毛衣，這鏡子是結婚禮物，多年前的事了。他把自己鼓脹的爛公事包放在大門旁，爲自己弄一片吐司，坐個十分鐘左右，收聽第四頻道的《今日》節目。

一早的敲門聲未免太奇怪了，但沒什麼好擔心的。他看了一下手錶，郵差晚一點才會來，也許是鄰居吧，或者是抄表的人。他放下吐司，慢慢從餐椅裡起身，走向大門。

他對日常固定作息充滿了執著熱情，還有，要是事物秩序被破壞，他的心情也會變得很低迷，這總是引來他妻子的訕笑。然而，以前是這樣沒錯，但一切都變了。這些日子以來，任何令人吃驚的事都會變成意外的刺激動力，值得伸出雙臂歡迎。就在他快要到達門口之前，對方又敲了第二次的門，這次稍微大聲了一點。

「等一下……」

大門一打開，那個腳邊放著真皮運動袋的男人對他微笑，清了清喉嚨，然後對著他皺巴巴的白襯衫揮拳，痛毆他的臉。

然後，他拿起自己的袋子，走進屋內。

倒臥在地板上的男子抓住自己斷掉的鼻梁，然而鮮血依然一路從他的指間滴到襯衫、流到了地毯上。這股血好詭異，好溫暖，從剛刮過鬍子的雙頰流下來的感覺格外滑順。他知道自己在哭，他好氣惱，而且他真的想要讓自己的腦袋好好冷靜一下，也許有機會摸到自己碎裂的眼鏡，搞清楚噪音究竟是哪裡來的。它像鼓擊，也像跺腳聲，像是火車從地底下通過的聲響，最後，那股噪音被運動袋拉鍊打開的聲音掩蓋過去。

嘶……

接下來是一陣沙沙微響，對方從袋裡取出了東西，倒在地上的那男人突然意識到那股神秘噪音原來是自己的心臟宛若困獸在胸膛裡狂跳，他很高興自己終於搞清楚是怎麼回事。

現在，他只需要知道臉上的痛，還有那股恐懼感是怎麼了……

他抬高目光，身體一陣痙攣，當他看到那頎長的幽影朝他逼近的時候，他忍不住失聲叫喊某個女孩的名字。他緊閉雙眼，原本護臉的雙手趕緊移到頭上，他的每一根手指都碎了，隨即裂開的是頭蓋骨。

拿著板球棒的男子想盡快搞定，他覺得很煩，這會讓他分心。對他來說，觀看……思索的過程，一直是他的重點，待會兒等到他殺完人之後，恐怕很難記得行爲本身的細節，因爲動手的那一刻，他的心裡想的是別的事情。

今天，沒什麼時間好好享受。

他哼了一聲，猛揮球棒。

跪在地上的那男人似乎跳了起來，他尖吼著某個名字，持球棒的男子知道那是他亡妻的名字，球棒敲打頭骨的聲響，宛若踩跳在蛋盒上一樣。

那個以前名爲史都華的男子，將已經變得濕黏的球棒舉了起來。他將那滴血的木柄高揚過頭，使出身體的所有力道、拚命向下砍，他感覺到自己的手臂與雙肩在顫抖，他閉上眼睛，泅泳在一片幽黑之中的色彩與光影宛若鮮血飛濺入土，也像是黏爛的蛙屍在空中劃出漂亮弧線、飛入芒草中……

這個具有童年好友與昔日美好記憶、偶爾是夏日幽魂等多重身分的男子，不斷高舉揮砍，每一次出手都讓他覺得這是最後一次，但每一次的撞擊，晃動，激震出他體內更多的欲念，再次釋放他的渴望，他知道心中激動難耐，雙臂依然不斷下砍……

終於，過了好幾分鐘之後，這個在剛發的電郵中署名爲巡夜者的男子停下動作，望著地毯，它的原色本來就相當鮮豔，現在加上碎骨、腦漿，與鮮血的雜亂渦痕，又爲它增添了新的圖樣。

他氣喘吁吁了三十秒之後，呼吸才終於恢復正常，然後，他開始善後，快速俐落。他先脫掉手套，將球棒擦拭乾淨之後，把它放回袋中，而袋子裡早就準備好了另外一套乾淨的衣物。他小心翼翼避開屍體，不想讓鞋子沾血，他不會讓這間屋子裡留下他的血色鞋印。

不到十分鐘，他已經更衣完畢，準備離開，時間還很充裕，進辦公室絕對綽綽有餘。他關上大門，看了一下手錶，發現自己居然這麼大意，不禁嘖嘖了兩聲。

錶面上有斑斑血跡。

有個人曾經說過讓索恩非常鍾愛的句子，他不記得那個人的名字了，但那句話他聽過之後就忘不掉。

用力敲，因爲生命聽不見。

這個信念一直讓他奉行不渝，不過，他的周邊偶爾會出現異議，其實，出現的頻率還頗高的，總有人希望他不要敲得那麼大聲，他們似乎不願發現房門另外一頭出了什麼事。

通常，這種反應卻會讓湯姆．索恩敲得更用力。但今天，就連他自己也不確定是否該開啓那扇門。

今天，將有某名男子死於非命。就是那麼簡單。要不是因爲索恩，要不是因爲他堅持要以這種手法辦案，搞不好那個人會有活命的機會。當一早醒來、睜開眼睛的時候，這個念頭就立刻浮現心中，實在很難讓人開心得起來。

索恩像瘋子一樣趕去辦公室，他覺得要是周邊的人，團隊成員，指責他判斷錯誤，他的內心也許會……舒坦一點。

彷彿他的同事，不，不只他的同事——書報攤的女老闆、郵差，還有他趕著上班、在北環路上超車的每一個駕駛——每一個人，都看出他內心的罪惡感，他的悲傷告白。它似乎變得清晰可見，像是飄浮在眼球上的小斑點，大家都看到了他的愁緒，細細咀嚼之後，每個人也都把自己的想法回饋給他：

你說得對，之前／現在／將來都是你的錯……

一月九日，星期三。風寒雨濕，被上帝棄絕的某個星期三，不難看出祂的子民爲什麼充滿了悲痛。低迷、沮喪、憋得令人受不了的一天，只能看錶、發脾氣、接聽電話的一天。討論案情的一天。

索恩、布里史托克、賀蘭德、麥克艾渥伊，都坐在桌前，雨滴打落在窗面，大家正在討論案情。

「這一次，要殺男人，這電郵有那麼重要嗎？」

「就和他在信裡寫的一樣，這是在下戰帖。」

「他似乎在玩遊戲。」

「對象是帕瑪？還是我們？」

「媽的那個『夜巡者』到底是什麼意思？」

「就和保全一樣吧……」

「還是板球術語？你知道嗎？比賽快結束時才上場的球員，可有可無的角色。」

「聽起來有點奇怪，他覺得自己可有可無？」

「我懷疑……」

「我不知道這種細節也該討論得這麼認眞嗎？」

「除了命案本身之外，」索恩回道，「任何細節都不能放過。」

他們不斷討論，因爲這是他們唯一能做的事，每個人都渴望貢獻一己之力。

傑斯蒙德在電話裡告訴布里史托克，「羅素，這可能是我們的唯一機會，千萬不要搞砸了。」

史蒂夫．諾曼，索恩越來越討厭的這個傢伙，立刻從新聞聯絡辦公室興高采烈跑過來，畢竟那裡不過就在科林代爾車站的上方而已，距離超近，煩死了，「湯姆，一切就等我們出手，」他哈哈大笑，「媽的那些媒體瞎編故事編了這麼多年，也該是輪到我們的時候了，」索恩不願陪笑，但諾曼似乎沒有發現，「我只是要讓你知道，我已經準備好了，我們就等著瞧吧……」

等待。

就某種程度來說，他們一直在等待：索恩、布里史托克，還有其他人，準備收拾殘局的人，等待下一通的電話，下一個案件，等待那個把他們搞得身心俱疲、生活一團混亂的人。等待推開邪惡之門，或者臨檢到問題車輛——那個瘋狂王八蛋剛好坐在裡面，如果他們夠聰明，運氣夠好的話，等待風平浪靜就好，等待退休金。

不過，這是另外一種形式的等待，更加殘忍，現在，兇手已經給了他們……好幾個方向。他們知道了時間，算是吧，也知道了受害者的性別，他們甚至知道他是怎麼遇害的——無論這名男子是誰，已經必死無疑。他們已經掌握了幾乎沒有人知道的線索，但同時也無力改變現況，就像是擁有某種不怎麼樣的全知能力，卻因爲有幾片拼圖找不到而搞得動彈不得。全知，又無能。

宛若罹患阿茲海默症的上帝。

現在，純粹只是精確的時間與地點的問題而已。然後，對，然後他們就會展開行動。然後，已經緊繃到超越限度的彈簧終於鬆彈，他們終將如閃電一般、衝到那男子暴力強迫症的事發地點，祈禱最後證明這一切是值得的。

索恩坐在自己的書桌前，不知道是否有任何事情值得走這一遭，他想起了幾個小時前的對話內容，從雨水不斷滑落的窗面向外望，凝視著灰濛濛的怒顏天空，看到了菲爾・漢卓克斯的臉龐，那對深色的眼眸綻放著光亮。

不要讓那個人變成冰冷的屍體，好嗎？

午餐時間到了，一群小綿羊快遞送來了如山高的成堆披薩。索恩與布里史托克合吃一個特大號的辣肉醬披薩，但份量並非一人一半。布里史托克雖然嬉皮笑臉、滿嘴油光在辯解，但索恩聽到這位督察長的回答之後，覺得自己還是不要回嘴比較好。

「如果我得當騎牆派，我就得把屁股吃大一點，對不對？所以就不要再給我唉唉叫啦。」

反正索恩也不餓。

這種打屁的話聽起來一點也不牽強或彆扭，只是有點不太妥當。就像是大家提早到達葬禮現場、站著等棺材進來的時候，有人開口講了不得體的笑話一樣。

當然，他們現在幹的就是一模一樣的事。

「小孩子都還好吧？」

布里史托克正要呑下沾了辣醬的莫芝瑞拉起司的時候，聽到了這句話，眼睛睜得好大。他有四個小孩，都不滿六歲，所以下午的時候常會看到他趴在桌上小睡，通常而已，開始辦這個案子之後還沒看過。

「小畜牲，」布里史托克喃喃抱怨，「撇開現在狀況不談，老實說，其實我很慶幸自己能待在這裡。」

索恩知道他這番話是肺腑之言。他自己也因爲相同的理由而奉獻工作，只不過，他想要躲避的人是他自己。

「大家都說帶小孩會越來越輕鬆，媽的我怎麼就看不出來什麼時候可以不用搞得那麼累。等到他們可以自己弄早餐、盯著卡通不放的時候，你就可以賴床賴久一點，但那時候他們也可以準備逃學吸毒了，還是得擔心，只是煩惱不一樣而已。最後一塊你要不要拿去？」

索恩搖頭，望著布里史托克將最後一片披薩送入嘴裡，他發出滿足的嘆息，然後，他開始東張西望，左右甩弄油滋滋的十指。

「我去男廁拿點紙巾過來。」索恩走到門口，聽到隔壁辦公室裡的賀蘭德與麥克艾渥伊在聊天大笑。

他停下腳步，轉身，手還擱在金屬門把上，掌心有汗有油而變得濕滑，「我知道這是我想要的結果，把他逼出來，」他深吸一口氣，「但感覺還是好糟糕。」

布里史托克嚥下最後一口披薩，以乾淨的指節把眼鏡推高，「這是當然的，心情不好的人也不是只有你而已。」

「我知道，不過……」

「湯姆，我是這個房間裡唯一的督察長，沒有人能拿槍指著我的頭，傑斯蒙德曾經給過我開口說不的機會。」

「爲什麼他不自己說就好？」

布里史托克起身，把披薩盒塞進字紙簍，再伸出尺碼十一號的雕花鞋把它用力踩扁，「恐懼。」

索恩開了門。「我等一下會帶兩杯咖啡進來……」

他一整天都在工作，但心裡卻不斷揣測警察這時候在忙些什麼。

他猜在他們的辦公室，他們的偵查室裡面，有些人盯著地毯，等待消息進來。還有些人的反應不太一樣，在裡面匆忙來去，忙個不停，希望讓自己有所貢獻，又是個辛苦查案的一天。

他還想到了他們在廁所裡的畫面。愛開玩笑的胖子在發臭的尿盆前低頭，掏出老二，其他的菜鳥則躲在廁所間裡面，雙肘緊貼膝蓋，大腿因爲坐在溫暖的馬桶上過久而開始痠麻，望著地板磁磚上的裂縫，呼吸沉重，他們的屎像水一樣傾瀉而出，屁眼發紅，刺痛。

講一大堆沒梗的笑話緩和緊張情緒。同事在尿尿，有人踢了廁所門，嘲弄話語與空洞笑聲的回音是爲了要驅趕恐懼。

希望如此，對，恐懼感……

他看到這些男男女女的白腫臉龐，大家都好心急，想要把他緝捕歸案。這些警察——有滿面愁容的胖子、沉默的瘦子，有人個性柔弱得像小狗，也有人硬得像空心磚一樣。他看到他們坐在辦公桌前，望著窗戶外頭，對著髒兮兮的灰色話筒講電話，還有，一堆人聚在走廊上，一起在打開的窗戶前偷偷抽菸。那種菸味從來就沒有辦法完全掩蓋厚積在他們便宜襯衫與皺爛外套布紋裡的汗酸氣。

上了一整天的班，無論是他自己一個人，或是與同事在一起的時候，無論是坐在書桌前或是四處走動，他都在想像那些畫面。只要有新的念頭，從來沒有出現過的場景，都能讓他開心得不得了。

不過，他卻很難想起索恩的模樣。

他的臉，當然可以，但是他卻無法回想他臉部的表情，他的姿態。索恩當然不是那種無頭蒼蠅型的人，但也不會苦守不動，軟弱不決。他知道，等到屍體被發現的時候，反應最強烈的一定是索恩，等到電話一進去，他一定立刻火力全開。

顯然不需要等太久。

對他來說，今日倏忽而過，他不知道湯姆．索恩是否也有同感。

「幹幹幹你懶趴幹……」

索恩拿著兩杯熱騰騰的咖啡、準備回到自己的辦公室，卻被恨他入骨的書桌邊角突襲，原本已經瘀青的地方，又被這麼一撞，刺痛難耐，還加上兩隻被燙傷的手，他差點覺得自己要吐了出來。

「快給我那個他媽的膠帶。」

從一旁路過的制服員警乖乖照做，索恩則在書桌上抓了好幾張紙，齜牙咧嘴蹲到地板上。

布里史托克聽到那連串痛罵，早已站在辦公室門口，他看著索恩跪在地上，把一堆A4紙張捏成團狀、以膠帶亂七八糟固定在那個傷人的桌角上頭。

「看來我得自己去買咖啡了吧？」

「閉嘴！」

布里史托克哈哈大笑，這齣小小鬧劇應該會讓大家都很開心。「希望你已經先檢查過了，確定那些不是重要文件……」

「什麼？」

布里史托克指向桌角，「那些文件。希望六個月內不要因爲有重要證人的證詞被貼在亨頓大樓的某個桌角、害檢方起訴失敗。」

「我才不管……」

又傳來笑聲，這次是賀蘭德與麥克艾渥伊，兩人像是小孩一樣站在小間辦公室門口咯咯笑個不停。索恩站起來，在他們面前擺臭臉。又猛揉自己的大腿。

媽的好痛啊……

情。

索恩突然發現，這股痛感雖然來得好笑，但卻是這幾個小時以來、他第一次真正有感的事

那股劇痛讓他整個人甦醒過來，也提醒他現在所處的位置。突然之間，擦傷帶來的疼痛，燙傷的刺癢感，將他腦袋裡的某些東西震了出來，而且立刻推送到他的眼前，焦距清晰。原本捉摸不定的事物變得簡單明瞭，他立刻開竅。

突然之間，索恩被狠狠打醒了。

「把帕瑪放出去，讓大家都看得到他，犯罪模式就不會發生改變，另外一名殺手也不會驚慌逃跑。所以，他應該還是會遵循過往習慣，現在，他改變了行事方式，為什麼？」索恩緊咬著牙，走回自己的辦公室，布里史托克、賀蘭德、麥克艾渥伊全跟在他後面。

「其實他並沒有改變，」布里史托克回道，同時把門關上，「我的意思是，細節當然一變再變，每次犯案都不一樣，行兇武器、地點……」

索恩走到辦公室的另外一頭，靠在窗邊，凌厲目光盯著其他三個人，「但一定都是女性。」

賀蘭德聳肩，「三次，對，這樣也可以算一定哦？」

「對，賀蘭德，這就是一定。」他講得緩慢，斬釘截鐵，接下來，他出於需要、也可能是因為焦慮，仔細描述了他們正在追捕的男子的特質，「他殺女人，也逼帕瑪殺女人，所以為什麼突然下手對象要變成男人？」

麥克艾渥伊冷哼一聲才開口，她的聲音聽來輕鬆，答案與布里史托克的幾乎一樣，「我覺得他喜歡變化，保持新鮮感，電郵裡面他還耍蠢開玩笑，說什麼不要一成不變……」

「那是另外一件事。這個笑話不太對勁，語氣勉強。他的作爲從來不隨便，他希望我們誤以爲他在隨機行事，彷彿是臨時起意，彷彿挑選哪個人下手根本無關緊要。也許，他不希望我們知道，這是他第一次，要殺死某個特定對象。」他一一直視著每個人的雙眼，「我想他之所以要發電郵，刻意指明今天，一定有他的理由……」

麥克艾渥伊是第一個聽懂的人，「幹！」

布里史托克與賀蘭德看著她，急著想要知道她到底在想什麼，而且覺得自己依然搞不清楚狀況，實在很懊惱。

「我們來不及了。」麥克艾渥伊回道。

索恩點點頭，離開了窗邊，迅速走到自己的書桌前面，「他故意浪費我們的時間，他知道我們已經抓到了帕瑪。」

布里史托克臉色一僵，「什麼？」

索恩拿起椅背上的外套，立刻走向門口，大腿疼痛已經消失了。「我搞錯了，他一直很清楚帕瑪的一舉一動，我們現在就必須讓他離開辦公室，讓他趕快回家，如果馬丁．帕瑪是尼可林今天打算殺害的對象……」

布里史托克拿起電話，在索恩背後大吼，「等一下！湯姆！那裡至少有六個警察……」

索恩大步向前，根本不回頭。

「但我不在那裡。」

16

索恩原以爲帕瑪面露驚恐，但繼之一想，他一向就是這個表情。顯然，當索恩告訴帕瑪現在有狀況、他必須趕快請「病假」回家的時候——他的笑聲似乎是眞的。

他拿下自己的厚重眼鏡，揉了揉雙眼，瞇望著索恩，「探長，無論他怎麼壞，他還是我朋友，我知道他一定也抱持相同想法，他不可能殺我的……」

索恩什麼話都沒說，逕自拉了張椅子，擱在窗邊。

他們坐下來，偶爾在對方身邊慢慢走動，幾乎沒說話，就這麼幾個小時過去了，天色也轉爲昏暗。索恩偶爾會與坐守在一般車輛裡面的警察、還有站崗的警察通無線電。現場有六名警察，加上索恩一共是七個。無線電突然發出的靜電噪音、電話的刺耳鈴聲，或是隔壁公寓的尖叫，都會讓他體內的某處短暫緊繃，心跳加倍。

「索恩先生，你覺得我是什麼樣的人？」

帕瑪一直靠在電視機附近，索恩先前已經轉低了音量。帕瑪傾身向前，關了電視，面向索恩，他直挺挺坐在沙發上，緊閉雙眼，一手拿著手機，另一手握著無線電。

他開口講話，根本懶得睜開眼睛，「沒有，我覺得……沒什麼好想的。」

「抱歉，我有點鈍，你是覺得我這個人一無是處，不値得你多想，還是你眞的從來沒想過？我搞糊塗了，你說的到底是哪一種？」

現在索恩睜開了眼睛，語調嚴厲，似乎是有點火大，「可能是第一種，也可能是第二種，或兩者都有。快開電視，我要繼續看下去……」

帕瑪站起來，走到索恩對面的椅子前面，當他坐下來的那一刻，索恩也立刻站起來伸懶腰，打了一個好深的呵欠，「我得再來一杯咖啡……」

「探長，你一定看過許多殺人兇手，」帕瑪語氣低柔，簡直像是輕聲細語，一如往常，他的聲音聽起來像是重感冒：濃濃的鼻音，很吃力，每句話之間都看得到胸膛出現微喘，「你曾經和許多像我一樣的人共處一室，與那些比我還殘暴的人呼吸相同的空氣，這是我的猜測啦，對小孩下手之類的人……」索恩沒接話，但他似乎忘了咖啡，根本沒有移動腳步，「所以為什麼我讓你這麼不舒服？」

索恩向前一步，靠近帕瑪，看到這傢伙態度如此輕鬆，不禁一陣惱火，帕瑪坐在椅子上，趕緊稍微向後挪了一下，「你知道我來這裡是為了要抓他，不是為了要保護你。媽的你很清楚吧？是不是？」

帕瑪點點頭，索恩依然很火大，拚命講個不停，「對了，我膝蓋不穩，會讓我很不舒服，我還有一兩個長官經常讓我很不舒服，屁味也會讓我非常不舒服，你……」

「怎樣？你看到我覺得噁心？你想打我？」

索恩別過頭去，走向窗邊，還趁空低頭看了一下手錶，剛過九點半。

他往下張望外頭的花園，高聳的綠樹籬笆，還有對面的安靜街道。大約一百碼之外，停放了一台車，索恩還看得到車內的兩名警察，想像他們的疲憊與火氣，然後，他自己的憤怒消逝了，宛若流入溝內的髒水。他等了一兩分鐘之後才開口，「你居然等了這麼久，眞讓我刮目相看。」

帕瑪推了推眼鏡，搖搖頭，「等什麼？」

「等我發表『你和他不一樣』的演講。」

「我沒有——」

索恩依然緊盯著下方的街道，他大手一揮，打斷了帕瑪，「如果你醞釀了這麼久就是要等我說這些，你還是省省吧。我不在乎，我不知道這一切值不值得，但我覺得比較可怕的人是你，」他面向帕瑪，看到他低著頭，雙手在胸前絞繞，「尼可林，嗯，你覺得他還把你當朋友的那個人，是個瘋子。變態，反社會，隨便啦。我不知道他爲什麼殺人，詳細原因不清楚。他就是喜歡，覺得刺激，這是他唯一能夠表達自我的方式，可悲的小畜牲，而且，加上你一起聯手犯案，更讓他增添快感。」

「好，但針對你就比較簡單，我們很清楚你爲什麼殺人。」帕瑪抬頭，眼睛在鏡片後方慢慢眨了幾下，索恩在他的目光中看到了卑微的懇求。

「好，我修正，我們很清楚你過去爲什麼殺人。完全就是因爲他開口要你行兇，原因就是這麼單純，直接了當。在我看來，你這種性格比他還可怕。」

過了好幾分鐘之後，索恩聽到帕瑪站起來、椅子所發出的輕嘆，然後，他看到自己的腳邊悄悄出現黑影，察覺到對方已經站在他的背後。

「索恩探長，你曾經體會過眞正恐懼的感覺嗎？」

外頭一片清冷，他遠望夜色，雖然他滿心不願，但恐懼之情卻油然而生。

索恩看到雨勢突然變得滂沱，他在倫敦西南區的濕暗街道開車疾行，跟蹤前方的車子，對方的車尾燈宛若惡魔之眼……

他穿過某棟建物的長廊，裡面充滿了低語，都是將在此地過完餘生的人所發出的聲響。

他摸黑往上爬，穿過閣樓地板，過沒多久，這裡將被鮮血所浸濕。他看到自己的雙眼被突如其來的強光震懾住了，宛若被手掌襲胸，如拳頭一般猛烈讓他停止了呼吸……

現在，一年過去了，夜色清冷，記憶慢慢退卻，索恩也覺得心跳漸漸緩和了下來。他的呼吸逐漸勻順，他靜靜凝望著窗面上的人形映影變得越來越大，殺手逐漸朝他逼來。

帕瑪講話慢條斯理，濃重的鼻音聽起來毫無感情，幾乎像是機器人的語調。他直視前方，彷彿在與窗玻璃扭曲的自我鏡像對話，「無論你怎麼想，現在的我，或是過往的我有多麼邪惡，但請你想像一下我與恐懼共存的情景。它不是偶爾出現，也不是毫無預警朝你直撲而來，也不是在夜半驚醒、全身冒汗的時候，感謝上帝還是什麼神靈大發慈悲帶走了它，恐懼，其實一直都在。

「與你共存的那種感覺會麻痺你，讓你的皮膚變得好濕，好陌生，就連你自己觸摸都覺得詭異。它會燒燙你的內臟，凍結你的血液，逼得你動彈不得，孤立無援，沒有任何人能夠接近你，除了讓你害怕、產生強大威嚇力的那個人，與你夾纏不清、你心生虧欠的那個人。

「現在，請你想像一下，無論你對它有多麼討厭懼怕，它終於變成了你生活中不可缺少的一部分。它成了你的渴望——胸口抽緊，當它來襲的時候，你血脈賁張，驚慌失措。它的肌理宛若蜘蛛網，纖細又染滿了劇毒，爬上你的身軀，一路從腳趾頭鑽入眼睛後面的某個地方，對，還有在你的鼠蹊處，一定會爬到那裡……

「到了現在，你需要害怕的是活著的感覺，原本恐懼是最可怕的感受，恐怖至極，而當它徹底消失的時候，你才知道那是更折磨人的感受。

「這不是藉口，雖然我知道聽起來很像是在爲自己找理由。想要編出這麼完美的一套說詞並不容易，我並沒有要說謊的意思。我的行爲不能算是單純的……反應，我的內心顯然有某些齷齪的渴求，想要扭轉現況，讓其他人心生恐懼。」

帕瑪搖頭，彷彿在與幽暗窗面的另一個自己在客氣爭辯些什麼，「不，不是，我犯下這些惡行不只是因爲我害怕而已，我到底是怕他？還是因爲他的緣故而想要逼別人怕我？我連這一點都搞不清楚。

「他以前天不怕地不怕，你也知道，現在，依然什麼都不怕……」

索恩不想回頭看帕瑪，只是狠狠瞪著對方的倒影：他的嘴唇變成了憂傷的下抿線，雖然玻璃髒污點點，光線昏暗，但依然看得到他的淚痕。索恩將永遠不會忘記那一刻，帕瑪讓他聯想到了某些東歐地區被關籠的巨熊。被去爪、退化的龐然大物，脖子上套著項圈與鎖鏈在跳舞表演，白痴觀衆拚命丟銅板，而那些在自己國家媒體上看到新聞的人，丟出更多的錢、希望能阻止這種事繼續發生下去。

索恩開了口，當他聽到自己的語調的那一刻，也不禁嚇了一大跳，這算是，一種安慰吧，與他幾分鐘之前的怒氣如此格格不入，這句話是爲了帕瑪，宛若像是說給自己聽一樣懇切。

「如果他還在那裡，」索恩說道，「他應該要感到害怕才是。」

帕瑪緩緩向前，把大手貼在窗上，他緊壓著玻璃，手指泛白。索恩以眼角餘光偷瞄他，看到帕瑪望著黑漆漆的窗外，凝視自己的過往：既遙遠，又接近，在中間地帶飄移。

「他還在那裡，他一直在那裡。」

賀蘭德醒來，看了一眼手錶，立刻陷入恐慌。

「幹……」

他原本提醒自己應該要在一個半小時前醒來，但夢鄉太誘人了。現在，他得想出理由，趕快沖澡離開那裡。

他得要趕快回家。

當他打開浴室門的時候，發現她靠在洗手台前面、彎著身子。起先他以爲她在吐，他趕緊過去，伸手安撫。

「莎拉……」

她轉過頭來，上唇沾著明顯的白色粉末。

他們互看了一會兒，他全身光溜溜，起了雞皮疙瘩，雙臂貼抱住自己。她穿的是白色毛巾布睡衣，頭髮濕答答的，她的嘴唇努了兩下，不知道在那兩種極端不同的表情中、該選哪一個才好。

終於，她露出微笑，「要不要來一點？」

賀蘭德爆笑出聲，他的嘴型彷彿準備要問問題，爲什麼或是什麼，但終究沒開口。他只是把自己抱得更緊了一點，牙齒發顫，瞪著浴缸周邊的磁磚，還有發灰剝落的薄泥漿，他還是開了口。

「嗯，看來我升官的速度會比自己預期的還快……」

麥克艾渥伊的笑容消失了，立刻別過頭去。她靠在鏡前，望著自己，眨了眨眼睛。她動作迅速熟練，以手指抹去鼻孔附近的古柯鹼，將沾滿粉末的指尖送入嘴內，她伸舌舔弄牙齦，對著自己的鏡影講話，怒氣幾乎就寫在臉上。

「賀蘭德，拜託好嗎？媽的我不需要別人來說教。」

「媽的反正妳也沒機會聽到，」他回道，「我只是要沖個澡，等一下就走……」

她收回微笑，隨後擺出截然不同的冷笑，「好啊，等你把我留在你雞雞上的味道洗乾淨之後，你就可以回家和她在一起了……」

賀蘭德伸手拿毛巾，圍在腰際。「對，好啦，不要說這個了，講點什麼別的都好。」他走進浴室，打開水龍頭，把手放在下方等水溫轉熱，「妳工作的時候會不會嗨？」

麥克艾渥伊邊笑邊咳嗽，她把一團東西吥進水槽裡，「嗨？天哪，賀蘭德，你的口氣好像我爸……」

水溫突然變得滾燙，賀蘭德立刻縮手。他想要扁她，他想要大叫，他眞的狂吼，「好……爽斃了，空呆，暴衝，茫，昏死……他媽的隨便哪個嗑藥的愚蠢行話都好，這樣總可以了吧？」

「哦，這種毒品常識小冊子我們不是都看過嗎？」

「回答我的問題。」

「你到底在想什麼？你覺得我在工作的時候嗑藥？你覺得我不適任？」

「如果妳工作的時候嗑藥，的確不適任。」

麥克艾渥伊側著頭，彷彿在思索他的答案。他們不發一語，僵持了好一會兒，小小的浴室裡開始霧氣蒸騰。她伸手撫弄濕髮，嗤之以鼻回道：「好，現在你想怎樣？警員先生？」

賀蘭德也沒有答案。她的睡衣不意敞露，他一低頭就看到她的雙乳，他硬了，她也立刻發現，露出微笑，乾脆直接扯開給他看。

「啊，如果你已經硬了，我隨時配合。我的意思是古柯鹼不像搖頭丸那麼讓人興奮，但還是——」

賀蘭德來不及控制自己，直接走過去，從她的肩頭剝開睡衣，把她推到地板上。

這次比一小時前的歡愛更美好，更超越了先前所有的性愛體驗。他們呻吟，吼叫，咒罵，聲音在磁磚上方迴盪，水流的嘶嘶與潑濺聲完全掩蓋不住他們的淫聲。

索恩待在馬丁．帕瑪的浴室裡，望著鏡中的自己。他在思量自己的出路，如果，必須離開的話。

酒吧老闆索恩。反正很多人都走上了這條路，早點入行有何不可？他可能會變胖一點，開始蓄鬍。凌晨時分得忙著更換酒桶，沒事招待當地的小警察喝個一兩杯，簡單……

商店老闆索恩。有何不可？一頭灰髮往後梳，找人來記帳。不需要對人卑躬屈膝，臉臭臭的，有個性的老闆，養出一群死忠的顧客……

索恩，四十一歲，面容憔悴，標準的條子臉，騙不了任何人。

他身體慢慢前傾，額頭緊貼在冰冷的鏡面上。他猛力睜開褐色的眼眸，血絲爬滿了眼白，睫毛裡還黏著些許眼屎，還有，再湊近一點，眼睛下方的皺紋就像是老男人的皮膚。

和他父親一樣。

索恩張開嘴巴，發出好長一聲的低沉呻吟，被流入水槽的嘩嘩冷水所淹沒。他吐出的鼻氣緩緩上升，霧糊了鏡面。他往後退，伸手擦去濕氣，望著裡面那張疲憊至極的臉龐。他已經厭倦明明起床了卻還想瞇個一兩分鐘，他厭倦了浴缸裡與學生套房裡的屍體，也厭倦了與殺人兇手鬼扯、必須時時提醒自己的身分，還有他們是什麼樣的角色。

他厭倦了孤單一個人，厭倦了如此暴怒的自己，厭倦等待。

流水聲慢慢變小，成了隱約的低鳴，他的心即刻變得格外清朗，但也只有那麼一會兒而已……

突然，一切變了：水管發出了隆隆吞吐聲，冰水沖手沖臉令人驚震，查理．加爾納依然在那裡，緊閉雙眼猛敲個不停，還有，在某個地方，傳來電話的響聲……

索恩回到客廳，帕瑪手裡拿著響個不停的手機，那模樣活像是聰明絕頂的小狗，嘴裡含著一管炸藥。索恩正準備要把手機拿過來，鈴聲就沒了。

「媽的……」

他一把搶下手機，按了好幾下，找到剛才的未接來電，回撥回去，他不認得這個號碼。

接電話的人語氣俐落專業，男聲，警察的聲音。

「喂？」

「我是湯姆．索恩，你剛才……」

「哦，沒錯。我是傑，哈羅鎮的警探。我正在某個謀殺案現場，我知道你們的人已經在路上了，但我覺得聯絡一下你也好，因爲受害者的外套口袋裡有你的名片。」

索恩心跳加速，「死者身上有沒有身分證明？」索恩望著帕瑪，他的十指夾纏在一起、貼在肥厚的頸後，搖頭，雙眼濕潤。

「有，這部分完全沒問題，」傑回道，「皮夾裡一切都在，很好確認。這可憐傢伙的頭被打爆了，他應該是這裡某所文法學校的老師。」

他知道了，心裡立刻泛湧恐懼，有異物掉落、啪啦重摔落下，像是棺材從護柩者肩上落下、撞擊水泥地面的聲音。也不知道爲什麼，索恩想到了那位帶他與賀蘭德參觀校區的英文老師的微笑臉龐。

「庫克森……安德魯，我猜是他吧……」

「什麼？」

「中等身高，黑髮，三十多歲。」

「抱歉，這個人的年紀比較大……」

電話突然出現了雜訊，但索恩只聽到棺材落地的可怕噪音，撞擊地面時木屑飛濺的刺耳聲響。傑還沒說出死者的姓名，索恩已經知道答案，肯恩．波勒斯說得沒錯，未來令人恐懼。

現在，索恩也怕了。

17

這一次，他們連會議都不讓索恩參加……

倫敦大概有數十間酒吧，只能以不太光彩這幾個字來形容它們的過往。這些同時滋生酗酒與犯罪的地方，創造出了許多歷史性的一頁，多半不是什麼好事。

史彼得費爾茲的「十座鐘」酒吧，以前叫作「開膛手傑克」。大家推測兇手曾在這裡買醉，還有好幾名受害人曾在這裡等待客戶上門，在三個月的時間內，有五名妓女慘遭殺害，時隔一百多年之後，你可以在這裡買到「開膛手傑克」的書籍、馬克杯、棒球帽，最詭異的是，每個禮拜有好幾天的中午用餐時間居然可以看到脫衣舞孃秀。

貝斯納爾格林的「盲眼乞丐」酒吧，如果你相信大家的說詞，那麼看來當初至少有十萬個東倫敦人看到現場發生黑幫火拼，隆尼．科瑞持槍殺死了喬治．康奈爾，據說是因爲他被對方喊了一聲「大肥熊」。

還有，漢普斯特的「瑪格達拉酒館」，羅絲．艾利斯對著那個聲稱好愛她的男人亂射了五槍，三個月之後，她成爲英國最後一名在絞刑台上受死的女性。週一傍晚，湯姆．索恩窩在這間「瑪格達拉酒館」裡面，慢慢喝著啤酒，等待聆聽他們對他的判決結果。

不過，這是他喜歡的酒吧之一；在漢普斯特荒野公園跋涉了一個小時、目瞪口呆看著那些成年男子渴望利用閒暇放風箏的蠢行之後，剛好可以來這裡坐坐。啤酒好喝，老闆夠和善，食物還過得去。不過，眞正吸引索恩的是這地方的黑暗歷史，及其所引發的種種聯想。每次當他一看到外牆磁磚上依然存在的彈孔，就會忍不住把食指伸進去。不知道爲什麼，他總覺得這樣就能與那段故事相繫在一起，接下來，他一定會開始想像她的模樣。

總是黑白畫面。

漂白過的頭髮，上了粉的白皙肌膚，緊貼著完美的鎖骨，修長指甲刮擦著沉重的史密斯威森左輪手槍。芳齡二十八歲，卻已經沒有任何退路。手指插在彈孔裡——就神聖性來說，當然很難把它與手戳進上帝的聖傷傷口裡相提並論，媽的，但要是你經常在這裡吃午餐……

一九五五年，四月十日，復活節週日。失控的一刻，決定性的一刻，就在漢普斯特的人行道：

通往赫洛威監獄絞刑行刑室的第一步。四十七年之後，距離他們絞死羅絲·艾利斯已經過了將近半個世紀之久，在那些以殺人爲樂的兇手的眼中，生命，未必眞正等於是生命。

現在，索恩坐著等待督察長羅素·布里史托克，他不知道他們架在他脖子上的套索會有多緊，他望著酒杯，眼前浮現這幾天以來的重大事件。

判刑之前的流程。

星期四凌晨：傑斯蒙德大搖大擺走進來，低頭望著老師留在地毯上的腦漿，臉上裝出恰到好處的恐懼感與堅強意念，這位警司的笑容特別留給了索恩，「我覺得你休息個幾天是最好……」

「對誰最好？」

星期四傍晚：漢卓克斯打電話來報告驗屍結果。一如往常，找不到眞正有用的線索，但有件事倒是終於解惑，「嵌插在波勒斯頭蓋骨上的木頭碎片，是柳木。」

「板球球棒……」

「沒錯。夜巡者之謎解開了，哈，幹他媽的哈哈……」

星期五下午：他的父親。「哦……你在家啊？我正打算在你的答錄機裡面留言……我想要問你一點事情。就死亡人數來說，英國歷史上最偉大的前三名殺人犯是誰？」

「最偉大？天，爸爸拜託……」

「你看這問題有陷阱吧，好多當過兵的人都被考倒了。我問他們最偉大的殺人犯是誰，大家的答案都是約翰・克里斯提之類的殺人魔，我告訴他們，其實是黑死病或天花這種傳染病，對不對？」

「但我還是需要名字，我猜殺人醫生希普曼應該是第一名吧，是不是……？」

星期六早上：賀蘭德有最新消息回報，「老實說，沒有人知道接下來該怎麼辦。有一兩個新面孔加入，但大家意見很分歧。週一將會舉行會議，督察長，傑斯蒙德，你也知道……」

「好，謝謝，麥克艾渥伊還好嗎？」

「媽的我怎麼知道？」

索恩抬頭，看見布里史托克朝他快步走來，他一口乾光手邊的啤酒。賀蘭德那天爲什麼脾氣會那麼火爆？

布里史托克坐在他旁邊，貼得很近，上梳的那一撮額髮好看多了，他吐出來的氣息裡有他偏愛的便宜雪茄氣味。

「你欠我一杯酒，其實你欠我好多次了。」

索恩一聽，好想學攻門得分的足球員一樣、對空中揮拳，但他只是點點頭，走向吧檯，爲他們兩人各買兩杯啤酒，喝到第二杯的時候，布里史托克開了口，簡單扼要。

「這個案子還是讓你繼續辦下去，就這樣。」

「爲什麼我覺得這是唯一的好消息？」

「看你怎麼定義了，大家都很生氣。」

「是不是連肯恩．波勒斯的家人也算進來了？」

布里史托克劃了根火柴，將火焰湊近他的便宜雪茄尾端，「那句話我就當沒聽到，不過，站在朋友的立場，我說眞的，湯姆，你還是閉上你的臭嘴。」

「抱歉，羅素。」索恩是眞的覺得不好意思，他知道布里史托克爲了他承擔許多風險，他該謹記在心才是。「好，那接下來？」

「停損。」索恩正打算開口，突然想起剛才的事，立刻又閉上嘴巴，「就照正常程序辦案，」布里史托克緩緩回道，「重點在於正常，不要再搞砸了。我們處理犯罪現場，調查問案，收集證據，一切依照標準程序進行。」

「那帕瑪呢？」

「馬丁．帕瑪今天早上已經被羈押，而且以謀殺羅絲．莫瑞的罪名遭到起訴，下午送交海布里角裁判法院，四點鐘左右會決定要送貝爾馬什或布里克斯頓監獄。湯姆，我們一切照規矩來。」

索恩毫無置喙的餘地，完全沒有。尼可林殺死波勒斯等於是警告，一定是，他知道索恩與賀蘭德去了學校，而且這一定是靠帕瑪才能知道的線索，繼續僞裝下去也沒有任何意義。

不過……

「當他知道帕瑪在我們手上的時候，爲什麼還要發電子郵件給他？」索恩問出了布里史托克也存疑的問題，他們先前已經彼此互問過了，過去幾天以來，索恩也在心裡自問了上百次，大家再怎麼想，應該也講不出比布里史托克更好的答案。

「這算是他的遊戲吧，在耍我們。」

「是在耍我。我去了學校，我一定被他看到了……」

布里史托克傾身向前，把菸灰彈入塑膠製的大菸灰缸，他搖搖頭，「這個人是個狡猾的混蛋，如此而已。他就是想要佈這種局，逼我們苦思這些問題。」

索恩聳肩，拿起啤酒杯，盯著不放。他總覺得尼可林殺死肯恩．波勒斯，他曾經問過案的這個人，一定是要向他傳達某種訊息。他不知道這種想法算是自以爲是？或是直覺？他以前曾經搞混過。

他喝光啤酒，放下酒杯。該待在這裡繼續喝到不省人事？還是該衝回家關緊大門？他拿不定主意，「他們會把帕瑪的事公諸媒體？」

「這倒是還沒有做出最後定奪。傑斯蒙德與其他幾位更高階的長官在新聞聯絡室裡面討論。就某些方面看來，這算是下了一步好棋。你也知道——兇手被羈押，某些受害者家屬憤怒難平，等到審判日期一到，就會守在刑事法院外頭、準備敲打囚車。這對我們來說也多少算是好事，畢竟發生這種事之後、這麼快就有了進展……」他沒有繼續講下去，剛好讓索恩自己想到了答案。……我害死肯恩．波勒斯之後。

「我們搞砸了，這一點很難否認。」

索恩冷哼一聲，「我們？謝謝你啊。」

「湯姆，不要爲了波勒斯的事而自責。」

「爲什麼不該自責？」

布里史托克眨眨眼，伸手拿酒，他還想不出答案。當下也只有一個問題問了不會尷尬，「再喝一杯？」

布里史托克灌下手中的啤酒，邊喝邊搖頭，索恩伸手拿背後的外套，看起來他是要回家了。

「你知道嗎，你能夠順利解套，還可以繼續辦案，其實是基於同一個理由，」索恩挑眉，臉上寫了問號。「恐懼。他們怕犯錯，怕搞砸。現在他們擔心的是被大家看到一切毀在他們的手中，這比讓你辦案更可怕一千倍。」

索恩站起來，穿上外套，布里史托克依然坐著不動，雪茄已經抽光了，「他們根本不需要擔心，我會扛起責任。」

布里史托克捻熄雪茄屁股，「哦，別擔心，反正已經在你身上了。」

兩人都哈哈大笑，笑聲格外宏亮，還刻意拖長了一會兒。「所以我沒事了？」

「目前是這樣，」布里史托克回道，「但如果你再出包，他們對你的處置也只是遲早的問題而已……」

「暫緩執行令。」

布里史托克看著他，不懂他爲什麼要講這幾個字。而索恩已經在想自己今晚該喝多少杯才夠？才能讓自己躲進羽絨被裡面、爬入幽暗深處，不會想到躺在血泊裡、雙手緊抓著地毯、指甲縫裡留有小腦殘屑，死不瞑目的肯恩．波勒斯。

不會想到弓著背、緊貼著囚室白牆的馬丁．帕瑪的巨大身影。

當開始出現廣告的時候——養老金與安養機構的便宜短廣告——他起身爲自己泡茶，反正今晚的節目也不是十分精采，可惜了，他一直在等更多聽衆叩應進去。

今天的工作很操，現在是繁忙的時節：有一大堆事情等待完成，一如往常，他是最辛苦的那一個，老實說，會演變成這種狀況都是他自己的錯，他算是某種控制狂。他雖然抱怨工作量，但他也不相信有別人能像他一樣有效率，所以他還是寧可自己來。

其實，額外的工作讓他很開心，過去這幾天以來，他需要一點其他的事情讓他分神，因爲他正在努力調適，讓自己好好因應新局勢。

帕瑪消失了：現在又剩下他一個人。

雖然他渴望主控、左右一切，但對於已經發生的狀況，他也沒辦法發火。自從最近一起兇案發生之後，已經完全不知去向，但，這畢竟是他的選擇，是他自己決定要殺了波勒斯。當他開始對索恩的小遊戲發生興趣，甚至還相當欣賞的那一刻起，改變方向就成爲必要之手段，現在，面對反彈力道，他也必須忍耐下去。

回到他自己身上。對，他喜歡，但他還是得找到別的方法、提高檔次，他受不了無聊，受不了一成不變。停滯，就等於向下沉淪，他一定要避開這一條路。他需要盡快找到下一個目標，新的刺激，地平線上的亮點。他先前找到了帕瑪，不過，現在他既然消失了，他必須尋覓不同的方法、提振一下自己的欲望，他一邊尋找靈感，一邊繼續埋首工作。

工作工作工作，家庭，聊天，與卡洛琳共進晚餐，然後拿著一瓶紅酒，聽一兩個小時的廣播節目，開心聆聽這國家超固執的失眠症患者分享智慧。之後，他可能會把卡洛琳叫起來，打砲。插捅她的同時，他會閉上眼睛，想到波勒斯那一坨宛若生粥的腦漿，或是那女學生頭上的漂亮槍洞，或者，可能想到的是那個帶著小男孩的女子，他的手摀住她的嘴、看著她身體逐漸僵直的情景。

快煮壺的水開了，他想到了索恩。

他不知道這位探長歷經了那痛苦的一天之後，該如何放鬆自己的心情。應該說，痛苦的好幾天。最讓人難受的莫過於又發現了一具新屍體，是吧？而且還是與他有關的人。像索恩這樣的男子，需要多久時間才能平撫情緒？尤其……這明明可以避免。他會向誰傾訴？家人？朋友？他突然樂不可支，因爲他開始想像打開收音機、聽到索恩叩應進去的對話內容。

「接下來要接聽的電話，是來自倫敦的湯姆，他現在遇到了問題。湯姆，我們能幫上什麼忙呢？」

然後，聲音出現了，很好認的倫敦口音。有一點不修邊幅，就像那男人的長相一樣，深沉，令人敬畏，這是當然的。至於他的語調是平靜還是宏亮，端看他的心情而定，或是要看他打算營造哪一種形象。不過，今晚的聲音有一點高亢，緊張，聽起來有些蹊蹺……

「嗯，鮑伯，講出來有點難爲情。」

「湯姆，你是不是第一次打電話進來？」

「對，沒錯，眞抱歉……」

「放輕鬆就是了，大家都是你的朋友。」

「事情是這樣的，不知道你的聽衆裡面有沒有人可以幫我。我要抓一個連續殺人犯，卻一直抓不到……」

他拿起冒著熱煙的茶杯，回到了客廳，依然自顧自笑個不停。收音機裡有新的聽衆叩應進去，正準備要對全國發表他的高論，當然，這個人不是索恩，但他也同樣充滿興趣。

來自柴郡的雷納德，「上個禮拜被打死的那個傢伙，是老師對吧？新聞上說兇手是那一對雙人組，但我覺得這只是個沒寫功課的小王八蛋幹的，抱歉我口不擇言。我的意思是這很有可能吧，你也知道現在某些學校變成了什麼樣子……？」

他笑得太厲害了，趕緊以雙手握住茶杯。

索恩第二天早上進了辦公室，萬萬沒有想到自己會與史蒂夫．諾曼發生口角。不過，這位新聞官老早就在等他，似乎是有備而來。

「索恩，你害我們看起來像大白痴。」

索恩側頭，繞過書桌，他心想，這哪有什麼難的嗎？

諾曼跟著索恩，站在他旁邊，身高只到索恩的肩膀而已，諾曼看也不看、拿起桌上的一疊報告，「大多數的同事都已經離你越來越遠，現在你又惹毛了我們其他人。」

索恩帶著那一疊文件走到窗邊，假裝認眞閱讀。他不清楚諾曼爲什麼要來這裡，而且口氣還這麼衝，但他衷心希望這傢伙可以趕快滾，這樣對諾曼也好，不然等一下他離開的時候會不會斷了鼻骨或少了牙齒，也很難說。

索恩把文件擱在窗台上，轉身看著諾曼，他拚命壓抑怒氣，顯現出不耐煩的模樣，「諾曼，你是怎麼了？」

「沒什麼。我只是想要讓你搞清楚你惹了多少麻煩。我們拚得要死要活，聯絡媒體，與記者打點關係……」

「想必是很艱鉅的任務，報公帳買的紅酒全被你們喝了下去……」

諾曼諷刺大笑，假裝不解，「抱歉，你忘記當初這是誰的提議嗎？當初幾乎所有人都覺得眞是破天荒爛斃了。」索恩聳肩，這一點他沒忘，「好，這種時候，就是我們這種人親上火線。你要媒體報假故事，你要在裡面滲透假消息，我們都配合，漂亮。現在，根本搞不起來，因爲你一開始就搞錯了，最後輪到我們要收拾殘局。」

「我要把話講清楚，」索恩火氣上來了，「你趕快給我閉嘴，因爲，基本上，你現在得忙著工作才對。」

「我又沒有——」

索恩向前逼進一步，「好，那你怎麼不閉上嘴巴，趕快去做事？」

諾曼沒有退縮的意思，他伸出手指，直戳索恩的胸口，「我當然會去，這裡有個優秀人才在張羅一切，你也不要給我那麼不知好歹。我搞不好，搞不好，會讓媒體知道真相，在還沒有名譽掃地之前趕緊把這個案子救回來。」他轉過身，大步走向門口，但又在門前停下腳步，「我剛才說到這個案子，當然，沒有把你算在內，你跟廢物一樣，根本也沒辦法把你攆出去……」

索恩哈哈大笑，走到書桌後方的椅子，坐下來，「諾曼，給我聽好，我有事要忙，如果你只是要站在那裡，講些顯然是——」

諾曼開了門，「再見，索恩……」

索恩語氣平靜，整理書桌上的文件，排好原子筆，「對了，讓你知道一下，如果你再伸出食指戳我，我就會把它扭斷，講得夠白了吧？」

諾曼轉身，索恩看到他臉頰泛紅，眼神周邊的那股傲氣也退了一點，索恩不禁一陣竊喜。兩人眼睛眨也不眨，互瞪了對方好幾秒。

「警官與文職人員之間的職級，理論上來說有個等式，索恩，你知道嗎？」索恩知道，但他沒搭腔，「其實，這只是一種客套，但大多數的人都還是會遵守。我底下的新聞官就等於像你一樣的探長，我是資深新聞官，也就是說，如果我沒搞錯的話，我絕對不可能弄錯……我就等於督察長——剛好在你的職級之上。索恩，你聽清楚了沒有？」

索恩抬頭，書桌變得整齊乾淨，目光也清明銳利。

「就和你說的一樣，這只是理論上來說而已，好，現在給我滾。」

諾曼乖乖照做，而且幾乎立刻換上一張超親切的臉。賀蘭德靠在門框上，望著諾曼走過偵查室。

「讓我爽一下吧，」索恩說道，「他撞到了那個死亡桌角對不對？在他的腿上挖了一個大洞？如果能削掉一半的蛋蛋更好。」

「抱歉，你運氣不好，而且你最近才拿紙把它包成一團啊。」索恩發出哀嚎，他眞的忘了，「怎麼了？」賀蘭德問道，「我在隔壁房間聽到聲音。」

索恩站起來，走到門邊，與賀蘭德站在一起，「我也不知道，有事情把他惹毛了。」

「嗯，不管怎樣，看起來他的氣是已經消了……」

他們兩人看到諾曼正站著與莎拉・麥克艾渥伊講話，他笑得開心，手勢也很豐富，她也微笑以對，身體微微靠過去，還一度把手擱在他的手臂上。她瞪了索恩與賀蘭德一眼，半秒鐘後，他們開始盯著她前方的地板。

賀蘭德進入辦公室，索恩跟在他的後頭。

「啊，對了，那天早上電話的事，我很抱歉，」賀蘭德說道，「你問我麥克艾渥伊的事，她人還好嗎之類的話，我的口氣不太好，因爲沒睡飽……」

索恩一直覺得賀蘭德應該會表示些什麼才是，他的反應太過異常。索恩聳肩，「我不知道你在講什麼。」

賀蘭德深吸一口氣，慢慢吐出來，彷彿排解了什麼東西一樣。「所以諾曼找你麻煩？」

「看起來是那樣沒錯，」索恩回道，「但媽的我根本不知道爲什麼。最糟糕的是我也不能和他辯下去，因爲他罵的幾乎句句命中。」

賀蘭德想要開口反駁，卻被索恩打斷，「別誤會我的意思，這傢伙是蠢蛋沒錯，不過他很清楚自己要表達的重點。」

「但也不需要針對個人吧？」

索恩坐下來，「你也知道他個子很矮吧，矮子總是憤恨不平（chip on shoulder）。」賀蘭德挑眉看著他，差點要笑出來，索恩也皺臉自嘲回應，「他比我矮好嗎？我算是一般身高……」

賀蘭德雙手一攤，「我又沒要和你吵這個，那憤恨的程度（chip，原意指木屑，亦有薯條之意）呢？」

索恩想了一下，露出彷彿突然想起老友般的微笑。

「我？是比哈利・拉姆斯登餐廳的薯條多那麼一點。」

賀蘭德哈哈大笑，索恩應該要開心才是，天，理當開心得不得了，只要閉上眼睛，一整天聽著笑聲該有多好。他應該要高高興興關上房門，根本不要理會任何人，靜靜坐著等待窗外天色轉暗就好，讓夜色降臨，緊緊裹著他。坐在辦公室裡喝茶，與賀蘭德鬼扯：聊他的女友蘇菲，問他上次度假過得怎麼樣，托特納姆想要在歐洲足壇搶爭一席之地，根本毫無意義可言，還有最近看了什麼電影，兩人一起幹譙大眾交通運輸眞是他媽的無藥可救……

隨便什麼都好。

但他知道，每隔個幾秒鐘，他的耳朵越來越聽不見自己的聲音，就算是他在講話的時候也一樣，彷彿有人拿著他腦袋的遙控器、猛按靜音／降低音量的按鈕，然後，一股新的聲音出現了，他自我創造、僅存在於想像空間裡的聲音，只有少數人、少數活著的人能夠聽到的聲音，球棒猛敲頭骨的濕黏悶響。

不斷重複。

我害死了肯恩．波勒斯。

電話響了，索恩心不在焉把它貼在耳邊，他沒看號碼，也沒講話。

過了一會兒之後，對方出聲了，緊繃，不耐，帶有些許米德蘭的口音。

「索恩嗎？」

「我是……」

「我是維克．伯克斯，你一直在找我。」

「有嗎？」

伯克斯嘆了一口氣，「好吧，反正有人在找我就是了。我是退休督察長維克．伯克斯，負責一九八五年凱倫．麥克瑪洪的失蹤案。」

索恩開始與伯克斯開始討論見面，他草草寫下細節，心底開始浮現影像，持續了一秒，消失，然後又回來了，宛若在雲層裡微露的景象，或是詭奇的層疊幽影。

他看到了一個陌生人彎身，伸手抓住他——就在他即將沉落冰冷幽黑的深水之前、將他拉了出來。

18

他們在一家名為「狗島上的船員手臂」的酒吧見面。很普通的地方。尼龍厚地毯、飛鏢靶、啤酒。星期三的午餐時間，除了索恩與伯克斯之外，只有兩個人：酒保——從那頭染得金黃的頭髮與糟糕的皮膚看來，應該是個學生——他專注望著酒吧上頭的電視；還有個戴著破爛褐色呢帽的削瘦老人，窩在角落看報紙，桌上放了杯喝了一半的健力士，有隻模樣兇惡的德國牧羊犬蹲坐在他腳邊。

兩人喝著啤酒，等待起司捲送上來——顯然還有某人在廚房裡，東等西等終於送上來了——他們開始聊起自己前來酒吧的過程。當初是伯克斯提議約這裡碰面，他與妻子早已退休，住在埃平的小公寓，他不想跑太遠。當這位老先生提到他的居住地的時候，索恩的視線離開了自己的酒杯，抬頭看了一眼，雖然只有一秒，但伯克斯已經猜透了他的心思，那個地方算是小有名氣。

「沒錯，我的退休落腳處，也正是我這些年來追捕壞蛋的多數落網地點。偶爾我還會看到其中一兩個人，買報紙或是去花市啦，我們還互打招呼……」

索恩猜測米德蘭口音一向很準：伯明罕是他的強項，但也許應該是考文垂。伯克斯身材高大，臉龐削瘦，而且皺紋深顯，索恩覺得該為歲月痕跡負責的恐怕不只是憂愁，笑容可能也有同等責任，他看來是六十出頭，一頭灰色短髮，鬍子修得短整，襯衫領帶搭配鋪棉短大衣。

伯克斯吞下最後一口起司捲，點點頭，以紙餐巾擦拭嘴邊的碎屑，然後直盯著索恩。

「你還沒找到她吧，還沒找到凱倫，要是你知道下落的話，你早就說了。」

索恩還在吃東西，他立刻把食物吞下去，「沒有，但我眞的很希望能找到她。」

伯克斯起身，東張西望找廁所入口，他低頭看了一眼索恩之後，才轉身離開。

「我也是……」

之後，他們沿著河流，向東行。絲絲細雨極爲惱人——這種雨勢還不需要撐傘，但卻已經令人眼前一陣迷濛，忍不住縮起肩膀。這裡的泰晤士河河面頗寬，他們走沒多久，經過了一排六〇年代的便宜國宅，單調陰沉。河面的另外一端，可以望見山頂的格林威治天文台、皇家海軍學院，還有卡蒂薩克號博物館。

兩人緩緩前行；索恩行進的速度似乎比平常慢了一點，河水滔滔，在他們腳下大聲吞吐奔流，鐵灰色的水面油亮。濛濛雨霧的前方矗立著龐然巨怪，荒絕突梯的千禧巨蛋。千禧年結束之後，又撐了一個禮拜，就晾在那裡了。

「你覺得她還活著嗎？」索恩問道，「我的意思是當初找尋她下落的時候？」

伯克斯迎風，面向河岸，他終於開口說話，索恩趕緊豎起耳朵，不想遺漏半個字。「剛開始的一個禮拜吧，也許是兩個禮拜，只能暗中期望。我可能比別人樂觀一點，畢竟那是我的職責。」

索恩繼續走了一兩步之後，才發現伯克斯已經停下腳步，他轉身回頭向他走去，「有目擊者對吧？」

「好幾個，但每個案件不都有一大堆目擊者嗎，有好心人也有來搗蛋的，那時候很難判斷。不過有個人倒是很特別……」

「卡里斯利？」

伯克斯點點頭，伸出戴著棕色皮手套的手背擦去臉上的雨水，「其實是距離事發地點好幾英里外的地方，在她失蹤三天之後。那個目擊證人的證詞很難讓人輕忽，衣著講的都對——我們沒有公佈所有資料，但他的描述精準無誤，髮型、衣服，還有車輛，似乎是眞的看到了凱倫。」伯克斯又講了幾句話，但上空正好有鷗鳥尖叫飛過，而且還夾雜了附近直升機的嘈雜噪音。索恩抬頭，看見一架巨大的茄紅色直升機盤旋向下，準備降落城市機場。

「所以你一直沒有搜尋事發地區？」索恩問道。

「我們到處尋人——」

「抱歉，我的意思是……找屍體，針對她失蹤地點附近的區域展開搜尋，公園、鐵路沿線……」

「當然，目擊證詞是我們考量的原因之一。無論是誰擄走她、殺害了她，把她帶回來棄屍根本毫無道理可言，就算那些不按牌理出牌的畜牲也一樣……」

伯克斯的語氣裡雖然隱含著憎惡，但目光冷靜。索恩覺得他的目光裡少了些什麼，很重要的部分。索恩每天早上都會在浴室鏡子裡看到它在閃動。開心的日子，他會把它稱之爲熱情，心情不好的日子，叫作驚惶。

「然後，我們聽到了小男孩的證詞，」伯克斯說道，「那個看到她被帶進車裡的男孩，我們有目睹凱倫上車的目擊證人。」

「史都華．尼可林。」

伯克斯瞇起雙眼，「對，尼可林。」

兩人沉默不語，又走了好幾分鐘。河岸的另外一頭，工業區的全景畫面緩慢移動，有些仍然生意興隆，有些已經死寂多時，全都是奇醜無比的建物。廢棄的加油站，穀物加工廠，「侯爵夫人號」在船難後終遭支解的廢棄場，堆滿砂石與集料的碼頭，衝破雲霄的生鏽吊車。

天空、河岸、水流、建築物。黑色、灰色，以及褐色……

「跟我說尼可林的事。」

「他是個奇怪的小孩……」

索恩點點頭，心想，天哪……

「你不知道那樣的事情會對小孩造成多麼可怕的影響吧？他真的很難過，看到她進了車裡，他知道狀況不對，我猜他覺得很自責，當初應該想辦法阻止才是，他從來沒有說出口，但……他很清楚。看到她被帶走，他嚇壞了。他們是好朋友，不是男女朋友，但走得很近，可以算是，最好的朋友吧。其實，還有另外一個小孩，馬丁．帕瑪，三人經常混在一起。當天事發前沒多久，他們鬧得不太愉快，帕瑪自己先回家了。」

「知道他們吵什麼嗎？」

伯克斯瞇眼望著索恩，他努力回想，「不知道……」

「你知道在這件事發生之前，尼可林已經被退學了？他和帕瑪一起被趕出學校？」伯克斯臉上的表情——困惑，急切想要了解細節——讓索恩突然覺得好內疚。他一直不肯切入重點，不知道為何要害這位退休的好心警察浪費時間。剛才一進去酒吧的時候，他就應該直接說出口，告訴伯克斯他想要知道——想要證實的部分。

索恩伸手擱在伯克斯的手臂上，「我想要請教關於史都華．尼可林的事，其實帕瑪的事也想問你，但其實……這件事與尼可林有關。當初在找尋凱倫屍體的時候，是否純粹因為尼可林的證詞而跳過了事發地點附近的區域？我想知道他當初的話對你發生了多少影響力……」

他們沒辦法繼續往前走，因為已經到達桑提斯尼斯路，河岸步道的終點，河流沿循狗島、往海口方向形成的巨彎，在此所形成的沙嘴，或者，應該比較像是鼻子吧。

伯克斯靠在欄杆，遠眺河面。「兩三年前，泰晤士河差不多等於是死了，你知道嗎？裡面的生物根本都活不下去。」索恩並不意外，各式各樣的垃圾全扔進了河裡，大多數的人並不知情，或者根本不在意。對一般的倫敦人來說，泰晤士河只是偶爾必須跨越的地帶而已。伯克斯看著他，彷彿在讀他的心思，「但有些在乎的人還是做了一點事，現在河中將近有一百種魚類——鱒魚、鮭魚、水母，他們還在達特福德橋發現了海馬。他們讓這些物種起死回生，能有這樣的貢獻真的是很棒，你說是嗎？」

索恩點頭，的確，他也覺得很棒。

伯克斯露出微笑，伸手指向河面。索恩凝望河岸，終於明白他為何如此心情大好：起死回生的例證就擺在眼前，幽黑水面上出現白影，是隻蒼鷺，在淺灘上動也不動，準備覓食吃午餐。

索恩深吸一口氣，開始解釋，「史都華．尼可林至少殺了四個人。他……還教唆馬丁．帕瑪殺了另外兩個人。要是這些話害你聽了難受，我也只能說聲抱歉。我只能告訴你，你以爲有人綁架了凱倫·麥可瑪洪，拚命想要找出歹徒，而我想要逮捕他的心情與你一樣急切。尼可林，無論他換了什麼名字，無論他現在是誰……這傢伙以殺人爲樂。」他等了一兩秒之後，才講出最難以開口的那一段話，「也就是說，他說凱倫被綁架，我認爲這並非實情，希望你不要太感意外。」

索恩不再說話，靜靜等待。很難判斷伯克斯究竟會有什麼反應。就算措辭再怎麼小心翼翼，大多數的人如果聽到自己可能犯了錯，或者，最委婉的說法，可能有點被誤導了，多半會表現出防備的心態。索恩記得里克伍德的憤怒：面對有人直指自己無能，這也是預料中的反應。現在當然與那次的狀況大不相同，但索恩覺得如果對方出現類似的情緒，他完全可以理解。

伯克斯轉身，望著索恩的雙眼，他猜錯了，完全沒看到憤怒的反應。維克·伯克斯的語氣溫柔，幾乎像是在安慰，他純粹說出了心裡熟悉的段落，這些是他每天腦海中都會浮現的話語：他多年前聽到的簡單又直接的證詞，現在，他不費吹灰之力、毫不遲疑轉述出來。當伯克斯在講話的時候，索恩知道自己還搞錯了另外一件事，這個人的熱情根本沒有消失。

「她進入某台藍色的車，警官，遊騎兵，我記得大家好像是這麼稱呼它的吧。藍色，前面的保險桿生鏽了，後面窗戶有貼紙，車牌有六，還有三。她的臉上出現奇怪表情，我記得當時我覺得好奇怪，不知道她在想什麼，但她似乎一點也不怕。就在她的頭鑽進去、快要關門之前，我甚至好像看到她在對我招手，只是輕輕揮一下而已，也許是她把頭髮撥到耳朵後頭也不一定，這是她的習慣小動作，那天陽光刺眼，很難判斷……」

伯克斯沒有繼續說下去，只是緊閉著雙眼，索恩不知道他是否在努力回想遺漏了什麼，或者，他只是在重建當初說出這番話的男孩的臉龐。

「索恩，他才十四歲，比她大幾個禮拜而已，就這樣。一九八五年七月十七號，凱倫剛滿十四歲。」他的眼睛眨了兩下，動作緩慢，「今年她應該要三十一歲了。」索恩點點頭，顯然這是他連在睡夢中也精熟無比的算式，「他那時候不過是個孩子，我沒有理由不相信他。」

「我知道。」

「天，大家說看到了那台車，一群大白痴以爲自己看到了車，還看到了凱倫……」

索恩正想要伸手輕拍伯克斯的手臂，但他卻突然轉身，搖頭。他靠在牆上，目光死盯著河岸。

漲潮幾乎已經全退了，索恩低頭，看到河水消退之後所露出的爛泥，裡面有各式各樣的垃圾。輪胎，有數十個，破爛的木板條，當然，還有到處都看得到的超市推車。這些東西怎麼會出現在這裡？他難以想像居然會有人把當週的採購物品裝入後車廂之後，開開心心把推車扔進附近的橋下。它們之所以會出現在那裡，很可能有其他的深層象徵意義，不過，就索恩現在看來，那只不過是一堆老舊推車卡在泥地裡而已。

這裡算是相當典型的河畔百寶箱，不過，索恩在這類地方發現的多半是奇怪的物件。義肢看過了好幾次，還有一九六八年的哈雷機車，純白色牛頭㹴，身體腫脹，唉唉苦吠聲宛若可怕的跳跳球。

當然，偶爾也會看到屍體。

河流經常會把它們吐送出來，讓纏滿了水草或是佈滿泥沙的屍身靜靜躺在砂岸邊。大多數都沒有辦法辨識身分，也沒有親友前來認屍，就像那些超市推車一樣，都是無名者。

湯姆不知道凱倫．麥克瑪洪的屍體要等到多久之後才會現蹤，交到他的手上，好讓他有機會找尋蛛絲馬跡，如果，真有這機會的話……

「兩件事，」伯克斯突然開口，索恩看著他，等他繼續講下去，「要是你找到她的話，我知道你第一個或第二個打電話的對象不會是我，反正不可能會排那麼前面。不過，盡快打給我好嗎？」

索恩點點頭，這一點當然不需要多問。

「另外一件事呢？」

伯克斯面向他，身體顫抖，把圍巾塞入短大衣領口，「我希望由我來轉告凱倫．麥克瑪洪的母親。」

賀蘭德站在門口擋人，麥克艾渥伊從他旁邊繞過去，他繼續緊跟不離。

她哈哈大笑，完全不覺得這有哪裡好玩，「蠢斃了。」

「對，很蠢，」賀蘭德回道，「如果妳進來辦公室，發現我在這裡就立刻轉身離開，或是妳已經待在裡面，一看到我進來就起身要走——」

「好，那你去問督察長可不可以換辦公室。」

「沒問題啊，我要怎麼跟他說？」

「你怎麼說都好。」

「……我們突然處不來？」

賀蘭德嘆氣，往前逼近，麥克艾渥伊沒有辦法，只能後退一兩步，他立刻關上房門。

「莎拉，我們這樣的工作態度不合格。」

麥克艾渥伊瞇起眼睛，壓低聲音，「你又要提那件事了？對不對？」

「莎拉，我說的是我們，在事情變得無法收拾之前，我們一定要趕快解決。」

「你這話算是威脅嗎？賀蘭德，你在命令我？」

賀蘭德走過她旁邊，一屁股坐在椅子裡，「天哪，莎拉，妳怎麼這麼偏執！」

「是嗎？那你真該見識一下我吸完海洛英之後的樣子！」她怒氣沖沖看著他，站得直挺挺的，但她一心只想打開門跑出去，躲在廁所裡，把門鎖好，打開包包，好好吸一點她的秘密藏品……

賀蘭德彷彿有讀心術一樣，「妳吸了沒？今天吸得多不多？」麥克艾渥伊沒說話，但覺得眼後突然一陣灼熱，「妳藏在哪裡？我的意思是妳上班的時候？包包對嗎？這裡是不是有……？」賀蘭德瞄了一下辦公室，「妳最好趕快祈禱不要有哪隻沒綁繩子的受訓嗅毒犬在這裡跑來跑去……」

這些日子她動不動就掉眼淚，幾乎隨時都會奪眶而出。淚滴積聚在眼角，其實只掉了一兩滴，而且手根壓一壓就止住了，但卻已經讓賀蘭德為之語塞。

「莎拉……」

「沒有！」

她的雙手貼在身體兩側，昂頭，五官的溫柔已經蕩然無存。流淚之後，一定是怒火上升，這正中她下懷，現在她好多了，拳頭緊握、胸口一陣緊，反而讓她比較自在，她不想嚐到嘴裡的鹹味。

「你給我聽好，我不需要你多管閒事，也不想聽你的建議。我根本不需要別人告訴我怎麼做比較好，無論是工作或其他什麼都一樣。」

「又沒人要對妳說這個……」

「我們只不過打砲了幾次，還有一次在車裡親親摸摸，就算這樣你也沒有權力訓我，聽清楚沒有？那天你在廁所浴室幹我，叫得那麼大聲、把我推到馬桶旁邊的時候，我也沒聽你在抱怨……」

「我只是想要——」

「不要煩我，反正我工作的時候沒嗑藥。」

突然有人對門輕叩了一下，隨後傳出開門聲響，他們兩人同時轉頭，麥克艾渥伊出於本能、向門口靠近一步。她與賀蘭德都不知道這個穿著漂亮西裝、一頭油亮黑髮的闖入男子是否聽到了他們的對話內容，但在接下來的對話中，他們也都沒多想這件事了，

「我要找麥克艾渥伊。」

「我是警探麥克艾渥伊，你是不知道要敲門嗎？」

「我敲了。」

「敲了之後，要等人問可不可以進來，你才能進來，媽的這有什麼難嗎？」

「誰有那種時間？我是東區重案組的探長德瑞克・里克伍德。」他把外套掛在椅子上，伸手問好，「妳本人和電話裡的那個人完全不一樣。」

✦

索恩搭乘橫跨格林威治子午線的碼頭區輕鐵，在鳥園站上了車。這裡的河面下方有條維多利亞風格的瓷牆人行步道，接連卡蒂薩克號附近的南岸水域。

列車飛馳，轟然穿過金絲雀碼頭的中心區域；對索恩來說，這是遠眺泰晤士河最令人屏息的一段景觀。

這是一趟詭異的旅程。只不過幾分鐘的時間，倫敦最老的區域就被拋諸在後，出現的是天際線爲之一變的全新都市計畫區：從格林威治乾涸碼頭的十九世紀的飛剪式帆船到萊姆豪斯盆地的四十英尺長遊艇；從古典優雅的王后宮到展現截然不同美感的嶄新摩天大樓，曾經是這座城市裡最高建築的日子已經遠去；過沒多久，街景已經從灰泥板岩轉變到鋼骨鏡面玻璃的世界。

碼頭區輕鐵簡直像是這座城市的時光機。

現在，索恩必須做一次超短的時光逆旅，稍微回頭，十七年前，一九八五年的夏天。

炎熱的夏天，拯救生命演唱會，法國核子試爆，布里克斯頓的溫度近乎沸騰。新婚的警員湯姆・索恩，站在悶熱的會客室裡面，與名叫法蘭西斯・卡沃特的男子見面，一切就此發生巨變。

正當索恩努力去除衣服上的死亡氣味的時候，還有一個年輕女孩，不知道是不是眞的上了車。她在報紙上的照片越來越小，最後終於被其他更勁爆的新聞擠出版面、從頭版消失。一個幾乎確定在暖夜孤獨死去，驚懼不已的女孩，其他人卻在同一時間待在溫布里球場跳舞或在電力大道上丟汽油彈，也可能像湯姆．索恩一樣坐在家裡，想要與這個世界保持遠距。

索恩的頭往後一靠，眺望窗外。牆壁、窗戶，還有漫漫無盡的噴色鐵欄杆快速飛掠，在他眼前糊成一片。十七年前，當凱倫．麥克瑪洪失蹤的時候，他在別的地方。現在，可能也該是互相幫助的時候了。

火車轟隆進站，抵達銀行站，他要在這裡換車，乘坐北線回到亨頓，在辦公室裡待個幾小時，之後再開車前往倫敦東南區。

他閉上眼睛，想像自己二十年過後的光景——坐在骯髒的酒吧裡，或是與某個隨時會暴衝的傢伙在河邊散步；爬升速度超快、三十多歲就當上探長的這個傢伙，只是急著告訴他多年前他辦的案子整個弄錯方向，搞得一場糊塗，還有，他們現在開始重新偵辦，最後，還說他們一定會彌補他當年犯下的錯誤。

他想像自己露出微笑，開口回道：小老弟，這樣當然很好，可是你在講的是哪一個案子，可要說清楚啊，究竟搞砸的是哪一個？

這名單可長了……

後來，他開車前往貝爾馬什監獄，索恩又和往常一樣，突然想到自己動手做產品或園藝工具。這地方忍不住讓他聯想到特力屋，或是哪天他運氣不好，在天氣清朗時刻從辦公室窗戶望出去、看到的其他那些大型量販店。貝爾馬什看起來是根據美國風格的監獄所興建而成：實用，功能導向。雖然類似布里克斯頓與史川吉威的老式維多利亞大型監獄髒穢又擁擠，但索恩忍不住心想……它們有特色多了。

當然，有沒有特色也無關緊要。

這裡又出現了倫敦新舊交雜的奇景，就在索恩開車南行、從格林威治濕地穿越查爾頓前往監獄所在地的中間地帶，約略在伍維奇與泰晤士米德之間的某段區域。那是一條順沿河岸的公路，兩側的風景雖然稱不上詩情畫意，但絕對是強烈對比。右邊路面的後方出現好些翻修過的維多利亞式兵營與軍方建築。骯髒晦暗，百年來的油污與軍械恐怕已污染了大部分的土地。索恩車行的左側天空，在下午四點鐘的光線已經逐漸褪暗，地面上矗立著一塊又一塊的簇新住宅計畫區，就是那種方下巴聲音低沉的男子、搭乘直升機俯衝而下的廣告會入鏡的地方。紅磚綠瓦的色澤，看來沒辦法像另外一邊的晦暗建築撐得那麼久。

然後，就是監獄了。維安等級之高，可與國內任何戒備森嚴的地方相提並論。傑佛瑞·亞徹、隆尼·畢格斯，以及其他犯下重案的恐怖份子都曾經被關進這裡，無人能夠脫逃。粗陋灰暗骯髒，某個新住宅區剛好可以俯瞰到這個地方，索恩不知道哪一邊的風景比較淒慘：住在可愛紅磚新房的臭臉一家人？還是犯人？

從索恩拿出自己的警證、到坐在重犯監獄會客室的桌前等待馬丁·帕瑪出現，整整花了他一個半小時的時間。

那是一套冗長又控管嚴密的作業流程。一到了訪客中心，索恩就必須把所有的私人物品放入置物櫃，到了主大樓，必須再次查核他的身分，在他手背上蓋了個紫外線光印。然後，他進入庭院，通行證又被檢查一次，還得穿越X光門，宛若迷宮的玻璃密閉通道——下一道門開啟，前一道門立刻關上。然後，等待載運重案區訪客的車子過來，到達那裡之後，第三次檢核身分，又過了一次X光機，聽了一堆抱怨，被不懷好意的目光瞪了好久之後，索恩終於被帶到長方形的小會客室。

接下來，又是繼續等待，究竟什麼時候能見到人，就要看獄卒的心情而定，屢試不爽，每次都把索恩搞得很火大。警察與獄卒一直是宿敵，抓人的，關人的，總是仇恨彼此。管監獄的被當成了難成大器的警察，而警察則被當成穿著漂亮西裝、雙手乾乾淨淨的快遞小弟。在獄卒的管轄範圍內，如果能多找一點警察的麻煩，他們通常都不會錯過這種大好機會。

十分鐘之後，某個臉色不爽、身體有多處刺青的獄卒把馬丁．帕瑪帶入房內。他走過來，坐在索恩桌前的對面。至於那個在索恩眼中有右翼傾向的人渣獄卒，回到了門後的位置，從玻璃窗觀察他們的一舉一動。

帕瑪臉色蒼白，他穿的是橘色連帽長T，索恩在聖誕節前夕去帕瑪公寓的時候，他身上穿的也是這件衣服。他望著索恩，慢慢眨眼，他看起來比較像是剛睡醒，而不像是那種依照政策規定、必須嚴防自殺的犯人。

雖然花了這麼多時間與工夫才到了這個地方，但索恩卻希望能夠速戰速決，他來這一趟，只是為了要告訴他一件事。

「我要找到凱倫。」

第四部

需求

19

帕瑪看起來好迷惑。

他張望四周，想要找尋能夠辨別所在位置的事物，能夠讓自己安心遊走的熟悉座標，但一切看起來好奇怪，好陌生。

索恩盯著他，想像世界大不相同的當年、男孩帕瑪站在這裡的畫面。但索恩和他一樣，對於過往的情景一片茫然。

當然，這完全可以理解，畢竟也是將近二十年前的事了，現在的路堤早已看不出當年的模樣。那條經過愛德華六世操場、約一英里長的路已經廢棄多年，這裡因應某一開發計畫而擺置了工地記號，所幸此工程因募款款項不足而停擺。至於鐵路屋舍——修繕房與器具儲藏室——也早已棄置不用。小徑野草蔓生，將路面斷成了好幾截，濃密處的草高超過了八英尺。這裡雖然是帕瑪熟悉得不得了的地方，但現在他卻成了陌生人。

加上手銬，更是幫了倒忙。

索恩走到帕瑪面前，身高只到他的肩膀，「看起來不是很容易。」

「不是這個地方，完全不一樣。」

「沒有地方會一成不變。」

「我知道，但是這個……」帕瑪走向某堆樹叢，索恩跟著他。天空清朗，但昨晚下了整夜的大雨，又起了風，到處都是殘落的枯黃蕨類與小無花果樹的灰色樹葉。他們在高大野草堆裡前行，濕草黏住大腿，格外沉重。索恩穿了防水褲，而帕瑪的牛仔褲早已濕成一片。

「也許是路堤的彎口，」索恩說道，「或是特殊的樹排，只要是能幫我們縮小範圍的線索都可以。」

帕瑪點點頭，「我在看。」

索恩看到他臉上浮現出困惑的線條，但其實底下還是那副萬年不變的表情，他的基調，索恩看過了好多次。那天早上，索恩看到許多報紙頭條上的帕瑪照片，就是這副表情，六個月前的他，參加了顯然是相當可怕的辦公室派對之類的場合，他捧著無酒精飲料，眨著眼睛，躲躲閃閃。他窩在角落時被人拍到，眼睛睜得好大，瞳孔因爲閃光燈而發紅；他努力裝出燦爛笑容，彷彿自己玩得很開心，但其實卻愁容滿面。

索恩打賭這張照片一定是尙恩．布拉契爾給的，要是那個討人厭的王八蛋站在他面前，他可能會挖苦一下這傢伙，不過，他實在也懶得生氣。布拉契爾，就像那飯店的清潔工一樣，拿謀殺案賺錢，弄點好處，某人發生了悲劇而已。一張老舊的照片，一台全新的漂亮跑車，與女友去安提瓜度假兩三週。只是張照片，媽的，有何不可……

帕瑪開始打量周邊環境，臉上又出現了那同樣的表情。

突然之間，索恩看懂了那個神情的眞正意義：羞慚。參加那場派對，走進派出所自首殺人而覺得羞慚，站在這裡，羞慚。索恩發現帕瑪無論身處何處，經常面露羞慚。

帕瑪輕輕哀嘆，他越來越迷惘，索恩這時驚覺就連天氣也在與他作對——對他們兩個都不利。

帕瑪對這個地方的記憶是在夏天，樹蔭濃密，都是鮮果與花朵，然而今天卻一片潮陰凋零。

「如果從房屋的相對位置去回想，也許會有幫助，」索恩提醒他，「記得尼可林住的國宅嗎？」他們同時抬頭，望向路堤的頂端，只看到一堆欣欣向榮的電視天線與衛星，就在樹林的後方。

帕瑪搖頭，「不一樣，這些比較新。」

「天橋呢？能不能聯想到什麼？」

帕瑪仰望那座鐵製天橋，大約在四分之一英里外、路堤凹地的上方。「以前連這個也沒有。那時候他們才正開始蓋橋，我還記得那噪音……」

索恩突然一陣心涼，更覺濕寒，當年十四歲的尼可林會有多麼邪惡狡猾？凱倫．麥克瑪洪的屍體會不會已經被埋在百萬噸的水泥橋墩之下？要是果真如此，他們就幾乎真的沒有機會找到她了，傑斯蒙德或是那些更高層的長官根本不會同意找人，他受夠了，不可能會安排這種大規模的搜索。那三個神奇的字母，DNA，如今也變不出任何新把戲。雖然他根本不知道能不能找到屍體，但他已經問過漢卓克斯，從屍身上取得能用的DNA還是有渺茫機會，這也等於重啓了一線希望。尼可林最近下手殺害的對象身上完全找不到任何DNA證據，但也許他剛開始犯案的時候，手法還沒有像現在一樣細膩。

DNA——追捕兇手、將他們定罪的劃時代突破性工具，說服昏鈍長官的利器……

帕瑪的視線從大橋移到了他們兩側的斜坡，他望著右邊路堤的那一小群制服警察，已經各就定位站好，有的站著不動、手持無線電，還有的慢跟在索恩與他的後頭，慢慢前進。

「然後呢？」帕瑪問道，「接下來要怎麼進行？」

「只要等到你一告訴我們從哪裡著手、讓我們找到定位，就會立刻派小組過來清場——割草、帶機具過來，提升效率，一開始比較像是地面部隊在運作。」

帕瑪立刻點點頭，他要知道的不是這個，「我的意思是之後呢？真正的搜索，挖掘……」

索恩吐了一口長氣，他已經多年沒有參與這樣的搜索行動，其實他自己也無法講出百分百確定的答案。「然後是特訓小組，也許可能會帶警犬……」帕瑪面色驚搐，索恩不知道他們到底會不會訓練警犬找尋這種……特別的東西，這問題也不需要思索太久。牠們嗅出毒品是沒問題，但能聞到屍體嗎？在美國，這種狗叫作「嗅屍犬」。

他的腦中突然浮現出一幅刺目景象，讓他屏息了一會兒……垂在外頭的硬韌狗舌，還有拚命扒土的狗爪，撕裂了薄如蛛網的皮膚，最後壓在如粉筆般的碎骨上面。

索恩又停頓了幾秒鐘才開口，「然後，如果我們找得到屍體的話，會交給法醫人類學家——」

帕瑪打斷他的話，「你什麼都找不到的。」他沒有繼續講話，低頭看著索恩，他的雙手被銬在前面，天生佝僂的步伐更嚴重了，簡直到了誇張的程度，像個駝背一樣，「為什麼她會在這裡？」

這個問題，聽起來似乎很眞誠懇切，索恩心中不禁想到了一個問題，他以前就問過帕瑪了。爲什麼帕瑪不覺得尼可林可能與凱倫·麥克瑪洪的失蹤案有關？「之前，你可能不覺得有關聯，」索恩回道，「但到了現在，他又繼續開始殺人，你也認清了他是什麼樣的人？難道你不覺得至少是有這個可能嗎？」

帕瑪臉上露出彷彿是在微笑的表情，就跟索恩先前逼問他的時候一樣，然後，他又重複了一次似乎準備多時的答案。

「我覺得，什麼狀況都有可能。如果我們當中有人必須要爲凱倫那天的事負責，該怪的人就是我……」

「告訴我爲什麼。」

帕瑪身體前傾，彷彿快要摔倒了，但就在最後一刻他跨出大步，以力道穩住重心。索恩看著他好一會兒，心想帕瑪似乎有所隱瞞，這是與凱倫有關？還是其他的問題？是不是還有什麼關於尼可林的秘密他沒有說出口？

帕瑪發出匡啷聲響，踩出了小徑，索恩跟著他的足印前進。水濕的鐵鏽色連綿雜草隨風搖擺，草緣的銳利程度簡直可以割出血痕。而腳下的泥土十分濕軟，他們步步前進，泥水被擠濺上來，噴進索恩的鞋裡。

「我有時候會對她說話，」帕瑪突然開口，「我知道這聽起來一定很蠢吧。」

索恩倒是不這麼覺得，他其實滿享受的，或者，更精確的說法，他很能忍受這些年來與死者之間的對話。

「你和她說些什麼？」

「現在很少和她講話了，以前我都會把自己做的事告訴她。」

「告解？」

帕瑪抬頭，悶哼說道：「反正她什麼都知道。」

「她原諒你了嗎？」

「你永遠沒辦法知道凱倫在想些什麼，我覺得很多時候連史都華也搞不清楚……」

帕瑪開始走得急快，把索恩拋在後面，他突然左轉，離開了前往新住宅區的陡峭路堤，朝另一側的緩坡前進。頂端是一片鐵絲網高牆，將這大片荒地與另一頭嶄新的工業區阻隔開來。索恩望向右側的路堤，那裡的警察依然在緊盯著他們的行跡，還有一兩個正小心翼翼走下了斜坡。

「當然，她一直知道我在想些什麼，一直都是這樣……」他還說了一些其他的話，索恩豎起耳朵想要聽個仔細，但可惜最後的話語卻消逝風中。

帕瑪邁開的步伐越來越大，他不斷往前走，與索恩之間的距離也逐漸拉開。索恩加快了腳步，但是他們現在進入的區域變得更加難走，至少，對他來說是如此。地面突然變得乾燥多了，但矮樹叢轉爲濃密，很難抬腳，大腿沒辦法舉高跨越廣袤的鳳尾草與荊棘，他踉蹌穿過大片刺藤，夾纏成一團的尖銳乾薊草頭。他的手不小心碰到了尖利的東西，他破口大罵，把手指含在嘴裡，他突然找不到帕瑪，趕緊四下張望，只看到一個制服警察出現在他後方的路堤，慢慢走下來。他正打算要大叫喊人，剛好聽到帕瑪的聲音……

「我覺得，都是因爲我愛她，我一直好愛她……」

索恩推開枯死黑莓樹叢的懸枝，看到他站在三十英尺外的地方。索恩喘得上氣不接下氣，突然覺得自己好呆。他望著前頭的帕瑪，奇怪他自己到底在擔心什麼？

他跟隨帕瑪開出的路徑，經過了與小腿等高的大片枯蕨，終於站到他旁邊。

「凱倫是你唯一愛過的女人嗎？」

「對，唯一的女人，」他面向索恩，露出像白痴般的慘笑，「當然，我也一直愛著史都華。」

帕瑪舉起上了手銬的雙腕，奮力指向幾碼外、某根醜怪橡樹盤根錯節黑色樹根。

「這個，我以前在這裡看過雛鳥。」他轉身，興奮望著不同方向，「我們以前常鬼混的小屋就在那裡，史都華的家在上面。」他看著索恩，點點頭，「我們三個人常來的地方，就是這裡，也是我最後一次看到凱倫。」

索恩轉身，過了好幾秒之後，終於看清楚路堤上的人影是戴夫．賀蘭德，他與兩名正在喝茶的制服員警在聊天。索恩把兩根手指塞進嘴裡、大聲吹口哨，吸引賀蘭德的注意力。等到他看過來，索恩指了指自己所站的位置。

賀蘭德揮手，拿起無線電開始聯絡。

索恩從後照鏡瞄帕瑪，他低著頭，彷彿在研究自己與身旁戴夫．賀蘭德銬在一起的那副銬環，默默提醒自己爲什麼雙手會被扣住，爲什麼他會坐進這台特殊車輛的後座裡。在他們後頭、開著歐寶飛客船的警探，等到索恩注意到他之後，立刻閃燈，索恩揚手，表示已經知道了。

那台護送的小車左轉向南，走布拉克威爾隧道，前往伍維奇，準備回到貝爾馬什監獄。

帕瑪開口問了個問題，他狀似輕鬆，彷彿在問他是不是可以開窗一樣，雖然蒙帝歐車子轟隆作響，還有馬路上其他車輛的噪音，但索恩依然聽出他聲音裡的渴求。

「會是無期徒刑對嗎？那我就再也不會出來了……」

索恩總是將審判之事拋諸腦後。當然，他必須提供證據，但他眞正的職責，如果他能夠圓滿達成任務的話，其實在那一刻就已經結束了，通常還得忙下一個案件。過去幾年來，這種偶爾的狀況特別多，某個白痴法官——化石級的那種人，根本不知道什麼是饒舌音樂，以爲穿短裙的女生就是自找麻煩——很可能會毀了每個人：鬧上頭條新聞，輕判殺人犯，彷彿他只是不小心忘了歸還圖書館借書一樣沒什麼大不了，害警察花了數個月、甚至是好幾年的辦案心血毀於一旦……

「一定是無期徒刑吧？」帕瑪的重點在於一定，「你覺得……」

索恩瞄了一眼後照鏡，看到帕瑪抬頭，目光直視前方，索恩只能誠實說出他的唯一答案：

「應該吧，我也希望如此。」

帕瑪對自己、對賀蘭德點了好幾次頭，索恩猜他應該已經如釋重負。「還有一件事，他們會把我和其他犯人分開，對不對？我是說我進去坐牢的時候？我以前不知道在哪裡看過，他們會隔離殺死女人的犯人，因爲那些正直、高尚的竊賊、持槍搶犯，還有職業殺手，只要逮到機會，就會狠狠修理像我這樣的人，這是眞的吧？對不對？」

索恩覺得沒什麼好否認的，「對，有時候的確是這樣。通常是性侵犯，還有殘害小孩的人……」

「我知道，但我一定會成爲目標。」這不是問句，索恩聳肩，讓帕瑪繼續說下去，「他們不可能一直特別隔離你，對吧？就算你……和其他同類關在一起，我是說那些犯下特殊案件的人，我猜應該還是會出現階級之分。如果你是殺死女學生的變態，顯然是比殺害退休老人的禽獸來得可惡。把自己老婆痛毆致死的男人，應該也不會像殺死兩名女子、卻連對方也不認識的兇手那麼令人討厭……」

索恩再也不想聽這種話了。一開始的時候，聽起來像是在努力找尋自信，現在卻像是自憐。

「帕瑪，你給我聽好，如果你想要聽到我告訴你裡面不好受，我一定會實話實說。對，你會恨得要死。但我又要問你了，你不是笨蛋吧？這不就是顯而易見的事實嗎？」

「是，當然……」

「還是你想要從我這裡討到一點同情之類的安慰……？」

「不，絕對沒有。」

「很好。」索恩猛踩油門搶紅綠燈，疾駛穿越某個小圓環，進入伍維奇教堂街，迎向左方的河面。他瞄了一下後照鏡，確定後面的飛克船有跟上來。索恩又看著上了車之後就不發一語的賀蘭德，他望向窗外，陷入沉思，只是被扣在上銬犯人旁邊的一具人形而已。

「帕瑪，你還得想想別的事情。沒錯，因爲你殺了女人，你會被大家討厭。你爲什麼會動手殺死她們，這並不重要，反正，那些想要修理你的人一定會覺得這與性犯罪有關。他們沒有時間去研究心理學。哦，當然，他們的確有許多時間，但他們也懶得研究，只需要給自己瞎編個理由就好。」

帕瑪揚起手腕，賀蘭德也只好跟著舉手，他乾脆趁機以大拇指指甲搔搔頭，「不知道是不是有人乾脆實話實說，全講出來就好？這問題是不是很蠢？」

「蠢斃了。這樣更糟糕，他們會有兩個恨你的理由。」

「什麼……？」

「光憑這兩個理由，就可以把你的臉浸入水槽，把你從樓梯推下去，或是趁你在排隊領晚餐的時候，趕緊從工具室弄來個什麼東西捅你。你別誤會我的意思，其實這些人自有一套道德規範，只是和一般人的不一樣。」索恩在後照鏡裡看到了帕瑪在看他，他也緊盯不放，「他們痛恨傷害女人的男人，或者，他們只是假裝痛恨，但這一點並不重要，如果你運氣夠好的話，他們最多只是會在你的茶裡尿尿而已，如果說還有什麼會比這個更讓他們恨之入骨，也只剩下告密而已。你殺了兩個女人，修理你一個等於得到雙倍快感。」

帕瑪低頭，整個人頹坐在座位上，後照鏡裡出現了那台飛客船，越來越清晰。剛才那番小小演說，讓索恩很得意，他覺得自己就像是個和小孩在玩遊戲、就是不肯讓對方贏的大人。

十分鐘之後，索恩突然急轉，把車停在T形路口。飛客船也跟過來，四名警察互看了一眼，兩台車都在等待左方的車流出現空檔。路面另外一頭，千碼之遠之處，在大片的開墾鹽沼地的後方，就是監獄了，消沉的的水泥倉庫……

犯人反斗城，殺手之國。

支援車輛的司機對索恩豎起大拇指，加速離去，鑽入返回市區的車流之中。索恩慢慢把車開往監獄的大門口，眼後第一次出現了頭痛的刺疼感。

開車通過大門柵欄的時候，他看了一下儀表板上的時鐘，一點半。剩不到一個小時，他還得趕去另一個地方。

今天，依然得繼續煎熬。

20

如果有人說索恩擁有一副好歌喉，多半是因為大家穿著黑色禮服的時候……

他的確唱得還不錯，對於像他這般長相、這種講話調調的人來說，他的歌聲出奇高亢輕柔，通常第一次聽到的人都會大為驚豔。通常，當他在這些場合唱歌的時候，自己也會被深深打動，其實，這也是他唯一會開口唱歌的場合，大多數的人也只會在這類場合以肅穆態度歌唱：就是婚禮，或者，遇到他這種狀況的時候會更嚴肅一點：葬禮。

他們剛才算是一起唱完了〈耶和華是我牧者〉，現在，大家都坐了下來。當校長布萊恩・馬斯登上台準備演講的時候，索恩也趁機打量周遭的人。

今天來的人很多，大約有六十五、七十個人吧，大部分是朋友與同事，橫跨好幾個世代的老師與以前教過的學生，但也有幾個坐立難安、一直在翻閱流程單的人，他們是因為工作身分而必須與會。

在場的警察比死者的親人還多。

索恩與麥克艾渥伊代表主要的調查小組到場，麥爾坎・傑，那位來自哈羅的警探，也在教堂裡面，德瑞克・里克伍德也在。史蒂夫・諾曼則在某處與討人厭的記者在周旋，如果能從悲痛家屬的口中問出幾句話也好。

他們參加葬禮，表現出了基本的尊重，但也同時密切注意四周動靜，不知道兇手會不會決定現身、為他的受害者棺木撒土，當然，這麼想的也不是只有他而已，但一如往常，索恩覺得就算兇手參加了葬禮，自己或其他人也不可能把他認出來，他不會穿得大紅大紫，也不會在宣朗悼詞的時候竊笑。當牧師講到逝者「蒙主寵召」的時候，應該也不會在他臉上看到詭詐表情，或是聽到他的緊張咳嗽聲。不過，這一招還是有用，他們會仔細審視參加者的名單，甚至還會在他們魚貫步出教堂的時候、找人攝影拍下他們的面貌。

索恩側頭，最後面的那排座椅坐了六、七個男學生，應該是六年級。他們坐得直挺挺，身上穿著西裝。其中一個看到索恩的目光，笑了一下。索恩面無表情把頭側回去。老師來了至少有十五、二十個，全坐在左邊。有些穿著導師服，還配戴了方帽，都專心注視著講台上那位高眺的白髮男子。校長的聲音在教堂裡迴盪，宛若愛德華六世文法學校禮堂每日早晨的場景再現。索恩望著布萊恩．馬斯登削瘦臉龐上的肅穆表情，他每天朝會的時候應該都是這個樣子吧。

家屬坐在前排，十來歲的外甥與外甥女，還有四十多歲的妹妹，以及他的父親……

索恩注視那位老先生，也看到了查理．加爾納外公的影子。他的年紀可能多了三十歲吧，而且比較虛弱，但憂煩的神情卻一模一樣。整個人像是被掏空了一樣，已經沒有任何東西能夠支撐骨架。

大家又站起歌唱，風琴手開始彈出〈求主同住〉的前奏樂音，零零落落。索恩站起來，剛好與回座的校長四目相接，他已經講完了對肯恩．波勒斯的頌詞。索恩開口唱歌，這才驚覺自己剛才根本沒聽進去半個字。

之後，到了教堂外面，大家目送棺木上了靈車後車廂。麥克艾渥伊躲在某處補妝，索恩則與麥爾坎・傑、德瑞克・里克伍德在一起。他們兩個猛抽雪茄，三個人就這麼杵著，不知道雙手該往哪裡擱才好，大家都不想讓別人看出他們其實是警察。

「索恩探長……？」

索恩聽到熟悉的聲音，轉頭過去，發現是笑臉迎人的安德魯，庫克森，是那位帶引他參觀學校的老師。兩個禮拜前，索恩誤以爲今天得下葬的死者是這一位。

「來了一幫人哪？」庫克森笑問。

索恩點點頭，看著自己的同事，顯然他們僞裝的功力欠佳，「這位是警探傑，這位是督察長里克伍德。」

「我是安德魯・庫克森，肯恩的同事。」

大家握手致意，索恩注意到庫克森肩後有個人，頭已經全禿了，還看得到褐斑，他拄著拐杖，凝視著遠方，下巴一直在動，彷彿在嚼什麼永遠咬不爛的東西。

他突然轉頭，看著索恩，「謝謝你特地過來一趟。」

「您的兒子發生這樣的事，很遺憾。」索恩說道。

庫克森向後退，攙扶老先生的手肘，「這位是雷斯利・波勒斯，肯恩的父親。」

索恩看到傑與里克伍德面露不安，互看了一眼，他們還來不及囁嚅做出彆扭回應，老先生已經先開口了。

「安德魯非常好心，一直照顧我……」

「幹嘛這麼客氣。」庫克森回道。

「我們根本素不相識。」

「我認識肯恩啊……」

「你畢竟和他沒那麼熟。」

庫克森聳肩，搖搖頭。波勒斯向前一小步，靠近索恩與其他人，「到了這把年紀，就不該操心了是吧？」他開口說道，「大家都說，等到你變老，順序就顛倒過來，換他們照顧你了，父母變成了小孩……」他的語氣聽起來極有教養，聲音出乎意料地厚實低沉，索恩知道這位老先生的內心比外表堅強多了，「不過，這是無稽之談，眞的。就算他們幫你煮東西，買東西回家也一樣，你們知道嗎？就算他們幫你扣上睡衣的釦子、假裝認眞聽你在講亂七八糟的故事也一樣，就算……」他的雙眼閃耀淚光，偷偷壓低聲音，「就算他們在擦你的屁股，你還是父親——」他的聲音突然變得顫抖，嚥了口水之後，深呼吸，繼續說下去，現在他只能講出短句，每個字詞之間都在吸氣，「永遠，永遠停不了的。你還是他的爸爸，他還是你兒子，還是兒子……」他別過頭去，下巴又開始出現嚼個不停的動作。

「爸爸，他們準備好了……」雷斯利．波勒斯的女兒走到他後頭，索恩望著他們緩緩離開，朝車隊走去，還看到麥克艾渥伊走在狹長的碎石路上、朝他的方向走來，剛好經過他們兩人的身旁。

「眞是了不起的人，」庫克森開口，目光遠望著老先生，「想必已經快要九十歲了。」

麥克艾渥伊回來了，她向里克伍德與傑點點頭，靠到索恩旁邊，「我已經重新上了唇膏，這樣就沒問題了。現在的狀況呢？」

索恩看到庫克森的表情，於是開口介紹兩人認識，「這位是安德魯．庫克森，在愛德華六世任教。這位是麥克艾渥伊警探……」

麥克艾渥伊與庫克森握手，「我眞是大錯特錯，」庫克森說道，「原來你們警察也不是全長那個樣子。」

「哦，被你發現啦？」麥克艾渥伊露出諷刺微笑，「原來你是老師啊？是嗎？」車隊靜靜離開了教堂，弔唁者也開始慢慢散去，小雨飄落，他們紛紛打起了傘。索恩很開心，反正剛才在鐵路路堤那裡踩來踩去，依然全身濕漉漉，而且雙腳冰冷，但他覺得從各方面看來，葬禮就應該要下雨才對。一片黑色傘海，雨水滴落在棺蓋上，某個大家都不認識的神秘女子在哀泣……還有，得灌一大堆的酒。

也許他在想像的是自己的葬禮……

「走吧。」索恩開口，他與其他人一同走向停車處。這裡距離墓園約有三、四英里，對，當然是墓園，絕對不是火葬場，爲了日後可能需要再次開棺驗屍，所以一定只能選擇土埋。

「我的意思是之後呢？眞正的搜索，挖掘……」

他想起今天早上的事，又想起了那些警犬。吼叫，狂吠，以爪扒地，努力想要在那一堆可樂罐菸屁股與野草下方嗅聞陳屍臭味。

當他們走到車子旁邊的時候，雨勢才眞正開始變大。索恩與麥克艾渥伊進入蒙帝歐車內，他發動引擎，想起自己還沒修暖氣，他開了雨刷，吱吱嘎嘎響不停。車子上路，跟在那一列深黑色的大車後方。

是我害肯恩．波勒斯葬送了性命。

索恩知道自己好內疚——這種感覺會跟著他一輩子，他一定要將兇手繩之以法。他知道，當自己站在墓穴旁邊的時候，罪惡感會開始發作，滾燙沉重，將內臟燒得捲曲變形，然後，它靜墜在內心的某個角落，不時發作。

他也知道，當他看著棺材入土的那一刻，他會想到查理．加爾納的母親，躺在她的墓穴裡面，還有凱蒂．崔、米莉安．文森也躺在她們的墓穴裡。當他們將肯恩．波勒斯緩緩放下的那一刻，他會想起凱倫．麥克瑪洪，躺在某個無人知曉、無人理會的墓洞。某個洞穴深度遠遠不及墓穴的小坑。

他坐著發抖，桌子對面是卡洛琳，她在嚶嚶哭泣，其實，就連他自己也快哭了……

她煮了義大利麵，兩人坐著閒聊各自的一天，都不太好過，突然之間，她又提起了小孩的話題，每隔幾個月就要拿出來講一次，對他來說，這通常只需要裝作有興趣就行了。他會點頭、微笑，還會提醒她可以懷孕工作到什麼時候。他會問她現在是否眞的是恰當時機，然後，捏捏她的手，向她保證當然他也很想要小孩，但他們必須要很確定才行，這是得要兩個人一起決定的事……

今晚，他連這種打發她的力氣都沒有了。

他的心緒紛亂，今天的時時刻刻都是如此。有太多事情需要好好思索，有許多條路可以探索。他還在找尋能夠讓自己興奮的計畫，希望能啓發他的想像力。他很清楚自己該做些什麼，但是他還沒有辦法將它具體化。大幹一筆，這次的概念將會徹底取代與帕瑪聯手的短暫冒險。

卡洛琳在講托兒所與產假的事……

這次需要創造全新的腳本。配合這一幕的新背景，這畢竟算是簡單的部分，不需要費神，他以前就玩弄過殺人手法，讓過程更帶勁。他是想出了一些新鮮刺激的行事方法，但最後看起來卻跟老套恐怖電影沒兩樣，男主角文森．普萊斯幹掉那些讓他不爽的人，宛若在演十災或是莎士比亞式悲劇。

最重要的是，他必須勇往直前，絕對不能停滯不前，也不可以回頭。

這才是他應該要盤算的事，但現在他卻滿肚子火，讓他無法發揮創意，因爲他的思緒一片渾沌，無法專心思考。

他們正在尋找凱倫，讓他氣急敗壞。

卡洛琳在桌前傾身，執起他的手，難道現在不就是最佳時機嗎？他們兩人工作穩定，未來經濟無虞。當然，不可能一帆風順，一定會有段調適期，但他們一定可以熬過去……

他看著索恩與帕瑪沿鐵軌行進，索恩頻頻勸哄，帕瑪戴著手銬，看起來淒淒絕望。兩人循著路堤走動，像是一對喜歡玩性虐的老同志。就算索恩能找到她好了，他到底想要幹什麼？

她的家人可以幫忙，送東西給他們，幫忙顧小孩，他們還是可以出門，享受兩人生活……

那是他的過去，他不想和那段歷史攪和在一起，他不想看到有任何變動。如果，他眞的希望事情曝光，也該是由他來引導他們，他才是掌控者。

重點在於同心協力，互相扶持……

他需要暫時放下怒氣，先擱在心裡的某一邊就好，對，也許這樣行得通，讓另外一邊專心思考未來——尋找新的動力。

卡洛琳不想太晚生，她想趁年輕的時候享受養兒育女的樂趣……

他一定找得到解答，這是當然的，只要給他一些空間就夠了，但索恩與其他人卻開始讓他如坐針氈。

有了小孩，會讓他們相親相愛，變得更緊密……

他覺得心裡已經有底了，幾乎——還不是很成熟，很難碰觸得到。

他難道不想有小孩嗎？他說他很想。

就像是舌尖上的某個東西，差一點就碰到了，差一點……但索恩這傢伙到底想要幹什麼？

他是不是不再愛她了？

他身體前傾，賞了她一巴掌。

這不是他的錯。她就是不肯閉嘴，不能安靜個幾秒鐘，害他無法整理心緒，區隔怒氣。應該也不能把錯算在她頭上，當然不行，她又不知道，是不是？他在微笑，她怎麼能看得出來？他的臉完全沒有透露半點心事。話雖如此，我還是要罵一句媽的……

他只是需要一點空間處理事情，讓怒氣閃邊，好好發揮想像力。

他望著她，指印好清晰，鮮紅色的血痕，貼在她下巴與頸部上方之間的區域。

又蠢又賤的臭女人，盡是在鬼扯小孩的事。這種時候他正需要清靜，好好思考殺人之道。

對索恩來說，睡前來一杯茶已經成爲了某種儀式。發現家裡牛奶喝完了，信步走到晚上還營業的雜貨店，這種事也是稀鬆平常。

他一個禮拜會去那家店六次，至少。那家店是三兄弟合開的店，他猜他們是土耳其人，也許是賽普勒斯人也說不定。他不知道他們的姓名。有時候，他去買麵包、報紙和啤酒的時候，他們會露出微笑，但他們似乎也沒有興趣認識他。

索恩把手伸進口袋、準備要付牛奶錢的時候，才驚覺自己把皮夾放在家裡。他不知道他們是否願意讓他賒帳，等到下次過來的時候再付款。畢竟過去這十八個月以來，他每週都會來這裡報到六次。會嗎？也許不肯。但如果他拿出警證、表明警察身分之後，他們就願意了。

索恩站在店外，等候人行道的交通標誌由紅轉綠，順便研究櫥窗裡的各種廣告。有一張特別吸引了他的目光，以紅色麥克筆寫在明信片背後的潦草字跡，拼錯了字，但服務項目已經寫得夠直白。

好久了。

索恩拿出筆，在牛奶盒的旁邊抄下電話號碼。

21

十二小時之內，他們就發現了凱倫．麥克瑪洪的屍骸。從岸堤頂端往下望，可以清楚看到小組成員正在忙著工作。屍穴周邊的區域架起了白色帳篷，與茂盛野草與亂藤的暗褐色形成了強烈對比。還有一大片鼓脹的白布，底下就是骨骸。

賀蘭德從山坡上走下來，向埋屍地點前進，麥克艾渥伊與他相隔約十英尺左右的距離，他們還帶了一位警員與實習生。他們剛才在車上的時候沒講幾句話，內容也沒什麼特別之處。現在，一群人慢慢走下斜坡，白色塑膠連身衣沙沙作響，宛若外星人降落地表，步伐猶疑。

他們在路堤兩側滑坡的某個排水溝裡找到了屍體。清除了野草與突枝之後，找尋或清撈出屍骨也就沒那麼困難了。壕溝約四英尺寬，但是挖掘工作卻受到了重重侷限，因為兩側都是爛泥，一不小心就會崩塌，他們花了數小時才看到凱倫．麥克瑪洪的骨骸，只要有人不慎踩錯了一步就前功盡棄了。

賀蘭德與麥克艾渥伊戴上口罩，鑽進了帳篷內，裡面又亂又擠，已經有六個人待在裡面，有的蹲身，有的彎腰，帳篷不夠高，沒辦法讓人好好站直。太陽才剛露臉，清晨仍有涼氣，但帳篷內的熱度卻讓人喘不過氣來。雖然外頭的探照燈沒有打開，但裡面還是有兩盞大燈，所以溫度持續在攀升。賀蘭德小心翼翼經過了蹲在屍穴旁的菲爾．漢卓克斯，又走到索恩旁邊，他正與詹姆斯．派提特博士專心講話。賀蘭德身著連身衣，這一路走來，已經讓他的背後開始在滴汗。

索恩看著賀蘭德與麥克艾渥伊進入帳蓬，突然，也就不過那麼一兩秒的時間，他覺得他們兩人之間應該是有什麼，氣氛不太一樣……

他沒多想，又繼續與派提特討論死屍與腐爛的事。

就法醫人類學家的角色看來，詹姆斯．派提特可能算是很優秀吧，但他個性不怎麼樣。索恩希望以後不要再看到這個人了，一定可以讓他睡得好一點。

「……濕氣是皮肉組織的大敵，濕氣加上高溫，狀況有多糟就可想而知了，當然，你也可以說這是好事，就看你要從哪種角度出發而已。」

索恩戴著口罩，嘆長氣，然後又立刻猛吸了一大口，看你要從哪種角度出發？

「被埋在排水溝，而且，如果和你說的一樣，命案發生在盛夏時節，那麼要是我們還能找到什麼的話，也算是了不起了。」派提特聲音低沉，聽起來像是因爲拚命向白痴解釋道理而累得半死，簡直快要睡著了，「完全沒有殘肉，你自己也看到了，骨頭上都是霉。」

索恩先前從來沒看過派提特，那張被塑膠頭套緊緊包住、被口罩遮蓋鼻口的臉，究竟是什麼表情，他也只能猜測而已。

「當然，非有機類的物質會被保存得比較好，」派提特開始如數家珍，助理則小心翼翼在屍穴附近走動，偶爾會跪下去或趴在地上、以長型鑷子撿起碎片，放入證物袋裡面，「衣服的布料、垃圾袋、裹屍毯的殘塊、纏繞在脖子附近的繩子或電線，依然非常完整……」

索恩猜派提特應該是禿頭，也許像足球員鮑比．查爾頓一樣，把兩側的頭髮往上梳、蓋著地中海部位，皮膚應該是坑坑疤疤。

他轉過身去，低頭望著屍穴，發出嗡嗚聲響的弧光燈發出銳利殘酷的強光，照亮了洞內的可怕殘物。

的確發霉得很嚴重。茶色的骨頭深陷在濕地黏泥裡。藍色洋裝的碎片，是藍色，不是白色，感謝老天，還有毯子的纏結線絮，全都漂浮在褐色土汁裡。一撮撮的頭髮宛若線蟲，貼附在載浮載沉的頭骨上面。

人類的淡白骨骸是不存在的，還黏在皮膚之下的時候才是這種顏色，或者，只會出現在電視編劇的幻想世界，還有〈骨頭歌〉，以及醫生診療室掛的那些骷髏人畫像，它們懸浮在空中，還會咧嘴大笑，一點也不眞實。

跟這個不一樣，這是一團爛屍。

漢卓克斯站在屍穴底部，他向後退，讓其中一名小組成員可以靠近現場、彎身拉起泥地裡某個油膩的長狀物。索恩看到了漢卓克斯的目光，他對索恩眨眨眼，但索恩卻面向派提特。

「DNA呢？」

這位人類學家噗哧笑了一下，「你不需要憋氣。」

索恩發出悶哼聲——簡直是快笑出來了。帳篷內的氣味嗆鼻，無論有沒有戴口罩，在屍穴附近的每一個人的確都憋住了呼吸，雖說大家都這樣，但派提特卻是唯一的例外。這位人類學家根本沒有發覺自己剛才講的話聽起來有嘲諷意味，「受害者的DNA，對，有可能。給我一些比對的樣本——毛髮、指甲屑就可以了。有時候父母會因爲情感因素而保留這些東西。」

當然，這是他們一定會完成的基本動作，比對檢驗，但索恩知道他要找的是凱倫·麥克瑪洪殘屍身上所留下的東西，「有沒有可能找到兇手留下的跡證？」

派提特差點笑出來，「總是有機會啊，你也有機會贏樂透是吧？唯一的機會就是那條繩子。也許剛好有肉屑卡在裡面，有這個可能，但就算留有任何的細胞物質，也早就被雜酚油摧毀殆盡。」

索恩轉過頭，挑眉看著他。

派提特慢條斯理解釋，「鐵軌枕木有雜酚油，可以防水，你家的花園圍牆也是塗這種東西。這些年下來，它濾滲到這些溝裡的水。諷刺的是，如果她被埋在比較高、比較乾燥的地方，含有雜酚油的泥土具有防腐功能，我們反而有機會找到一堆屍骸。」

對索恩來說，派提特聲音裡的惋惜之情聽起來很專業，感覺不出那種會在珠寶盒裡塞滿頭髮與指甲的瘋狂父母的激動感傷……

索恩瞄向帳篷的另一頭，角落堆放了一堆髒兮兮的小石塊。派提特注意到索恩的表情，「反正骨頭都在，殺手下了一番功夫，確保狐狸無法碰到那些骨骸。」

兇手在屍穴上小心翼翼擺了一堆石頭，都是沉重的大石，肚子餓的小動物絕對沒有辦法以口鼻移開。石頭下方還有一層約兩英尺厚的泥土，老舊的毯子，最底下才是那具裝在垃圾袋裡的十四歲女孩臭屍，避免狐狸侵擾。

避免一切外力侵擾。

過了幾分鐘之後，索恩站在帳篷外頭，把手搭在菲爾．漢卓克斯的肩上，「你也不必跩成這樣。但他面對死屍完全無動於衷，能和那種人討論案情也滿好的……」

「最好是，」賀蘭德嘀咕，「可悲。」

漢卓克斯大笑，「他很難搞吧？是不是？」

「他居然以爲我不知道雜酚油是什麼！」索恩搖頭，那受傷表情剛好派上用場，弭平了大家的低迷心情。一夥人哈哈大笑，這種時候他們好渴望找個出口紓壓。他們笨手笨腳脫去連身衣，一邊搖頭一邊哈哈大笑。麥克艾渥伊差點摔倒，趕緊伸手抓住賀蘭德維持重心。笑聲戛然而止，大家沉默了好一會兒，猛吸了好幾口倫敦的超髒空氣。

「我不懂，」漢卓克斯說道，四處張望，「顯然他並不希望她受到侵擾，你知道的，被那些動物……」

賀蘭德點點頭，「他一定花了許多時間找石頭，這裡根本沒幾顆啊。」

「……但他似乎不是很在意埋葬的地點，也不是埋得很深。」

「根本沒埋進土裡，」賀蘭德接口，「找到她的屍骸一點也不難，只是大家都懶得找而已。」

麥克艾渥伊點了菸，邊吐煙邊講話，「顯然他覺得不會有人想要找她。」她進入某台藍色的車，警官，遊騎兵，我記得大家好像是這麼稱呼它的吧……

「他十四歲的時候犯下了這起案件，」麥克艾渥伊說道，「然後人間蒸發，十五年之後又再次現身，整整隔了十五年。」

索恩點點頭。他知道接下來可有得忙了，他聲音宏亮，問了大家一個問題，當他一開始看到凱倫・麥克瑪洪遺骸的時候，他早就想到了這件事，「那裡有多少具屍體？」

氣溫逐漸升高，他們站在路堤底部，完全無風，水泥色的暗灰天空，映襯出麥克艾渥伊手中裊裊上飄的藍色菸氣。

「那DNA沒機會了？」她開口問道。

索恩搖頭。

「我早就告訴過妳了。」漢卓克斯回嗆她。

索恩聳肩，試試看無妨。反正這也是例行公事而已。大家都知道帳篷裡躺的那具屍體叫什麼名字，他們爲了尊重死者，還把那個屍坑稱之爲墓穴，他們也知道是誰把她丟在那裡。這不像帕瑪、尼可林聯手犯下的案子，不像加爾納的那起兇案，可以將鐵證呈現給大家看。但他們的確找到了一具屍體，正中紅心。索恩現在可以帶著它獻給長官，他覺得自己比較像隻貓，把死鳥叼到主人的腳邊，摸摸我嘛，看到沒？我好厲害。

索恩覺得自己其他時候也沒笨到哪裡去。

他們聽到後頭傳來帆布沙沙作響，紛紛轉過頭去，看到派提特從帳篷裡走出來，還拿著小小的證物塑膠袋。他扯下口罩，朝他們的方向走過去，索恩很開心，他之前猜這傢伙皮膚不好，果然被他猜中了。

「我想你們應該對這個會有興趣。」

他把袋子拿出來給大家看，索恩與其他人全擠上去，想要知道裡面是什麼東西。它的原色本來很鮮豔，但現在已經褪淡，而且還沾了一層厚厚的濕泥。賀蘭德是第一個認出那團破爛東西以及模糊字母的人。

「媽的，我以前好愛啊，現在哪裡還有賣？」

漢卓克斯湊近過去，仔細盯著塑膠袋，它的兩側佈滿了條狀污泥，底部積了髒水，裡面還看得到碎石與幾絲骨髓，「這是什麼？」

「是巧克力棒的包裝紙，」索恩說道，「還有，答案是不行，你現在已經買不到了。」這是他瞎猜的，除非是因為尼可林改變了口味，否則他應該是不會猜錯。這個品牌與查理．加爾納拿在手裡舔光光的那個巧克力品牌不一樣，但卻依然讓他全身毛骨悚然。

索恩往路堤的斜坡爬了幾步，停下來，回頭。他對著派提特說話，目光望向他後方的白色小帳篷，「把她移出來的時候一定要小心，知道嗎？」

索恩還沒來得及等到派提特開口回答，自己已經轉身爬上山丘。他手裡緊抓著白色塑膠連身衣，他不知道這個東西能夠提供多少的防護，以免讓漢卓克斯所稱的死亡碎片黏到自己身上。剛才在帳篷裡的時候，有數百萬個這樣的碎屑在空中飄浮，最後落在亮白的連身衣上，只是肉眼看不見。某些甚至會穿透布料，最後貼附在皮膚，卡在衣領袖口與鞋底，等到時機到了，就會閃閃發亮。

等到夠黑的時候。

索恩深吸一口氣，準備加快速度往上爬，當他拿出手機，打電話給維克．伯克斯的時候，大腿已經開始隱隱作痛。

他很想要留下來，等著看他們把她移出來，一定很好玩。不知道她現在變成什麼樣子，他當初拿了一條髒毛毯裹住她、把她扛在肩上，現在很可能只是讓地毯多了一團污漬而已。上頭壓出了她的身形輪廓，還有沾到劣質絨毛的各種體液、勾勒出她瘦巴巴的身子。

他很想要留下來，但是他還需要工作。

他覺得很煩，但他盡量克制自己不要動怒。他生氣是因爲自己的過往被掀開了，被仔細檢視，他很小心，一向如此，一切船過水無痕。過去的事情完全掌握在他的手中，未來的也一樣，要是眼睜睜看著他們拿走了部分的控制權，他一定會很不爽，他覺得自己好像被人偷了東西一樣。

但他絕對不會讓它壞了大事。

就讓他們發現他過往的一角吧，對他們絕對不會有任何好處，他馬上就要跨出另外一步、進入未來。

前一個晚上，他覺得關鍵的那一步已經呼之欲出，快想出來了，就在卡洛琳一直在講生小孩的事的那個時候。然後，她開始啜泣，大吼大叫，就在他把她拉進懷中的時候，終於靈光乍現。

他知道該怎麼走下去了。

接下來，有兩個重大改變，他現在又得獨自一人行事，他遇到了兩個重大改變，任何一個都能增強刺激度，讓腎上腺素噴發，高亢不退。他在思考接下來的步驟的時候，他卻覺得自己永遠做不到，興奮感也爲之降溫。他眞的行嗎？

當然，他不是什麼謙虛的人。但當他的雙手環住某個女人的脖子，想像帕瑪依從他的指示、對另外一名女子做出同一件事的時候，他不也是這麼懷疑嗎？當他把槍對準那年輕女孩的腦袋，想像有另外一把槍也舉起來的時候，不也這麼想？只不過，到了最後，舉起的不是那把槍，而是招降的顫抖雙手。

現在，一切即將發生改變，他有了新的動力。

絕對不能停滯不前，也不可以回頭。

這一次，他不會隨機挑選對象。她，這次一定得是個她，他將不再從茫茫人海中下手，必須愼選。

第二個改變，則是突破性的發展——這一部分大大提高了風險，好一場華麗的冒險。

他要開始為殺害下一名女子，準備死亡邀約。

現在只是決定賓客名單的事了。

麥克艾渥伊重重甩門，力道之大讓賀蘭德忍不住以雙手護住自己，他以爲會聽到玻璃碎裂的聲音，幸好沒有。在麥克艾渥伊的暴怒猛攻之下，窗戶依然能保持完好也算幸運，她重步踏進辦公室的時候，帶著一股火氣，簡直像是張牙舞爪的棍棒。

「你這個笨蛋！自以爲是！只管枝微末節的沒用笨蛋！」

「聽我說……」

「那是什麼？WD-40？還是機油？」

賀蘭德覺得自己的肚子彷彿被人打了一拳，被她的怒火搞得喘不過氣來，她生氣的原因讓他好失望，他傷心透頂，這一切證明了他剛才做的事確實有其必要，「食用油，只是食用油而已……」

在女廁的洗手槽上方抹一層薄薄的油，如果不刻意去仔細看，根本察覺不出來，但古柯鹼卻會在一秒內現形。這是他們針對某些毒品肆虐的夜店所常用的技巧。這罐油是他在上班途中買的，他不希望被家裡的那個人看到他從廚房帶油出門……

「你以為自己很聰明是不是？」

「我沒有。」

「知道那是多少錢的貨嗎？你很行不是嘛，還伸手摸了一下，對不對？一公克多少錢呢？」

賀蘭德覺得自己已經被罵夠了，他站起來，向前一步，走到她面前，「妳聽聽自己講的是什麼話……」

「我浪費不起……」

「我倒是不覺得。」

麥克艾渥伊笑了，不是什麼友善的笑聲。「你是在哪一堂研討課學到那一招？」

賀蘭德看著她，她搖頭，氣喘吁吁，她講話的速度和機關槍一樣快。雖然剛才他使出了抹油那一招，讓她無法吸毒，搞不好她剛才已經利用手背吸了一次白粉。

「妳說過工作的時候不嗑藥。」

「你真的覺得我有毒癮是不是？」她再次大笑，目光四處飄移，就是不肯看著他，「你簡直把我當成了毒蟲，我只是偶一為之，我沒有習慣吸毒，拜託……」

「妳說過工作的時候不嗑藥，莎拉。」

她開始咳嗽，彷彿嘴裡卡住了什麼東西而微微抽搐了一下，「對，不過，今天狀況不一樣，你說對嗎？」她推開他，一屁股坐在自己書桌後面的椅子裡，「整個早上我都在瞪著那個坑，現在需要東西恢復一下，這樣可以嗎？」

此時此刻，賀蘭德發現眼前這個與他有著親密關係的女子，其實幾乎等於是個陌生人。

「不，不行。」

她抬頭看他，給了他一個勉強的笑，「你還在這裡幹什麼？」

「這是我聽過最爛的自我辯護……」

「狗屁！我不需要爲我自己做的事在你面前辯護。」

「是不用，但顯然妳需要把這種話講給自己聽……」

麥克艾渥伊拿起一疊文件，開始研究，「帕瑪槍殺賈桂琳．凱耶未遂所使用的那把槍，他說是尼可林送過去的，丟在他家大門外。老闆覺得這根本是鬼扯，他覺得帕瑪的謊言背後一定有隱情……」

「我知道，莎拉——」

「所以我們不知道帕瑪爲什麼不肯告訴我們，但他一定是從某個地方弄來這把槍，供槍者顯然事前已經提醒過他，絕對不能講出人與地點。」

賀蘭德聽不下去，他不知道面前的這個人怎麼了，「妳這樣好蠢……」

「如果這條線索與尼可林有關，我們應該盡快展開追查，所以這裡有一份買賣私槍的軍火商名單，有嫌疑的人也列名其中，我已經把它分割成兩個部分，第一，因爲這名單很長；第二，我們應該要分頭進行比較好，我的意思是，我不想害到你……」

「妳得找人談一談。」

她露出他熟悉的表情，「不然你會怎樣？」

有人輕輕敲門，是保羅・莫爾黑德，實習警察，他從門口悄悄探頭，從他流露的表情看來，已有會被電的心理準備。

「抱歉……」

「怎麼了？」

「督察長里克伍德打電話找妳，要不要我幫妳接過來？」

「好，謝謝。」

麥克艾渥伊把手放在電話筒上面，響了第一聲就立刻接起來。

「德瑞克？」

不知道里克伍德說了什麼，引得她哈哈大笑，她把手壓住話筒，一直瞪著戴夫・賀蘭德，直到他自己知趣離開。

「我還有其他事情要告訴你。」

電視上有六個臉臭臭的、長得不怎麼樣的人，想盡辦法不要被大家投票淘汰。索恩宛若嚼蠟般啃著三明治，祈禱等一下可以看到精采片段。像是流星墜撞那間屋子，或是可能出現刀戰。

他覺得這種節目的攝影風格被叫作「牆上蒼蠅」也實在諷刺，喜歡看這種節目的白痴還不如抓隻眞正的蒼蠅、丟進玻璃罐裡；看著牠持續亂撞玻璃也一樣可以找到樂子。

他把電視音量關小，取而代之的音樂聲軌是〈佛爾森監獄藍調〉。

索恩相信如果要爲貝爾馬什監獄弄首藍調，絕對不會是什麼輕快的曲子，不可能是碰—磯卡—碰的四二拍。只是回授的聲響，以踩踏在階梯上的單調腳步聲、還有頭部撞牆聲爲背景的某種無調尖聲輓歌。幾個小時前，當馬丁・帕瑪走進會客室的時候，那表請彷彿像是已經被那首歌魔音穿腦了一個禮拜之久。

索恩不發一語，只是把那個塑膠袋擱到桌上，推了過去。帕瑪前傾，就像先前漢卓克斯與其他人一樣，盯著那個包裝紙碎片。帕瑪立刻就認出來了，他知道那是什麼。

「馬丁，尼可林殺死了凱倫，而且還把她丟進水溝，然後告訴大家她被綁架了，」索恩才瞄了旁邊一眼，等到回望帕瑪的時候，發現他的臉龐已經一片淚濕，「拜託，你就從來沒想過有這個可能嗎？」

帕瑪伸手過去，摸著那個塑膠袋，蓋住了它。

「他第一個殺死的是凱倫，」索恩說道，「至少，我是這麼覺得。她的屍骸所剩不多，所以我們也不會有機會知道眞相，但我猜她也被他性侵，在他殺害她之前做了某些事……」

帕瑪別過頭去，伸出兩根手指到眼鏡後方拭淚，「他怎麼殺死她的？」

「勒死她。拿繩子緊纏著她的脖子。兇手就是史都華，你深愛的人。」

「我不相信他會對她做出那樣，我的意思是，性侵那種事。」

索恩冷笑，「你說得沒錯，這也只是我的猜測。我們還是專心辦兇殺案，把那具屍體隨便埋一埋就好，是不是？你有沒有捫心自問過他還殺死了多少人？可能還有多少個凱倫慘遭毒手？」

帕瑪突然回頭看著他，「我要去看埋屍的地方。」

「你知道她在哪裡，路堤，我告訴過你了，我們是在排水溝裡面找到她……」

「我要看到確切的地點，我想知道他究竟在哪裡埋了凱倫。」

索恩也曾經聽過受害者的親友提過類似的請求。告訴我她在哪裡死掉的，帶我去他們殺她的地方，意外在哪裡發生？對大家來說，地點很重要，那是一個可以留下標記、可以訪視的地方。由於黛安娜王妃之死，祭悼文化開始興起，越來越多根本無關的陌生人會在事發地點留下花束或泰迪熊。

但帕瑪不算受害者，他被收押，是因犯下謀殺罪而被起訴的罪犯。

「抱歉，不行，反正，這也不重要吧？他們已經移走了屍體，她不在那裡了，現在什麼都沒有……」索恩話雖如此，但他其實並不確定，屍體應該是已經不在了，但他不知道現在現場是什麼狀況。

「我不在乎，我就是要看。」

「別想了。」索恩站起來，兜轉了幾步，「先前你幫我們找到地方，夠了，但再去一次沒有必要。我並不贊成，但就算我願意幫你，我也沒有這個權力。」

「拜託。」

「閉嘴！」只要和帕瑪講話，一定會搞成這樣，他總是激發索恩某種情緒，簡直像是憐憫，無論它到底是什麼，絕對會立刻就會轉變爲怒氣，「媽的我爲什麼要幫……？」

帕瑪縮回椅子裡，又迅速站了起來。索恩看到房間另外一頭窗戶裡的其中一名獄卒在張望，想確定沒有狀況。索恩向對方示意一切正常，自從他把帕瑪送回監獄之後的那幾天，他一直期待能聽到帕瑪說出這句話，終於在這一刻被他等到了。

「我還有其他事情想告訴你……」

此刻，在他的公寓裡，電話響起。

湯姆起身，關掉電視與音響，拿起大門邊桌旁的電話。他繞過地板上的三明治餐盤，從椅子扶手往後倒坐，雙腿晃啊晃，按下了通話鍵。

是他爸爸，他們一個多禮拜沒講話了。

「湯姆……」

「都還好嗎？」

「不錯啊，你也知道嘛。」

「今晚要講笑話還是益智測驗？」

「湯姆，我是你爸爸。」

「我知道，」索恩哈哈大笑，「你還好嗎？」他父親的沉重呼吸透過話筒傳了過來，「聽我說，你從來沒有告訴我它是怎麼摧毀軍隊的。」

「什麼？」

「你那天不是在耍我嗎，打電話給我，問我世界上最可怕的兇手是誰。」

一陣沉默，「我沒有……」

「天花的事。嘲弄你同事的笑話，記得嗎？我想應該是兩個禮拜前吧。」

「沒有，抱歉，我不知道你在說什麼，天花？」

「拜託，你當然記得，你還問我那些殺人魔的名字……」

「什麼，你說的是那些疾病名稱嗎？」

「對，這就是重點。算了啦，反正這種問題也不是你的強項。」

「這是在奚落我嗎？」

索恩又笑了，拉下臉，「好，如果眞要損我也沒關係，但打電話問問題的人不是我……」

「馬上就把我惹毛了，很好……」

「爸爸……？」索恩原本懸盪在椅子扶手上的雙腿，立刻伸直不動。

「你以爲自己在和誰講話？居然對我擺出那種態度……」

索恩突然好擔心，但他努力平抑自己的語氣，「爸爸，聽我說，冷靜，那一點也不重要好嗎？知道嗎？」

除了濃重的喘氣聲之外，只剩下一片靜默，十秒，十五秒……

「爸爸，我——」

「去死吧，你這個小畜牲！」

怒氣爆發，斷線之後的撥號音。

22

已經找到屍體了，但還沒有人通知凱倫·麥克瑪洪的父母，至少，還沒有任何的正式通知。在檢驗還沒有完成之前，不會走漏風聲，但被要求提供DNA比對檢體，想必他們自己心裡也有數了。整整過了十五年，天外飛來了一通電話，他們突然有所感悟，終於可以好好讓女兒安息。凱倫·麥克瑪洪的雙親暫時不會來到這裡，她的第一個墓穴。等到他們到達的時候，找到這地方應該不至於太難。

他們發現屍骨、垃圾袋、地毯之後，已經過了四十八小時。所有的設備都早已撤除，現在，那裡只是一個泥洞，辨識物只剩下腳印、犯罪現場封鎖膠帶的些許殘片，還有尼可林當初爲了防範小動物啃屍的石塊，現在看起來彷彿像是有幾分嘲諷意味的墓石。

凱倫的雙親過來的時候，很可能會把氣出在維克·伯克斯身上……

伯克斯顯然很想要過去一趟。當索恩告訴他這件事的時候，他似乎十分感激——感激又震驚。

「應該是很快吧?你說呢?」帕瑪低頭望著那條壕溝，長達數分鐘之久，一直沉默不語。這個突如其來的問題讓索恩有些吃驚。

「埋了她?」

「殺了她。」

索恩想起當初曾經緊緊咬住她的肌膚的那條繩子，如今變成掛在頸骨上的鬆垮垮黑繩。他想起卡蘿．加爾納的驗屍報告，「沒那麼快。」

帕瑪從壕溝邊往後退，他抬頭望著路堤上的支援員警，他們的飛客船停在索恩的蒙帝歐旁邊，所有人都坐在裡面，天空飄著微雨，兩台車的車身沾滿了濺泥。賀蘭德穿著黃色的防水外套，在斜坡底端走來走去，偶爾望向索恩與帕瑪，看起來很不想待在那裡。

「史都華騙我。」帕瑪說道。

這句話來得莫名其妙，索恩記得自己聽過更奇怪的話，但他不記得什麼時候了。「是嗎？」他嘴上這麼說，但心裡想的卻是另外一件事：媽的他幹的壞事可多了，不只是騙你而已……

「凱倫失蹤的那天，出了一點事情，」他清了清喉嚨，修正用詞，「應該說，被殺的那一天，我們三個人聚在這裡。」他開始移動，但舉步艱難，彷彿在以慢動作緩行。

索恩跟在他後面，帕瑪每走一步，他必須要跟追兩步。他們撥開草堆，腳下的泥土宛若海綿般濕軟。他發現賀蘭德移到了他的右側，鮮亮的外套與他後方的暗色路堤形成強烈對比。

「我那天被耍了，」帕瑪說道，「我不知道他們兩個是不是串通好了，但這也不重要。我以為凱倫……想要我，我覺得很興奮，你看，她要的是我，不是史都華。」他的聲音變得比平常高亢，彷彿記憶把他推向了十五年前的那一刻，他聳聳肩，「我剛才講過了，那是玩笑。我被擺了一道，但我那時候不知道。我很興奮，從來沒有那麼激動過，這些年過去了，依然不曾有過那樣的興奮感。接下來的事是意外，如果我蓄意這麼做，我一定會告訴你，你可以把我想得罪大惡極，但我眞的不是故意的，」他深吸一口氣，「我在她面前露出了下體。」

帕瑪停下腳步，轉頭看著只到他肩頭的索恩，「我很清楚，現在說這些……沒有意義了。但是，在那個時候，我要是找得到方法的話，有那股勇氣的話，一定會立刻自殺。當我轉過頭去的時候，我才驚覺這是玩笑，看得出來這是他們兩人的密謀，但凱倫的臉色超級難看，覺得噁心，不是那種玩笑式的厭惡，而是眞正的恐懼，她似乎是想起了什麼……

「我在想，如果她看到我這樣而讓她勾起了回憶，也許她曾經遭到性侵，」他對自己點點頭，「現在推敲這個也沒用了，我知道……

「反正，我立刻逃走，從這個地方，我好怕自己會害凱倫出什麼狀況，後來，她失蹤了，史都華滿口咬定是我害的。」

「她上了那台車，都是你的錯，他是不是這樣告訴你的？」

帕瑪點點頭，「好像是我惹得她心煩意亂，想要逃開這一切，他說他會保守這個秘密，絕對不會說出去，他還說他是在保護我。那天，當他走進餐廳的時候，他特別跟我講起這件事，重提往事……威脅我。」

「他在利用你保護他自己。」

「對，我現在才知道，」帕瑪的聲音裡隱含了一股慍怒，他低下頭，過了一會兒之後，又再度抬起來，「抱歉。」

湯姆不發一語。

「這些年來，我一直覺得有幽影纏身，我無時無刻不想到那件事，它就在我腦海裡烙下了詭異的形狀。我告訴我自己，不知道怎麼搞的，當年我對凱倫所做的事污染了她，就像是我害她沾染了那股氣味，受害者的味道，某種……強烈的東西。敗壞的氣息在她身旁徘徊不去，引來了那個開車的男子，撲向了她……」

索恩又等了好幾秒，想確定他已經把故事講完了。

「馬丁，還有沒有什麼關於尼可林的事要告訴我？」

帕瑪緩緩閉上眼睛，垂著頭。索恩盯著他，以爲帕瑪的龐大身軀會被那股隱形的重大推力壓制在地、逼他癱陷在潮軟的泥地裡。

「還有沒有要告訴我的事？」

索恩轉身，向賀蘭德招手，他搖搖頭，反正天色也即將變暗，他們最好還是趕快離開，以免碰到交通尖峰時段。

馬丁．帕瑪暫時也不會開口了。

兩台車緊貼在一起，從倫敦西北方出發，駛往東南方，劃出一條長長的對角線。在髒兮兮的藍色蒙帝歐裡面的那三個男人，大部分的時間都各自若有所思，尋求出口。

苦思最後的解藥。

馬丁．帕瑪。想到了謊言，遭人背叛的感覺，他提早祈禱，希望能夠得到寬恕。

戴夫．賀蘭德。他想了好幾套方法，但各有可厭難堪之處，他無能爲力。

湯姆．索恩。他已經快沒有時間了，而且也腸枯思竭。他不知道這個傢伙是否也會成爲他永遠記得的人，難道，他將永遠沒有機會看到史都華．尼可林的臉？逼得他終生難以忘懷？

其實，他們各自的解答，不久之後就出現了，沒有人預料到會這麼快。

「馬丁，我希望在我們回到貝爾馬什之前，要先解決這個問題。」索恩語氣輕鬆，彷彿只是重新找話題聊天而已。他們正經過麥達維爾，準備要進入派丁頓。二十分鐘完全沒吭氣，他已經受夠了。

「我帶你來看凱倫的埋屍地點，相信我，我惹了大麻煩……」布里史托克先前的臉色已經夠難看了，索恩不敢想像當傑斯蒙德的死人臉聽到這個要求的時候，會嘴歪眼斜到什麼程度。

「你讓我覺得你還有事情要告訴我，我是這樣告訴大家的，你要說出尼可林的其他秘密。」

帕瑪的手與賀蘭德銬在一起，他動也不動。

「馬丁，我要聽到答案，我認爲這是你給我的應諾。」

「漢尼拔博士有說過，互通有無。」賀蘭德低聲附和。

「沒錯。」索恩根本不知道那是什麼意思，但他好歹看過那部電影，他轉頭，看了帕瑪一眼，現在你怎麼說？

如果帕瑪真知道那句話是什麼意思，顯然他聽了也是無動於衷。

五分鐘之後，他們剛過維多利亞車站，索恩突然急轉方向盤，切到左側，猛踩油門前進，跟在後頭的那台飛客船立刻閃燈。

「長官，」賀蘭德開口，「渥克斯霍爾橋、坎伯維爾、博克罕、新十字，這是我們先前說好的路線……」

索恩揚手，向後頭的飛克船示意，然後又略略提高聲量，回答賀蘭德，「蘭貝斯橋、大象城堡，這是新路線，我剛才臨時決定要換的。」

「大象城堡？」

「戴夫，剛好送你回家。」

「不，但我依然認爲……」

賀蘭德傾身向前，帕瑪也做出一樣的動作，但不只是因爲他們銬在一起而已。「長官，謝謝你的好意，但只要想想這會給我們惹出多少麻煩，你就知道這提議眞的不太妥當。」

「應該是這樣沒錯，但不需要讓別人知道這件事吧？對不對？」

「不需要，但我依然覺得——」

「好，反正我們一定會經過你家，而且，我覺得馬丁有點害羞。」

賀蘭德望著帕瑪，又看著後面的支援車輛，其中一名警察兩手一攤，媽的我們這是在幹什麼？

他們走維多利亞街，過河，經過了帝國戰爭博物館外頭的那兩管巨砲，十分鐘之後，他們在賀蘭德家外的那條馬路上緩速前進。

「戴夫，解開手銬，除非蘇菲今晚想看到餐桌上多出另外一個人。你家是在左邊第二棟對吧……？」

索恩望著賀蘭德甩車門，走到飛克船旁邊，不禁莞爾。車內的兩名警察還沒等到賀蘭德走過去、早已先下了車，他們聳肩搖頭了幾分鐘之後，回到車上，靜靜等待。

賀蘭德繞回索恩的車窗邊，彎身問他，「長官，你確定嗎？」

「進去吧，賀蘭德，」他對著後座點點頭，「你看看他，我覺得他不會給我惹出什麼麻煩才是，我們只是閒聊一會兒……希望如此。」

賀蘭德向後退開，蒙帝歐繼續上路，加速朝老肯特路前進。

索恩在車內開始扮演起計程車司機，「你看看這交通，還不到四點鐘，已經讓人這麼抓狂。戴普特佛特那附近鐵定打結成一團。我看你還有十五分鐘吧，最多不超過二十分鐘。」

索恩望著後照鏡，帕瑪盯著他的後腦勺，呼吸急促。到底是什麼話讓他這麼難以啓齒？

「再過十五分鐘，我們就得回監獄。帕瑪，好，媽的快給我說出來……」

回家的時間快到了。

這裡的人漸漸離開，但他依然逗留不去，還有一兩件事得趕工，最重要的是，他想要獨坐一會兒，好好欣賞一下自己的巧妙構局。

他一直不覺得自己的作爲有什麼特別的過人之處，動刀，動手，動用朋友的那些事情。他覺得那理所當然，比較像是本能反應。對，當然，這種事需要謀劃，當他在動員帕瑪的時候，得花更多的心思，但其實也沒什麼難的，大部分的時候簡單了事。生存很容易，想要增添樂趣，才需要費神。

不過，這一次眞的算是他聰明，無庸置疑。也許這個想法早已在他的潛意識裡醞釀了一段時間，等到成熟之後，立刻蹦了出來。太完美了，她眞是完美，她與這次的計畫是天作之合，搭配得如此剛好，他不禁懷疑也許是因爲她這個人、她的想法，還有她讓他聯想到的一切，才是讓他一開始就決定是她的主因。

他終於挑選到了自己的賓客，眞的，也找不到別人了。

當然，他也沒辦法確定她會不會來，至少現在狀況不明，或者，如果她願意出現的話，她會不會完全依循他的邀請指示。無論發生什麼事，他已經爲自己設下了安全保護網，這是整起陰謀最精采的部分，照現況看來，他胸有成竹，他知道自己做出睿智的抉擇。

睿智的抉擇。就像是在某間超高檔的餐廳裡點了一瓶昂貴的紅酒，長官，容我這麼說，這個選擇充分展現了智慧⋯⋯

顯然他是沒辦法完成任何工作了，現在他只能專新思考接下來的冒險行動。

他該怎麼動手才好？要在哪裡？天，好刺激，有這麼多的精采細節等待規劃⋯⋯

當然，事前準備對他來說永遠不是問題，反正他總是這樣：一再檢視，找尋新冒險的刺激根源，然後就放下一切。全心投入，如果其他人有膽（雙關語，同酒瓶）跟隨，他會喝光他們最後一盎司的生命酒汁，每一滴的精髓都不會放過⋯⋯

他在回家的路上會挑瓶好酒，卡洛琳一定會喜歡，週一晚上他所做的事，也能獲得她的原諒。

然後，她會告訴他，也許他工作太辛苦，崩潰了。他會欣然同意，沒錯，也許他的壓力是稍微大了一點，等到只有他自己一個人的時候，他會哈哈大笑。

晚餐，看電視，等到卡洛琳就寢之後，聽一下廣播。他已經開始構思了，但稍晚，等到夜深人靜的時候，他會決定最後的措辭。不管怎樣，算是第一階段的話吧，當然，不會立刻寫完，他需要雕琢，讓它散發難擋的魅力，這需要時間。他的時間表還有些模糊，目前只暫時確定了大事發生的日期，但今晚他就會開始準備。

發出邀請函。

「帕瑪，媽的現在剩不到半英里，再過一分鐘就看到監獄了，」索恩想對他大吼大叫，只能勉強忍住，「等到我把車開過柵欄，就進去了，你可以就此忘記你本來想要對我說的話。接下來的這幾分鐘，如果我沒有聽到你開口講話，我就再也不理你了，聽懂沒？」

其實索恩不懂自己在說什麼，他連自己到底是拿什麼在威脅帕瑪也不確定。他只覺得帕瑪似乎想要告訴他什麼，一直都是這樣。他突然想到，也許帕瑪一直只想要懺悔自己在凱倫．麥克瑪洪面前露出了性器，這一切純粹是索恩自己的執念，他緊握方向盤的雙手變得濕黏。也許這只是某個青少年把老二掏出的罪惡感，他卻誤以為可以從中得到自己的救贖或啓發？

不，一定另有玄機，一定是能夠讓索恩追查到尼可林的線索。

「到底是什麼？帕瑪？」

帕瑪上銬的雙腕在膝頭上下擺動，細微的匡啷聲聽了實在很煩……

「拜託，你帶槍走進派出所投案，而且頭上還流著血，我知道你被逼到了絕境，走投無路。你說你受夠了，還說要全力幫忙，一定要阻止他繼續犯案。」

「我是啊。」

索恩差點跳起來，早在帕瑪剛到鐵路路堤的時候，已經說過一樣的話。

「好，那就趕快告訴我，上次你在監獄裡的時候，究竟還想跟我說什麼？」

索恩剛問完這個問題，車子隨即轉彎，貝爾馬什監獄立刻映入眼簾，圍牆的燈光就在一千碼之外隱隱閃動。

「好，帕瑪，我們到家了，甜蜜的家，」帕瑪發出聲音，似乎像是咆哮，「不是什麼好地方對嗎？爲什麼不回頭想想你可以提供一點貢獻？你殺死那兩個女人，過錯已經無法彌補，但是你可以幫我一個忙，避免出現更多的傷亡……」

帕瑪搖頭，似乎是陷入天人交戰，索恩再也忍不住了，立刻大聲咆哮。

「拜託你！」

他們放慢車速，停在監獄大門入道對面的T形路口，等待穿越馬路，車頭燈不斷從他們的左方襲來，也許半分鐘之後就會出現車流的空檔，後頭的飛客船已經停在他們旁邊。

「靠我沒跟你在開玩笑，我馬上就要走人……」

飛客船的駕駛望向索恩，等待一切就緒的指示，現在就看索恩什麼時候示意前進。

「告訴我尼可林的事，我知道你還有沒說出口的秘密……」

這一段的車流只剩下兩三台車。

索恩望向右方，「你還想要背負多少的罪惡感？媽的還要多少？」

索恩揮揮手，飛客船稍微前進，等待空檔。

帕瑪身體突然緊繃，伸手拿東西。

「快講史都華的事，你心裡到底還有什麼沒說出來，拜託……」

飛客船按了喇叭，靠近索恩窗邊的那名警員揚手。

「快說！」索恩大吼，他旁邊的車已經切向右方，索恩看著它前行，雙手猛拍儀表板，他的腳板放開煞車，「太遲了……」

聲音從汽車後方傳來，「我覺得他應該是警察。」

索恩的左腳滑脫了離合器，車子熄火，向前暴衝，他在座位上被往後震，正打算要把車拉回來，頭部卻撞向前方。

當索恩的臉撞到破舊塑膠方向盤、彈回來的時候，他依然意識清醒，但沒多久又昏了過去。

可能過了好幾秒……也可能是好幾分鐘……到底多久了？

索恩望著儀表板上的時鐘，等待視力重新聚焦。

好幾分鐘過去了，只是幾分鐘而已……

他慢慢轉頭，覺得雙耳彷彿被灌滿了水泥，帕瑪不見了，後車門是敞開的。

哪裡……？他剛才說什麼……？

索恩慌張環顧四周，每一次的目光搜尋都宛若被人重毆一樣疼痛，他拚命想要找到帕瑪踉蹌逃跑的身影，卻怎麼也看不到。車流燈光持續強襲而來，照亮了他襯衫上的暗色污漬，全是從方向盤滴下來的大串血滴。

距離車子後方約百碼左右的地方，有一道約六、七英尺高的柵欄，上頭是電話集線箱，再過去是工地。

簡單。戴著手銬翻牆？應該吧，反正拿走了鑰匙，逃之夭夭……

索恩打開車門，卻立刻跌坐路面，他站起來，勉強向前走了幾步，他向迎面而來的車流揮手，沒有人停下來，沒有人爲他。世風日下，大家都不願相信別人。過去十八個月，他每個禮拜至少會去那家商店六次，也許我要是拿出警證，向老闆證明我是警察……

蒙帝歐的車燈依然大亮。索恩伸手摸了一下斷鼻，臉色抽搐，走進燈照光束裡，從索恩身旁急衝而過的車子猛按喇叭，因爲他正蹣跚走過馬路，穿越光道，朝監獄走去。

23

「天，湯姆，你還好嗎？」布里史托克面露震驚，一臉憂心忡忡。

他的鼻子幾乎是立刻腫脹變形，現在，已經是事隔兩天之後了。索恩臉上的其他部位也追上進度，大坨黑眼圈，兩側臉頰也出現了紫黑色瘀青。

「我沒事，」索恩回道，「我覺得自己像熊貓，但我沒事……」

布里史托克臉上的擔憂消失了，「非常貼切，因爲熊貓也是保育類動物對吧？媽的你以爲自己在幹什麼？」

以往要是遇到這樣的狀況，湯姆．索恩總是會回嘴，他堅守己見，還會針對目的與手段發表長篇大論，今天，他根本懶得辯解。

「我出包了。」

布里史托克原本站在門口、面對著索恩，現在，他坐回自己的書桌後方，「好，我得把這個交給你，」他把某張紙遞到索恩手上，「違紀通知書，專業規範委員會要約談你……」

索恩早有預感會這樣。這個專業規範委員會——又一個從美國傳來的蠢名字，取代了原本的「申訴調查局」：小組一開始的功能是要根除貪污，徹底掃蕩警界敗類。而如今這個換湯不換藥的組織最近在處理一個很紅的案件，調查警員在《警察》影集裡當臨演賺外快，此外，最近有名員警在突襲行動中放屁、不肯道歉，也遭到委員會調查。

「我沒辦法等下去了。」湯姆說道。

「那鼻子呢？」

「不要挖鼻孔打噴嚏就好。我休息個一週左右、等它消腫就好，從這個狀況看來，醫生應該是不會做任何處理，不然就是再打斷一次，重弄。」

「他們需要義工幫忙嗎？」

索恩走到另外一張書桌旁邊，坐了下來，「你們怎麼處理帕瑪的事？」

「我們怎麼處理？你也太搞笑了吧……」

「抱歉，我知道那句話聽起來……」

「我們現在做的就和你期待的一樣，其實，比你設想的還周全吧，媒體都在追這件事，如果我們要好好運用它們，就必須配合一下。一定有人知道帕瑪的行蹤，而我們能找到這些目擊者的唯一方式就是透過報紙與電視……」

史蒂夫．諾曼也在此時慢慢走進辦公室，簡直像事先安排好的一樣。

「羅素……索恩探長……」

布里史托克起身，索恩自己也不知道爲什麼，懶得做出一樣的動作，「我要去倒咖啡，」布里史托克走向門口，「有人要來一杯嗎？」

索恩點點頭，諾曼悶哼一聲，也要了咖啡，同時把一疊報紙摔在書桌上，他拿起最上頭的那一份，在索恩面前攤開，又刻意把它舉高。

「索恩，你眞的是製造新聞的高手。」

馬丁·帕瑪的照片幾乎佔據了那份八卦報的頭版，標題簡單，引人側目，美國人稱之爲「驚悚」頭條……

殺手竄逃。

索恩開始在書桌邊踱步，他好疲倦，疼痛，沒有心情再玩一次大吼大叫的比賽，「諾曼，你聽我說——」

諾曼舉起手來，阻止他繼續說下去，這一招眞的奏效，諾曼反而露出驚訝神情，「好，討論這件事情之前，我要爲幾個禮拜前吵架的事向你道歉，我是混蛋，可以吧？我來這裡是爲了要解決問題的，沒想到弄巧成拙，事情越搞越多。」

索恩完全居於下風，「嗯……」

「老實說，現在內部狀況有點棘手，我變得暴躁易怒，現在一團亂，我知道我們不可能當什麼好夥伴，但也不需要彼此敵視是不是？尤其現在也不適合，我講得夠清楚了吧？」

索恩點點頭，不知道自己會不會出現遲發性腦震盪。

諾曼伸出食指，戳了戳報紙頭版，「其實，這就是我們需要的效果，今天一早，電話響個不停，搞不好在午茶時間就可以把他逮回來了。」諾曼臉色微微一沉，從報紙堆的下方抽出另外一份，「昨天的報紙你看了嗎？」

索恩搖頭。昨天他幾乎都躺在黑漆漆的屋內，等待那股被人踩在腳下的痛感趕快消失。這一次頭版的照片就沒那麼清楚，兩個人形，應該是以伸縮鏡頭在數百英尺外的地方拍攝，宛若那種拍到大腳怪或是博德明沼地野貓的模糊照片。

是索恩與帕瑪，站在凱倫．麥克瑪洪的墓洞前面。

「這不是我們給的照片，」諾曼說道，「而是另有其人，與媒體走得頗近的某人。」

索恩聽到這句話雖然心情很差，但對於諾曼的說法也只能摸摸鼻子而已。先前媒體拿到的照片，很可能是從布拉契爾那裡流出去的，但這次一定與團隊成員有關，「我會找出是誰幹的好事。」

「很好。但不瞞你說，這種時候反而對我們有好處，我們開始慢慢讓他們了解到凱倫．麥克瑪洪這個案子，」索恩的臉有些迷惑，「三十六小時之前，他們正式確定了死者身分，剛好也在這個時候出現了這張照片。」

索恩得趕快追上進度才行。自從週四下午他把帕瑪推進蒙帝歐、帶他回到鐵路路堤現場之後，他就一直在狀況外。

「我覺得他應該是警察。」

「這故事有許多動人的面向，」諾曼開始解釋，「他們當然很愛，對凱倫父母的十五年凌遲什麼的。而且，多年懸案終於水落石出。找到了那具屍體，等於幫了大家大忙，我們可以挽回一點顏面。」

索恩整張臉刺痛難耐，他把手伸進口袋找止痛藥，「我找到了屍體，但卻也丟了人。」

諾曼笑了，帶著氣音的竊笑，「對，但這也算是是打平了。」諾曼雙手各拿一份報紙，同時揚了兩下，證明自己所言不假，「找到了凱倫．麥克瑪洪的屍體，也給我們帶來加分效果，希望我們可以閃避一兩個無關緊要的程序性細節問題，這樣就能讓他們好好著墨帕瑪逃跑的新聞。」

無關緊要的程序性細節問題?

「好,」索恩回道,「顯然得麻煩你講清楚……」

索恩爲自己倒水,他需要吃藥,順便去除嘴裡的惡臭。等到他抬頭的時候,看到布里史托克拿著三個塑膠杯、正穿過偵查室朝他們走來。

「咖啡來了……」

「眞好。」諾曼的手機剛好在這時候響起,他瞄了一下螢幕,「抱歉,我得接這通電話……」

索恩看著諾曼接電話,轉身低語。他發現自己的痛感與失序感混雜在一起,像是兩列長長的列車在他腦中對撞,他已經快分不清楚了。諾曼道歉……丟了人,找到屍體……有人洩露了辦案情資……專業規範委員會……帕瑪在車裡提到尼可林時的語氣。

然後,還有一個無關緊要的程序性細節問題,他根本沒有告訴他們……

麥克艾渥伊登入網路。賀蘭德不知道她在看什麼,不過他剛才在偷瞄,只是她發現之後立刻關掉,他猜應該是郵件伺服器。其實他們不能利用這套系統收發個人電郵,但賀蘭德什麼都沒說。在這種時候,也只不過是小事一件而已,而且,他也很清楚針對那種事開口會引來什麼下場。

「至少我現在進來辦公室的時候妳不會立刻離開,我們之間總算有進步了。」

麥克艾渥伊聳肩,根本沒抬頭,「我不能讓你找到藉口指控我不稱職。」

賀蘭覺得繼續這樣繞圈子也不是辦法，他乾脆開口直說：「我認為我們其中一個人必須要調組離開，」從她臉上的表情看來，他知道自己嚇到她了，「拜託，妳自己一定也想過吧，這——」

她打斷他，「靠，我才不走。」

「莎拉……」

「對，當然，我們其中一個，你說的就是我嘛，對不對？」

如果他想要忘記自己挑起這個話題，挽救情勢的話，應該要在這個時候離開，但他遲疑了一會兒，還是說出口，「沒錯。」

「你就省省吧。」

「有問題的是妳，不是我。」

「你確定嗎？」

「我不需要妳當我的心理醫生。拿薪水吸毒、把事情搞得亂七八糟、害同事生命受到威脅的人又不是我……」

麥克艾渥伊臉色漲紅，她覺得眼角的淚好痛，「什麼時候？告訴我這是什麼時候發生的事？」

「也許永遠不會發生，也許是半小時之後……」賀蘭德眞想要跨過他們之間那五英尺的距離，然後，抱住她，但他不能這樣。

「沒有別人知道這件事，戴夫，」麥克艾渥伊覺得自己露出金髮傻妞想要拗警察別開超速罰單的表情，她好恨自己這樣，「我們就忘了這件鳥事好嗎？戴夫……」

「現在是沒有人知道，但我覺得妳掩飾的功夫不怎麼樣。」

麥克艾渥伊改變策略，「你要是去找布里史托克，我也會立刻跟進，我會向他檢舉你騷擾我，他們會覺得這是你瞎編，因為我不肯和你上床……」

賀蘭德知道她已經走投無路，他知道她的十指緊抓著窗台所說出口的那些話永遠不可能成真，但他還是氣不過，他走過去，拿起檔案櫃上面的報紙，重摔在她的面前。

麥克艾渥伊望著索恩與帕瑪站在排水溝前的照片。

「妳要是向任何人講半個字，」賀蘭德說道，「妳可就惹出大麻煩了。」

麥克艾渥伊抬頭看著他，她一臉疑惑，「你覺得是我洩露出去的？」

「妳自己說過，我浪費不起。」賀蘭德抓起報紙，把它胡亂捏成一團，「靠，這種錢好賺對不對？通風報信，哪裡有拍照的機會，這個禮拜的用量就解決了。我看，他們應該是直接拿古柯鹼收買妳，連付現金都省了。」

「戴夫……」

「認了就好，是妳做的對吧？媽的妳就認了……」

賀蘭德看到麥克艾渥伊目光閃爍，身體緊繃，他轉過頭去，發現索恩站在門口。沒有尷尬不語，沒有刻意的沉默，麥克艾渥伊立刻起身，走到門口，還佯裝沒事，對索恩開玩笑。

「顯然這裡有某人的心情和你的臉一樣慘到不行……」

然後，一片靜默。

索恩關上門，走進辦公室裡面，「戴夫，你和莎拉之間是不是有問題？」賀蘭德不吭氣，索恩的火氣冒上來了，他再也不想看到任何曖昧失序，「賀蘭德警員，你與麥克艾渥伊警探之間是不是有什麼問題？」

賀蘭德望著索恩。之後，當他站在酒吧裡，或是抬頭凝望燈管的時候，他會記得這一刻。在幾個月、幾年之後的深夜，他坐在床邊，蘇菲在他旁邊翻身，他也會回憶起此時此刻。他會記得索恩瘀青臉龐與沙啞聲音上的所有細節，他會記得，當初自己要是能夠說出事實就好了。

賀蘭德望著索恩，「報告長官，沒有。」

索恩嘆了一口長氣，走到窗邊往下看，希望能發現什麼讓人精神一振的畫面。看到一群警校生走分列式走得零零落落，當然開心，最好還有站在兩台摩托車後座之間的人形金字塔，他小時候常看到警察做那種表演……

只有兩個文職員工站在大門口抽菸。

索恩轉身，又在辦公室裡踱步，他覺得自己毫無目標，沒有人信任他，像個廢人一樣。他打開房門，望著整間偵查室，看到諾曼站在麥克艾渥伊的桌前，她講了幾句話，逗得他哈哈大笑。

「麥克艾渥伊和諾曼越來越好了，是不是？」

「他好像在勸她可以加入下一次的記者會，」賀蘭德說道，「他一直告訴她，她應該要接受一點與媒體交涉的訓練，他還說，她在鏡頭前應該可以表現得不錯。」

索恩轉過頭去，「那我呢？我夠不夠上相？」賀蘭德不發一語，話要說得婉轉，但要到什麼程度他還在拿捏，「我眞的那麼糟糕嗎？」

「等到瘀青消失之後就沒問題了，至於斷骨鼻其實很酷，女人愛得很……」

「天，拜託……」

「我應該要講好聽話才是，」賀蘭德說道，「長官，老實說，恕我冒昧，你以前的長相眞的是超抱歉的。」

他記得自己不能挖鼻孔，打噴嚏，現在，臉上的痛提醒了索恩，哈哈大笑也絕對不行。

索恩等到整間辦公室安靜下來之後，才開始撥打那通電話。

當他撥出號碼的時候，他的心臟噗通噗通跳得好厲害，他在自己家裡打這個號碼的時候也一向如此。自從他出院之後，已經打了十多次，十多次都是直接轉語音信箱。

他殷殷期盼電話趕快接通。

他應該要告訴他們這件事才對，他們可以處理——追蹤定位——但他卻突然有股直覺，他們的努力只會徒勞無功，他只能靠自己搞定。

電話響了。

這就是他恐怕得爲自己錯誤付出代價的方式……

一如往常，第十次，第十二次，然後是那熟悉的語音信箱問候語，「媽的……」

「我是湯姆．索恩，請留言，或者撥打我的家裡電話，號碼是……」

突然之間，索恩想起史蒂夫．諾曼之前接電話時的情景，那位新聞聯絡官看了螢幕之後才接起電話。

來電者號碼……

這個，辦公室的號碼，與他自己家裡的電話一樣，都設爲不顯示，對方無法回電。他需要找一支輸入儲存過的號碼，能夠顯示在手機螢幕上，讓那個持有他手機的男子能夠知道打電話的人是誰。

索恩開門，掃視整間偵查室，希望戴夫・賀蘭德還沒有離開。

幾分鐘之後，他拿起向賀蘭德借來的手機，再次撥打那支號碼，他早就把這支電話輸入在自己的手機裡，一定會顯示來電者姓名。

電話在響……

無論現在拿他手機的人是誰，一定會看到那小小螢幕上出現了「賀蘭德手機」的字樣，應該也猜得出來是誰撥電話過去，搞不好願意大膽一試、接起電話。

對方接了。

「帕瑪，我是索恩。」

十五秒。索恩開始懷疑那個人並不是帕瑪。然後，對方開腔了，電話裡的那股鼻音聽起來更加濃重，「索恩先生，眞的很對不起……」

「你害我鼻子斷了……」

「抱歉，我不是故意的。」

索恩走到窗前，向外凝望亨頓的燈光，M1公路上的車輛正向北疾駛，「爲什麼要拿走我的手機？」

「我沒辦法講太久，我想你應該在追蹤這支手機……」

「你拿走我的手機，是為了要爭取更多的逃跑時間？或者是因為你知道我會打電話給你？」

索恩聽到帕瑪在喘氣，思量該怎麼回答才好，「應該兩者都有一點吧。」

「你知道嗎？這種行為眞的很蠢，我們一定會找到你的。你先前已經自首過一次，這次也應該趕快回頭。」

帕瑪大笑，但聲音充滿了絕望，「為什麼？難道我的判決會變得不一樣嗎？」

「你為什麼要在乎這個？反正你自己想要被關一輩子。馬丁，是不是有不一樣的想法？為什麼要這麼做？」

「我該掛電話了……」

「是不是因為我講了你在監獄裡可能會發生的狀況？」

「不算。是啦，是有一點……」

索恩望著自己在幽黑窗戶上的倒影，滿佈臉龐的深色瘀痕。剎那間，他忘了自己正在與殺人兇手講話。他覺得自己好像某部黑色商業電影中的角色，嘴巴模仿著對方斷斷續續的台詞——詭異的碎句不知不覺變成了一首關於失落或是無法寬恕的歌謠。

「你在車子裡講的那句話是是什麼意思？你說尼可林是警察？講清楚一點？」

「沒什麼特別意思，隨口說說而已，我只是想要分散你的注意力……」

「鬼扯，馬丁，你愛做什麼愛說什麼都可以，為什麼特別說出那句話？」

「只是我的直覺而已，我的粗略印象，他似乎很習慣對人頤指氣使……」

「他不是一直就這樣嗎？」

「我說過了，只是直覺，對他那天在餐廳裡的印象，我沒辦法具體講出來。我得掛電話了……」

「等等，你好好想一想，不要再這樣下去，無論你在哪裡，我們都找得到你，所以你逃跑是爲了什麼？」

「我眞的不能再和你講電話了……」

「等一下，我會再打一次電話，先響三聲，然後切掉，所以你知道是我打的電話，三聲，帕瑪，知道了嗎？」

電話斷了。

麥克艾渥伊躺著不動，屏住呼吸，目光往上方凝望。

她的心臟跳得飛快，臉龐刺癢，嘴巴與牙齒麻得要命，腦袋裡嗡嗡響個不停。

她聽到停車的聲音，全身僵住不動。每一條肌肉都爲之緊繃，等待對方攻門，只要十秒鐘，她就可以衝到總開關的前面……

她躺在客廳窗台下方的地板上，沒有人看得到她。她先前已經把臥房裡的立鏡慢慢搬出來，把它斜放，調整到最佳角度，現在，她躺在這裡就可以安心觀察後花園，要是一有人過來，她立刻就會發現。

花園中間還有另外一面大鏡子——她掛在某根欄杆的上面，從這個位置也能看到側面的狀況。

當她剛買下這間公寓的時候，花園很棒，她喜歡在夏夜裡坐在外頭，偶爾會有男人相伴，在上床之前先共享一瓶美酒。但這些日子以來，卻反而害她陷於不利。他們如果要過來，一定是從這個方向，大部分的時候，他們都待在那裡監視她，先前有個警察站在採果升降機裡、假裝在修理路燈，這招很聰明，但是她更高明，她知道所有的花招，不是嗎？監視遊戲。她知道跟蹤她的車輛應該是在她前面的那台，她懂得每一個訣竅，因爲她自己也是警察。

賀蘭德一定講出去了，大家都知道，她心裡有數。今天稍早的時候，她正好看到兩個人在那裡講她的事，一看到她進去就把嘴巴閉得緊緊的。他們盯著她，打量著她，她也盯著他們不放。她拿出包包裡的小鏡子補妝的時候，當然知道他們心裡在想什麼，和賀蘭德一樣，大家都一樣，每個人都覺得她不適任。

她僵住不動，花園裡閃過一條人影。要是她奮力一搏，不到五秒鐘就可以跑到總開關前面，讓這裡陷入一片黑暗，切斷所有的光源。先前她聽到他們過來的時候、也曾經做過一樣的事。花時間重新設定錄影設備與大大小小的時鐘實在很痛苦，但她別無選擇。

他們躲在外頭，偷聽。這些王八蛋今天晚上什麼都聽不到。她在地上慢慢滑行，離開了窗邊，然後才站起來，貼著牆慢慢前進，她坐在書桌前的椅子，開始打電腦。

她可以找某些人聊一聊，他們知道她是個多麼優秀的警察，他們知道可能根本沒有人比得上她，他們會向她下戰帖，讓她證明自己的實力。

她有電子郵件。

電話聲響直接衝闖索恩的夢境，它變成了貪婪動物的嚎叫，拚命抓門，想要刨開底下的泥土。門後有個小男孩，嚇壞了，站著不敢動，然後，有個女孩過來，牽住了他的手。索恩驚醒，彎身向前找手機。

「帕瑪？」

「索恩？我是科林．麥克斯威爾，你還在睡嗎？」

索恩用力眨眼，望著時鐘，剛過十一點。他睡著的時間還不到半小時，「我在看書，想要早點入眠……」

麥克斯威爾。飯店殺人案，越來越多的屍體……

「這次是哪一間飯店？」

麥克斯威爾似乎很驚訝，「皇宮大飯店，位於南肯辛頓，你怎麼會知道？」

索恩現在完全清醒了過來。他需要更多的止痛藥，「不然你幹嘛會打電話來？有多少人死亡？」

「沒有人死掉。聽我說，老哥，我覺得我們兩個人不太對焦。這其實是好消息，我猜你應該也會開心才是，看來這個傢伙沒有我們想像中的那麼聰明。」

止痛藥可以等一下再吃，「你抓到他了？」

「這傢伙負責運送酒吧貨料，一個月送一次啤酒。和餐膳經理們都很熟，也和許多女服務生打情罵俏。有哪些客人？誰出手闊綽？只要塞給他們幾英鎊，就可以要到正確的情報……」

「皇宮大飯店會怎麼配合？」

「有個證人自己找上門，她是個清潔工，去年在麗晶飯店工作的時候，曾經透露消息給嫌犯，那時候只是竊案，還不是殺人案。嫌犯上個禮拜又去找這個女孩，但現在這名女清潔工已經看到報紙上的報導，知道這傢伙幹的好事。我們告訴她，只要她好好配合，絕對不會有任何刑責。」

索恩越來越焦急，等一下再聽細節也可以，「科林，只要告訴我皇宮大飯店——」

「老哥，最精采的部分來了，下禮拜二晚上你有空嗎？」

24

索恩低頭望著自己的新手機，比原來的更小更炫。他一整天幾乎都在確定重要聯絡人已經都知道了他的新號碼。他還沒有註銷舊號碼，目前就讓它繼續保持暢通吧。

當四周安靜下來，當大家在等待的時候，索恩試了新手機的某些特殊功能，這一支有輸入文字預判的設計。他以前從來沒有發過簡訊，打電話比較簡單快速。但這個功能很好玩，他開始輸入，裡面應該有一堆符號和快速鍵供他使用——他知道這種東西讓小孩子很著迷——但他就是直接了當。他按下傳送鍵，抬頭，對著兩三個人微笑，沒有人特別說些什麼。

索恩很篤定，對方一定會看他傳過去的簡訊，打開它沒有任何風險，就算發送的是陌生號碼也一樣，簡訊內容簡單無比。

去自首……

突然有一陣肚子怪叫聲，打破了沉默，也消解現場的緊張氣氛，每個人都哈哈大笑。有人建議打客房服務專線點些東西當晚餐，這筆帳算公費。

賀蘭德與麥克艾渥伊推開旋轉門，穿越大廳，走向接待櫃檯。賀蘭德一身藍色西裝，而麥克艾渥伊則是柔軟眞皮外套搭配黑色洋裝。

兩人手牽著手。

「一三三號房，麻煩您。」賀蘭德說道。

麥克艾渥伊從包包裡取出小鏡，檢查妝容。

接待櫃檯後的那名女子擺出假笑，其實其他時候她也多半在假笑，但神情不太一樣。當她交出鑰匙的時候，手還在微微顫抖。

「是否需要晨喚電話服務？」她開口問道。

麥克艾渥伊搖頭。

「需要報紙嗎？」

賀蘭德微笑，她的表現真的很好，「不用了，謝謝，晚安……」

他們一起等電梯，麥克艾渥伊望著自己在金屬門上的倒影。賀蘭德態度輕鬆，轉身看了一眼。大門扶手椅那裡坐了一名五十多歲的男子，在抽雪茄等人。酒吧那裡傳來商人聚會的吵鬧聲，有名年紀稍輕的男子在講電話。

電梯到了，裡面已經有六、七個喳喳呼呼的商人，賀蘭德與麥克艾渥伊走進去，賀蘭德按下二樓的按鈕。

等到電梯門完全關上之後，他們兩人才放開緊握的雙手。

✦

傑森・艾德頓迅速穿越走廊，他穿的是黑色軟皮運動鞋，踩在厚重地毯上完全不會發出任何噪音。有名女子從角落走來，當他們錯身而過的時候，他露出親切笑容，女子也微笑以對。

他停在房門外，準備要敲門入內。他把袋子悄悄放在腳邊，戴上手套，還不時張望左右。這時候一定要緊靠門口，讓自己的臉貼著門窺孔，反正他的打扮看起來已經像是工人了，現在就是要讓裡面的人看到一張毫不在乎、吹著口哨的微笑面孔。

傑森急淺呼吸了十多次之後，敲門。這個動作讓他的手感到有些興奮，但他的掌心依然非常乾燥，現在他的自制力越來越好。

房內傳來腳步聲，他神經緊繃，準備開戰。看到他們的驚訝表情，最讓他血脈賁張，他們總是驚訝萬分，他懂得那些人表情的意義，他們誤以爲自己很安全。

「誰？」

「先生，我是飯店維修人員，您的暖氣管有問題……」

房門一開，還不到半秒的時間，傑森已經發動攻擊，他事前已經掌握了所有的重點細節。穿西裝的痞子，年約三十歲，來這裡參加會議，果然和那女孩講的一樣……中等身材，並不高大……看來平常有健身，但那也不重要……八成只是自以爲很行，但事到臨頭還是會哭得跟小嬰兒一樣……他臉上的表情，那股驚懼，他開始知道事情不對勁，但已經太遲了……還有個女人，妻子或女友，坐在他後頭的床邊……

他舉起雙手，攻擊那個穿西裝男子的胸膛，把對方推到地上。他進去了，拿起袋子，以乾淨俐落的速度把門關上。西裝男手膝跪地在哀嚎，傑森向他逼近，朝那痞子的腹部踢了一腳，他看到坐在床上的女子跳起來，眞的是嚇得彈飛，就像那個荷蘭老女人一樣。

她彈飛，尖叫……

麥克艾渥伊大叫。

恐懼妻子的尖叫，聰明警察提醒大家要展開行動的尖叫。

索恩立刻從內建式衣櫃右側後方的躲藏位置走出來，他看到嫌犯露出驚慌神色。越來越害怕，正要轉身想逃的時候，卻看到另外兩名男子突然從後方浴室衝出來。

從索恩開始站出來，到他望著那傢伙倒在地上、驚訝自己居然沒把對方打到昏迷不醒，整個歷程不過只有五秒鐘。

索恩節節逼近，嫌犯想要逃跑，但賀蘭德早已從地上爬起來，扣住對方的手腕，把他拖進房內。麥克艾渥伊讓道，賀蘭德與嫌犯跌坐在床邊。索恩與麥克斯威爾就站在他們背後，兩人合力從地板上抓起嫌犯，把他推到床另一側的牆邊。

索恩從床邊繞過去，看著嫌犯摔在地毯上。

準備好了。

他準備要好好修理一下這傢伙的臉。

那張臉沒有戴面罩，因爲那畜牲根本不打算留任何的活口，也沒有人能指認他。他的手臂上還掛著袋子——裡面有刀還有膠帶，天知道還有什麼鬼東西……

索恩回憶起上一次待在飯店房間的情景，也想到浴缸裡與床上的那兩具屍體。他準備要對這傢伙踢打幾下，宣洩些許心中的挫敗感。麥克斯威爾與賀蘭德也迅速過去，索恩的心思全寫在臉上，被他們看出來了，他們打算要阻止他。

其實，不需要。

索恩看著那男人，他縮躺在牆壁與床鋪之間的地板上，臉上露出某種類似驚異的神情。在打鬥過程中，他的褲子褪落到大腿上方，露出了灰色內褲。他額頭上有一道鮮明的抓痕，抹滿髮膠的厚重髮絲宛若肥黑蜘蛛的腿，緊貼在頭皮，下面是一張面無表情的瘦小臉龐，那對小眼睜得好大，嘴巴張得大大的，宛若在拚命急喘。索恩走到床邊細看，他緊握雙拳，慘白的臉色難看得宛若重災區，索恩看得出來，倒在地上的那名男子懷疑自己也會步上受害者的後塵……

索恩定住不動，只是死盯著那個倒在地上、如爛屎般的敗類。他應該不會多做抵抗，只會乖乖投降。這個邪惡笨蛋實在不夠小心，他可以蹲在牢裡度過晚年，好好想一下自己出了什麼問題，現在，大家的功勞簿上多添了一筆，長官也會引以爲傲。其實，大部分殺人兇手被抓到，都是基於同樣一個簡單的理由，而他也不例外。

倒楣加耍笨。

薩利克夫、魏斯特、尼爾森、希普曼，他父親詢問他的那份名單上的每一個人都是如此，所有殺人兇手都是因爲那麼一點背運或是巧合，疏失而落網，其實，不只是這些頭號殺人魔而已：兇手某甲與強暴犯某乙亦然。每天。在任何地方都會出現瘋子，其中大多數與通俗小說裡的那些亮眼優雅的精神病患截然不同，殺戮的理由沒什麼特別，不過就是憤怒、嫉妒、色慾、貪婪。沒錯，他們都是心懷不軌的歹徒，但也會與某些追捕他們的人一樣犯蠢……

索恩與其他警察一樣，跌跌撞撞，有時戰功彪炳，有時候碰了一鼻子灰。會流下熱淚，也會有慘不忍睹的傷口。他們可能會依照標準程序辦案，也可能不會，這就得看他們是哪一種人，還有看他們有多鳥那些規定。警探希望能夠抓到在逃嫌犯，在無計可施的情形下，只好祈禱會出現眼尖的目擊者、良心不安的親戚，還有腦袋不靈光的共謀。

他們需要各方人馬的協助。

當然，索恩知道，他非常清楚。但偶爾他會覺得自己被打了一巴掌。某個當下，某幅畫面，都會在在提醒他，自己是多麼地茫然無緒，自己有多麼依賴運氣與對方失手。

警探？他們得發明一個新名稱才行。

索恩不記得自己上次查訪到線索是什麼時候的事了，他只記得同事嘴裡吐出的唬爛話語酒氣。

自從索恩從躲藏處跳出來之後，不過五秒鐘的時間，他覺得有隻手摸著他的袖子，還聽到了某種刺耳的高頻聲響，從那裡散發出來……

躺在地上的那個男人並沒有在看他，而是看著他的後方，房內的某個東西。那隻手正拉著他——不是嫌犯的手，完全沒有惡意——只是把他拉向某個東西，需要他凝神細看的東西。

當索恩聽清楚那是什麼聲音的時候，他立刻轉頭，與大家望向同一個方向，面色爲之抽搐。大家的雙手都摀住耳朵，他們看著莎拉．麥克艾渥伊，她癱靠在房門附近的牆上。

她依然在尖叫。

25

當她抬頭望著賀蘭德的時候，他看到自己的襯衫濕成一片，有鼻涕，還有眼淚。

麥克艾渥伊已經哭了一個多小時。他們上車、駛離飯店，她忍了一會兒，但從那裡回到溫布里的路上，她一直歇斯底里。當他把車停在她家公寓外頭的時候，她靠了過去，哭得好傷心，幾乎無法言語，她需要有人抱著她。

就此之後，他們動也不動。

還在飯店的時候，一等到傑森．艾德頓被帶走，他們兩人也與索恩立即下樓，三人靜靜搭乘電梯，坐在沒有人的接待區裡的沙發與椅子上。索恩找到人，命令對方準備咖啡，然後盯著這兩個手下，逼他們把話講清楚。賀蘭德目瞪口呆，因爲看到麥克艾渥伊居然這麼快就恢復平靜、而且還能不費吹灰之力看著索恩講謊話。她說她母親生病了，還說自己很難控制情緒。她哈哈大笑，還說剛才她在旅館房間失控，應該是因爲自己潛意識裡有太多壓抑的情緒、一下子全爆發出來，這只是偶發事件，情緒有些不穩，長官……

索恩是信了她的話，安慰了她一會兒，還詢問了她母親的病情。

或者，其實他根本不信。當他們準備離開飯店停車場的時候，賀蘭德望著後照鏡，看到索恩站在那裡，目送他們離去。他嚇了一跳，因爲看到索恩雙手插在口袋裡，臉上的那種神情……也許他只是想要改天再找他們好好談一談。

賀蘭德想要稍稍挪動一下位置，麥克艾渥伊整個人癱在他身上，她的重量讓他很不舒服，但每次當他想要移動的時候，她又開始嚎啕大哭。自從他們到了她家公寓之後，這個狀況已經重複了六次之多，她的哭聲淒厲；是那種從體內深處挖掏而出的慘嚎。那是某種血淋淋的生猛情緒，一碰觸到新鮮空氣就變成了尖叫。每一次，她的啼泣似乎要撕裂了她的身體，他的也是，經過許久之後，她終於止歇下來。

車子已經熄火，當然看不到儀表板上的時鐘顯示，但想必現在已經過了午夜。有個遛狗男子盯著他們的車好一會兒，又立刻把頭別過去，賀蘭德不知道這男人以爲自己看到了什麼。

「莎拉……」

她悶哼一聲，抬頭，整張臉看起來像是一直浸泡在除漆劑裡。賀蘭德才剛開口，她立刻把舌頭送進去，他知道自己的鼠蹊處起了反應，他好不容易才掙脫這個熱吻。

「莎拉，我送妳進去。」

「不要……」

她用力掐住他的脖子，害他差點叫出來，他趕緊把手插入她的指節與自己的皮膚之間，「不要再這樣下去，妳應該要趕快上床睡覺。」

她的聲音粗啞，絕望與突兀的吸氣聲不時打斷她的話，「證明你是對的……很爽是嗎？眼睜睜看著我……搞砸了工作……？」

「別講傻話。」

「就在……大家的面前……」

「妳在索恩面前說的那番話……已經轉得很不錯了。」

「如果他相信我的話……」

賀蘭德發現他正撫摸著她的頭髮，已經好一會兒了。「聽我說，剛才妳說的什麼證明我是對的，我才不鳥，但也許這是個警訊，妳得補救一下……」

原本依偎在他肩上的臉，埋得更深了，她似乎在點頭，但是他並不確定。

「莎拉？」

她發出哀嗚，彷彿歇斯底里又要發作了，他不再撫弄她的髮絲，反而一把抓住她的頭髮，「這可能是妳最後的機會，妳知道嗎？」

她抬頭望著他，充滿血絲的雙眼裡出現某種詭異的情緒，他無法參透。她就這麼看著他，差不多有十五秒吧，質疑……愧疚……接受……以無語的方式說了些什麼；他花了好長一段時間，依然不得其解的話語。

然後，子夜時分，雨滴開始滴落擋風玻璃，他開口說話，聽起來怎麼樣都像是不著邊際的哄慰，「如果妳想要改變，我會幫妳的……」

他輕輕將她的頭倚回自己的肩上，兩人就這麼坐著，千不該萬不該，卻還是彼此相依在一起。

麥克艾渥伊需要撐過去，但不希望他插手。她想要進去屋內，自己一個人就好，然後，打開她的電腦。

賀蘭德像在哄小孩一樣安慰著她，他慢慢變換位置，稍微移動手臂，想要偷瞄一下手錶。

來自里克曼斯沃斯的瑪麗：「絕對不能把他放出來，怎麼不想想他們父母等於被判了無期徒刑？怎麼不考慮那小女孩的父母？」

來自蘭開斯特的艾倫：「鮑伯，這無關報復，這是正義的問題，現在放出來就是太早了。」

當年殺死某個小女孩的孩子入獄多年，現在已經是符合假釋條件的成年人。八個月前，當初殺死傑米．布格的那些小男孩能否假釋出獄，已經鬧得沸沸揚揚，現在，大家再次憤恨難平，鮑伯不斷舊事重提，現在電話全部滿線……

來自布羅姆利的蘇珊：「爲了那小男孩好，還是讓他繼續坐牢吧。要是他出來的話，一定會有人追查到他的下落殺了他。」

這是他最喜歡的一段叩應。我們就不要講出這等於是釋放出我們自己的心魔、回到社會，不要講出我們之所以希望他們被關到死，是因爲可以減輕我們沒有好好保護孩子所產生的罪惡感，就讓我們假裝自己關心的是那殺人畜牲的安危，眞有趣啊。

他仔細推敲他們的論點，這是他的習慣，最後，他非常贊同多數人對於此一爭議話題的看法。

不應該放了那男人，殺小孩罪孽深重。

卡洛琳早早就寢，睡得香甜，所以他幾乎有一整個晚上的時間可以沉澱思索，確定自己萬無一失。

當帕瑪逃跑的時候，他曾經想過要拋卻一切，想辦法找到他的下落，重啓兩人之間的合作關係。帕瑪上次臨陣脫逃，還把他供了出來，他倒是沒有心懷怨恨。與馬丁這樣的人共事就是如此，對方的恐懼雖然可以獲得控制，但有時候還是會小小失控。

經過細心長考之後，他決定繼續挺進，絕對不能停滯不前，也不可以回頭。現在，帕瑪已經成爲他過往的歷史，就讓他自生自滅吧，他自己的未來精采多了。不過，帕瑪以那種方式竄逃，不禁讓他哈哈大笑，索恩這麼自大，從來不曾被別人耍弄，如今卻把事情搞得一塌糊塗。

現在，索恩是笨蛋。

他爲自己又斟了一杯酒，他不知道麥克艾渥伊會不會出包。就算如此，也不會是世界末日——他早就做了萬全的防備——但他已經投入了這麼多心血，要是被她搞砸也未免太可惜了。他左右思量之後，決定還是應該保持樂觀才是。

畢竟，她是完美人選。

當他第一次看到她的時候，就發現她有異樣。他看出她有需求，不只是外顯的那一種而已。當然，他立刻發現她有毒癮，當年他還在街頭混的時候，已經見識過太多次了。他一開始覺得應該是古柯鹼，但隨即注意到麥克艾渥伊還有更深層的需求。

所以，如果一切順利，他們兩人都會從中獲得好處。過沒多久之後，他就會知道自己是否做出了正確選擇，但要是狀況不對，他已經下定決心，反正之後把她幹掉就是了。

他傾身向前，靠近收音機，把音量調高。有些白痴講得興高采烈，他們認爲這男孩就算放出來之後，也不可能隱藏昔日的身分，他們還提到了維納博勒斯與湯普森，殺害傑米·布格的那兩個小男孩，也是同樣的狀況。他們必須要變成完全不同的人，不能讓任何人發現他們的過往，他們必須要說謊，撒一輩子的謊，就連好友與未來的配偶也不例外。不可能，總會有人發現真相，一定的，你怎麼可能完全掩藏自己的過往？

這段話不禁讓他露出微笑，他知道可以的。

湯姆按下電話答錄機的播放鍵，今天已經夠倒楣了，沒想到更令人難受的還在後頭。

「嗨……湯姆，我是艾琳，住在布萊頓的艾琳姑姑……聽我說，我實在很不想講這些事，但我們得好好談一談你爸爸的事。自從聖誕節過後，我一直有和他聯絡，嗯……狀況不是很好。你可能不記得了，但是你的祖父……後來也有同樣的問題。有時候。我覺得他根本忘了吃東西。反正，我一直煩他，他終於答應我要去找家庭醫生，我想他應該會被安排轉診，你知道，要做一些徹底的檢查，反正，我們等你的電話，一起想想辦法。你自己也應該要提醒他一下，確定他有預約掛號……」

他按下停止鍵，開啓煮水壺的電源。

他把馬克杯重摔在流理台上面，他與父親發生不快，已經是一個禮拜前的事了，他應該要在第二天就打電話給他才是，把話解釋清楚。艾琳怎麼會這麼積極？她以前從來不會插手。天，大勢不妙的時候他們就會突然出現，那種愛管閒事的人就是唯恐天下不亂，是不是？

他在回家途中買了肯德基，大錯特錯，他已經開始覺得有點反胃。

徹底的檢查？那表示……？

他看了一下手錶，現在打電話給父親已經太晚了。他憤恨撕開牛奶盒，奶水潑得到處都是。

幹，喝茶只會讓他整夜睡不著，茶的咖啡因成分怎麼會比咖啡還高呢？

他重步走回客廳，靜靜坐著，手裡拿著電話。

他在開什麼玩笑？如果他睡得著，可算是天大的奇蹟了。先前在飯店的時候，在血管裡奔竄的腎上腺素依然沒有消退，得找點事情發洩一下。剛才他低頭看著傑森．艾德頓的時候，讓他深受震撼的那股感受，已經回到了平時躲藏的角落，但他依然覺得很受傷。

還有麥克艾渥伊……

這到底是怎麼一回事？他一大早就得告訴布里史托克才行，麥克斯威爾可能已經把它寫在報告裡了，但索恩知道自己還是率先說出來比較妥當。但他不知道該怎麼向布里史托克提起這件事，也許就把麥克艾渥伊告訴他的那番鬼話再講一次……

他也得找賀蘭德談一談。

他低頭看錶，距離他上次查看時間也才過了五分鐘而已。

他讓電話響了三聲，掛斷，重撥，第二次響了非常久。

「帕瑪？」

「我睡著了……」

「給我地址。」

「什麼……？」

「你人在哪裡？趕快給我地址，我現在過去找你。」

「我沒辦法。」

索恩沒想到事情居然變得這麼簡單，但他還是有點不太高興，「帕瑪，難道我們就不能好好解決嗎？你根本當不了亡命之徒，你連跑都跑不快，你只是個孬種，」

一陣好長的沉默，索恩起身，走進臥室還綽綽有餘，他躺在床上，聽到帕瑪再次開口。

「我知道。」

「那你到底以爲自己在幹什麼？」

「我也不確定。」

徬徨的不是只有他而已。索恩仰望天花板，不禁自問爲什麼在半夜十二點半、他心裡想到能打電話的對象只有這個逃逸中的殺人兇手，當然，這個問題不需要解答——反正也只是胡思亂想。他累壞了，腦子裡都是各種稀奇古怪的想法。要是打給賀蘭德，他應該不會覺得怎麼樣，反正他應該也還沒睡，漢卓克斯也是，剛才應該打電話找他才對……

「有沒有史都華的消息？」帕瑪問道。

「馬丁，你是不是在擔心他比我們搶先一步找到你？」

「沒有……只是，想知道有消息嗎？」

索恩悶哼一聲，「除非等你告訴我們了。」

「抱歉……我什麼都不知道。」

「你只知道他可能是個警察。」

「我的確這麼說過，但那是之前的事，也只是一種感覺罷了。我沒有任何證據，這也不能當眞。索恩探長，我從來沒有對你說過謊。」

「這話真叫我感動啊，是不是？這有哪裡了不起啊？」

「我完全沒有那個意思。」

「你拿刀刺死了某名年輕女子，又勒死了另外一個——」

「拜託你……」

「但你其實是個老實人！」

「對不起，你對壞人的簡單分類法，無法適用在我身上。」

「狗屁……給我閉嘴，聽你在鬼扯。」

索恩聽到街頭遠方傳來一陣陣爭執，男人和女人在吵架，很難判斷這是慢慢接近或是漸行漸遠的噪音。

「我也和你一樣，」帕瑪說道，「想要知道自己是什麼樣的人。」

「帕瑪，你別搞錯了，我很清楚你是什麼貨色……」

「如果我給你添麻煩了，真的是很抱歉……」

「不要再道歉了，你有病啊！」

索恩需要吃更多的止痛劑，他深呼吸，把腳擱到床下，未消化的雞肉的嘔氣飄升到了喉嚨。

「索恩探長？」

他站起來，慢慢走到衣櫥前面，一腳踢開了櫥門，望著門後全身穿衣鏡裡的自己。

「天哪……」他不是故意這麼大聲的。

「索恩探長？」

那腫脹扭曲的臉回視著他，提醒他自己是什麼身分。那張臉詢探的表情溫和而堅定，他媽的你以為自己在幹什麼？

「你還好嗎？索恩探長？」

然後，火氣爆發，和他爸爸一模一樣。

「不准你擺出那種態度跟我講話！聽懂沒有？不要問我你怎麼了？不要一直說對不起……」

「我沒有……」

「好好拿出殺人兇手的口吻跟我講話。」

26

索恩到達辦公室的時候，心中好悶，他知道今天不會有任何進展，難以塡補在這裡的無所事事。

與帕瑪說完話之後，他居然睡得好沉，眞意外——感謝止痛劑帶來的副作用。這一次，夢中的野獸在門後待得更久了，挖掘的動作也更激烈。牠整個口鼻都擠塞入洞，這一次，在門的後方，看不到凱倫．麥克瑪洪牽起查理．加爾納的小手。

依現在的情形看來，索恩知道，今天將幾乎等於是渾沌詭譎的狀態。

追捕帕瑪不會有任何結果。

追捕尼可林不進反退。

索恩與小組成員可能會花一整天的時間好好慶祝……

喝個一兩杯，長官拍背鼓勵一下，或是再來個第三杯，算是爲昨晚在飯店的成果劃下句點。只不過狀似豪情的歡聚會被一件事打斷——根據他收到的違紀通知，就在午餐過後——索恩必須與專業規範委員會的官員進行第一次面談。

這將是毫無進展的一天，一切等待解決的一天……

湯姆．索恩不是唯一到達辦公室的人，在那個昔日叫作史都華．尼可林的人的腦海中，時鐘正滴答作響。

索恩對於今日狀況的預測完全正確，他只是萬萬沒料到派對居然這麼早就開始了。之前是這麼說的：午餐時間喝點小酒，慶祝行動順利成功。但這種話一直無法激起重案組的高昂士氣，第三小隊沒有，參與飯店殺人案的小組成員完全沒有。午餐時間去酒吧小酌兩杯固然很好，但他們一直期待能看到出現更大手筆的款待。

早茶與咖啡還沒喝完，第一瓶威士忌已經出現在大家的面前。

索恩與布里史托克從他們的辦公室向外張望，看到紙杯一一被斟滿，前晚的事件被誇飾放大，在眾人之間口耳相傳。

「現在開喝是不是太早了一點？」索恩問道。

布里史托克誇張挑眉，「怎麼啦？湯姆？你還好吧？看來你的傷勢比我們想像的還嚴重。」

索恩不發一語。他觀察了一下外頭的動靜，發現沒看到賀蘭德，他沒參加慶祝活動。

布里史托克聳肩，「我覺得還是要先對你把話講清楚才好，只要場面沒失控，這時候喝酒也沒關係，只要傑斯蒙德得意洋洋出現的時候、不要有人擺臭臉就好……」

偵查室裡的聲量突然變小，大家正在講的是飯店裡發生的哪一段故事，答案已經很明顯了。

「今天早上，我和麥克艾渥伊通過電話。」布里史托克說道。

「她狀況怎麼樣？」

「半睡半醒。她說她進辦公室沒問題，但我告訴她可以等這個禮拜過完再來上班，你覺得呢？」

索恩點點頭；這個決定很恰當，「她有某些私人事務必須處理一下。」

「和賀蘭德的問題？」

布里史托克察覺出了異樣，索恩完全不意外——因爲他對於團隊成員的關係總是瞭如指掌。

「賀蘭德說沒事。」索恩回道。

「反正，」布里史托克開口，「如果賀蘭德說沒有的話……」

「這也不是什麼世界末日。把他們其中一個調到貝格拉維亞或是西區就好了……」

「調走麥克艾渥伊。」

「她有問題嗎？」

「沒有，其實不算。」其實不算。這只是他對戴夫・賀蘭德的一種義氣，還有對莎拉・麥克艾渥伊的些許不安，他說不上來，只是隱約懷疑罷了，他不想講出口。

「反正，」布里史托克回道，「既然賀蘭德說沒有……」

「沒錯。」

「嗨……你最要好的朋友來了。」

索恩看到史蒂夫・諾曼走進了偵查室，肩上還揹了個眞皮長袋。他向警員們打招呼，宛若把他們當成了老友一樣，有人拿酒給他，他立刻舉手婉謝。

「他來這裡幹什麼？難道他沒有自己的辦公室嗎？」

「你知道嗎？我覺得他是喜歡享受團隊氣氛的那種人。」

「啊幹……」

諾曼朝他們的辦公室走來，他無處可躲。

「嗨，大家好，我只是過來說一聲，昨晚那一仗幹得真漂亮。我現在有更多工作上身……但這應該是所謂的天生賤命吧。好……我真的很想和你們在中午喝一杯，但我恐怕得趕緊離開，今天可有得忙，好多事要做……」

他拍了拍自己的肩袋，準備離開，索恩發現裡面裝的是筆記型電腦。顯然諾曼喜歡不時提醒別人自己有多麼重要，他真的是非常忙，搞不好他經常在火車上打電腦。

「蠢蛋。」等到諾曼關上門之後，索恩開口低罵。

「我想里克伍德督察長等一下可能會過來，只是簡單打聲招呼，過來喝一杯，」布里史托克看到索恩的表情，咧嘴一笑，「我以為你會開心才是。」

「那麼，今天就沒有打算要去緝兇？」

「拜託，湯姆，大家今天在這裡來來去去，我們昨晚終於有了戰果，已經好久沒慶功宴了。」

這件事索恩不需要別人特別提醒。

「當然，公事還是照辦，」布里史托克說道，「但是大家開心可以讓這地方改頭換面，這是一種正面的氛圍，難道你不記得學期末的最後一天是什麼感覺嗎？」

索恩知道布里史托克的意思，但就是不知哪裡怪怪的，他走出去，嘴裡唸個不停。

「我去拿派對帽吧……」

那個桌角又狠狠撞了他一下。

索恩大聲叫罵，猛踢那個討人厭的桌角——先前他以膠帶固定在上頭的紙團早已不見了。他一邊搓揉大腿，一邊心想其他人在慶祝學期結束，他還是做點有意義的事，他對著大家狂吼：

「對，快給我鋸子……」

有兩三名常客站在吧檯前面，擺著臭臉在喝啤酒，他們對老闆低聲抱怨，還回頭投以怨毒眼光，但現在這場子屬於重案組，現在酒吧後方塞了約一百多個警察與文職人員。雖然理論上這只是一場午餐趴，但根據今天早上的狀況看來，索恩很確定這個下午工作也不會有什麼進度。

「想不想喝一杯啊？大男孩？」

索恩眞的嚇了一跳。雖然滿場噪音，人群擁擠，但他的心緒眞的飄遊了一會兒，他想到的是站在自己兩側的不同世代，年輕男孩與老男人……

「你手裡拿著那半杯酒，站在這裡不動足足有二十分鐘，」漢卓克斯說道，「看起來一點都不想待在這裡。」

「有那麼明顯啊？」

「我本來想說你的臉像是被撞壞的屁股，不過，看看你這樣，應該說被踢爛的屁股比較貼切。」

索恩舉起酒杯，喝了一小口，然後拿著它隨手指了兩下，「但這一切實在不合情理，你說是不是？」

漢卓克斯搖頭，整個人靠在吧檯上，「老哥，這話我可不同意，面對這種空前壓力，我們都需要放鬆，你也只是個普通人……」

「警察拿著啤酒杯，實在不符合我對開心的定義。天，和這些人共事已經夠辛苦了。」

「那麼，和某位痲吉同事閒聊之後，難道沒有舒坦點嗎？」

索恩終於笑了，「大多數的人都離我遠遠的……」

「要不要再來一杯？」索恩搖頭，漢卓克斯面向吧檯揚手，召喚服務生。

大多數的人。史蒂夫・諾曼除外。他直接走過來，在索恩耳邊碎唸了十分鐘之久，一直強調他自己的工作有多麼辛苦。追捕尼可林與帕瑪，度過低迷的好幾個禮拜，現在他終於有一些積極的事情要忙了，很讓他開心——發現麥可瑪洪的屍體，還有破了飯店謀殺案。他喝了兩杯番茄汁就急忙離開，他興奮告訴索恩，自己得準備詳細資料，在記者會上公佈逮捕傑森・艾德頓的漂亮辦案過程。

漢卓克斯拿了杯健力士，推了推索恩的手肘，一臉不爽，「我們喝酒得自己付錢，布里史托克到底在吧檯放了多少？」

「兩百五十英鎊，十五分鐘就花光了。」

兩人沉默了一兩分鐘之久，他們站著不動，冷眼旁觀各種職級與年齡的警察正開心享受暫時的勝利。破爛的軍裝夾克與刷毛外套上沾了淡啤，髒衣領的襯衫與聖誕節領帶，看得到苦啤酒的濺痕，漂亮西裝被斯普瑞茲氣泡酒噴得髒兮兮。女人裝得比較溫柔，男人也故作年輕姿態。這裡有過沒多久就可以領退休金的警界老屁股，也有把奧迪停在雙黃線上、講話像是蓋・瑞奇電影人物的西區做作傢伙。

就這麼幾個小時，裝一下，忘記了一切，然後，再回到現實裡。

倫敦警察廳正在大失血，流失警員的速度是每天五個人。這個數字讓索恩很驚訝，因爲他以爲一天會有五十個人離職才是。他覺得很奇怪，自己怎麼會這麼固執，或是愚蠢、膽小，無法斷然加入他們的行列。

「湯姆，等到明天還是一樣，」漢卓克斯說道，「喝個幾個小時根本沒差。先來一杯，改天再好好抓那王八蛋……」

索恩微笑，喝光了手中的酒，他心裡另有想法：到了明天，距離下一具屍體出現又少了一天，只要幾個小時，可能就會讓世界變得完全不一樣。

午餐時間眞是折騰。和大家聊天，吃東西，臉上要掛著微笑，佯裝對他們的胡說八道充滿興趣。今天特別難熬，因爲快感即將到來。

當然，他每隔一天就得假一次，但那只是例行公事。大家不是或多或少都這樣嗎？嘴裡說這個蠢工作沒什麼大不了，但心裡卻拚命想辭職，嘴裡說只要當朋友就好，其實早已和別人上了床。戴著面具，假意關切。

不過，在動手行兇的那幾天，心情都與現在一模一樣。他還記得自己殺死中國女孩的那一天，必須要開某個瑣碎的會議；他臉上的專注神情一直不變，但其實一心只在揣想那女孩的模樣、下手時的感覺。造訪肯恩·波勒斯的那個早上，卡洛琳的嘴抵住他剛刮過鬍子的臉頰、向他吻別的那股觸感，依然鮮明清晰。他露出微笑，也回吻他，兩人還聊了一會兒，討論晚餐要吃什麼好，但其實他只對袋中球棒的那股美妙重量有感覺……

這次一定會更精采。他現在好想抓住人，在他們面前大吼大叫，說出自己的計畫細節、安排得多麼巧妙，感覺是何其爽快。暈醉感開始醞積，他覺得自己的面具幾乎要開始崩滑下來。

有人在和他講話，他也接腔，順口把某個無味的東西舔入嘴裡，偷瞄一下手錶。

他需要一點獨處的時間，只要半小時左右就可以了，喝咖啡，吃條巧克力。在開始冒險之前恢復鎮定。

索恩抬頭，看到賀蘭德穿越桌間空隙、朝他走來。從他臉上的表情看來，賀蘭德應該和他一樣開心才是，他剛才被德瑞克．里克伍德堵在角落，完全沒有人願意出手相救。

「眞謝謝你們哪。」賀蘭德話剛講完，立刻擠進索恩與漢卓克斯的中間。

「賀蘭德，這是各司其職。我負責通知受害者家屬，你必須應付督察長里克伍德。他和你講話的時候是不是都看著你的頭頂啊？」

賀蘭德微笑，搖搖頭，「他眞的很爛。一直想要打探帕瑪逃跑的事，他還諷刺問你以前是不是在傑富仕保全工作過。」

漢卓克斯的嘴埋在酒杯裡，悶哼一聲。索恩則面向賀蘭德，「給我閉嘴。」

「他要走了。」賀蘭德說道。索恩望向另外一頭，剛好看到里克伍德站在門邊，他正要邁步出去、走到街上之前，又轉身側頭看著索恩的方向，很難確定那究竟是什麼表情，但他打賭應該是得意洋洋吧。

「不過，我倒是很清楚他爲什麼要來這裡了，」賀蘭德說道，「他發現麥克艾渥伊警探不在這裡的時候，似乎是非常失望，還略顯困惑……」

漢卓克斯對於這種情節特別有興趣，「什麼？里克伍德在哈麥克艾渥伊？」

「是啊，想脫掉她褲子。」

「那你怎麼回他？」

「其實就只是閃避而已，假裝我也不知道她在哪裡，他聽了不太高興，不過，這也難免。」

漢卓克斯喝光了他的健力士，「麥克艾渥伊很受歡迎嘛。」

「沒錯，」索恩回道，「問題是，我覺得她似乎不怎麼喜歡自己。」

如果說索恩剛才猜不透里克伍德的表情，那麼戴夫・賀蘭德此時的神態就更令他不解了。他瞪著索恩一兩秒之後，轉過頭去，聽到響遍整個酒吧的刺耳回授聲，他的心陡然一沉，不知道哪個白痴在拿麥克風。

「是傑斯蒙德。」漢卓克斯說道。

索恩一聽到聲音，就知道閃人的時刻到了，「來吧，賀蘭德，我們該滾了。」

「我們要去哪裡？」

「說來是我的榮幸，得要在科林代爾與專業規範委員會的人開緊急會議，你可以牽著我的手陪我去。」

當第一段音質變調的陳腔濫調在整間酒吧裡迴盪之際，索恩與賀蘭德正忙著擠過人群、朝出口走去，索恩不知道自己嘴裡的酒氣會不會對他不利。

賀蘭德跟在他後面，想起凌晨三點半的夜寒何其冰冷。他赤裸坐在床邊，低聲講手機，睡在身旁的蘇菲動了一下，她雖然被手機吵醒，但依然睏意深濃。

麥克艾渥伊聲音緊繃，胡言亂語……她提高聲量，剛好蓋著了那不知從什麼鬼地方打來的背景聲響，他從來不知道一個人的聲音會如此無助又傲慢，他聽得心都碎了。

「我很好，知道嗎？我只是要告訴你這件事而已，我真的好得不得了。」

27

每吸一次，那聲音就越來越微弱。

她已經將近三十六個小時沒有闔眼，藥物加酒精發揮作用的時間比失眠還長，現在她的身體每隔幾分鐘就會發生不由自主的各種反應，她不知道罪魁禍首是哪一個。她好疲憊，全身發抖，她無法控制身體，她興奮莫名，歇斯底里，昏沉，恐懼，暈眩，什麼都不怕……

前一個晚上，當賀蘭德一離開，她立刻嗑完了公寓裡最後的古柯鹼，衝到了電腦前面，她寫了好幾封電郵，也收到了回覆，然後到外頭補買毒品。她走在人行道上，其實，大部分的時間是用跑的，一如往常，她小心翼翼避開鋪面上的裂縫，她知道她的上游會在哪裡出現，總是準備好東西等她。

接下來的夜晚時分，她一直是醒著的——喝酒，不斷抽菸，打開以樂透彩券折成的封包，大約每隔半小時就抽一次，自從太陽升起之後，頻率變成了每十五分鐘一次。

那個王八蛋騙了她，一定的。以前四分之一盎司可以分成四份，現在，突然之間，只能分成三份，那畜牲一定偷偷給她減料……

不過，無論對方有沒有佔她便宜，那東西還是發揮了效果。消滅了那股聲音，她腦袋裡的聲音——比她從口中說出來的語氣更加優雅迷人——每吸一次古柯鹼，它的聲量也變得越來越微弱。那聲音告訴她，她好蠢，她的計畫可能要賠上自己的性命，太瘋狂了。每來一口，那股魔音的威力就會隨之節節敗退。

她還是可以聽到其他的聲音，她迫切需要聽到的話語。賀蘭德的聲音，他說她不能繼續做這份工作了。她母親的聲音，她其實從來沒有聽過，但當她在閱讀那些電子郵件的時候，她可以靠想像力聽到母親在講話。目前，她還不想切斷這些聲音，這是慫恿她前進的動力，但她不久之後就會與它們徹底決裂。

她突然一陣惱火，因爲想到他們會搶功；稱讚她的積極進取之後，奪走她一切的光芒，幹。她想像賀蘭德會回來找她，離開那情分已淡薄的女友，想要與她重新開始……

她走到餐桌邊，一滴不剩的伏特加酒瓶，空無一物的封包。

幹，幹，幹……

她打開樂透彩券，把它在桌上壓平，猛舔個不停。她跪在地上，開始輕拍地毯上的污斑，搓揉出殘餘的古柯鹼與同等份量的灰塵與死皮，抹在牙齦上。

她點燃香菸，穿上外套。

時間不多了，她還得搞清楚某一件重要的事。當他送出那些隱晦短訊的時候，一直有所保留的那條線索。這一個禮拜以來，他一直覺得自己很厲害，但他不知道她有多強，沒有人知道，她總是超前大家一步，但這次她卻被迫落在他後頭。

她寄送電郵，沒有得到立即回覆，她又發了另外一封，告訴他她要出門了，還留下聯絡方式。這是她現在唯一能做的事了，否則她就只能一直等到午餐時間，他通常會在那個時候上網，但她現在連一秒鐘都等不下去。

她拿起包包，確定外頭沒有人在監視之後，關上大門，瑟縮著身子，迎向清冷空氣。

麥克艾渥伊立刻走到了那溜滑的人行道路面，她很清楚，自己絕對沒有踩到上頭的裂縫。

「狀況如何？」

賀蘭德在接待區等待索恩，一直與櫃檯後面的那個老頭在閒聊。索恩推門出來，他也立刻向對方揮手道別，兩人準備步行十分鐘、走回貝克大樓。

陽光稀微，看來很難從厚實的雲團穿透而出，天空的顏色宛若白鑞，已經有一兩台車開了側燈。

剛過下午三點鐘而已。

「到底怎麼樣了？」

「我覺得自己運氣不錯，」索恩回道，「遇到一對很有幽默感的抓耙仔。」

賀蘭德笑了，抓耙仔，永遠不知道他們什麼時候溜到你的背後，「他們是覺得哪裡好笑？」

一開始的時候，狀況不是很妙。

督察長柯林斯（個子矮肥）與探長曼寧（個子高肥）看來是不苟言笑的人，兩個人的表情都很詭異——混雜了無聊與憤恨不平——索恩先前只有在牛津街上、看到那些站著手持「高爾夫球店求售」招牌的男子，出現過這種表情。

曼寧一直在翻閱文件，而柯林斯則靠在桌前，講出訓誡的話，他在一開始與最後所講的話，其實就跟索恩教訓帕瑪的措辭一模一樣。至於進行到中間的時候，他們仔細陳述了他的失職之處——導致帕瑪逃逸的程序疏漏——語氣緩慢嚴肅，這兩位警官處理公事的態度比索恩認眞多了。

「我還想要供出自己犯下的其他重大事件，」索恩說道，「都是有關我個人怠忽職守的問題。」

曼寧瞄了一眼柯林斯，然後又看著錄音機，確定捲軸正常運轉，「探長，你就繼續說吧。」

索恩清了清喉嚨，「我，有好幾次，放了屁卻沒有道歉，還有，我雖然從來沒有在《警察》這部影集裡面出現，但有個喝醉酒的女人告訴我，我看起來與扮演伯恩賽探長的那個演員有幾分神似……」

曼寧與柯林斯互看了一眼，忍不住哈哈大笑。

「所以，最後怎麼樣？」賀蘭德問道，他們已經快要到酒吧了，顯然，重案組的人依然在裡面，忙著辦案吧。

索恩也不知道接下來會怎麼樣，但他決定轉換心情，正向思考，「完全沒事是不可能的，但我覺得他們現階段也不會把我降職就是了。」

賀蘭德停下腳步，下巴朝通往酒吧的那條路點了一下，「要不要回去？」

索恩繼續往前走，回頭扯開嗓門大吼，「賀蘭德，你想怎樣都好。我是要閃人了，準備開車去麥克艾渥伊那裡看一下狀況，不知道她母親好一點沒有……」

三點三十分，他們的車停在莎拉．麥克艾渥伊位於溫布里的公寓外頭。

索恩下車，從大門前的階梯拾級而上，他轉身，看到賀蘭德依然坐在副座，目光死盯著前方。

「快來啊，戴夫……」索恩按電鈴的時候，賀蘭德才出來，等到索恩再次按下電鈴的時候，他已經站到了旁邊。

完全沒有動靜。

索恩退後一步，從左邊老虎窗的深藍色窗簾隙縫往裡面偷看，「她是住這間公寓嗎？」他曾經在這裡接麥克艾渥伊上車，送她回來的次數更多了幾次，但他從來沒有進去過。

賀蘭德回答的態度很含糊，「也許在床上吧。」

索恩聳肩，把雙手插入口袋裡，又慢慢踱步走回車邊。

賀蘭德看著索恩準備離開，心裡陷入天人交戰，他知道自己踏著輕快腳步下樓梯、跟隨他離開是多麼簡單的事，但他還是開了口，他不知道自己居然會講得這麼大聲——語氣如此急切。

「我覺得我們應該要進去……」

索恩轉身，手指轉弄著車鑰匙，「戴夫，我可不希望那個哈哈委員會又給我多加上一條闖入私宅的罪名……」

「我有鑰匙。」賀蘭德回道。

索恩兩步併作一步跳上階梯，抓住賀蘭德的手臂，那隻手早已把鑰匙插入門孔內。

「我們得要好好談一談，賀蘭德……」

公寓裡一片幽黑，宛若外頭的街道一樣。麥克艾渥伊臥室裡有扇面對花園的後窗，那裡的窗簾和大門旁的一樣，也拉了下來。

「嗯，她沒有在睡覺。」賀蘭德回到了客廳。

索恩沒聽進去，他正看著自己的十多道鏡影，至少有十多個。天花板上懸掛了鏡子，地板上也有，還有以各種奇怪角度倚牆的鏡面。有的是笨重華麗的鏡子，有的是無框的素面鏡，還有圓的，有方的，全都擦得超亮……

「媽的這是怎樣？」

賀蘭德從他身邊走過去，挨到窗前，拉高窗簾，回頭。他張開嘴巴，想要回答索恩的問題，卻什麼也說不出來。

索恩在客廳裡慢慢走繞，每瞄一眼都會看到自己新的鏡像，某些角度看來頗詭異，像是他的大腿後方，還有頭頂，逐漸消退的瘀青也歷歷在目。

索恩在餐桌旁邊看到了另外一面小鏡子，還有皺巴巴的樂透彩券，他立刻知道眼前這是什麼狀況。

「你知道這件事有多久了？」他問道。

「兩個禮拜左右。」

「他媽的你真是大白痴……」

賀蘭德揚手，阻止索恩繼續說下去。對，他先前的確是他媽的大白痴，他比白痴還糟糕，但他必須阻止索恩發飆，現在不行。他可以等到之後再低頭，默默接受炮轟，但此刻有別的狀況……

「長官，我覺得麥克艾渥伊惹了一點麻煩。」

「一點……？」

「眞的是大麻煩。」賀蘭德說不出自己的焦慮，他連自己究竟在煩什麼也不知道，無法解釋那股感覺從何而來，他一想到就全身發抖，讓他徹夜未眠，他需要講出來才行。麥克艾渥伊的眼神，她講的那些話，以及她最近的行爲舉止，在在透露出異象。

她似乎有秘密，別的秘密……

「什麼事？」索恩問道。

賀蘭德搖頭，四處張望客廳，拚命想要找尋能夠解除他隱約不安的線索，他的目光落在電腦上頭。

幾天前，當他走進辦公室的時候，麥克艾渥伊的臉色，驚惶，還有別的情緒，防備？還是洋洋得意……？

索恩看著賀蘭德走過去，拉開椅子，按下喚醒電腦的按鍵。

「你要幹什麼？」

「我要看她的電子郵件。」

「你覺得她是靠發電郵下單買毒品？」

「不是……也許有可能吧，我覺得這件事與古柯鹼無關……」賀蘭德開始移動滑鼠，點擊，打開視窗。

「不需要密碼什麼的嗎？」

「如果要登入她的帳號，應該是要，但現在如果只是看她的檔案夾內容——看她的寄件備份，收件內容，應該是沒問題……」

索恩點點頭，不管怎樣，交給賀蘭德就是了。

古柯鹼，索恩早已懷疑到這一點。他知道有些警察喜歡吸這個，通常是老警察偏好此道，他們對搖頭丸沒興趣，因為這是和跳舞助興有關的毒品。無論他們吸毒的理由是什麼，有些人的下場真的是非常悲慘。

索恩不知道麥克艾渥伊的毒癮有多嚴重，他抬頭張望，看到了答案，就在客廳周邊的一個又一個的鏡影之中……

「幹……哦幹，千萬不要！」

「怎麼了？」索恩發覺自己體內立刻起了變化，神經末梢躁動不安，當他急忙衝過去的時候，那股激烈震撼益發強烈，這是對賀蘭德聲音裡的驚懼的本能反應，「怎麼回事，戴夫？」

賀蘭德伸手猛抓頭皮，瞪著螢幕，一臉不可思議，索恩靠過去，挨在賀蘭德肩膀後頭，但一時會意不過來。

「我不懂……」

「她收到了兇手的好幾封電郵，」賀蘭德說道，「那個『夜巡者』……」

索恩覺得肩頭一陣刺癢，他聽到自己心跳加快，「收到他的信，還是收到之後也有回覆？多久了……？」

「等等……」賀蘭德點了幾下滑鼠，將郵件以日期排列，索恩眼前出現了一串對話，他組裡的女警與他們全力緝拿的男人之間的往來信件，那個下手異常兇狠、讓索恩失眠的男人。

「大約一個禮拜左右，」賀蘭德回道，「媽的，一共有十幾封……」

一開始只是試探，像是愛苗滋生的戀偶之間的你來我往。他告訴她，她好特別，有股難以言喻的氣質，他不知道她願意跨越界線到什麼程度，嚐到美好的果實。他的話語隱晦，充滿了挑逗。索恩看得出來，至少在一開始的時候，他是在刺探，想要了解她的知情程度，他們當中的成員知道他多少底細。索恩知道他在向她示愛，再清楚不過了，他不知道麥克艾渥伊是不是也心裡有數，她的回應開放又直接，她陷溺其中，或者，是刻意誤導他，讓他以為她上鉤了，真相究竟是哪一個，索恩也不知道。

「她到底在搞什麼鬼……？」一分一秒過去，賀蘭德打開越來越多的郵件，他的驚恐也不斷飆升。

索恩仔細閱讀內容，可怕的答案呼之欲出。在最後這一兩天的時候，對方已經不玩迂迴遊戲，改採明確策略，發出了邀請。她想要與他見一面嗎？她是不是與他心目中所想像的一樣？麥克艾渥伊回了信，她和他的想望一模一樣，而且，值得期待的不止於此。

「什麼時候？應該有寫出時間……」

「找到了，」賀蘭德回道，又打開了另外一封電郵，「天，就是今天，四點鐘……」

索恩望著螢幕右上角閃動的時鐘，他不知道麥克艾渥伊到底在想些什麼，但她可能只剩下二十五分鐘可以活命。

「在哪裡？」

賀蘭德點擊滑鼠，下拉，大力猛戳鍵盤，「他的最後一封電郵是……今天凌晨一點鐘剛過的時候發出的。」他打開郵件，兩人一起盯著螢幕上的殺手話語。

就讓我們約在馬丁聽到叢林故事的地方吧，好期待見到妳，莎拉……

「這到底是什麼意思？」賀蘭德的手指猛力壓住螢幕，彷彿想要伸進去，把那幾句話搓爛飄飛。

「麥克艾渥伊的最後一封電郵怎麼寫？」

賀蘭德把它打開，「她寄了兩封，連續寄發，就在今天中午之前……」

不懂那是什麼意思，我怎麼會知道？如果你要我過去，就要把地點講清楚。

「我們看第二封，」索恩不敢抱任何奢望，他已經知道兇手沒有回信，根本沒提到地點。麥克艾渥伊的最後一封信會不會拒絕他，重新安排會面地點？顯然，她別無選擇，她根本不知道他說的是什麼地方……

現在要出門了，不知道我還會不會回來，我得知道見面地點。

然後，那幾個字突然出現在螢幕上，害他們的五臟六腑衝升到了喉口。

傳簡訊給我。

賀蘭德全身一陣抽搐，「媽的，他傳簡訊告訴她會面地點。」

「我們不知道他到底有沒有聯絡到她，」索恩說道，「現在狀況不明，她可能隨時會回來，嗑完藥的一臉茫樣。」從賀蘭德的回應表情看來，就連索恩也不信自己剛才講出的這番話。

索恩抓起書桌角落的電話，塞給賀蘭德，「快打她手機。」

他走到窗邊，望著花園，開始起風了，茂盛的草隨之搖曳，生鏽的長鏡輕輕撞著欄杆。他看著眼前的景象，暗自希望等到電話接通之後，聽到賀蘭德的焦慮轉爲火氣，媽的妳在哪裡啊？不過，他聽到的卻是挫敗長嘆，放下話筒的聲響，還有其實不需要說出的那幾個字……

「關機中……」

索恩轉身，走回書桌前，自己拿起電話，撥號，等了一會兒，又掛掉。

「你打給誰？」

索恩不發一語，他的手一直沒有離開話筒，他又再次拿起，撥號，雙眼閃避賀蘭德的目光，等待答案……

「是我。快跟我說叢林故事是怎麼回事……不要管那個了，快給我講出來！帕瑪，給我聽好，現在沒有時間搞這個，跟我說那是什麼，不……那個我不用知道，告訴我地點就好，在哪裡……？」

賀蘭德不敢相信自己剛才聽到的話，帕瑪？索恩到底是在玩什麼把戲……？當他看到索恩臉色大變的那一刻，他也就沒繼續想下去了，就連索恩臉上的瘀青似乎也在那一瞬間變得慘白。他覺得索恩發出了一聲低沉長嘆，不過，那其實可能是他自己的聲音……

索恩以手指切斷電話，將話筒交還給賀蘭德，動作輕柔但快速。

「在學校，他約她在愛德華六世男校見面。」

「你要去……？」

索恩朝大門口走去，講話的聲音也越來越大，「趕快打電話安排事情，馬上！告訴布里史托克，我需要武裝應變小組待命。繼續打麥克艾渥伊的手機，不然叫別人打也可以。」

「長官……」

現在索恩已經開始大吼大叫。

「還有，趕快通知學校……」

28

麥克艾渥伊緩速進入操場。

停下來，回頭就是了，不要再繼續走下去。只有他會知道妳臨陣脫逃，莎拉，反正妳也沒有留下其他證據……

現在正是光暗交界的詭譎時刻，昏明不定，持續了約半小時之久。麥克艾渥伊走在幽幽天色中，覺得自己彷彿在黏滯的液體中跋涉前行。

大人與小孩全擠在一起，他們的動做出奇快速，聲音穿透進入她的體內，讓她全身緊繃。年紀最小的在尖叫，大個一兩歲的那一群發出如雁鳴的吼聲，還有老師在大叫。而現在加上了另外一股聲音，與這些刺耳噪音搶爭她腦海裡的地盤。

那股聲音又回來了，而且更加來勢洶洶。

她想要轉身，找個地方躲起來吸一口古柯鹼，就此停手。那聲音告訴她，趕快離開這裡，不過，她還是繼續前進，也許吧，如果她衝入學校，找到了洗手間……她不能在這裡做出這種事，小孩子都在附近，不行。她只要一分鐘就好，老師們有專用的洗手間，一定的……

媽的妳到底以爲自己在幹什麼？想想妳爲什麼要過來這裡，在這種狀況下，擔心等一下該在哪裡吸毒，根本不是重點好嗎？

她只是繼續往前走。她決定走到操場另外一頭的時候就立刻回頭，以緩慢的速度走回去。他們沒有約定確切的地點，他的簡訊內容根本沒有提到細節。

笨蛋賤女人，冷酷的賤女人，像妳這麼冷面無情……現在對妳不會有任何好處，他等一下會對妳做出什麼事？

她的包包掛在肩頭，她把它緊貼在身，要是真的遇到了狀況，她可以從裡面拿出什麼東西防身？

趕快跑，離開這個地方，打電話給索恩……

男學生從她身旁經過，或跑或走，準備離開學校，大多數的人臉上都帶著微笑。雖然急著要回家，但依然要有禮貌，這是師長們的諄諄教誨，要對大人恭敬，態度乖巧，尤其對小姊們更要多加注意。

他以前也是這裡的學生，不是嗎？但他對小姊們的態度不是很好。

她抬頭，望著某側的學校建築，另外一側則是矗立在遠方公園的高大樹影。他是不是躲在哪裡偷偷觀察她？會不會給她什麼訊號？種種未知狀況的壓力，突然讓她覺得自己難以控制現在的局勢，她覺得自己好笨，進退維谷，笨死了。十五分鐘之前，她明明還覺得自己能夠掌控一切，她已經準備好了。

現在，她慢慢走過操場，每一步，都讓她越來越心焦。

他看得出她在害怕。

其他看到她的人應該是不會發現這一點，她看起來就像是出門散步一樣。她調整行走路徑，避開了某個粗魯的六年級生，然後又側身閃過一群一年級小男孩，看來她主掌了一切。

不過，他知道該觀察什麼地方，他認得恐懼的模樣。即使當年他還生嫩的時候，他也看得出來。現在，他發現它從麥克艾渥伊身上不斷冒出來，宛若出現海市蜃樓時的蒸騰熱氣。

她害怕是好事，但重點是她來了，而且，是獨自一人前來。

這是一場豪賭，他其實沒有輸的本錢。他可以全程監看她到來之後的一舉一動，從他所處的優勢位置觀察，他可以百分百確定她遵照他的指示。要是她耍詐，要是她在最後一秒搞他，向索恩求援的話，他一定會知道。就算他們假裝派她一人前來，把她當成誘餌，他也看得到，不論他們掩藏得多好，都無法逃過他銳利的雙眼。

他們永遠認不出他。

就算她放他鴿子，他也有辦法處理，晚一點再來好好收拾她。

但她已經到了這裡，準備任他宰割。他感到一陣純然的興奮，打從小時候開始，他就只能在殺人之前的時刻，才能體會到這樣的感覺。

他笑了，他依然感受得到巧克力的餘韻。難道這是他的眞正目的？與他內心世界的小男孩產生連結？

四點鐘操場見囉 :o)

他傳給她的簡訊內容很簡單，宛若小孩般的打字方式，是他展現風趣的證據，如果，她想要知道這個的話。

現在，釋放眞正樂趣的時候到了。

他像個白痴一樣開車穿越溫布里園區，猛按喇叭，閃燈閃個不停，一眼盯著儀表板上的時鐘，腦海中開始構思說詞，隨著一次次穿越繁忙街口、等候紅綠燈，那些單字慢慢變成了一連串的句子，要是他抵達的時間太遲，該怎麼向麥克艾渥伊雙親解釋的那套說詞……

爲什麼兇手要挑麥克艾渥伊？他是怎麼找上她的？

索恩按喇叭，把車切到內側，超了某台貨卡，加速時還發出了刺耳噪音。他知道自己找不到解答，至少現在不行。除非等到那王八蛋坐在他對面、在清晨時分的偵訊室嚇到挫賽的時候，他才會知道答案。

不過，還有其他的問題，比較與自己有關的問題，盤據在他的腦海中、像一串他揮之不去的鈴鐺，爲什麼他沒有注意到？爲什麼他沒有發現小隊裡的資深成員捲入這種事？毒品，謊言，一個正派優秀的人卻陷入邪魔歪道與死亡陷阱……

他一路北行，經過佛烈恩特國家公園，也許不到五分鐘，就可以抵達學校。時鐘的分針已經從十二點的垂直位置，往右移動了一小格，他在心中醞釀的說詞差不多已經完成了。

麥克艾渥伊警探非常優秀，爲了執行任務而因公殉職……

索恩猛催蒙帝歐的油門，穿越圓環，左轉，前往哈羅鎭的中心。他突然隔著擋風玻璃破口大罵，擁有行車優先權的那台車差點撞上他，兩車之間只隔了幾英寸的距離而已，對方臉色兇狠，索恩也還以顏色，然後，前面出現停滯不前的一排車列，他猛踩煞車，咬牙切齒調整呼吸。

所有與她共事過的人，無論是什麼職級，都會思念她的奉獻與幽默感……

再開個四分之一英里，就可以到達學校。索恩緊抓著方向盤的手指關節泛白，他將車子排入空檔的時候依然還在猛踩油門，引擎發出的抱怨尖叫幾乎與他腦袋裡的嘶吼一樣大聲。

沒有動靜。前方看不到燈光，似乎不像是車禍，大家動也不動。

媽的要到學校只能用跑的了。

麥克艾渥伊走到操場的另外一端，轉頭四處張望，她心裡在想，你這個王八蛋，到底在哪裡？她想要回到操場中間，大聲吼叫，就像是公車上的瘋女人一樣，我來了，爲什麼他媽的還看不到你？你的眼前即將出現天大驚奇，每個人都會嚇一大跳……

然後，那股聲音又向她呼喊了幾個字，她停下腳步，因爲她必須要疏散操場上的學生，這是必要的程序，畢竟，她也不知道會發生什麼事。到處都看得到小孩——動作慢吞吞的，落單的，還有一小群人在踢球。天，他以前開過槍不是嗎？她想到了鄧布蘭小學與柯倫拜中學的校園屠殺慘案……

妳怎麼搞得一塌糊塗？妳應該首先要考慮的是保護社會大衆，早在幾個月前就應該想到了。如果妳到這裡來，是爲了要展露自己優異的工作能力，目前看來的表現是不怎麼樣……

她從外套口袋裡拿出警證，準備開口大吼……

萬一他們陷入驚慌怎麼辦？要是他就在附近，可能會逼他採取行動。不，這一招恐怕會把他嚇跑，她需要依照他們先前同意的內容行事。而且，如果他在附近的話，她必須要在這王八蛋傷人之前、先制伏他才行。

她來不及想其他的事了，因為她發現刀子壓在她背後，還有個聲音在她耳邊講話。

「妳一個人是嗎？莎拉？」

「對。」

「妳沒有擺道，很好。跟我走，請小心……」

當刀子穿入她的外套、襯衫，進入她的肌膚的那一刻，她不禁倒抽一口氣，有一隻手壓住她的背，開始導引她走向出口的方向。

他的聲音。她認得嗎？對，也許吧，記不得了，媽的……

麥克艾渥伊差點失聲大笑。她剛才還想要抓住這王八蛋。她知道自己想要做什麼，需要做些什麼，但是她完全想不起來該怎麼辦。她的雙腳僵麻，無助。她已經覺得自己軟弱得像個小嬰孩，但就算她的體內還有什麼殘存的氣力，也早已被她耳邊的那幾句輕聲呢喃嚇得一絲不留。

「如果妳敢大叫或是想逃跑，我就會立刻殺小孩。」

索恩想到剛才在幾條街之外，他從蒙帝歐衝出來、拔腿狂奔的時候，一堆車子對他猛按喇叭，現在他依然聽得到那些喇叭聲，聽來像是對那台無人車的狂吼，充滿了暴怒與頹挫。

哦天哪……

他開始放慢腳步，雙手抓頭，大腿變得像鉛塊一樣重。

幹……

他們會從哪裡出發？支援車輛會從哪一個方向過來？布里史托克、賀蘭德，還有武裝應變小組？先前的交通狀況已經過不來了，現在，因爲他的關係，一定已經全部打結成一團，萬一那些車子過來的方向和他一樣……

突然之間，索恩發現男學生正從他旁邊跑過去：一開始是一兩個，然後是大群男學生，藍色外套，紫紅色滾邊，準備要回家了，領帶全扯了下來。

他快到了。

他痛苦吸氣，再次邁出步伐，硬逼自己向前。

我們只能期盼，能夠有更多與她同樣優秀的年輕女性能夠站出來，奉獻社會……

現在，校園附近的綠蔭街道上到處都是深藍與紫紅色的身影，吼叫嘻笑加上唬爛，氣氛十分熱鬧。

他摔倒在地，起身繼續走……

他的腹部開始發燙，步履的每一次顫動所帶來的劇痛震波，傳透到他的斷鼻、竄衝到了額頭。他的胸部咯咯作響，外套底下的襯衫緊貼著背脊，一遇到從領口灌入的冷風，瞬間凍凝。

天，某些學生長得還眞高大。有一對十多歲的大塊頭學生，把條紋領帶綁在額頭上，刻意擋住了他面前的人行道。索恩低頭，直接朝他們衝過去，也不管他們的叫囂與嘲弄，從他們中間突圍，然後奮力奔向學校車道。

他不斷飛跑，腳底踩地劈啪作響，他想起車子緩緩壓在礫石上的聲音，上次開車經過這裡時的情景，他記得自己與賀蘭德在車內比較公私立教育系統。

然後，進入學校之後，他第一次看到史都華．尼可林，別過頭去的那張臉龐。

這位英勇的警官做出了終極犧牲，也增強了其他同志繼續奮戰的決心……

是不是等一下就會親眼看到那張臉了？

只差一百碼左右的距離了。車道急切向左，然後，突然變得狹窄，在操場的高窄大門前變成了一道隘口。

他快到了，也放慢了速度。

一切看來如常。小朋友走出校門，掛著微笑，沒有噪音，沒有不正常的噪音。他的速度放慢為小跑，然後又變成了快步。

他突然好擔心——現在的他就和剛才拚命奔跑時一樣，全身是汗。

如果那個消息，不論內容是怎麼用詞遣字，能夠傳達給學校的話，現在的狀況鐵定是不會如此正常。小孩子是不是還在裡頭？為了避免發生危險，讓他們躲在建物裡？

索恩伸手握住大門，還不小心擦到了徘徊在門口的某個男孩，他走了進去。

他站著不動，五臟六腑在拚命翻攪，雙眼開始掃視眼前景象，想要立刻掌握狀況。主建物在他的右方，體育館的巨窗前方，整齊陳列著肋木架。再過去一點，是新的建物區——六年級教室、音樂教室——之後就是操場，還有許多小孩在活動，不知從哪裡飄送出來的歌聲，好幾名老師在四處走動……

麥克艾渥伊……

他朝她走過去，但跨出一步之後，就立刻停了下來。他的雙眼驚恐，從面無血色的臉上鼓凸了出來。

「莎拉……」

索恩第一次看到緊貼在她背後的那個男子的面孔，他把她推向他的面前，力道輕柔卻很堅決，那男人停下腳步，直視著他，臉色陰沉，彷彿只是把他當成了面前的障礙物。

索恩恍然大悟，肯恩·波勒斯爲什麼會遇害的謎團，終於揭曉。

29

「你上氣不接下氣，」庫克森問道，「你是怎麼了？」

謎底豁然揭曉，伴隨著恐懼，或是劇烈痛楚的眞相大白時刻，索恩只能苦苦承受那灼身成傷的刺痛烈焰。

安德魯．庫克森……

「你殺了波勒斯，因爲他認得你，」索恩說道，「這不是隨機行兇，不是爲了傳達訊息，而是不得不如此……」

庫克森把手隨意搭在麥克艾渥伊的肩上，「早該退休的老蠢蛋，連他的數學老本行也快不行了，然後，和你在一起講了半小時的話之後，他狠狠看著剃了鬍子的我……砰！頭腦突然清醒了，他把我逼到教員室角落，伸出食指激動數落我。我知道你是誰，混帳大笨蛋……」

索恩想到了波勒斯胯部的粉筆灰，還有落在他棺材蓋上的泥土。他當初爲什麼不通知警察？爲什麼？當他認出庫克森就是尼可林的時候，爲什麼不拿出索恩給他的名片？也就是傑在他的外套口袋裡找到的那一張？

他所體認到的答案，令人心痛。不是因爲英雄主義，而是不顧一切，因爲那是肯恩．波勒斯的僅存機會，等於是他最後一次努力嘗試以下巴平衡椅子。

「現在是很好玩，」庫克森說道，「但狀況有點複雜，你說是不是？好，你可有什麼好主意？」

他的語氣輕鬆，還帶有一點促狹，畢竟現在拿著刀子、插入女人背脊的人是他，以這種口吻講話一點也不難。

「其實沒有。」索恩回道。

「我想也是。」

威脅加上危險，原本應該讓此時的沉默變得沉重無比，但小朋友在附近嘻嘻哈哈，感覺簡直是彆扭又尷尬。索恩不知道其他人會怎麼看他們三個人，庫克森與麥克艾渥伊可能像是情侶，而他則是前男友，在不當時機突然現身……

庫克森露出微笑，彷彿想到了什麼開心得不得了的事，「你也是自己一個人過來的吧，是不是？」

索恩本想要撒謊，但反應已經太慢了，庫克森傾身向前，準備繼續往前移動，「嗯，不知道怎麼回事，妳居然有不速之客，但我們不能讓這種事壞了我們的好事吧，莎拉？」麥克艾渥伊的臉糾成一團，因爲刀子又穿刺了另外一道皮層，索恩差點就撲過去、揮拳狠扁他的臉。

「好，那我們就繼續囉，假裝從來沒有看過你，抱歉了……」

索恩現在無能爲力，他必須讓庫克森離開，如果讓這傢伙稍受刺激，那把刀鐵定會刺進麥克艾渥伊的脊椎裡，無庸置疑。他側著身子，騰出空間，讓庫克森押著麥克艾渥伊、走出了學校大門。索恩發現庫克森的另外一隻手還拿著公事包，他的僞裝完美無瑕。這裡是可以讓他安心的地盤，他只不過是個疲倦的老師，在漫長一天結束之際，與朋友一起返家……

庫克森突然僵住，東張西望。索恩也看到了接下來的變化，小朋友回到建物裡面，有些是跑進去的，老師們似乎都安靜站在操場周邊，忙著叫回那些依然在操場上逗留的學生。

學校已經接到通知了。

輕聲細語的口頭指引，點頭，手勢，老師們竭盡所能、以有條不紊的方式疏散操場上的學童。他們遵從指示——在這種狀況下的標準程序——盡量不要驚動任何人，他們已經被告知兇手就在附近，絕對不能讓對方發覺異狀。

他們一定沒想到，其實他不是在附近，而是就在眼前，此外，他也已經察覺到狀況不對。索恩看出庫克森的臉、還有捏住莎拉．麥克艾渥伊後頸的那隻手，出現了遲疑與緊張。

「拜託……」麥克艾渥伊開口，她比較像是在嗚咽，而不是在講話。

「我想我們現在等於是互相箝制，」索恩說道，「倫敦警察廳有一半的人在外頭等你，許多人都是武裝上陣，想要找個藉口……」

庫克森搖頭，突然間，他把刀子架住麥克艾渥伊的喉嚨，微笑，又退了回去，朝操場的正中央前進。索恩慢慢跟過去，他暗中祈禱，希望剛才他告訴庫克森的事是眞的，或者，盡快成眞也好。他們逐步走向操場中央，麥克艾渥伊的雙眼一直盯著索恩，他猜不透那目光究竟想要告訴他什麼。

庫克森停下腳步，深呼吸，他調整自己的站立位置，直接把刀留在原來的地方，刀鋒繼續咬住麥克艾渥伊的脖子，而他自己則微微旋身，站在她旁邊。

「你也知道我一定會殺了她，所以我們何不直接把話講明就好？不管怎麼樣，我一定會離開這裡，如果我是坐在警車後座，她也是躺在屍袋裡被扛出去。」

「去你的。」麥克艾渥伊啐罵。

庫克森睜大眼睛，假裝露出驚訝神色，「會講話啊，」他說道，「我正在想不知道妳現在有多茫，我覺得妳簡直就像是天生的哥倫比亞人。」他哈哈大笑，麥克艾渥伊悶哼一聲，她的喉肉綻開了長度一英寸左右的血痕，開始滴血。

「抱歉，」庫克森說道，「純屬意外……」

索恩面色抽搐，但庫克森的表情等於告訴他不能亂動，下一次出刀，鐵定會見到更多的血。

「你殺死卡蘿·加爾納的時候，對那小男孩做了什麼？」索恩問道，「他目睹了一切嗎？」

庫克森瞇眼噘嘴，彷彿覺得這問題令他好困惑，「是不是在殺她的時候，逼她兒子看母親被殺？」

庫克森搖頭，從緊閉的雙唇間吐了一口氣，「抱歉，得要麻煩你幫個忙，你說的卡蘿·加爾納是哪一個？」

索恩知道照現在的狀況看來，他們當中不可能有人會活著離開操場。他拚命逼自己的雙腳不可以亂動，但他知道自己可能隨時會朝那男人飛撲過去，他的怒火很可能會讓他不計後果、整個人豁出去了。他知道在他與安德魯·庫克森渾身是傷、倒在冰冷柏油路面赤手拚個你死我活的時候，麥克艾渥伊將會逐漸昏迷，從她破敞喉嚨流出的鮮血，也會沾染到他們兩個人的身上……

索恩聽到了低沉的雜音，發現麥克艾渥伊在講話。

「抱歉……抱歉……抱歉……」

「麥克艾渥伊……」

索恩的語氣似乎剛好啓動了麥克艾渥伊腦海裡的某個開關，現在那幾個字變得滔滔不絕，她猛搖頭，似乎想要躲開什麼，把它甩得遠遠的；她的脖子在刀鋒口擺來擺去，鮮血不斷從庫克森的指間淌流而下。

「抱歉抱歉抱歉抱歉抱歉抱歉……」

索恩隨後聽到了大叫，他覺得一定是自己的怒吼，或者，至少是他心底的聲音，但如果眞是如此，爲什麼庫克森會轉過身去？爲什麼他的臉色如此吃驚？

那道人影從主建物側面繞了出來，除了大吼大叫，手還拚命猛揮。索恩眨眼，再次定睛一看。

人影正揮舞著手槍。

馬丁．帕瑪逐漸朝他們逼進，索恩眼前所看到的一切似乎正在以慢動作進行中，而他腦海裡開始浮現各種還來不及消化的想法。

庫克森推開麥克艾渥伊，丟掉了刀子……

麥克艾渥伊轉身，直接跑向帕瑪……

庫克森伸出雙手護頭，因爲第一聲槍鳴響遍了操場……

索恩急撲在地，他聽到第二聲槍響，眼角餘光看到麥克艾渥伊踉蹌重摔倒地。就在他閉上眼睛之前，他看到庫克森的驚呆神色，還有馬丁．帕瑪那副完全無法以言語形容的神情。

當索恩再次睜開眼睛，也不過才過了幾秒鐘而已，但天色似乎變得更加暗沉，空氣中看得到幾絲雪雨。

索恩抬頭，二十五碼之外，麥克艾渥伊倒在地上，他不知道她是不是中槍了，傷勢到底有多嚴重。他聽到她在呻吟，因為她想要移動自己身體底下的扭曲大腿。

至少，她還在動。

索恩慢慢站起來。他，還有安德魯．庫克森也一樣，不曾從馬丁．帕瑪的身上移開視線。現在他與他們之間的距離不過只有幾英尺，他低著頭，持槍的動作笨拙彆扭。

「媽的你在幹什麼？帕瑪？」索恩大吼。

帕瑪抬頭，眼鏡後的那雙眼睛看起來好大，手槍撞到了他的大腿，「抱歉。」

麥克艾渥伊倒在帕瑪的背後，唉唉大叫，索恩不知道她的聲音是出於痛苦還是憤怒。

「抱歉？」索恩怒吼，「道歉個屁啊……？」

「馬丁，你真是讓人驚奇連連，」庫克森說道，「我吩咐你要拿槍殺人，結果你突然發瘋，跑去找警察投案……」

帕瑪搖頭，「閉嘴，史都華……」

庫克森連氣也沒喘一下，「然後，你突然跑出來，媽的居然一顆子彈都沒打中他們。」

帕瑪揚槍，對準庫克森的胸口，「我叫你閉嘴！」

「當然，我知道你不是故意的。我想我們都知道這些子彈的對象是誰，」他的下巴朝麥克艾渥伊點了一下，「算她狗屎運。」

索恩看著庫克森，他們之間只有兩步的距離，他下定決心，無論最後如何，他一定要痛扁這傢伙一頓。

帕瑪的喉嚨發出怪聲，宛若獸吼的低沉咆哮，抓住槍把的指節泛白，食指已經扣纏住了扳機。他點頭，一次，兩次，那微小的點頭動作，在鼓勵自己動手吧，開槍就對了。

庫克森假裝滿不在乎，「我總是得激你，是不是？」他說道，「你記得嗎？如果我要慫恿你做某件事，我總是會爲你開一扇小窗，給你機會，因爲你根本撐不了多久。好，那你現在爲什麼這麼激動？到底是什麼原因？」他的口吻很輕鬆，彷彿在探問什麼無關緊要的小事，「是因爲凱倫嗎？」

帕瑪猛嚥口水，現在他連左手也舉起來、穩住槍把。

「對，一定是的，」庫克森微笑，「馬丁，我說得沒錯吧？是不是？你的動力已經沒了，你想要殺我，我不知道是什麼原因讓你變得這麼勇敢，眞的大膽一試，但反正已經消失得無影無蹤，對吧？就像稀屎從你身上拉出來一樣，現在你又在害怕了……」

索恩望著麥克艾渥伊，她的目光越來越迷離。雲團看起來更加陰沉，污濁光線散射而出，整個場景的光源像是來自一千盞灰撲撲的四十瓦燈泡。

他必須要展開行動，「我要救我的組員。」帕瑪顯然沒有聽進去，索恩趨前一步，槍口立刻對準了他。

「不准動！」帕瑪大吼。

索恩眞的嚇到了，「馬丁，你在搞什麼鬼？」帕瑪不發一語，他看起來很茫然，茫然，困惑，槍口對準索恩的腹部。

索恩努力讓自己的語氣維持低調平靜，「現在有武裝警察看著我們，他們對於這種東西的掌握能力，還是比你厲害一點點。你了解嗎？馬丁？」

帕瑪慢慢點頭。

索恩知道其實根本沒有人在盯著他們——至少現在還沒有。如果武裝應變小組已經到達現場，帕瑪哪還有機會站在這裡、拿槍對著人，應該早就掛了。

「把槍丟掉，讓我過去救我的組員，馬丁……？」

索恩的右方出現一道光，他的目光飄過去，看到體育館窗戶那裡聚集了一群小孩，盯著他們不放。

雪雨的雨勢開始轉強。

「馬丁？」索恩開口。

庫克森聳肩，「很難抉擇吧，小馬……」

索恩突然轉頭，對庫克森的臉呸口水，充滿了憎恨，「媽的快給我閉上你的臭嘴，我會宰了你，聽清楚沒有？我什麼都不怕，當然不會怕你。我才不管會有什麼後果，他殺了我們兩個，我也沒差。但如果在這一切結束之前，我再聽到你吭氣，不懷好意咬耳朵，我一定馬上出拳打爛你的臉。尼可林，我一定把你打得血肉模糊，讓你可以好好再弄另外一張漂亮的新臉……」

庫克森面無表情，他動也不動。索恩覺得自己已經嚇到他了，但他不確定那股沉默是獵物保護自己的姿態，還是獵食者在保存精力準備反擊。

帕瑪開口，他的思緒也隨之中斷，

「你的手下出了這種事，我很抱歉，」他的聲音比往常低沉，顯然比幾分鐘前鎮定多了，「有件事我得要告訴你，」他說道，「我跟某個酒吧裡的人買槍，我的意思是，第一把槍。」

他立刻把槍對準庫克森，「他知道，你可以問他，基爾本的某間酒吧，你一定可以找得到地方……」

索恩盯著他，他到底在玩哪招？「我們現在不需要這樣，馬丁……」

「這把槍是向同一個男人買的。我從酒吧開始一路跟蹤他，他在尼斯頓有間上鎖的車庫，靠近軌道那裡，捷運站對面就是了。」

索恩好困惑，但是他的腦袋轉得飛快，把事情兜了起來。尼森頓，距離這裡只隔了四、五個地鐵站而已，最多，就是十五分鐘，帕瑪比他提早到達這裡，自然是輕而易舉，「馬丁，這不重要——」

「拜託，聽我講完。我拿了槍，花了我一大筆錢……」

庫克森悶哼，「他一定會斃了你。」

「他已經死了。」庫克森眼睛瞪得好大，帕瑪的脖子向索恩的方向傾斜，雙眼簡直快要爆凸出來，「不過，他是個壞人，所以也許我做了一件好事，反正我也別無選擇。」他看了一眼手中的槍，「我需要……這個。我需要找個地方冷靜一下，所以我就留在車庫裡，和屍體在一起，後來眞的聞到了屍臭……」

帕瑪慢慢眨眼，幾乎等於閉上了雙眼，可惜時間不夠長，不然索恩很想撲過去……

「馬丁，這件事我們可以之後再解決，時間很充裕，先把槍丟掉，不可以拿槍……」

帕瑪手臂低垂了下來。

「這樣就對了，馬丁，但你必須把槍丟掉，快扔了它。」

帕瑪搖頭。索恩感覺到自己的右側有動靜，轉頭一看，發現那些擠在體育場窗戶前的小孩被人叫走，一張張小臉接連消失了。

索恩眨眼，最後一張貼在玻璃上的面孔，雙眼睜得大大的，充滿了懷疑，那是查理．加爾納的臉……

還有其他的聲響，模糊短暫的聲響，在他的上方某處出現，又到了他的右側。索恩知道支援火力已經到來，他看了庫克森一眼，知道對方也看到了。

「我不想讓你這麼害怕。」帕瑪突然開口。

索恩的目光從屋頂回到帕瑪身上，同時還看了一下庫克森，他依然僵直不動，雙手貼在身體兩側，瞇著雙眼。

帕瑪的表情出奇誠懇，「眞的，你不要怕。」

「我看到槍就害怕，馬丁，快丟掉。」

「你知道恐懼有股氣味吧？其實就是你腎上腺的味道，嘴裡感覺得出來，就是它……」

索恩看到帕瑪的手指在動，他緊盯著不放，不敢呼吸，因爲他的手指已經離開了扳機。

他應該要現在行動嗎？搶下那把槍？

「那是一種非常奇怪的味道，像是在嚼錫箔紙，彷彿嘴裡含了金屬，其實那是腎上腺素裡的化學成分……」

帕瑪的手離開了扳機護環，又再次擱在外頭，安全了。

他需要現在動手，他覺得麥克艾渥伊好像已經有一陣子沒動靜了……

「那叫作腎上腺素紅，你聽過嗎？」

索恩搖頭，他不知道那名字是什麼，但他很熟悉那股味道。

帕瑪尖叫，舉起手臂，索恩看到帕瑪舉槍對著他，他想做的也是這件事，拿著槍，喝令他不要動。

他目睹一切，太遲，真的太遲了。

他們還沒有聽到槍聲，射手的子彈已經貫穿帕瑪的喉嚨。

帕瑪以詭異的慢動作跪了下來，然後整張臉迅速撲地。索恩覺得，但或許是出於他的想像，在那張臉撞到地面的時候，他聽到了鼻子、頰骨，還有眼鏡的碎裂聲。

索恩迅速趴下，那把槍落在帕瑪屍體一英尺左右之外的地方，他趕緊以雙手壓住了槍，他遠望麥克艾渥伊，希望……

「索恩，恭喜你活著，」庫克森露出微笑，慢慢將雙手揚起，「不過，活著也未必那麼快意，對嗎？」

有人在他們後面的某處拿著大聲公喊話，音質嘈雜變形，庫克森向前一步，雙手舉得高直，「對活著有感，那才是艱難的部分……」

索恩動作一氣呵成，拿起槍把猛敲庫克森的嘴，他知道那傢伙的嘴唇裂了，還在對方伸手摀住血流之前，看到那一口牙齒碎裂、斷離了牙齦。

索恩聽到後頭傳來砰砰作響的腳步聲，轉頭一看，門口湧入大批警察，戴夫・賀蘭德立刻衝過操場，奔向倒地不起的莎拉・麥克艾渥伊。

30

足球場地面封凍，出現了多次時機不對的鏟球、火爆場面，還有失誤，就差爭議的罰球與全吃牌離場而已了，索恩覺得這個月訂購天空運動頻道的錢總算是很值得。

他不知道他父親看著電視螢幕的時候，會不會像以前站在球場座台上一樣大吼大叫。他父親在三十多年前、帶他見識了他人生的第一場熱刺隊足球賽，那時候還有馬丁·奇佛斯與艾倫·基里遜，索恩不知道他爸爸能看足球比賽、領會箇中樂趣的日子還會有多久。

那通電話對他來說，一如往常，他打算以老方法應付一下。

「我跟你說過有個傢伙去看醫生的笑話，你記得嗎？」

索恩大笑，這種笑話有一大堆，「哪一個？」

「醫生告訴他，『抱歉有壞消息，你得了癌症，還有阿茲海默症……』」

索恩心頭一緊，「爸爸……」

「所以那傢伙看著醫生……」電話那頭的聲音開始微微顫抖，「他看著醫生，說道：『哦，至少我沒得癌症。』」

「爸爸，這句話是什麼意思？」

一陣長長的沉默之後，他父親再次重複了那句笑點，也帶出了他這通電話的眞正目的。

「湯姆，至少我沒得癌症。」

然後，索恩終於聽懂了，他爸爸得了阿茲海默症。

啤酒拉環發出的嘶響把索恩拉回到現實中，他轉身看著漢卓克斯。他和往常一樣，脫了鞋，整個人懶洋洋倒在沙發上。

「有一次，你說過一段話，很有意思。」

「只有一次？」

「你說你覺得甲醛的味道會害大家退避三舍，但你有沒有想過自己的腳可能與那股臭味有關？」

「去你的！」漢卓克斯立刻回嘴。

一切幾乎都回到了正常軌道。

已經是將近一個月前的事了。索恩從愛德華六世學校的操場走出來，他看著擔架送進了救護車裡，老師們環抱著哭泣學童的雙臂，還有戴夫．賀蘭德的神情……

已經是將近一個月前的事了。他走回那條漫漫長路，胡思亂想，不知道那台車怎麼了，不知道路面上的血跡得花多久才能清理乾淨……

當帕瑪舉槍的時候，他非常清楚自己究竟在幹什麼。當帕瑪急著告訴他槍枝來源的時候，索恩應該早點發覺異狀才是，那是在走入絕境之前、最後一次釋出善意。

在那種狀況下自殺，究竟是懦夫還是勇者的行爲？索恩心想，帕瑪最後之所以會決意如此，倒不是因爲自我憎惡，純粹只是因爲他知道，至少情感上是這麼認知的，他在監獄絕對活不下去。

至於那位前英語科總導師，生性比較強韌，強韌太多了。

安德魯·庫克森一定可以應付得很好。他的犯行已經見諸報端，無論最後他待的是貝爾馬什還是博洛多摩爾，他喪心病狂的程度絕對是監獄之冠。牢獄生活，說穿了關鍵就是恐懼，在那種連安然度過一天都困難重重的地方，就連搶犯與性侵犯都很可能會與馬丁·帕瑪一樣膽怯。

帕瑪，一生都在擔心懼怕，唯一狀似英勇的舉動卻是大錯特錯的悲劇。

那天，在他腦海裡縈繞不去的老套說法，其實與他後來必須開口、終究得應付那個場合的悼詞，已經相距不遠。

「所有與她共事過的人，無論是什麼職級，都會思念她的奉獻與幽默感……」

麥克艾渥伊父母，蘭諾與蘿貝卡的臉龐，現在已經與恩萊特夫婦，羅勃特與瑪麗，還有羅絲瑪麗·文森，雷斯利·波勒斯等人的面孔並列在一起，白髮人送黑髮人的憔悴面容。

雷斯利·波勒斯的詮釋簡單，精準到位。

永遠不會停止，永遠不會。

「對了，」漢卓克斯說道，「要是布蘭登打電話來，說我不在……」

索恩轉身，盯著癱躺在沙發上的那個邋遢傢伙，還有他那張毫不掩飾殷殷期待的臉龐。他最近剛完成了莎拉·麥克艾渥伊的驗屍工作，後來，也不知道他怎麼搞的，居然弄丟了毒物檢驗報告。

「喂……說我不在，要是他打電話來的話，幫一下忙好嗎？」

「我看到你又多了一個刺環，」索恩說道，「現在是什麼狀況？」

漢卓克斯把腳擱到地板上，站了起來，「你記得我告訴過你嗎？我覺得我的工作讓他心生畏懼，對吧？欸，結果其實他還頗愛的呢。」

「所以？」

「所以，現在那個有點害怕的人是我……」

「反正你怎麼樣都不會開心。」

「說我！那你自己呢？」

索恩站起來，準備走向廚房拿啤酒，「我很好。」

漢卓克斯靠回沙發上，笑得開心，他的雙手貼著後腦勺，「對，你也應該開心才是，有我這麼厲害的工作夥伴，啤酒，熱刺隊在客場以一比零贏得比賽，真的，再好也差不多這樣而已了，是不是？」

漢卓克斯背對著索恩，他不知道自己在講話的時候，索恩的臉上浮現淺笑。

「天，我衷心希望如此……」

終曲

金斯希斯區
戴爾街二十三號
郵遞區號 B14 3EX
二〇〇二年二月二十八日
西米德蘭
伯明罕

親愛的索恩探長：

我知道這封信提筆得有些晚了，但我們相信您一定能夠諒解，自從兇手被逮捕歸案之後，我們的生活已有了大幅進展，日子也變得大不相同。

我們聽到麥克艾渥伊警探的消息，十分難過，想必她的年紀與卡蘿相仿，請代我們向她的家人表達哀悼之意。

現在查理的狀況已逐漸改善，他在學校的表現十分穩定，睡眠品質也好多了。兒童心理學家也為他感到十分開心，我太太覺得您應該會很想知道他的消息。

我寫信的真正原因，其實是想要表達我遲來的謝意，謝謝您在聖誕節送給查理的工具組，您眞是體貼細心。有件事希望您不要介意，我們沒有告訴他送禮的人是誰，我們其實不確定他是否還記得您，但我們覺得最適當的說法，還是告訴他這是我們送的禮物，我想您明白我們的苦衷。

羅勃特．恩萊特　敬上

Storytella **59**

探長索恩 貪睡鬼

Scaredy Cat

探長索恩　膽小鬼/ 馬克.畢林漢作 ；吳宗磷譯. — 初版. — 臺北市 : 春天出版國際, 2017.03
面 ;　公分. – (Storytella ; 59)
譯自 : Scaredy cat
ISBN 978-986-94449-8-9(平裝)

873.57　　106002772

ISBN 978-986-94449-8-9
Printed in Taiwan

First published in Great Britain by Little,Brown by 2002
Complex Chinese language edition published in agreement with Lutyens & Rubinstein,through The Grayhawk Agency.

作　者　馬克・畢林漢
譯　者　吳宗璘
總編輯　莊宜勳
主　編　鍾靈

出版者　春天出版國際文化有限公司
地　址　台北市信義路四段458號3樓
電　話　02-7718-0898
傳　眞　02-7718-2388
E－mail　frank.spring@msa.hinet.net
網　址　http://www.bookspring.com.tw
部落格　http://blog.pixnet.net/bookspring
郵政帳號　19705538
戶　名　春天出版國際文化有限公司
法律顧問　蕭顯忠律師事務所
出版日期　二〇一七年三月初版

定　價　370元

總經銷　楨德圖書事業有限公司
地　址　新北市新店區寶興路45巷6弄6號5樓
電　話　02-8919-3186
傳　眞　02-8914-5524
香港總代理　一代匯集
地　址　九龍旺角塘尾道64號 龍駒企業大廈10 B&D室
電　話　852-2783-8102
傳　眞　852-2396-0050